ALLY CONDIE

CONQUISE

Traduit de l'anglais (américain)
par Vanessa Rubio-Barreau

GALLIMARD JEUNESSE

Pour Calvin,
qui n'a jamais eu peur de rêver d'ailleurs.

L'histoire du Pilote

Un homme poussait un rocher en haut d'une colline. Chaque fois qu'il arrivait au sommet, la pierre dévalait la pente et il était obligé de recommencer. D'après les habitants du village voisin, il était «condamné». Ils n'osaient pas l'aider, par peur d'être également punis. Alors, ils se contentaient de le regarder pousser son rocher.

Des années plus tard, leurs descendants remarquèrent que l'homme et sa pierre s'enfonçaient dans la colline, comme le soleil couchant. Ils n'en distinguaient plus qu'une partie. Ce drôle de spectacle piqua la curiosité d'une fillette, qui décida un jour de gravir la colline. En approchant, elle fut surprise de voir que la pierre était couverte de noms et de dates gravés.

– C'est quoi, tous ces mots? le questionna-t-elle.

– Ce sont les chagrins du monde, lui expliqua l'homme. Je suis leur Pilote, je les monte là-haut indéfiniment.

– Tu essaies d'user la colline, constata-t-elle en désignant la rainure qu'avait creusée la pierre dans le sol.

– Je fabrique quelque chose, reconnut-il. Quand je ne serai plus là, tu prendras ma place.

Cela n'effraya pas la fillette, qui demanda:

– Tu fabriques quoi?

– Une rivière, répondit l'homme.

L'enfant redescendit au village, étonnée que l'on puisse faire une rivière ainsi. Mais peu de temps après, la pluie se mit à tomber, encore et toujours, les inondations emportèrent l'homme, et la

7

fillette vit qu'il avait raison. Elle prit donc sa place et se mit à son tour à pousser la pierre qui portait tous les chagrins du monde.

C'est ainsi que naquit le Pilote.

Le Pilote est l'homme qui poussa la pierre et fut emporté par les eaux. C'est la femme qui traversa la rivière et leva les yeux vers le ciel. Le Pilote est jeune, le Pilote est vieux, il a les yeux de toutes les couleurs, les cheveux de toutes les teintes, il vit dans le désert, sur une île, au cœur de la forêt, dans la montagne ou dans la plaine.

Le Pilote mène le Soulèvement – la rébellion contre la Société – et il ne meurt jamais. Quand un Pilote a fait son temps, un autre prend le relais.

Et ainsi de suite, telle une pierre qui roule.

Hors des frontières de la Société, le Pilote mène et mènera toujours l'action.

PREMIÈRE PARTIE
LE PILOTE

CHAPITRE I
XANDER

Tous les matins, quand le soleil se lève, baignant la terre de sa lumière rougeoyante, je me dis : « C'est peut-être aujourd'hui que tout va changer, aujourd'hui que la Société va tomber. » Puis la nuit revient, et nous attendons toujours. Pourtant je sais que le Pilote existe.

Au crépuscule, trois Officiels s'approchent d'une petite maison. Elle est semblable aux autres maisonnettes de la rue : trois fenêtres en façade munies de volets à deux battants, un perron comprenant cinq marches et un petit buisson planté à droite de l'allée.

Le plus âgé des Officiels, un homme aux cheveux gris, lève la main pour frapper à la porte, en partie vitrée.

Un. Deux. Trois coups.

Ils sont si près de la vitre que je vois l'insigne cousu sur la poche de l'uniforme du plus jeune. Un cercle rouge vif, telle une goutte de sang.

Je souris, lui aussi. Car cet Officiel, c'est moi.

Autrefois, l'investiture des nouveaux Officiels était célébrée au Dôme municipal. La Société organisait un dîner festif, où l'on pouvait inviter ses parents et son ou sa Promise. Cependant, ça n'a jamais été l'une des trois grandes étapes de la vie : la Cérémonie de bienvenue, le Banquet de couplage et le Banquet final. Et dorénavant, c'est beaucoup plus modeste. La Société fait des économies où elle peut. Ils doivent se dire que les Officiels, acquis à leur cause, ne vont pas se plaindre de voir leur cérémonial perdre de son faste.

Ça a été très rapide : nous étions cinq, tous en uniforme blanc. L'Officiel en chef a épinglé l'insigne sur ma poche, le cercle rouge, emblème du Département médical, puis nos voix ont résonné sous le dôme presque désert lorsque nous avons tous prêté serment, promettant de servir la Société en développant le potentiel qui nous avait été donné. Et c'est tout. Moi, ça m'était égal, parce que je ne suis pas vraiment un Officiel. Enfin si, mais en réalité, j'appartiens au Soulèvement. C'est leur cause que je sers.

Tandis que nous patientons sur le perron, une fille en robe violette passe sur le trottoir. Je vois son reflet dans la porte vitrée. Elle marche tête basse, espérant passer inaperçue. Ses parents la suivent de près, ils se pressent vers la station d'aérotrain. Nous sommes le 15 du mois, le soir du Banquet de couplage. Ça ne fait même pas un an que j'ai gravi les marches du Dôme municipal en compagnie de Cassia. Nous avons tous les deux quitté Oria depuis.

Une femme nous ouvre la porte. Elle a son nouveau-né dans les bras, l'enfant que nous venons nommer.

– Entrez, je vous en prie, nous dit-elle. Nous vous attendions.

Elle a l'air fatiguée, alors que ce devrait être l'un des plus beaux jours de sa vie. La Société n'en parle guère, mais la vie devient de plus en plus dure dans les Provinces frontalières. Comme si les ressources s'amenuisaient au fur et à mesure qu'on s'éloigne de Central. Ici, à Camas, tout paraît sale et vieux.

Après avoir refermé la porte derrière nous, la mère nous montre son bébé.

– Sept jours aujourd'hui, dit-elle.

Nous sommes au courant, c'est pour ça que nous sommes là. La Cérémonie de bienvenue est célébrée une semaine après la naissance.

Le bébé a les yeux fermés, mais d'après nos informations, ils sont bleu foncé. Et ses cheveux châtains. Nous savons également qu'il est né à terme et que, sous la petite couverture qui l'enveloppe, il a dix doigts et dix orteils. L'échantillon de tissus initial prélevé au Centre médical s'avère excellent.

– Vous êtes prêts ? demande l'Officiel Brewer.

C'est le responsable de notre unité. Sa voix est un équilibre parfait entre bienveillance et autorité. Il a déjà fait ça des centaines de fois. Je me suis déjà demandé s'il pourrait être le Pilote. Il a le physique de l'emploi en tout cas. Et il est très organisé, très efficace.

Bien sûr, le Pilote pourrait être n'importe qui.

Les parents acquiescent.

– D'après ce que je lis dans le dossier, cet enfant a un frère aîné, remarque son second, l'Officielle Lea, de sa voix douce. Souhaitez-vous qu'il assiste à la cérémonie ?

– Il était fatigué, répond la mère d'un ton d'excuse. Il avait du mal à garder les yeux ouverts, alors je l'ai couché juste après dîner.

– Pas de problème.

Le petit garçon vient d'avoir deux ans – la différence d'âge presque idéale entre deux enfants –, sa présence n'est donc pas requise pour la cérémonie. De toute façon, il n'en garderait certainement aucun souvenir.

– Quel prénom avez-vous choisi ? demande l'Officiel Brewer en s'approchant du port de communication de l'entrée.

– Ory, répond la mère.

L'Officiel tape le nom sur le port en répétant :

– Ory. Et le deuxième prénom ?

– Burton, intervient le père. Comme toute la famille.

L'Officielle Lea sourit.

– C'est un joli nom.

– Regardez ce que ça donne, déclare l'Officiel Brewer.

Les parents s'approchent pour lire le nom du bébé sur le port : Ory Burton Farnsworth.

En dessous s'affiche le code-barres que la Société a assigné au bébé. S'il mène une vie parfaite, ils utiliseront le même pour étiqueter l'échantillon de tissus prélevé lors du Banquet final.

Sauf que, d'ici là, la Société n'existera plus.

– Si vous n'avez pas de correction à apporter, je vais transmettre les données.

Le père et la mère se penchent afin de vérifier une dernière fois. La mère sourit en portant le bébé à la hauteur de l'écran comme s'il pouvait lire son nom.

Notre responsable se tourne vers moi.

– Officiel Carrow, la pilule.

C'est à moi de jouer, maintenant.

– Nous devons l'administrer devant le port.

La mère soulève Ory de façon à ce que son visage soit bien en face du port, qui enregistre la scène.

J'ai toujours aimé les comprimés de vaccination que nous donnons lors de la Cérémonie de bienvenue. Ils sont ronds et divisés en trois, comme trois parts de tarte : un tiers bleu, un tiers vert et un tiers rouge. Son contenu n'a rien à voir avec les trois pilules que l'on remettra plus tard à cet enfant, mais il reprend les mêmes couleurs, symbolisant la vie au sein de la Société. Ce comprimé de vaccination gai et coloré m'a toujours fait penser aux palettes de peinture qui s'affichaient sur nos écrans à l'école primaire.

La Société distribue ces comprimés à tous les bébés pour les protéger des maladies et des infections. Ils se dissolvent instantanément. C'est beaucoup plus humain que les vaccins des sociétés passées, qu'on inoculait en piquant le bébé avec une aiguille. Quand le Soulèvement aura pris le pouvoir, on continuera à les administrer, en y apportant quelques modifications.

Le bébé gigote tandis que je sors le comprimé de son emballage. Je demande à la mère :

– Pouvez-vous lui faire ouvrir la bouche ?

Lorsqu'elle glisse le doigt entre ses lèvres, le bébé tourne la tête pour essayer de téter.

Tout le monde rit, j'en profite pour lui mettre le cachet dans la bouche. Il se dissout instantanément sur sa langue. Il n'y a plus qu'à attendre qu'il avale, ce qu'il fait tout de suite.

– Ory Burton Farnsworth, nous te souhaitons la bienvenue au sein de la Société.

– Merci, répondent d'une même voix les parents.

J'ai opéré la substitution sans le moindre problème, comme d'habitude.

L'Officielle Lea me regarde en souriant. Ses longs cheveux bruns balaient ses épaules. Je me demande si elle a rejoint la rébellion, elle aussi. Si elle sait ce que je fais – je remplace les comprimés de vaccination par ceux que le Soulèvement m'a fournis. La majorité des enfants nés dans les Provinces durant ces deux dernières années ont reçu le vaccin du Soulèvement à la place de celui de la Société.

Grâce au Soulèvement, ce bébé est immunisé contre la plupart des maladies, mais également contre les effets de la pilule rouge. La Société ne pourra pas effacer ses souvenirs. J'ai bénéficié de cette protection quand j'étais bébé. Ky aussi. Et sans doute que Cassia également.

Il y a des années, le Soulèvement a infiltré les laboratoires où la Société fabrique les comprimés de vaccination. Il en existe donc deux sortes, ceux qui suivent la composition validée par la Société, et ceux qui sont faits sur ordre du Soulèvement. Ces derniers apportent la même immunisation que ceux de la Société, plus la protection contre l'action de la pilule rouge, et encore un autre principe actif.

À l'époque où je suis né, le Soulèvement n'avait pas les moyens de produire ces nouveaux comprimés pour tous les bébés. Ils ont dû choisir certains d'entre nous – ceux qui, selon eux, risquaient de leur être utiles plus tard. Maintenant, ils en ont enfin assez pour tout le monde.

Le Soulèvement, c'est pour tout le monde.

Et ils – nous – n'échoueront pas.

Le trottoir est tellement étroit que je dois marcher derrière l'Officiel Brewer et l'Officielle Lea jusqu'à notre aérovoiture. Une autre famille dont la fille porte une robe de banquet se presse dans la rue. Ils sont en retard. La mère paraît contrariée. Elle invective son mari :

– Je te l'ai pourtant dit et répété…

À notre vue, elle s'interrompt aussitôt.

– Bonsoir, dis-je en les croisant, félicitations.

L'Officielle Lea se tourne vers moi.

– Quand dois-tu revoir ta Promise ?

– Je ne sais pas. La Société n'a pas fixé de date pour notre prochaine communication de port à port.

Lea est un peu plus âgée que moi. Au moins vingt et un ans, étant donné qu'elle a déjà passé son contrat de mariage. Depuis que je la connais, son mari est stationné près de la frontière, avec son régiment, car il est dans l'armée. Je ne peux pas lui demander quand il va revenir. Ce genre d'information est classé top secret. Je pense que même elle l'ignore.

La Société n'apprécie guère que nous discutions de notre travail entre nous. Cassia sait que je suis un Officiel, sans savoir précisément ce que je fais.

La Société forme différents types de personnel à destination des Centres médicaux. Tout le monde connaît les cliniciens qui diagnostiquent les maladies et traitent les patients. Il y a aussi les chirurgiens qui opèrent, les pharmaciens qui s'occupent des médicaments, les infirmières qui aident aux soins, et enfin les docticiens, comme moi. Nous sommes chargés de coordonner tout ce qui relève du domaine sanitaire – par exemple de gérer les Centres médicaux. Ou, si nous devenons Officiels, nous sommes affectés à un Comité de santé, ce qui est mon cas. Nous administrons les comprimés aux nourrissons et participons au recueil de l'échantillon de tissus lors du Banquet final. Selon la Société, c'est l'une des missions les plus importantes qui puisse être confiée à un Officiel.

– Quelle couleur avait-elle choisie ? me demande l'Officielle Lea alors que nous approchons de l'aérovoiture.

Il me faut un instant pour comprendre de quoi elle parle. Elle fait référence à la robe de banquet de Cassia.

– Verte. Elle était splendide.

Quelqu'un nous interpelle. Nous nous retournons d'un seul mouvement. C'est le père du bébé qui nous court après.

– Je n'arrive pas à réveiller mon fils aîné, crie-t-il. Je suis allé voir s'il dormait encore et… il ne va pas bien.

– Prévenez le Centre médical *via* votre port de communication, lui conseille l'Officiel Brewer. On arrive !

Nous regagnons la petite maison au plus vite. Sans prendre le temps de frapper, nous fonçons dans le couloir. L'Officielle

Lea s'appuie au mur tandis que l'Officiel Brewer pousse la porte de la chambre.

Je m'inquiète :

– Ça va ?

Elle acquiesce.

– Il y a quelqu'un ? demande l'Officiel Brewer.

La mère lève la tête. Elle est livide. Elle a toujours le bébé dans les bras, mais son autre enfant gît sur le lit, immobile.

Il est couché sur le côté, face au mur. Il respire, mais très faiblement. Sa tenue de nuit bâille un peu dans le dos. La couleur de la peau est normale… seulement, j'aperçois une petite marque rouge entre ses omoplates. Dans mon cœur, la compassion le dispute à l'excitation.

Ça y est.

Le Soulèvement m'avait prévenu.

Je me retiens de consulter les autres du regard. Qui est au courant à part moi ? Y a-t-il un second membre du Soulèvement dans la pièce ? Quelqu'un qui a eu accès aux mêmes informations que moi ? Qui sait comment va débuter l'insurrection ?

« Après une période d'incubation d'une durée variable, l'état du patient se détériore rapidement. Les difficultés d'élocution précèdent de peu le passage à un état comateux. Le symptôme le plus évident du virus vivant de la Peste est l'apparition d'une ou plusieurs marques rouges dans le dos du patient. Une fois que la Peste aura contaminé une partie significative de la population et que la Société ne pourra plus le cacher, le Soulèvement pourra commencer. »

– Qu'est-ce qu'il a ? s'inquiète la mère. Il est malade ?

À nouveau, nous réagissons tous les trois en même temps. L'Officielle Lea saisit le poignet du petit garçon pour lui prendre le pouls, tandis que l'Officiel Brewer se tourne vers sa mère et que j'essaie de lui cacher son enfant gisant immobile sur son lit. Jusqu'à ce que j'aie confirmation que le Soulèvement a bien commencé, je dois suivre la procédure habituelle.

– Il respire, déclare l'Officiel Brewer.

– Il a un bon pouls, complète l'Officielle Lea.

– Les cliniciens vont bientôt arriver, promets-je en regardant la mère.

– Et vous, vous ne pouvez rien faire pour lui ? insiste-t-elle. Vous n'avez pas de médicaments, de traitement...

– Désolé, reprend l'Officiel Brewer. Il faut le transférer au Centre médical avant de faire quoi que ce soit.

– Mais il est stable, lui dis-je.

Pour la rassurer, j'aimerais ajouter : « Ne vous inquiétez pas, le Soulèvement a le remède. » Mais comme je n'ai pas le droit de le dire aussi clairement, je ne peux qu'espérer qu'elle décèle la note d'espoir dans ma voix.

Ça y est. Le Soulèvement a commencé.

Une fois que le Soulèvement sera au pouvoir, nous aurons le choix. Qui sait ce qui arrivera alors ? Quand j'ai embrassé Cassia à Oria, elle a retenu son souffle, surprise. Non que je l'embrasse, elle s'y attendait, mais je crois que la sensation même du baiser l'a surprise.

J'aimerais dès que possible pouvoir lui dire à nouveau, en personne : « Cassia, je t'aime, je veux passer ma vie avec toi. Que faut-il pour que tu partages mes sentiments ? Un monde complètement neuf ? »

Parce que c'est ce qui nous attend.

La mère se penche vers son enfant.

– C'est juste...

Sa voix s'étrangle.

– ... qu'il est tellement immobile.

CHAPITRE 2
CASSIA

Ky m'a donné rendez-vous ce soir, au bord du lac.

La prochaine fois que je le verrai, c'est moi qui l'embrasserai la première.

Il me serrera si fort que les poèmes glissés sous ma tunique, contre mon cœur, se froisseront, un bruissement si léger que nous serons les seuls à l'entendre. La mélodie des battements de son cœur, son souffle, le timbre et la cadence de sa voix me donneront envie de chanter.

Il me racontera où il est allé.

Je lui dirai où j'ai envie d'aller.

Je tends les bras pour vérifier que rien ne dépasse des poignets de ma chemise. La robe en soie rouge que je porte en dessous passe totalement inaperçue sous ma tenue de jour, large et peu seyante. C'est l'une des Cent Robes, probablement volée, que j'ai obtenue au marché noir. Je ne regrette pas d'avoir dû la payer un poème, tant son tissu chatoyant capte la lumière. Dès que je l'enfile, je rayonne.

Je travaille comme employée de classement ici, à Central, la capitale, mais j'ai aussi une mission pour le Soulèvement et je commerce avec les Archivistes. De l'extérieur, je suis une fille de la Société, dans une simple tenue de jour. Mais en dessous, je porte de la soie et du papier à même la peau.

Pour moi, c'est le moyen le plus simple de transporter mes poèmes : je les enroule autour de mon poignet, je les serre contre mon cœur. Évidemment, je ne conserve pas toutes les pages sur moi en permanence. J'ai mis la plus grosse partie à l'abri, dans une cachette, mais j'ai du mal à me séparer de certaines.

J'ouvre mon étui à pilules. Les trois comprimés sont là : bleu, vert, rouge. Mais il contient autre chose : un petit morceau de papier où j'ai écrit : « Souviens-toi. » Ainsi, quand la Société me forcera à prendre la pilule rouge, je le glisserai vite dans ma manche, pour me signaler qu'ils ont effacé ma mémoire.

Je ne dois pas être la première à échafauder un tel strata-gème. Combien de personnes savent quelque chose qu'elles devraient ignorer – sans savoir précisément ce qu'elles ont oublié –, combien de gens devinent qu'ils ont oublié quelque chose ?

Mais si ça se trouve, je n'oublierai pas. Peut-être que je suis immunisée contre les effets de la pilule rouge, comme Indie, Xander et Ky.

La Société s'imagine qu'elle fonctionne sur moi. Mais cer-taines informations lui échappent. Selon elle, je n'ai jamais mis les pieds dans les Provinces lointaines. Je n'ai jamais tra-versé de canyon ni escaladé de falaise, pas plus que je n'ai remonté le cours d'une rivière, sous la voûte étoilée du ciel, dans une gerbe de gouttelettes argentées. Pour elle, je n'ai jamais franchi les frontières de la Société.

– Voici votre histoire, m'a informée un Officier du Soulève-ment avant de m'envoyer à Central. Voici ce que vous devez dire quand on vous demande ce qui vous est arrivé.

Il m'a tendu une feuille que j'ai déchiffrée rapidement :

Les Officiers m'ont trouvée dans la forêt, près de mon camp de travail, à Tana. Je ne me souviens plus de ma dernière soirée, ni de ma dernière nuit là-bas. Tout ce que je sais, c'est que j'ai atterri au milieu des bois.

J'ai relevé la tête.

– Nous avons en place une Officière prête à corroborer votre récit et à affirmer qu'elle vous a découverte dans la forêt, a-t-il précisé.

– Donc je suis censée avoir pris une pilule rouge pour oublier que je les avais vus emmener les autres filles à bord du dirigeable.

Il a acquiescé.

– Apparemment, une des filles a voulu s'enfuir. Ils ont dû effacer les souvenirs de toutes celles que ses cris avaient réveillées.

Indie, ai-je pensé. C'est elle qui s'est échappée, qui a hurlé. Elle savait ce qu'ils comptaient faire de nous.

– Nous dirons que vous avez disparu après cet incident. Ils vous ont perdue de vue un instant, vous vous êtes éloignée alors que la pilule commençait à faire effet. Ils ne vous ont retrouvée que plusieurs jours après.

– Comment ai-je fait pour survivre ?

Il a désigné ma feuille de route.

J'ai eu de la chance. Ma mère m'avait appris à reconnaître les plantes toxiques. Je me suis nourrie de cueillettes. En novembre, il reste encore quelques fruits comestibles.

Certains aspects de l'histoire sont vrais. Les paroles de ma mère me sont revenues et m'ont aidée à survivre. Sauf que c'était dans le Labyrinthe, pas dans les bois.

– Votre mère travaillait dans un arboretum. Vous avez déjà été en forêt...

– Oui, ai-je confirmé.

Il s'agissait des bois de la Colline, et non de Tana, mais j'espère que c'est assez similaire.

– Voilà, tout se tient, a-t-il conclu.

– Tant que la Société ne me questionne pas trop.

– Aucun risque. Voici un écrin d'argent et un étui à pilules pour remplacer ceux que vous avez perdus.

J'ai aussitôt soulevé le couvercle. Un comprimé bleu, un vert. Et un rouge pour remplacer celui que j'étais censée avoir avalé sur ordre d'un Officiel à Tana. J'ai repensé aux autres filles, à celles qui l'avaient vraiment pris. Elles avaient oublié Indie, ses cris déchirants. Pour elles, elle avait simplement disparu. Comme moi.

– Surtout, m'a-t-il rappelé, vous vous souvenez vous être retrouvée seule, en pleine forêt, avoir cherché à manger. Mais vous avez oublié tout ce qui s'est vraiment passé dans les douze heures précédant le trajet en dirigeable.

– Que voulez-vous que je fasse, une fois à Central ? l'ai-je questionné. Pourquoi pensez-vous que je serai plus utile au Soulèvement de l'intérieur de la Société ?

Il m'a toisée, jaugeant si je pouvais réellement accomplir ce qu'il allait me demander.

– La Société avait prévu de vous affecter à Central pour votre poste de travail définitif, a-t-il commencé.

J'ai hoché la tête.

– Vous êtes douée pour classer les données. Très douée, même, d'après votre dossier de la Société. Maintenant qu'ils pensent vous avoir réhabilitée en camp de travail, ils seront ravis de vous reprendre. C'est ainsi que vous pourrez servir le Soulèvement.

Il m'a alors expliqué le genre de classement que je devais guetter et ce que je devrais faire lorsqu'il arriverait.

– Il va falloir être patiente. Ça peut prendre un certain temps.

Effectivement, il avait raison, car je n'ai classé aucune donnée sortant de l'ordinaire depuis. Enfin pas que je sache, en tout cas. Mais ça ne me dérange pas. Je n'ai pas besoin du Soulèvement pour me dire comment lutter contre la Société.

Dès que j'en ai la possibilité, j'écris des lettres. Par tous les moyens. Un K en brins d'herbe, un X fait de bouts de bois croisés, leur écorce noire tranchant sur l'assise métallique d'un banc, dans un espace vert près de mon travail. Par terre, je dispose de petits cailloux en forme de O, comme une bouche ouverte. Et, bien sûr, je les trace aussi comme Ky me l'a enseigné.

Où que j'aille, je vérifie s'il y a des lettres. Jusqu'à présent, personne d'autre n'écrit, ou alors je n'ai pas vu. Mais ça arrivera, forcément. Peut-être qu'en ce moment même, quelqu'un noircit des bâtons comme Ky me l'a montré afin d'écrire le nom de celui ou celle qu'il aime.

Je sais que je ne suis pas la seule à faire ça, à commettre de petits actes de résistance. Il y a d'autres personnes qui nagent à contre-courant. Des ombres qui se meuvent lentement dans les profondeurs. J'ai été celle qui lève les yeux au moment où une silhouette noire cache le soleil. J'ai été l'ombre elle-même qui se faufile le long de l'horizon, là où l'eau et la terre rejoignent le ciel.

Jour après jour, je pousse le rocher que la Société m'a donné vers le sommet de la colline, encore et encore. Tout ce qui me donne la force de continuer est en moi: mes pensées, les petits cailloux que je choisis moi-même. Ils roulent et tourbillonnent dans ma tête – certains sont polis à force, d'autres sont encore neufs et mal dégrossis, d'autres tranchants.

Les poèmes ne se voient pas, c'est bon, je peux y aller. Dans l'entrée de mon petit appartement, j'ai la main sur la poignée de la porte quand quelqu'un frappe de l'autre côté. Je sursaute légèrement. Qui cela peut-il être ? Comme la plupart de ceux qui ont été assignés à leur poste de travail définitif mais qui n'ont pas encore conclu leur contrat de mariage, je vis seule. Et, de même qu'à Oria, les visites au domicile d'autrui ne sont pas encouragées.

Une Officielle se tient sur le seuil, le sourire aux lèvres. Il n'y a qu'elle, c'est étrange. Les Officiels se déplacent presque toujours par groupes de trois.

– Cassia Reyes ?

– Oui.

– Je vous demande de bien vouloir me suivre. Vous êtes réquisitionnée pour faire quelques heures supplémentaires au Centre de classement.

Mais je dois voir Ky ce soir. On avait enfin tout organisé – cela faisait tellement longtemps qu'il attendait d'être envoyé en mission à Central. Et le message où il me donnait rendez-vous est arrivé juste à temps. Parfois, nos lettres mettent des semaines. Tentant de contrôler mon agacement, je toise l'Officielle, son visage impassible, son uniforme blanc et son insigne impeccable.

« Pourquoi avoir encore recours à nous ? ai-je envie de répliquer. Vous avez des ordinateurs pour faire ça. » Mais cela va à l'encontre de l'un des préceptes clés de la Société, qu'ils nous serinent depuis l'enfance : « On ne peut pas faire confiance à la technologie, elle a causé la perte de bien des sociétés avant la nôtre. »

Il m'apparaît tout à coup que cette requête cache peut-être autre chose : et s'il était temps pour moi d'accomplir la mission que le Soulèvement m'a confiée ? L'expression de l'Officielle demeure sereine et calme. Impossible de deviner ce qu'elle sait, ni pour qui elle travaille vraiment.

– D'autres employés doivent nous rejoindre à la station d'aérotrain, précise-t-elle.

– On en a pour longtemps? je demande.

Elle ne me répond pas.

À bord de l'aérotrain, nous longeons le lac, tache sombre au loin.

Personne ne s'en approche jamais. Il est encore contaminé par la pollution d'avant la Société, l'eau n'est pas potable, on ne peut même pas s'y tremper. La Société a démoli la plupart des docks et des quais où l'on amarrait les bateaux autrefois. Mais en pleine journée, on aperçoit les trois pontons restants, tous d'égale longueur, qui s'avancent dans l'eau comme trois doigts. Quand je suis arrivée, il y a des mois de cela, j'ai parlé de cet endroit à Ky. Je lui ai dit que ce serait un bon point de rendez-vous, parce qu'il pourrait voir d'en haut ce que j'ai remarqué d'en bas.

De l'autre côté de l'aérotrain se dresse le Dôme municipal de Central, telle une lune trop basse, qui ne disparaît jamais. Malgré moi, dès que j'aperçois la silhouette familière d'un Dôme municipal, j'ai un petit pincement de fierté tandis que résonne dans ma tête l'hymne de la Société.

Mais personne ne pénètre jamais dans le Dôme de Central.

Un haut mur blanc l'encercle, ainsi que les bâtiments voisins. Il était déjà là quand je suis arrivée.

«Il est en travaux, répète-t-on. La Société réouvrira bientôt la Zone d'immobilité.»

Cette Zone d'immobilité me fascine. Son nom, déjà, que personne n'est en mesure de m'expliquer. Je suis aussi intriguée par ce qui se passe de l'autre côté des barricades. Parfois, après le travail, je fais un petit détour pour longer ce mur blanc et lisse, qui s'incurve en un cercle sans doute parfait – simple supposition car je n'ai jamais fait le tour complet. J'imagine toutes les peintures que la mère de Ky aurait pu y faire.

Personne n'est en mesure de me dire depuis quand il est là. Ça remonte à l'an dernier, visiblement. Personne ne semble se rappeler à quoi il sert non plus. Ou alors ils ne veulent pas le dire.

Je veux savoir ce qu'il y a derrière.

Je veux tout : le bonheur, la liberté, l'amour. Et d'autres choses plus tangibles également.

Par exemple, un poème et une microcarte que j'attends toujours de recevoir. J'ai échangé deux de mes poèmes pour les derniers vers d'un autre – celui qui commence par «Je ne T'ai pas atteint», qui raconte un voyage. J'avais trouvé le début dans le Labyrinthe. Depuis, je veux savoir la fin.

L'autre transaction m'a coûté encore plus cher, elle est plus dangereuse. J'ai donné sept poèmes pour faire venir la microcarte de grand-père de chez mes parents. J'ai demandé au négociant d'entrer d'abord en contact avec Bram à l'aide d'un message codé. Je savais qu'il était capable de le déchiffrer – après tout, il réussissait tous les jeux que j'inventais pour lui sur le scripteur quand il était petit. Et je pensais qu'il serait plus enclin que mes parents à m'envoyer ce que je réclamais.

Bram. J'aimerais lui trouver une montre en argent pour remplacer celle que la Société lui a prise. Mais jusqu'à présent, toutes celles qu'on m'a proposées étaient trop chères. J'ai refusé une transaction pas plus tard qu'aujourd'hui, à la station d'aérotrain, en partant au travail. J'accepte de payer le juste prix, mais pas trop. Peut-être est-ce cela que j'ai appris dans le Labyrinthe : ce que je suis et ce que je ne suis pas, ce que je suis prête à donner ou pas.

Pratiquement tous les postes du Centre de classement sont occupés. Nous sommes les derniers à arriver. Une Officielle s'empresse de nous conduire vers les quelques box encore libres.

– Commencez immédiatement, ordonne-t-elle.

Je suis à peine assise sur ma chaise que des mots s'affichent sur l'écran : « Prochaine tâche : classement exponentiel par paires. »

Je garde les yeux rivés sur l'écran, en m'efforçant de conserver une expression neutre. Mais à l'intérieur, l'excitation me gagne, mon cœur s'emballe.

C'est le genre de classement hors du commun dont le Soulèvement m'avait parlé.

Les autres employés ne laissent rien paraître. Pourtant, je ne dois pas être la seule dans la salle à penser : « Alors, ça y est, le grand jour est enfin arrivé ? »

Je m'oblige à retrouver mon calme. *Attends les données.* Je suis censée repérer un certain type d'informations dont je saboterai le classement.

Dans un classement exponentiel par paires, on affecte à chaque propriété d'un objet un rang d'importance afin de le coupler avec un élément parfaitement complémentaire. C'est une tâche complexe et fastidieuse qui requiert une attention sans faille.

L'écran scintille, les données commencent à défiler.

C'est bien ça !

Le fameux classement. Les données adéquates.

Est-ce le début du Soulèvement ?

J'hésite un bref instant. J'espère que le Soulèvement a bien piraté le programme de vérification. Car si ce n'est pas le cas, le système va immédiatement repérer mes erreurs, un signal va retentir pour alerter l'Officiel qui viendra voir ce que je fabrique.

Sans trembler, je fais glisser l'un des éléments sur l'écran au mauvais endroit, luttant contre ce que me dicte mon instinct naturel et mon expérience. Je le dépose et le relâche lentement, retenant mon souffle.

Pas de signal sonore.

Le Soulèvement a bien piraté le système.

Je crois entendre un autre soupir de soulagement, non loin de moi. Puis un souvenir me revient, comme une graine de peuplier flottant dans la brise.

J'ai une impression de déjà-vu. Aurais-je déjà fait ce genre de choses auparavant ?

Mais je n'ai pas le temps de creuser la question, de remonter le cours de ma mémoire. J'ai une mission à accomplir.

C'est presque encore plus dur de mal faire. J'ai passé tellement de temps à m'entraîner à classer correctement. Même si cela me semble contre-productif, c'est la volonté du Soulèvement.

Au départ, le flux de données est constant, régulier, rapide. Mais à un moment, il s'interrompt, nous devons attendre la suite. Cela veut dire que certaines informations viennent d'ailleurs.

Nous classons des données chargées en temps réel, dans l'urgence. Est-ce le signe que le Soulèvement est en train de se produire ?

Me sera-t-il donné de vivre cet instant hors du commun aux côtés de Ky ?

J'imagine une armada de dirigeables noirs obscurcissant le ciel au-dessus du dôme. Les cheveux au vent, je me rue dehors pour le rejoindre. Je sens ses lèvres chaudes sur les miennes, célébrant non pas un adieu, cette fois, mais un nouveau départ.

– C'est du couplage, remarque quelqu'un à haute voix.

Tirée subitement de mes pensées, je lève la tête et cligne des yeux.

Combien de temps ai-je passé devant cet écran ? Au bout d'un moment, je me suis laissé absorber par ma tâche, oubliant tout le reste.

Du coin de l'œil, j'aperçois un mouvement vert sombre –des Officiers en uniforme qui fondent sur celui qui vient de parler.

J'ai vu les Officiels en arrivant mais depuis combien de temps l'armée les a-t-elle rejoints ?

– Pour le Banquet, insiste-t-il. Il y a quelque chose qui cloche. On nous demande de coupler les Promis pour le Banquet. La Société n'y arrive plus.

Tête baissée, je continue mon classement, mais alors qu'ils le traînent derrière moi, je lève la tête. Ils l'ont bâillonné, on ne comprend pas ce qu'il dit, mais nos regards se croisent un bref instant avant qu'ils ne l'emmènent.

J'ai les mains qui tremblent. Et s'il avait raison ?

Sommes-nous en train de coupler les Promis ?

Nous sommes le 15. Le Banquet a lieu ce soir.

À Oria, l'Officielle m'avait expliqué qu'ils faisaient les couples une semaine avant le Banquet. Qu'est-ce qui a changé ? Qu'est-il arrivé pour que la Société soit aussi en retard ? Traiter des données dans une telle urgence risque d'occasionner beaucoup d'erreurs, ils n'auront pas le temps d'opérer les vérifications nécessaires.

De plus, le Département de couplage dispose de sa propre équipe de classement. Le couplage est d'une importance capitale pour la Société. Ce devrait être des gens plus haut placés qui s'en chargent.

Peut-être que la Société n'a plus le temps. Plus assez de personnel. Il se trame quelque chose… On dirait qu'ils ont déjà préparé le couplage mais qu'ils doivent le refaire à la dernière minute.

Parce que les données ont changé.

Si nous sommes en train de coupler des Promis, les données correspondent à leurs caractéristiques – couleur des yeux, des cheveux, personnalité, hobbies. Qu'est-ce qui a pu modifier les caractéristiques de ces individus à grande échelle et aussi soudainement?

Peut-être qu'ils n'ont pas changé. Peut-être qu'ils ont disparu.

D'où peut venir une telle faille dans les dossiers de la Société? Auront-ils le temps de graver les microcartes ou bien certains écrins d'argent resteront-ils vides ce soir?

Une donnée s'affiche, puis s'efface avant que j'aie eu le temps de la traiter.

Comme le visage de Ky sur l'écran ce fameux soir.

Pourquoi maintenir le Banquet dans ces conditions? Avec une telle marge d'erreur?

Parce qu'il s'agit de la cérémonie la plus importante de la Société. Du couplage découlent toutes les autres cérémonies. C'est le pilier essentiel de la Société. S'ils le suspendent, ne serait-ce qu'un mois, les gens en déduiront instantanément qu'il y a un gros problème.

C'est bien pour ça, je viens de le comprendre, que le Soulèvement a piraté le système de façon à ce que nous faussions le couplage sans être pris. Nous achevons de saboter un classement dont les données ne sont déjà pas fiables.

– Veuillez vous lever et ouvrir vos étuis à pilules, ordonne un Officiel.

J'obéis, comme les autres autour de moi. Les têtes se redressent, les regards quittent l'écran, perplexes, paniqués.

«Êtes-vous immunisés contre la pilule rouge? ai-je envie de

32

demander à la cantonade. Allez-vous vous rappeler tout ça ? »

Et moi ?

– Sortez la pilule rouge. Puis attendez qu'un Officiel soit près de vous pour vérifier que vous la prenez bien. Ne vous inquiétez pas.

Les Officiels se déploient dans la salle. Dès que quelqu'un avale son comprimé, ils le remplacent aussitôt dans son étui.

C'était prévu. Ils savaient qu'ils en auraient besoin à un moment donné, ce soir.

Le cachet se dissout sur la langue, les souvenirs se dissolvent dans la mémoire.

Ma petite graine de souvenir me traverse à nouveau l'esprit. J'ai l'impression persistante que ça a un rapport avec le classement. Si seulement j'arrivais à me rappeler...

Souviens-toi. J'entends des pas. Ils se rapprochent. Je n'aurais jamais osé faire cela avant, mais commercer avec les Archivistes m'a appris à être leste et habile. J'ouvre mon étui et je glisse le papier – *souviens-toi* – dans ma manche.

Je ne veux pas avaler cette pilule. Je ne veux pas oublier mes souvenirs.

Peut-être suis-je immunisée contre ses effets, comme Ky, Xander et Indie. Peut-être que je n'oublierai rien.

Et, de toute façon, je n'oublierai pas Ky. Trop tard. Ils ne peuvent plus me l'enlever.

– Allez-y, ordonne l'Officiel.

Je glisse la pilule dans ma bouche.

C'est salé. Comme une gouttelette de sueur qui dégouline. Comme une larme qui roule. Ou peut-être comme une gorgée d'eau de mer.

CHAPITRE 3
KY

Le Pilote habite dans les Provinces frontalières, ici à Camas.
Le Pilote n'habite nulle part. Il est toujours en mouvement.
Le Pilote est mort.
Le Pilote ne peut pas mourir.

Voici les rumeurs qui circulent dans le camp. Nous ne savons pas qui est le Pilote ni même s'il s'agit d'un homme ou d'une femme, s'il est jeune ou vieux.

Nos responsables nous répètent qu'il a besoin de nous et qu'il ne peut rien sans nous. Il va se servir de nous pour faire tomber la Société – ce qui va arriver d'ici peu.

Mais, évidemment, les stagiaires ne peuvent s'empêcher de spéculer au sujet du Pilote dès que l'occasion se présente. Certains sont convaincus que notre chef, celui qui supervise notre entraînement, est le Pilote, le meneur du Soulèvement.

La plupart cherchent constamment à lui plaire. Ça m'est égal. Je ne me suis pas engagé dans le Soulèvement pour le Pilote, mais pour Cassia.

Quand je suis arrivé dans ce camp, j'ai d'abord craint que le Soulèvement se serve de nous comme appâts, à la manière de la Société. Sauf qu'ils n'auraient pas autant investi dans notre formation dans ce cas. Je ne crois pas qu'ils nous aient préparés à mourir. Mais je me demande à quel genre de vie ils nous destinent. Si le Soulèvement réussit, que se passera-t-il ensuite ? Ça, ils n'en parlent pas souvent. Ils disent que tout le monde sera plus libre, qu'il n'y aura plus ni Aberrations ni Anomalies. Et c'est à peu près tout.

La Société a pourtant raison. Nous, les Aberrations, nous représentons un danger. Je suis le genre de personne que tout bon citoyen redoute de croiser la nuit – ombre noire aux yeux vides. Seulement la Société pense que je suis mort dans les Provinces lointaines. Encore une Aberration de moins.

Un homme mort qui vole.

– Fais-moi quelques virages en épingle, me demande mon commandant dans le micro. D'abord à gauche, vers le sud, puis tu reprends la direction du nord en virant à cent quatre-vingts degrés à chaque fois.

– Bien, chef.

Ils veulent évaluer ma maîtrise de l'engin. Un virage avec un tel degré d'inclinaison exerce une telle force de résistance que la moindre erreur de pilotage peut avoir des conséquences fatales. Dans ce type de manœuvre, si je tente de redresser la trajectoire trop brusquement, c'est l'accident assuré.

Tandis que j'exécute les virages, je sens ma tête, mes bras, mon corps entier s'enfoncer dans le siège. Je dois résister pour me maintenir droit. À la fin, libéré de cette pression, j'ai le cœur qui bat à tout rompre et l'impression d'être incroyablement léger.

– Excellent, commente mon commandant.

On raconte que le pilote-chef surveille nos faits et gestes. Certains prétendent même qu'il est déjà monté à bord avec eux, déguisé en stagiaire. Je n'y crois pas. Mais il nous observe sans doute.

Je m'imagine qu'elle aussi.

Je prends de l'altitude à bord du dirigeable. Au décollage, il pleuvait, maintenant les nuages sont en dessous de moi.

Elle est loin de moi en ce moment. Mais je me suis toujours figuré que, grâce à la force magique de l'amour, sans doute, elle pourrait lever la tête, apercevoir une silhouette noire dans le ciel et savoir que c'est moi, me reconnaître à ma façon de piloter. On a vu des phénomènes plus étranges encore.

Bientôt, j'aurai fini l'entraînement et ils m'enverront en mission pour la nuit. La semaine dernière, lorsqu'ils nous ont notifié nos affectations, je n'en revenais pas : Central, enfin ! Ce soir, si elle regarde au bon moment, elle pourra vraiment me voir dans le ciel.

Je vire à nouveau sur l'aile. À part pour ce genre d'exercice, nous ne sommes jamais seuls à bord. En principe, le Soulèvement constitue des équipes de trois : un pilote, un copilote et un coursier qui voyage dans la nacelle et se charge d'exécuter les missions – brèves incursions dans la Société aussi furtives que possible. Je préfère quand le pilote et le copilote l'assistent et que nous nous faufilons dans les rues pour le compte du Soulèvement.

Cette nuit, je suis censé rester à bord, mais je vais m'arranger pour sortir un peu. Pas question que je reste confiné dans le dirigeable alors que je serai si près de Cassia. Je trouverai une excuse pour m'éclipser et filer au bord du lac. Et peut-être que je ne reviendrai pas – pourtant, je me sens plus à ma place au sein du Soulèvement que n'importe où jusqu'ici.

J'ai pile l'expérience qu'il faut pour œuvrer dans la rébellion. Je me suis entraîné pendant des années à passer inaperçu dans la Société après avoir été élevé par un père qui n'acceptait pas les choses telles qu'elles étaient. Je le comprends mieux ici, en vol, alors même qu'il n'a jamais quitté la terre. Parfois un vers du poème de Dylan Thomas me revient :

Et toi, mon père, ici sur la triste élévation
Maudis, bénis-moi à présent avec tes larmes violentes, je t'en prie*.

Si j'étais libre de faire ce que je veux vraiment, je prendrais à bord tous ceux auxquels je tiens pour les emmener loin d'ici. Je me poserais d'abord à Central pour prendre Cassia, puis je passerais chercher tous les autres, où qu'ils soient. Je retrouverais mon oncle et ma tante, Patrick et Aida ; les parents de Cassia et son frère, Bram, ainsi que Xander, Em et ceux du quartier des Érables, où nous avons grandi. Je retrouverais Eli. Puis je m'envolerais à nouveau.

C'est impossible. On ne peut pas faire monter autant de monde à bord d'un dirigeable, c'est trop petit.

Mais si je pouvais, je les emmènerais dans un endroit où on serait en sécurité. Je ne sais pas encore où. Peut-être une île au milieu de la mer, où Indie s'imaginait autrefois trouver le Soulèvement.

Dans le Labyrinthe, on ne serait pas en sécurité, je crois. Plus maintenant. Mais il doit y avoir d'autres endroits où trouver refuge dans le territoire de l'ennemi. Dans les musées, la Société a modifié ses cartes, les Provinces lointaines apparaissent plus petites. Si le Soulèvement ne parvient pas à la renverser, à la prochaine génération, elles n'apparaîtront sans doute même plus sur la carte. Ça me laisse supposer qu'il y a plein d'autres endroits dont j'ignore l'existence, des lieux

---

* *Vision et prière*, traduction d'Alain Suied, in *Poésies*, Éditions Gallimard, 1991, 2009.

que la Société a effacés au fil du temps. Il doit y avoir tout un monde, au-delà du territoire de l'ennemi. Comment savoir tout ce qui nous a été caché ?

Ça m'est bien égal, de toute façon, que le monde soit tout petit, du moment que Cassia est au centre du mien. Je me suis engagé dans le Soulèvement pour être avec elle. Seulement ils l'ont renvoyée à Central. Et maintenant, je n'ai plus qu'à piloter, encore et encore, car c'est le seul espoir que j'ai de me rapprocher d'elle, tant que la Société n'abat pas mon dirigeable.

Car ça peut arriver. Mais je suis prudent. Je ne prends pas de risques inutiles comme d'autres, qui veulent impressionner le pilote-chef. Si je meurs, je ne serai plus d'aucune utilité à Cassia. Et puis je tiens à revoir Patrick et Aida. Je ne veux pas qu'ils s'imaginent qu'ils ont perdu un autre enfant. Un, ça suffit.

Ils me considèrent comme leur propre fils, pourtant ils m'ont toujours pris pour ce que j'étais. Ky. Sans me confondre avec Matthew, celui qui est mort avant que je vienne vivre chez eux.

Je ne sais pas grand-chose à son sujet, car on ne s'est jamais rencontrés. Juste que ses parents l'aimaient beaucoup. Que son père le pensait doué pour le classement. Et qu'un jour où il lui rendait visite à son travail, un individu classé Anomalie les a attaqués.

Patrick a survécu. Pas Matthew. Ce n'était qu'un enfant. Pas encore en âge d'être couplé. Pas encore en âge d'être affecté à un poste de travail définitif. Et surtout pas encore en âge de mourir.

J'ignore ce qui se produit après notre mort. Je ne pense pas qu'il y ait quoi que ce soit. Mais je peux tout de même concevoir que ce qu'on fait, ce qu'on crée dans cette vie demeure après nous. Peut-être dans un endroit différent ou sur un autre plan.

Alors... peut-être que, dans mon dirigeable, je pourrais tous les emmener encore plus haut, ailleurs, loin au-dessus de notre monde. Plus on grimpe en altitude, plus il fait froid. Peut-être que si je montais assez haut, on retrouverait congelé tout ce que ma mère a peint.

Un homme mort qui respire.

Je me souviens, la dernière fois que j'ai vu Cassia, au bord d'une rivière. La pluie s'était changée en neige et elle m'a dit qu'elle m'aimait.

Un homme mort qui vit.

Je vole vite, avec aisance. Le sol vient à ma rencontre, le ciel rétrécit et se réduit à la fine ligne de l'horizon. Il fait presque complètement nuit.

Je ne suis pas mort du tout. Je n'ai jamais été aussi vivant.

Ce soir, le camp est en effervescence.

– Ky! lance quelqu'un en passant près de moi.

J'opine, sans quitter les montagnes des yeux. Ici, je n'ai pas commis l'erreur de trop me lier avec les gens. J'ai retenu la leçon. Les deux amis que je m'étais faits dans le village des appâts ont disparu. Vick est mort, Eli est parti quelque part dans les montagnes, justement. J'ignore ce qu'il est devenu.

Ici, il n'y a qu'une seule personne que je considère comme mon amie et je l'ai connue dans le Labyrinthe.

Je la vois en entrant dans le réfectoire. Comme d'habitude, même quand elle est au milieu de la foule, il y a une légère distance entre elle et les autres. Les gens la toisent d'un œil admiratif, surpris. Tous s'accordent à dire que c'est l'une des meilleures pilotes du camp. Pourtant, la distance demeure. Je ne parviens pas à savoir si elle le remarque, si ça la touche.

– Indie, fais-je en m'approchant d'elle.

Je suis toujours soulagé de la voir en vie. Même si elle pilote des vaisseaux de mission, comme moi, et non des vaisseaux de combat, je crains toujours qu'elle ne revienne pas. La Société veille toujours et Indie est tellement imprévisible.

– Ky, j'ai discuté avec les autres, annonce-t-elle sans préambule. À ton avis, le Pilote va bientôt se manifester ?

Sa voix porte. Les gens se retournent.

– Je m'imaginais qu'il allait arriver sur l'eau, c'est ce que ma mère m'avait toujours raconté. Mais je n'en suis plus persuadée. Je crois qu'il viendra du ciel. Qu'en penses-tu ? Il n'y a pas d'eau partout, alors que le ciel oui.

– Je n'en sais rien...

Avec elle, c'est toujours pareil, je suis partagé entre l'amusement, l'admiration et l'exaspération. Les quelques stagiaires qui restent autour de nous s'empressent de quitter la pièce en murmurant des excuses.

– Tu es en mission ce soir ? je demande.

– Non, pas ce soir, et toi ? Tu es de repos aussi ? Tu veux aller te balader au bord de la rivière ?

– Non, je suis de service.

– Tu vas où ?

Nous ne sommes pas censés communiquer sur la nature de nos missions, mais je me penche – si près que je distingue de petites taches bleu marine dans les yeux bleu piscine d'Indie – et je chuchote :

– À Central.

J'ai attendu avant de lui en parler, je ne voulais pas qu'elle tente de m'en dissuader. Elle sait bien qu'une fois que je serai là-bas, je risque de trouver un moyen d'y rester.

Mais elle ne cille pas.

– Ça fait longtemps que tu attendais ça.

Elle se lève et repousse sa chaise avant de compléter :

– J'espère que tu reviendras.

Je ne lui promets rien. Je n'ai jamais été capable de lui mentir.

Je viens juste de commencer à manger quand les sirènes retentissent.

Oh, non, pas un entraînement surprise, pas ce soir. Ce n'est pas possible.

Je me lève avec les autres et nous nous précipitons dehors.

Des silhouettes, rapides et sombres comme moi, foncent vers les dirigeables. Visiblement, c'est une répétition générale. Les pistes sont bondées, tous les vaisseaux sont de sortie. Les stagiaires s'affairent, exécutant la procédure programmée pour la mission finale, le jour J où nous renverserons la Société. J'allume mon miniport.

«Rendez-vous à la piste 13, indique le message. Groupe 3. Vaisseau C-5. Copilote.»

Je n'ai jamais piloté ce dirigeable, il me semble, bien que ça n'ait aucune espèce d'importance. J'ai l'habitude de ce genre d'appareil. Mais pourquoi m'a-t-on affecté en tant que copilote? En principe, je suis le pilote, quelle que soit l'identité des autres membres de l'équipe.

– Embarquement immédiat! ordonnent les commandants, couvrant à grand-peine le hurlement des sirènes.

En approchant du vaisseau, je m'aperçois que les lumières sont déjà allumées. Il y a quelqu'un dans le cockpit. Le pilote doit déjà être à bord.

Je monte les marches et ouvre la porte.

Lorsque Indie se retourne et me reconnaît, elle écarquille les yeux, stupéfaite.

– Qu'est-ce que tu fais là? s'étonne-t-elle.

– Je suis affecté comme copilote. C'est toi, le pilote?

Elle confirme.

– Tu étais au courant qu'on était ensemble? je demande.

– Non.

Elle se retourne vers le tableau de bord pour démarrer le moteur, un son familier, mais néanmoins irritant. Puis elle me jette un regard par-dessus son épaule, sa longue natte voltigeant furieusement dans les airs.

– Pourquoi mettre deux bonnes recrues sur le même vaisseau? Quel gâchis!

La voix de notre responsable de groupe résonne dans le haut-parleur du cockpit:

– Procédez aux derniers contrôles avant décollage.

Je grommelle entre mes dents. C'est une répétition générale. Nous allons vraiment décoller. Je vois déjà Central s'éloigner.

À moins qu'ils ne nous envoient là-bas pour l'entraînement, justement.

Indie se penche vers le micro pour annoncer:

– Il nous manque notre coursier.

Juste à ce moment-là, la porte s'ouvre et une silhouette vêtue de noir pénètre dans le dirigeable. Pour l'instant, impossible de voir de qui il s'agit. Je me surprends à penser: «Et si c'était Vick? Ou Eli?» Pourquoi pas? Je fais bien équipe avec Indie, ce qui me semblait presque aussi improbable.

Mais Vick est mort et Eli est parti.

– C'est toi, le coursier? demande Indie.

– Oui, confirme-t-il.

Il semble à peu près de notre âge, peut-être un ou deux ans de plus. Je ne crois pas l'avoir déjà vu avant, mais de nouveaux stagiaires arrivent tous les jours au camp. Tandis qu'il se dirige vers la trappe, je remarque plusieurs entailles sur la semelle de ses chaussures.

– Tu as été envoyé dans les villages, toi aussi, dis-je.

Ce n'est pas rare. Parmi nous, nombreux sont ceux qui ont joué les appâts à un moment ou à un autre.

– Oui, répond-il platement. Je m'appelle Caleb.

– Je n'ai pas l'impression qu'on se soit croisés là-bas.

– Non, répond-il avant de disparaître dans la soute.

Indie me regarde en haussant les sourcils.

– Ils ont dû le mettre avec nous pour équilibrer. Deux malins, un crétin.

– On n'a pas de cargaison pour cet exercice ? je demande.

– Si, des fournitures médicales, m'informe Indie.

– De quel genre ? C'est du véritable matériel ?

– Je ne sais pas. Toutes les caisses sont verrouillées.

Peu après le décollage, l'ordinateur de bord crache une bande de papier contenant nos instructions de vol.

Je m'en saisis pour la lire.

– Alors ? me questionne Indie.

– Grandia.

Pas Central.

Cependant Grandia est dans la même direction. Si on le voulait, on pourrait pousser jusqu'à Central.

Mais je ne dis rien de mes projets à Indie. Pas encore.

Laissant derrière nous la plaine sombre au pied des montagnes où est stationné notre camp, nous survolons les quartiers de la périphérie de Camas. Puis la ville elle-même. Je distingue la rivière qui la traverse, les bâtiments les plus importants, comme le Dôme municipal.

Ils sont cernés par un mur blanc.

– Ça fait longtemps qu'il est là ? je demande.

Je ne suis pas passé au-dessus de la ville depuis près d'une semaine.

– Aucune idée, répond Indie. Tu sais ce que c'est ?

– On dirait un mur d'enceinte, autour du Dôme municipal et de quelques autres bâtiments.

Mon malaise s'accroît. Malgré tout, je garde les yeux rivés sur le tableau de bord, résistant à l'envie de regarder Indie. Pourquoi avoir dressé un mur autour du centre de Camas? Pourquoi Indie et moi nous retrouvons-nous ensemble à bord de ce vaisseau?

Est-ce ce qu'ont éprouvé Cassia et Xander lorsqu'ils ont appris qu'ils étaient promis l'un à l'autre?

« Ce n'est pas possible. Ça n'a pas de sens. Pourquoi ? »

Indie a dû suivre le même cheminement de pensée que moi car elle déclare :

– Si le Soulèvement nous a mis ensemble, c'est que ce n'est pas une simple répétition.

Tandis que la ville disparaît au loin, elle se penche vers moi pour murmurer :

– Ça commence.

Je pense qu'elle a raison.

CHAPITRE 4
XANDER

Le clinicien finit d'examiner le petit garçon avant d'annoncer à ses parents :

– L'état de votre fils est stable. Nous avons déjà rencontré cette maladie. Les patients qui en sont atteints s'enfoncent dans un état léthargique, comme s'ils dormaient.

Il fait signe à ses collègues d'apporter un brancard.

– Nous allons le transférer immédiatement au Centre médical, où il recevra les meilleurs soins.

La mère acquiesce, livide. Le père se lève pour aider à déplacer son enfant, mais les professionnels s'en chargent.

– Il va falloir nous suivre, poursuit le clinicien.

Il désigne les parents, mais également nous, les trois Officiels.

– Par précaution, vous allez tous être placés en quarantaine.

Je jette un coup d'œil à l'Officielle Lea. Elle est en train de regarder par la fenêtre, en direction des montagnes. Comme le font souvent les personnes originaires de cette province, j'ai remarqué. Ils ont fréquemment le regard perdu dans les montagnes. Peut-être savent-ils quelque chose que j'ignore. Est-ce là où se trouve le Pilote ?

J'aimerais pouvoir assurer aux parents du petit que tout va bien se passer. Leur air paniqué m'indique qu'ils ne font pas partie du Soulèvement. Ils ignorent qu'il y a un Pilote. Et un traitement.

Pourtant c'est vrai, j'en suis sûr. Le Soulèvement a tout prévu :

« La Peste a contaminé les Provinces depuis des mois. La Société a pour l'instant réussi à contenir la maladie, mais un jour, l'épidémie flambera et ils ne seront plus en mesure de l'endiguer. Et à ce moment-là, les citoyens constateront ce que jusqu'alors ils ne faisaient que suspecter : il existe une maladie que la Société ne peut pas guérir. Quand la Peste se répandra, pour nous, tout commencera. »

Je suis impliqué dans la deuxième phase de la rébellion. Je dois donc attendre le signal du Pilote pour passer à l'action. Lorsqu'il s'exprimera, je devrai me rendre le plus vite possible au Centre médical principal. Je n'ai jamais entendu sa voix, mais mon contact au sein du Soulèvement m'a affirmé que je la reconnaîtrai le moment venu.

Finalement, ce sera encore plus simple que prévu. La Société va me mettre en quarantaine. Je serai déjà sur place quand le Pilote parlera enfin.

Les cliniciens nous tendent des masques et des gants avant que nous montions dans l'aérovoiture. Je suis la procédure, même si toutes ces précautions sont parfaitement inutiles : je ne peux pas attraper la Peste.

Voilà l'autre action du vaccin du Soulèvement. Il immunise contre les effets de la pilule rouge, mais aussi contre la Peste.

Le bébé pleurniche un peu quand ils lui enfilent le masque, je lui jette un regard préoccupé. J'espère qu'il ne va pas développer la maladie, il y a sûrement été exposé avant qu'on le vaccine.

Je me rassure : « Même s'il l'attrape, le Soulèvement a le traitement. »

Une rivière coule au milieu de la ville de Camas. Le jour, l'eau est bleue, mais ce soir, on dirait une large avenue goudronnée. Nous la longeons quelque temps pour rejoindre le centre.

Les principaux bâtiments municipaux, dont le plus grand Centre médical de Camas, sont cernés par une haute enceinte blanche.

– Il est là depuis quand, ce mur ? demande le père en le désignant.

Personne ne lui répond.

Il est récent. La Société l'a fait construire pour tenter d'endiguer l'épidémie. Encore un mur à abattre pour le Soulèvement.

– Ne me dites pas que vous l'ignorez, reprend le père. Les Officiels sont au courant de tout.

Sa voix se fait dure, rageuse. Il nous fixe tour à tour, l'Officiel Brewer, l'Officielle Lea et moi. Je soutiens son regard.

– Nous vous avons expliqué tout ce que nous pouvions, réplique l'Officiel Brewer. Votre famille a assez d'ennuis comme ça, je préférerais ne pas vous accabler avec une citation en plus.

– Je suis désolée, enchaîne l'Officielle Lea.

Toute sa sympathie transparaît dans sa voix. J'espère qu'il en est de même pour le Pilote.

Le père nous tourne le dos, très raide. Il ne dit plus rien. J'ai tellement hâte de quitter cet uniforme. Il promet plus que nous ne pouvons donner. Il représente quelque chose en quoi je ne crois plus depuis longtemps. Même l'expression de Cassia a changé la première fois qu'elle m'a vu vêtu ainsi.

– Qu'est-ce que tu en penses ? lui ai-je demandé.

Debout devant mon port de communication, les bras écartés, j'ai pivoté sur moi-même, en souriant – exactement ce que la Société attendait de moi –, je savais qu'ils m'observaient.

– Je pensais pouvoir assister à la cérémonie, a-t-elle dit en ouvrant de grands yeux.

Je sentais à sa voix qu'elle tentait d'étouffer ses émotions. Surprise ? Colère ? Tristesse ?

– Je sais, mais ils ont changé le protocole. Ils n'ont pas fait venir mes parents non plus.

– Oh, Xander, a-t-elle soupiré, je suis désolée pour toi.

– Ne t'en fais pas. Pour célébrer notre contrat je te promets qu'on sera là tous les deux, l'ai-je taquinée.

Elle n'a pas protesté, consciente que la Société nous surveillait. Voilà où nous en étions. J'avais envie de la voir en personne, mais c'était impossible. Elle était à Central, moi à Camas, nous en étions réduits à discuter *via* le port de communication de nos appartements respectifs.

– Tu as fini ton service il y a un moment, non ? a-t-elle repris. Ça veut dire que tu es resté en uniforme toute la journée pour te pavaner ?

Elle plaisantait aussi. Je me suis un peu détendu.

– Non, les règles ont changé. On doit rester en uniforme en permanence, même quand on sort du travail.

– Et pour dormir ?

J'ai ri.

– Non, là, on peut se changer.

Elle a acquiescé en rougissant légèrement. Je me demandais à quoi elle pensait. J'aurais tellement aimé qu'elle soit là près de moi, dans la même pièce. C'est plus facile de se faire comprendre face à une personne en chair et en os. Toutes les questions que j'avais à lui poser bourdonnaient dans ma tête :

«Comment vas-tu vraiment? Que s'est-il passé dans les Provinces lointaines? Tu t'es servie des pilules bleues? Tu as lu les messages glissés dedans? As-tu deviné mon secret? Tu sais que je fais partie du Soulèvement? Est-ce que Ky te l'a dit? Et toi, tu en es? En entrant dans le Labyrinthe, tu étais amoureuse de Ky. En était-il de même quand tu en es sortie?»

Je n'éprouve aucune haine pour Ky. Au contraire, que du respect. Mais ça n'empêche, je ne suis pas sûr qu'il devrait être avec Cassia. Elle doit aller avec celui qu'elle veut, et je persiste à croire qu'en fin de compte, ce pourrait être moi.

L'air grave et pénétré, elle a repris:

– C'est extraordinaire, non, de faire partie de quelque chose qui te dépasse?

– Oui, ai-je acquiescé en plongeant mes yeux dans les siens.

Malgré la distance qui nous séparait, j'ai su qu'elle ne parlait pas de la Société, mais du Soulèvement. «Nous sommes tous les deux dans le mouvement.» J'avais envie de le crier sur les toits sauf que, une fois de plus, c'était impossible.

– Tu as raison, ai-je confirmé, c'est extraordinaire.

Pour changer de sujet, elle a déclaré:

– J'aime bien ton insigne. Rouge... ta couleur préférée.

J'ai souri.

Elle a bien lu les petits mots que j'avais glissés dans les plaquettes de comprimés.

– Au fait, je voulais te dire. J'ai toujours dit que je préférais le vert, c'était même indiqué sur ma microcarte. Mais j'ai changé.

– Ah bon...

– Oui, maintenant, c'est le bleu. Comme tes yeux.

Elle s'est penchée légèrement pour ajouter:

– Tous ces bleus... c'est fou.

J'aurais aimé croire qu'il s'agissait juste d'un compliment, mais ce n'était pas le cas. Elle essayait de me faire passer un message, mais quoi ? Pourquoi parlait-elle de bleus au pluriel ?

Elle devait faire référence aux comprimés bleus que je lui avais donnés à Oria. Voulait-elle me dire qu'ils lui avaient sauvé la vie ? Ces pilules sont censées nous permettre de survivre en cas de catastrophe, c'est pour cela que je tenais à ce qu'elle en emporte le plus possible avec elle.

À l'époque, pour ne pas l'inquiéter, j'ai menti, je ne lui ai pas révélé par quel biais je les avais obtenues. Je ne regrette pas ce que j'ai dû faire pour les avoir. Ça en valait la peine. C'est ce que je me répète souvent, et la plupart du temps, j'arrive à m'en convaincre.

Une fois dans l'enceinte délimitée par le mur blanc, je ne note aucun signe de rébellion. La Société semble contrôler parfaitement la situation. Une immense tente blanche sert de zone de triage. Ils ont installé des lanternes un peu partout. Les Officiels portent tous des équipements de protection. Sans cesse, des dirigeables se posent pour débarquer patients et cliniciens.

Mais je ne suis pas inquiet. Le Soulèvement commence, je le sais. En plus, sans le vouloir, la Société m'a conduit exactement à l'endroit où je dois être. J'aimerais tellement que Cassia soit à mes côtés quand nous entendrons le Pilote pour la première fois. Je me demande ce qu'elle pense de tout ça. Elle est dans la rébellion. Elle doit être au courant, pour la Peste, elle aussi.

Un Officiel en combinaison indique :

– Les malades à droite, ceux qui sont en quarantaine à gauche.

Je me tourne vers la gauche pour voir où je dois me rendre. Le Dôme municipal de Camas.

– Le Centre médical doit être complet, remarque l'Officielle Lea.

C'est bon signe, très, très bon signe. La Peste se répand rapidement. Le Soulèvement va devoir intervenir, ce n'est plus qu'une question de temps. Les Officiels qui effectuent le tri ont déjà l'air à bout de nerfs.

Nous gravissons les marches menant au dôme. L'espace d'un instant, j'imagine que Cassia se tient à côté de moi et que nous nous rendons à notre Banquet.

L'Officielle Lea pousse la porte.

– Ne vous arrêtez pas, s'il vous plaît, nous recommande-t-on.

Je comprends pourquoi ils craignent que les gens se figent sur place : l'intérieur du dôme a été complètement transformé.

La vaste salle principale est occupée par des rangées et des rangées de petites cabines transparentes. Je sais de quoi il s'agit : des unités d'isolement temporaire qui peuvent être installées partout en cas d'épidémie. J'en ai entendu parler durant ma formation, mais je n'en avais encore jamais vu.

Ces cellules individuelles peuvent être assemblées selon différentes configurations, comme les pièces d'un jeu de construction. Chacune possède son propre système d'alimentation d'eau et d'évacuation des déchets, qui peut être raccordé à ceux d'un bâtiment plus grand. À l'intérieur, il y a une couchette étroite, une trappe pour la nourriture, et un petit espace privé dans le fond abritant les toilettes. Mais le plus étonnant, à part la taille réduite, ce sont les cloisons qui sont presque toutes transparentes.

« Transparence sanitaire », selon l'expression de la Société. Les cliniciens peuvent surveiller leurs patients en permanence… et tout le monde voit ce qui arrive aux autres.

On raconte que la Société a mis au point ce système lorsque les Officiels du Département de la sécurité traquaient les Anomalies – ils les rassemblaient dans des centres pour les évaluer et isoler les individus qu'ils estimaient dangereux. Une fois leur mission accomplie, ils ont cédé les cellules au Département de médecine. La Société prétend qu'elles ont toujours été réservées à l'usage sanitaire en cas d'épidémie, c'est la version officielle.

Avant de rejoindre le Soulèvement, je n'avais guère entendu parler de la façon dont la Société avait méthodiquement éliminé les Anomalies de la population. Mais je suis sûr que c'est vrai. Elle a bien recommencé, quelques années plus tard, avec Ky et les autres Aberrations.

Je fais un rapide calcul dans ma tête. La moitié des cellules sont encore vides mais, dans peu de temps, elles seront occupées.

– Vous, ici, ordonne un Officiel en s'adressant à mon responsable.

Avec un petit signe de tête à notre intention, l'Officiel Brewer pénètre dans sa cellule et s'assied docilement sur sa couchette.

– Vous, là.

L'Officielle Lea entre dans la sienne. Je lui souris avant que la porte ne se referme en coulissant. Elle me rend mon sourire. Elle sait. Elle doit faire partie du Soulèvement.

Et quelques cabines plus loin, c'est mon tour. Ça paraît encore plus petit quand on est à l'intérieur. En tendant les bras, je touche les deux murs en même temps. J'entends de la musique, tout bas. Ils nous passent les Cent Chansons pour éviter qu'on meure d'ennui.

Moi, j'ai de la chance. Je sais que le Pilote va venir nous sauver. Et que je ne vais pas attraper la Peste. Quand on a de la chance, comme ça a toujours été le cas dans ma famille, on a le devoir de faire ce qu'il faut. C'est ce que nos parents nous ont enseigné.

«Selon les classements de la Société, nous sommes du bon côté, mais il aurait pu en être autrement. Ce n'est pas juste. À nous de faire en sorte que ça change.»

Quand mes parents se sont aperçus que mon frère Tannen et moi, nous étions insensibles au comprimé rouge, ils se sont montrés plus protecteurs, sachant que nous allions nous rappeler les événements qu'ils oublieraient. Mais ils nous ont aussi appris que c'était un privilège d'être immunisé. Car nous saurions ce qui s'était réellement passé et nous pourrions nous en servir pour faire bouger les choses.

Voilà pourquoi, quand le Soulèvement m'a recruté, je n'ai pas hésité : je voulais en faire partie.

Quelque chose ébranle la cloison. Je tourne la tête. Mon voisin, un garçon de treize ou quatorze ans, s'est évanoui. Sans même tenter de se rattraper, il s'écroule par terre.

Immédiatement, les cliniciens accourent et pénètrent dans la cellule, munis de leurs masques et de leurs gants de protection. Ils le soulèvent pour l'emmener – sans doute au Centre médical. Un liquide coule sur la paroi transparente. Une vapeur à l'odeur chimique s'échappe du sol. Ils désinfectent la cellule pour le prochain patient.

Pauvre gamin. J'aurais voulu pouvoir l'aider.

J'écarte les bras, plaquant mes mains contre les deux murs, pour sentir mes muscles se tendre.

Heureusement, je ne devrais pas rester impuissant trop longtemps.

CHAPITRE 5
CASSIA

Une fille s'assied à côté de moi dans l'aérotrain, vêtue d'une magnifique robe en soie. Sauf qu'elle n'a pas l'air heureuse. Son expression perplexe reflète exactement ce que je ressens. Je sais que je rentre du travail, mais pourquoi si tard ? J'ai l'esprit embrumé, je suis fatiguée. Et en même temps, je me sens anxieuse, sur les nerfs. Il règne la même atmosphère que le jour où ils sont venus chercher Ky, à Oria. L'air est vif, le vent mugit.

– Vous étiez à votre Banquet de couplage ce soir ?

Tout en prononçant ces mots, je pense : « Question idiote ! » Évidemment. À part pour le Banquet, nous n'avons aucune occasion de porter ce genre de robe. Elle est jaune, la même couleur que celle d'Em, mon amie du quartier des Érables.

La fille me regarde, perdue, puis baisse les yeux vers ses mains, comme si la réponse s'y trouvait. Effectivement, elle tient au creux de sa paume un petit écrin d'argent.

– Oui, répond-elle avec un éclat soudain dans le regard. Bien sûr.

– Le Banquet n'a pas pu être célébré au Dôme municipal, puisqu'il est en rénovation, dis-je.

– Tout à fait, confirme-t-elle.

Son père se tourne vers moi, inquiet. J'insiste quand même :

– Il s'est tenu où, alors ?

En guise de réponse, elle ouvre l'écrin, puis le referme.

– Tout s'est passé si vite. Je visionnerai à nouveau la micro-carte à la maison.

Je lui souris.

– Pour moi, c'était pareil, je m'en souviens.

Souviens-toi.

Oh, non.

Glissant ma main à l'intérieur de ma manche, je sens une petite bande de papier, trop petite pour un poème. Je n'ose pas la sortir dans l'aérotrain, avec tout ce monde autour de moi, mais je crois deviner ce qui m'est arrivé.

À Oria, quand toute ma famille a pris le comprimé rouge sauf moi, ils étaient exactement dans l'état où je suis mainte-nant. Un peu perdus, l'esprit confus, mais pas complètement déboussolés. Ils savaient où ils étaient et ce qu'ils faisaient.

L'aérotrain s'arrête. La fille descend avec ses parents. Au dernier moment, je me lève et me faufile entre les portes. Ce n'est pas encore ma station, mais je ne supporte pas de rester assise plus longtemps.

Il fait humide et froid. La nuit n'est pas vraiment tombée. J'aperçois un croissant de lune qui flotte dans les eaux bleu marine du ciel. Inspirant profondément, je dévale les marches métalliques et je m'écarte pour laisser passer les autres voya-geurs. Cachée dans la pénombre, sous l'escalier, je tire le papier de ma manche aussi discrètement que possible.

Il est écrit : « Souviens-toi. »

J'ai pris le comprimé rouge et il a fonctionné.

Je ne suis pas immunisée.

Une partie de mes espoirs s'effondre.

– Non, je murmure.

Ce n'est pas possible. Je suis sûrement immunisée. Il le faut.

Au fond de moi, j'y croyais tellement. J'étais persuadée d'être comme Ky, Xander et Indie. Après tout, j'ai dompté les deux autres comprimés. J'ai survécu à la pilule bleue dans le Labyrinthe, alors qu'elle devait me stopper net. Et je n'ai jamais pris la verte.

Mon esprit méthodique d'experte en classement me dit : «Tu t'es trompée. Tu n'es pas immunisée. Tu en as la preuve maintenant.»

Mais alors, qu'est-ce que j'ai oublié? Quels souvenirs sont perdus pour toujours?

J'ai un goût de larmes dans la bouche. Je passe la langue sur mes lèvres pour voir s'il reste de la poussière de comprimé.

«Calme-toi. Essaie de vérifier ce que tu te rappelles.»

Avant le trajet en aérotrain, je me souviens d'avoir quitté le Centre de classement. Mais qu'est-ce que je faisais là-bas si tard? En remuant, je sens quelque chose sous ma tenue de jour. Ma robe rouge. Pourquoi ai-je mis cette robe?

Parce que Ky doit venir ce soir. Ça, je me le rappelle.

Portant la main à mon cœur qui bat la chamade, j'entends le chuchotis du papier sous ma tunique.

Et je me souviens que j'ai des poèmes à échanger, là, tout contre ma peau.

Je sais comment je les ai obtenus, en arrivant ici. Je me le rappelle parfaitement.

Quelques jours après mon arrivée à Central, j'ai longé la muraille blanche encerclant la Zone d'immobilité. J'avais l'impression d'être à nouveau dans le Labyrinthe, le haut mur me rappelait la paroi du canyon et les fenêtres des bâtiments, les grottes, ces petites niches dans la pierre où les gens s'abritaient, vivaient, peignaient.

«Sauf que ce mur est si lisse que même Indie ne trouverait pas de prise pour l'escalader.»

Les pelouses étaient couvertes de neige. L'air était épais, glacé comme à Oria en hiver. Au milieu d'un espace vert, la fontaine figurait une sphère en marbre en équilibre sur un socle. «En hommage à Sisyphe, ai-je pensé. Il faut que je sois partie au printemps, quand l'eau aura dégelé.»

J'ai pensé à Eli. «Voilà donc la ville dont il venait. Je me demande s'il y est aussi attaché que moi à Oria, si, malgré tout ce qui s'est passé, à ses yeux, c'est encore chez lui.» Je le revoyais s'éloigner en direction des montagnes au côté de Hunter, dans l'espoir de trouver les Fermiers qui avaient quitté la Société depuis si longtemps.

Je me suis demandé si cette muraille existait déjà à l'époque où il vivait ici.

Il me manquait presque autant que Bram.

Au-dessus de ma tête, les branches mortes, desséchées tendaient leurs doigts nus et sans feuilles. J'ai levé le bras pour en casser une.

Puis j'ai tendu l'oreille. Guettant le moindre souffle. Le moindre signe de vie en cet endroit désert. Mais rien, pas un bruit, à part ceux que nul ne peut faire taire, comme le vent dans les arbres.

Soudain, j'ai réalisé que ça ne voulait rien dire.

Dans la Société, on n'a pas l'habitude de crier, de s'exprimer en dehors de notre propre tête, de nos propres murs. Nous ne crions que dans nos rêves et je n'ai jamais vraiment su qui nous entend alors.

J'ai jeté un regard autour de moi pour vérifier qu'il n'y avait personne pour me voir, puis je me suis penchée et, près du mur, j'ai tracé un E dans la neige. E pour Eli.

J'avais envie d'écrire encore.

« Ces branches seront mes os, ai-je décidé, et le papier sera ma peau et mon cœur, ces organes qui permettent de sentir. » J'ai cassé d'autres bâtons : un pour le tibia, puis pour le fémur, puis pour les os des bras. Il fallait des segments qui puissent bouger en même temps que moi. Je les ai glissés dans les jambes de mon pantalon, dans les manches de ma tunique.

Puis je me suis relevée.

Quelle étrange sensation, comme si mon squelette marchait à mes côtés, en dehors de moi !

– Cassia Reyes, a fait quelqu'un dans mon dos.

Je me suis retournée, surprise. Une femme me dévisageait. Elle avait une allure banale, un manteau ordinaire, gris, comme le mien. Les cheveux châtains, les yeux marron ou gris, difficile à dire. Visiblement, elle avait froid. Impossible de savoir depuis combien de temps elle m'observait.

– J'ai quelque chose qui vous appartient, m'a-t-elle annoncé. Qui vient des Provinces lointaines.

Je n'ai pas répondu. Ky m'a enseigné que, parfois, mieux vaut garder le silence.

– Je ne peux pas assurer votre sécurité, a-t-elle poursuivi, mais je me porte garante de l'authenticité de ces objets. Si vous voulez bien me suivre, je vous les montrerai.

Elle s'est aussitôt mise en marche. Bientôt, elle aurait disparu hors de ma vue.

Alors je l'ai suivie. Quand elle m'a entendue derrière elle, elle a ralenti de sorte que je puisse la rattraper. Nous avons marché en silence, rasant les murs, évitant la lueur des réverbères, jusqu'à une clôture en fil barbelé qui entourait un immense terrain vague, un champ de décombres. Les bâches en plastique fantomatiques recouvrant le sol par endroits se soulevaient au moindre souffle de vent.

Elle s'est faufilée par un trou dans la clôture. Je l'ai imitée.

– Restez près de moi. Nous sommes dans un ancien chantier de restauration, il y a des trous partout.

Je lui ai emboîté le pas, le cœur battant, réalisant vers quel endroit extraordinaire je me dirigeais. La véritable cache des Archivistes – au musée se concluaient seulement les petites transactions sans valeur. J'allais pénétrer là où ils conservaient leurs stocks, où ils venaient échanger documents, poèmes, informations et que sais-je d'autre. Au milieu de ce décor, avec le crissement des bâches en plastique en bruit de fond, j'aurais dû avoir peur, et j'étais sans doute un peu effrayée quand même.

– Vous allez devoir mettre ça, a dit la femme en me tendant un tissu sombre. Je vais vous bander les yeux.

«Je ne peux pas assurer votre sécurité.»

– D'accord, ai-je fait en lui tournant le dos.

Lorsqu'elle a eu fini de l'attacher, elle m'a prise par les épaules.

– Maintenant, je vais vous faire tourner sur vous-même.

Malgré moi, j'ai laissé échapper un petit rire.

– Comme quand on jouait à l'école primaire.

Pendant nos heures de temps libre, on s'amusait à ça sur les pelouses du quartier des Érables.

– Oui, c'est un peu pareil, a-t-elle reconnu.

Le monde s'est mis à tournoyer autour de moi, sombre, glacé et plein de murmures. À ce moment-là, j'ai pensé à la boussole de Ky, avec son aiguille qui indiquait toujours le nord, où qu'on soit. Mon cœur s'est serré, toujours ce regret d'avoir dû échanger son cadeau.

– Vous n'êtes pas méfiante, a-t-elle remarqué.

Je n'ai pas répondu. À Oria, Ky m'avait dit que les Archivistes n'étaient ni meilleurs ni pires que les autres. Je n'étais donc pas certaine de pouvoir lui faire confiance, mais j'avais l'impression de devoir prendre le risque. Elle m'a saisie par le bras et j'ai marché à ses côtés, maladroitement, levant exagérément les pieds de peur de trébucher. Le sol était dur et froid sous mes semelles mais, de temps à autre, je sentais le moelleux de l'herbe, de quelque chose qui avait poussé là autrefois.

Puis la femme s'est arrêtée et j'ai entendu un froissement.

« Du plastique, ai-je pensé. Elle soulève une des bâches qui couvrent les décombres. »

– C'est en sous-sol, m'a-t-elle informée. Nous allons descendre des marches, puis pénétrer dans un long couloir. Doucement.

J'attendais, mais elle ne bougeait pas.

– Allez-y la première.

J'ai pris appui sur les murs, de chaque côté. Sous mes doigts, j'ai reconnu de vieilles briques moussues. Avec précaution, j'ai tendu la jambe et j'ai posé le pied sur la marche d'en dessous.

– Comment saurai-je que je suis arrivée au bout ? me suis-je inquiétée.

Ma question m'a rappelé le poème du Labyrinthe. Mon préféré parmi ceux que j'avais trouvés dans la grotte des Fermiers. J'avais l'impression qu'il racontait mon voyage pour rejoindre Ky :

Je ne T'ai pas atteint
Mais mes pieds glissent plus près chaque jour
Trois Rivières et une Colline à traverser
Un Désert et une Mer
Le voyage ne comptera pour rien
*Quand je Te raconterai**

---

* NdT : Emily Dickinson, traduction de Françoise Delphy, in *Poésies complètes*, Flammarion, 2009.

Arrivé à la dernière marche, mon pied a glissé, exactement comme dans le poème.

Dans mon dos, la femme m'a encouragée:

– Continuez. Suivez le mur à tâtons.

J'ai donc avancé, la main à plat contre le mur de brique poussiéreux. Au bout d'un moment, j'ai senti que je débouchais dans une salle spacieuse. Mes pas résonnaient sur le sol et j'entendais de nouveaux bruits: des gens qui remuaient, respiraient. J'ai compris que nous n'étions pas seules.

– Par ici, a fait la femme en me prenant le bras pour me guider.

Nous nous sommes éloignées des autres.

– Stop! a-t-elle ordonné. Quand je vous ôterai le bandeau, m'a-t-elle dit, vous verrez les objets qu'on vous a fait parvenir. Vous remarquerez peut-être qu'il en manque, ils ont été prélevés en paiement pour la livraison, en accord avec l'expéditeur.

– Très bien, ai-je murmuré.

– Prenez tout votre temps pour les examiner. Quelqu'un reviendra vous chercher.

J'ai mis un moment à comprendre ce qui se dressait autour de moi. Il faut dire qu'il faisait sombre et que ce trajet yeux bandés m'avait désorientée. Je me trouvais entre deux rangées interminables d'étagères métalliques. Elles avaient beau être propres, en ordre, et régulièrement entretenues, cela me rappelait l'une des Cent Leçons d'histoire où nous avions étudié une sorte de grotte souterraine aux murs recouverts d'ossements. Le commentaire de la Société soulignait: «Tant de morts... et aucun espoir pour eux de revenir un jour, car le prélèvement pour la préservation des tissus n'existait pas à l'époque.»

Au milieu de l'étagère, juste devant moi, j'ai découvert un grand paquet emballé dans du plastique épais. En le soulevant, j'ai trouvé une liasse de feuilles. *Les pages que j'ai prises dans le Labyrinthe.* Elle dégageait une odeur de pierre humide.

Ky. Il a réussi à me les envoyer.

J'ai posé la main à plat sur le papier en inspirant profondément.

Il les a touchées lui aussi.

Dans ma tête, je revoyais le cours d'eau, la neige, nos adieux sur la rive. Quand j'étais partie en bateau, tandis qu'il courait le long de la rivière, emportant ces mots sous son bras.

J'ai parcouru la pile, page par page. Dans cette réserve froide et métallique, soudain, il me manquait cruellement. J'avais envie de sentir ses mains dans mon dos, ses lèvres qui chuchotaient des poèmes contre les miennes. Qu'enfin on se rejoigne, que les kilomètres et les obstacles qui nous séparaient se volatilisent instantanément.

Une silhouette a surgi entre les étagères. Serrant la liasse de papiers contre mon cœur, j'ai reculé de quelques pas.

– Tout va bien ? a demandé une voix.

Je me suis alors aperçue qu'il s'agissait de la femme qui m'avait accompagnée. Elle s'est approchée, braquant le faisceau de sa torche sur mes pieds et non sur mon visage, pour ne pas m'éblouir.

– Vous avez eu le temps de regarder ?

– Oui, tout y est à part trois poèmes, sans doute le prix de la transaction.

– Oui. Si c'est tout ce dont vous avez besoin, vous pouvez partir. Ressortez des étagères et traversez la pièce. Il n'y a qu'une seule porte. Les escaliers vous mèneront dehors.

Pas de bandeau sur les yeux, cette fois ?

– Mais alors, je saurai où je suis et je pourrai revenir, ai-je dit.

Elle a souri.

– Tout à fait.

Son regard s'est attardé sur les papiers.

– Vous pouvez effectuer des transactions ici, si vous voulez. Pas la peine d'aller au musée.

– Dans ce cas, je deviendrai Archiviste ?

– Non, juste négociante. Les négociants travaillent en relation avec nous, les Archivistes. Mais c'est un métier différent. Nous avons reçu une formation spécialisée qui nous permet de déceler les faux.

Comme elle s'interrompait, j'ai hoché la tête pour lui montrer que j'étais consciente de l'importance de ce qu'elle me confiait.

– Quand on traite simplement avec un négociant, on n'a aucune garantie. Les Archivistes sont les seuls à disposer de l'expérience et des ressources pour confirmer l'authenticité d'un objet ou d'un document. On raconte que le groupe des Archivistes date d'avant la Société.

Elle a baissé les yeux vers mes papiers avant de me fixer à nouveau.

– Les négociants ne mesurent pas toujours la valeur d'un objet. Vos documents, par exemple, vous pouvez les troquer un par un, mais ils auront beaucoup plus de valeur ensemble. Plus le lot est important, plus le prix augmente. Si nous voyons que vous possédez un potentiel en tant que négociante, nous vous autoriserons peut-être à mener des transactions en notre nom et à prendre un pourcentage sur les frais.

– Merci.

Pensant au poème de Dylan Thomas – Ky m'avait dit que je pourrais un jour l'échanger –, je l'ai questionnée :

– Et les poèmes que l'on a en mémoire ?

– Sans document écrit, sans support ? s'est-elle étonnée.

– Oui.

– Autrefois, nous les acceptions, pour une valeur moindre. Mais c'est une époque révolue.

Je m'en doutais, vu la réaction de l'Archiviste de Tana quand j'avais essayé de troquer le poème de Tennyson. Mais j'espérais que le poème de Dylan Thomas, que Ky et moi étions les seuls à connaître, ferait peut-être exception. Heureusement, grâce à lui, j'avais d'autres ressources.

– Vous pouvez laisser vos objets ici pour un coût minimal, a-t-elle proposé.

J'ai instinctivement reculé d'un pas.

– Non, merci. Je vais trouver un autre endroit.

Elle a haussé les sourcils.

– Vous êtes certaine qu'ils seront en sécurité ?

J'ai repensé à la grotte-bibliothèque où ces documents étaient restés si longtemps à l'abri et au poudrier où grand-père avait caché les deux premiers poèmes. Je savais ce que j'allais faire des miens.

J'ai brûlé des papiers, j'en ai enterré d'autres, mais je n'ai pas encore essayé l'eau.

Dans un sens, je crois que c'est Indie qui m'avait donné cette idée. Elle parlait sans arrêt de l'océan. Elle avait cette façon de voir les choses sous un angle particulier, toujours de biais, jamais de face, comme les autres.

– Je veux échanger quelque chose dès ce soir, ai-je annoncé.

L'Archiviste a paru déçue. Comme si elle se trouvait face à une enfant qui désirerait échanger par caprice un objet précieux et rare contre un autre en toc, brillant et artificiel

– De quoi avez-vous besoin ?

– D'une boîte. Résistant au feu, qui ne laisse pénétrer ni l'air, ni l'eau, ni la terre. Vous pouvez me trouver ça ?

Son visage s'est éclairci, prenant un air moins réprobateur.

– Bien sûr. Attendez ici, je n'en ai pas pour longtemps.

Ce fut notre première transaction. Plus tard, j'ai découvert son identité et j'ai appris qu'il s'agissait de l'Archiviste-chef de Central. Elle supervisait les échanges, mais n'en réalisait que rarement en personne. Pourtant, dès le début, elle s'est intéressée aux pages que Ky m'avait envoyées. Et j'ai toujours travaillé avec elle depuis.

Quand je suis ressortie du souterrain ce soir-là, serrant ma boîte pleine de documents entre mes mains congelées, avant de quitter l'ancien chantier, j'ai marqué un temps d'arrêt. Au milieu des herbes argentées se dressaient des décombres blanc et gris. Je distinguais les bâches en plastique protégeant les ruines et les fouilles. Je me demandais à quoi servait cet endroit autrefois et pourquoi la Société en avait interrompu la restauration.

Je me force à réfléchir.

Et ensuite? Qu'est-ce que j'ai fait? Où ai-je mis les documents après avoir quitté la cache des Archivistes?

Le souvenir tente de m'échapper comme un poisson argenté filant dans le courant, mais je m'y cramponne.

Je les ai cachés dans le lac.

Même si on nous a dit que le lac était mort, contaminé, j'ai osé m'en approcher parce que j'avais repéré des signes de vie. Le rivage ressemblait à ceux des rivières pures du Labyrinthe et non à celui où Vick avait été tué. Je distinguais des endroits où il y avait de l'herbe, un ruisseau qui venait s'y jeter et où l'eau était plus chaude, j'avais même aperçu des poissons qui remuaient lentement, à l'abri pour l'hiver, dans les profondeurs.

Je suis sortie des broussailles qui bordaient le lac et j'ai enterré ma boîte sous le ponton du milieu, soulevant les cailloux qui tapissent le fond de l'eau.

Tout à coup, un souvenir plus récent me revient.
Le lac. C'est là que je devais retrouver Ky.

Arrivée au lac, j'allume la torche que je cache dans les buissons à la limite de la zone urbaine, où les rues cèdent la place aux marécages.

Je ne crois pas qu'il soit arrivé.

J'ai toujours un instant de panique en approchant… Est-ce que mes documents seront toujours là ? Puis je prends une profonde inspiration pour plonger les mains dans l'eau et sortir ma boîte dégoulinante, remplie de poésie.

Si j'échange des pages, c'est généralement pour payer l'envoi d'un message à Ky.

Je ne sais pas entre combien de mains passent mes petits mots avant d'arriver dans les siennes. Donc, dès le début, j'ai écrit dans un langage codé que j'avais inventé tout en faisant des classements faciles, qui ne requéraient pas toute mon attention. Ky l'a déchiffré et l'a légèrement modifié en me répondant. Nous le faisons évoluer ainsi au fil des messages pour le rendre plus difficile à lire. Ce n'est pas l'idéal – je suis sûre qu'on peut les décoder sans trop de peine –, mais c'est le mieux qu'on puisse faire.

Plus j'approche de l'eau, plus je me dis qu'il y a quelque chose qui cloche.

Une nuée de gros oiseaux noirs s'est attroupée près du premier ponton, et il y en a une autre un peu plus loin. Ils s'interpellent, picorant quelque chose par terre. Je braque ma torche sur eux.

Les oiseaux se dispersent en poussant des cris stridents. Je m'arrête net.

Des poissons morts. Ils flottent à la surface, le ventre en l'air, pris dans les roseaux. Je me souviens alors quand Ky m'a raconté la façon dont Vick était mort, je me rappelle la rivière toxique et noire des Provinces lointaines, les autres cours d'eau que la Société a empoisonnés parce qu'ils approvisionnaient l'ennemi.

Et maintenant, qui contamine l'eau de la Société?

Parcourue par un frisson, je me recroqueville, les bras serrés. Mes papiers bruissent sous mes vêtements. Sous toute cette mort, quelque part au fond de l'eau, d'autres papiers sont cachés. En ce début de printemps, l'eau est encore glacée. Si j'y plonge les mains pour les reprendre, je risque d'avoir froid et je ne pourrai pas attendre Ky bien longtemps.

Et s'il arrive et que je suis déjà partie?

CHAPITRE 6
KY

Nous approchons de Grandia. Il est temps de révéler à Indie ce que je projette de faire.

Il y a des micros dans le cockpit et dans la soute. Le commandant de notre flotte entend tout ce que je dis. Tout comme Caleb. Je vais devoir transmettre le message à Indie par écrit. Glissant la main dans ma poche, j'en tire un bâton de charbon et une serviette que j'ai prise au réfectoire. J'en ai toujours sur moi, au cas où j'aurais l'occasion d'envoyer un message à Cassia.

Indie me jette un regard en haussant les sourcils et articule sans bruit: «À qui tu écris?»

Comme je pointe le doigt vers elle, son visage s'illumine.

Je m'efforce de trouver la meilleure façon de formuler ma proposition: «Quand on était dans le Labyrinthe, j'avais dit qu'on devrait essayer de fuir tout ça, tu te souviens? Et si on essayait maintenant?»

Si elle accepte de venir avec moi, on pourra peut-être trouver un moyen de rejoindre Cassia et de s'évader avec le dirigeable. Mais j'ai à peine écrit le premier mot qu'une voix résonne dans le cockpit:

– C'est votre pilote-chef qui vous parle.

Je sursaute. J'ai l'impression de le reconnaître alors que je ne l'ai jamais entendu auparavant. Il a une voix profonde, musicale, agréable, et forte en même temps. Elle sort du tableau de bord, mais la qualité de la liaison est bien meilleure que d'habitude. On a l'impression qu'il est carrément à bord avec nous.

– Je suis également le Pilote du Soulèvement, poursuit-il.

Indie et moi, nous nous tournons l'un vers l'autre. Elle avait raison, pourtant son expression n'a rien de triomphal. Elle paraît seulement exaltée.

– Bientôt, je m'adresserai à l'ensemble des habitants des Provinces, annonce le Pilote. Mais puisque vous participez à la phase initiale du Soulèvement, vous avez le droit de m'entendre les premiers. Vous êtes ici car vous avez décidé de rejoindre notre mouvement et que vous vous êtes distingués par votre action dans la rébellion. Et également en raison d'une autre caractéristique importante dont vous ne pouvez vous attribuer le mérite.

J'observe Indie. Elle est radieuse, elle rayonne. Elle a foi en lui. Et moi? Maintenant que j'ai entendu sa voix, est-ce que je crois en lui?

– La pilule rouge n'a aucun effet sur vous, continue le Pilote. Vous vous souvenez de ce que la Société aurait voulu vous faire oublier. Et comme certains d'entre vous le soupçonnent depuis longtemps, c'est grâce au Soulèvement: nous vous avons rendus insensibles à ce comprimé. Et ce n'est pas tout: vous êtes également immunisés contre l'épidémie qui ravage en ce moment les cités et les quartiers de toutes les Provinces.

Une maladie? Ils ne nous ont pas prévenus! Je me raidis. Et Cassia, alors?

– Certains d'entre vous ont entendu parler de la Peste...

Indie se tourne vers moi en murmurant:

– Tu savais, toi?

J'allais répondre non quand je m'aperçois qu'en fait si, peut-être. *Le mal mystérieux qui a emporté les parents d'Eli.*

Je réponds dans un souffle:

– Eli.

Elle acquiesce.

– La Société voulait se servir de la Peste pour affaiblir l'ennemi, explique le Pilote. Ils ont contaminé certaines rivières avec des produits toxiques et d'autres avec le virus. Combiné avec les attaques aériennes, ce plan d'action leur a permis d'éliminer totalement l'ennemi. Mais ils ont continué à faire comme s'il était encore à craindre pour justifier les pertes subies par les habitants des Provinces lointaines. Certains sont passés par ces camps, qui servaient en réalité à éradiquer les Anomalies et les Aberrations. Ils se sont servis des morts et des informations qu'ils leur ont permis de recueillir pour créer une gigantesque base de données.

Silence. Nous savons tous qu'il dit vrai.

– Nous aurions voulu venir vous secourir plus tôt, affirme le Pilote. Hélas, nous n'étions pas prêts. Il fallait attendre encore un peu. Mais nous ne vous avions pas oubliés.

«Ah bon, sincèrement?» ai-je envie de répliquer. Un vieil élan de ressentiment contre le Soulèvement me reprend, je m'agrippe aux commandes, fixant le ciel nocturne, droit devant moi.

– Quand la Société a créé ce virus, certains ont objecté que ce qui est dans l'eau se transforme en pluie à un moment ou à un autre. Ils savaient qu'il y aurait forcément un effet boomerang, quelles que soient les précautions prises. Cela a créé des dissensions parmi les scientifiques et nombre d'entre eux ont rejoint le Soulèvement. Nos chercheurs ont trouvé comment immuniser les gens contre la pilule rouge et également contre la Peste. Au début, nous n'avions pas les moyens de vacciner tout le monde. Nous avons donc dû faire un choix, et nous vous avons choisis, vous.

– Il nous a choisis, murmure Indie.

– Vous n'avez pas oublié ce que la Société voulait effacer de votre mémoire. Et vous ne pouvez pas attraper la Peste. Nous vous avons préservés de ces deux fléaux.

Le Pilote s'interrompt un instant avant de reprendre :

– Vous étiez au courant qu'on vous entraînait pour la mission la plus importante de toutes : le lancement du Soulèvement. Mais jusque-là vous ignoriez en quoi elle consisterait. Dans vos soutes, vous avez le traitement. En ce moment même, nos dirigeables, protégés par nos vaisseaux de combat, sont en train de l'apporter dans les villes les plus touchées : Central, Grandia, Oria, Acadia.

Central est une des villes les plus touchées ! Comment va Cassia ? On n'a jamais réussi à savoir si elle était immunisée contre les effets du comprimé rouge. À mon avis, non.

Pourquoi la Peste s'est-elle répandue aussi vite ? Toutes les plus grandes villes, contaminées en même temps, si rapidement ? En principe, cela aurait dû être plus long, non ?

C'est une question à laquelle pourrait répondre Xander, si seulement je pouvais la lui poser.

Indie me regarde droit dans les yeux en secouant la tête.

– Non.

Elle a deviné ce que je voulais faire. Elle sait que je veux rejoindre Cassia envers et contre tout.

Elle a raison. C'est ce que je veux faire. Et si j'étais seul, je prendrais le risque. J'essaierais de doubler le Soulèvement.

Mais je ne suis pas seul.

– Beaucoup d'entre vous font équipe avec quelqu'un de leur connaissance. C'est voulu. Nous savions qu'il serait difficile pour ceux dont les proches sont encore au sein de la Société de résister à l'envie de leur apporter le traitement. Nous ne pouvons risquer de compromettre l'efficacité de la mission. Si vous tentez de dévier du trajet qui vous a été assigné, nous serons obligés de vous abattre.

Ils sont malins au Soulèvement. Ils m'ont mis avec la seule personne du camp dont je me soucie. Ce qui prouve bien que s'attacher à quelqu'un rend vulnérable. Je le sais depuis toujours et, pourtant, je ne peux pas m'en empêcher.

– Nous avons une quantité suffisante de traitements, mais pas de surplus. Ne gaspillez pas les réserves qui ont coûté tant de sacrifices.

Tout est calculé, la façon dont ils ont formé les équipes, la quantité limitée de traitements. Je remarque à haute voix :

– On croirait la Société.

– Nous ne sommes pas la Société, dit justement le Pilote, mais nous sommes conscients que nous devons sauver les gens avant de pouvoir leur rendre leur liberté.

Indie et moi, nous nous dévisageons mutuellement, interloqués. On dirait que le Pilote m'a entendu ! Elle plaque la main sur sa bouche, et bizarrement, j'étouffe un petit rire.

– La Société a élevé des barricades et des murs d'enceinte pour endiguer la maladie. Ils ont mis les gens en quarantaine dans les Centres médicaux puis, comme ils manquaient de place, dans les autres bâtiments municipaux. Ces derniers jours, tout s'est précipité. Nous avons la confirmation que le nombre de malades a atteint un seuil critique. Ce soir, aussi bien à Camas qu'à Central ou n'importe où ailleurs, les Banquets de couplage ont tourné court. La Société a eu beau tenter de reconfigurer les données jusqu'au dernier moment, ils n'ont pas pu suivre le rythme. Nous avions infiltré les Centres de classement pour aggraver le problème. Nous n'avons eu aucun mal à acculer la Société. Il y avait des écrins d'argent vides, des écrans blancs, des Promis sans Promises et *vice versa* dans toutes les Provinces. Beaucoup de gens ont dû prendre la pilule rouge ce soir, mais ils n'oublieront pas tous. Le Banquet de couplage est l'un des symboles de la Société, la cérémonie principale, le pilier sur lequel repose tout le reste. Son échec indique que la Société n'est plus en mesure de prendre soin de ses citoyens. Même ceux qui ont oublié les événements de la soirée s'apercevront vite qu'ils n'ont pas de Promis et que quelque chose cloche. Ils se rendront compte que des gens qu'ils connaissent, bien trop nombreux, ont disparu derrière les hauts murs blancs et qu'ils ne reviennent pas. La Société agonise. Notre heure est venue.

Un ton plus bas, d'une voix chargée d'émotion, le Pilote répète la devise :

– Le Soulèvement s'adresse à tout le monde. Mais vous avez été choisis pour le lancer. C'est vous qui allez sauver les autres.

Nous attendons. Mais il a fini son discours. Le dirigeable semble vide maintenant qu'il s'est tu.

– Nous allons les sauver ! s'exclame Indie. Nous allons sauver tout le monde. Tu y crois, toi ?

– Je suis bien obligé d'y croire, dis-je.

Parce que si je n'y crois pas, si je ne crois pas au Soulèvement, au traitement, alors que devient Cassia ?

– Ça va aller, m'assure Indie. Cassia fait partie du Soulèvement. Ils vont s'occuper d'elle.

J'espère qu'elle a raison. Cassia voulait rejoindre le Soulèvement, je l'ai suivie. Mais tout ce qui compte pour moi maintenant, c'est de la retrouver et de fuir tout ça au plus vite – la Société, le Soulèvement, le Pilote, la Peste.

Vue du dessus, la rébellion contre la Société se joue en noir et blanc. Le noir de la nuit, le blanc de l'enceinte autour du centre-ville de Grandia.

Indie descend, se prépare à atterrir.

– Allez-y en premier, nous ordonne notre commandant. Montrez la procédure aux autres.

Indie est censée se poser à l'intérieur du mur d'enceinte, juste devant le Dôme municipal. Une manœuvre périlleuse.

On approche de la terre. De plus en plus. Le monde se rue vers nous. Quelque part le Pilote nous observe.

Des ballons noirs, des bâtiments de marbre blanc.

Indie se pose délicatement, un atterrissage tout en douceur. Je la regarde. Elle contient sa joie jusqu'à l'arrêt complet du dirigeable, puis elle me regarde et elle sourit – pur moment de triomphe – en appuyant sur le bouton d'ouverture de la porte.

– Les pilotes restent à bord. Ce sont les copilotes et les coursiers qui livrent le traitement, annonce le commandant.

Caleb sort des caisses de la soute. Nous en prenons deux chacun.

– Passe devant, dit-il.

Je franchis la porte, descends l'escalier et je me mets à courir dès que je pose un pied par terre. Le Soulèvement a dégagé un passage à travers la foule jusqu'au Centre médical. Il n'y a pas un bruit, à part le bourdonnement des vaisseaux de combat qui nous couvrent de là-haut. J'avance tête baissée, mais du coin de l'œil, je vois les officiers du Soulèvement, en noir, retenant les Officiels de la Société, en blanc.

« Avance, ne t'arrête pas. » C'est non seulement ce que le Soulèvement nous a demandé de faire mais également ma devise personnelle. Alors j'avance, sans m'arrêter, même quand j'entends la chanson que diffusent les ports de communication du Centre médical. Je la connais. C'est l'hymne de la Société. Mais dans la bouche du Pilote, il résonne comme un requiem, célébrant la mort de la Société.

Je suis dans les Provinces lointaines. Mes mains sont noires, les rochers rouges. Vick et moi, nous essayons de bricoler des armes de défense. Les autres ramassent la poudre pour nous aider. Ils chantent l'hymne de la Société tout en travaillant car c'est la seule chanson qu'ils connaissent.

– Par ici, fait une femme en combinaison noire du Soulèvement.

Caleb et moi, nous la suivons entre des allées interminables de gens allongés sur des brancards dans le hall du Centre médical. Elle ouvre la porte de la réserve et nous fait signe d'entrer.

– Posez ça sur la table, ordonne-t-elle.

Nous obéissons.

L'officière du Soulèvement scanne les caisses que nous avons apportées avec son miniport, qui émet un bip, puis elle entre un code pour les déverrouiller. L'air comprimé contenu à l'intérieur s'échappe avec un petit sifflement tandis que le couvercle se soulève.

Nous découvrons des rangées et des rangées d'éprouvettes rouges : le traitement.

– Magnifique, murmure-t-elle avant de lever les yeux vers nous. Retournez chercher le reste. Je vais envoyer des officiers de mon équipe pour vous aider.

En ressortant, je risque un coup d'œil vers un patient. Le regard fixe. Complètement immobile.

Il a l'air absent, défait. Y a-t-il encore quelqu'un derrière ces yeux vides ? Où est-il parti ? A-t-il conscience de ce qui lui arrive, piégé dans ce corps pétrifié ?

J'en ai la chair de poule. Je ne pourrais pas. Il faut que je bouge. Sans arrêt.

Je préférerais mourir qu'être dans cet état.

Pour la première fois, j'éprouve un vague sentiment de reconnaissance envers le Soulèvement. Si c'est ce qu'ils m'ont évité, alors peut-être que je leur dois un geste en retour. Pas pour le restant de mes jours, mais au moins quelques trajets pour livrer le traitement. Et maintenant que j'ai vu les malades, je me sens obligé d'aider à leur fournir la seule chose qui peut les soigner.

Mon esprit s'emballe. Le Soulèvement devrait prendre le contrôle des aérotrains afin d'accélérer la distribution. Ils ont intérêt à avoir un bon coordinateur pour gérer tout ça. C'est peut-être la mission de Cassia.

Et voici la mienne.

J'ai changé depuis que je me suis enfui dans le Labyrinthe en laissant les autres mourir dans le village des appâts. J'ai changé à cause de tout ce que j'ai vu, mais aussi grâce à Cassia. Je ne peux plus abandonner les gens de cette manière. Il faut que je continue à livrer ce maudit traitement même si ça retarde le moment où je pourrai rejoindre Cassia.

De retour dans le dirigeable, je me glisse à ma place de copilote. Caleb monte à bord juste après moi.

– Attends. Qu'est-ce que c'est que ça ? demande Indie en désignant la caisse qu'il a entre les mains. Ils ont besoin de tous les traitements.

– C'est le chargement qu'on doit rapporter au camp, affirme-t-il. Ça fait partie de la mission.

Il écarte les bras pour qu'on puisse la voir – ce qui ne nous prouve absolument rien car elle est parfaitement identique à celles que nous venons de déposer.

– Je ne suis pas au courant, remarque Indie d'un ton soupçonneux.

– Je ne vois pas pourquoi on t'aurait prévenue, rétorque Caleb. Tu es pilote, pas coursier.

– Indie, rentrez, ordonne notre commandant.

– Nous sommes tous là, mais nous avons un chargement supplémentaire. Notre coursier a rapporté une caisse.

– La cargaison est autorisée, l'informe-t-il. Autre chose ?

– Non, mission accomplie, répond-elle en me lançant un regard.

Je hausse les épaules. Apparemment, ils ne veulent pas nous en dire plus au sujet de cette caisse.

Nous attendons notre tour pour décoller. L'ordinateur de bord imprime les coordonnées de notre destination. Indie se saisit de la bande de papier la première.

– Où on va ?

Je pose la question même si je me doute de la réponse.

– On retourne à Camas chercher d'autres traitements.

– Et ensuite ?

– On revient ici, c'est notre mission pour l'instant. Une autre équipe doit être chargée de les livrer à Central, ajoute-t-elle avec une note de compassion dans la voix.

– Y a intérêt, dis-je.

Et tant pis si le Pilote m'entend. Tant mieux, même. Autrefois, les gens exprimaient à haute voix ce qu'ils souhaitaient en espérant que quelqu'un le leur donnerait – ils appelaient ça prier.

Cassia a des ressources matérielles à sa disposition – les documents qu'on a pris dans le Labyrinthe. Elle en a troqué quelques-uns afin de m'envoyer des messages, mais il doit lui en rester plein pour obtenir ce dont elle a besoin, peut-être même pour acheter un traitement au marché noir. Elle connaît les ficelles.

Nous prenons de la vitesse sur la piste de fortune pour décoller. À terre, les gens en uniformes blancs et noirs deviennent de plus en plus petits. Nous prenons de l'altitude. Les bâtiments rapetissent également, et bientôt tout a disparu.

Dans ma tête, j'entends encore le Pilote chanter l'hymne de la Société.

Alors que je creuse une tombe pour Vick, toute la journée, il me parle. Ça veut dire que je perds la raison, je sais, mais je n'y peux rien, je l'entends quand même.

Il me parle pendant qu'Eli et moi, nous tirons les sphères toxiques de la rivière. Il me raconte encore et encore son histoire avec Laney, la fille qu'il aimait. Je l'imagine, amoureux d'une Anomalie. Ému de lui avouer ses sentiments. En train de contempler la truite arc-en-ciel avant d'aller parler à ses parents. Aux côtés de Laney, le jour du contrat. Souriant en lui prenant la main pour célébrer leur bonheur malgré la Société. Et, enfin, je le vois arriver chez elle pour la trouver partie.

Est-ce ce qui m'attend quand j'irai enfin rejoindre Cassia ?

Elle m'a changé. Je suis devenu meilleur, grâce à elle, mais du coup, ça me sera plus difficile de la rejoindre.

Indie continue à nous faire prendre de l'altitude.

Certains pensent parfois que les étoiles paraissent plus proches quand on est si haut.

Au contraire.

Ici, en plein ciel, on se rend compte à quel point elles sont loin. Inaccessibles.

CHAPITRE 7
XANDER

Il se passe quelque chose. Mais comme les cellules de mise en quarantaine sont insonorisées, je n'entends rien, à part l'enregistrement étouffé des Cent Chansons.

À travers les cloisons vitrées, je vois des Officiels et des Officiers qui fixent les ports de communication qu'ils ont à la main ou qui sont installés un peu partout dans le dôme. Durant quelques secondes, ils se figent, pétrifiés, écoutant le message qui s'en échappe. Puis certains se remettent en mouvement. L'un d'eux s'approche d'une cellule pour composer un code. La personne qui se trouvait à l'intérieur en sort et se dirige vers la porte principale. Un autre Officier s'interpose pour l'arrêter, mais juste à ce moment-là, la double porte du Dôme municipal s'ouvre à la volée. Les silhouettes vêtues de noir du Soulèvement pénètrent à l'intérieur.

Le Soulèvement a donc commencé. Le Pilote est en train de parler et je n'entends rien.

L'Officier libère une autre personne de sa cellule. Celle-ci se dirige également vers la porte. Les officiers en noir écartent le monde pour la laisser passer. Certains employés ont l'air abasourdi. Mais devant les hommes en noir du Soulèvement, la plupart lèvent les mains en l'air en signe de reddition.

C'est bientôt mon tour.

Allez, vite.

Un officier du Soulèvement se poste devant ma cellule.

– Xander Carrow?

J'acquiesce.

Il consulte son miniport pour vérifier mon identité puis compose le code qui permet d'ouvrir la cellule. La porte coulisse, je sors.

La voix du Pilote s'échappe de tous les ports.

– Notre rébellion est différente des autres. Elle commencera et finira en préservant votre vie, sans verser la moindre goutte de sang.

Je ferme les yeux un instant.

La voix du Pilote est telle que je l'avais imaginée.

C'est bien le Pilote, c'est bien le Soulèvement.

Je regrette de ne pas partager ce moment avec Cassia.

Je me dirige vers la sortie. Je n'ai qu'à quitter le Dôme municipal et traverser la pelouse pour rejoindre le Centre médical. Mais soudain je me retourne. L'Officielle Lea est toujours prisonnière de sa cellule. Personne ne l'a libérée.

Elle me regarde.

Est-ce une erreur qu'elle soit toujours enfermée? Je m'arrête un instant devant sa porte. Elle secoue la tête. *Non.*

– Allez, dit l'un des officiers en désignant la sortie.

Il faut que j'y aille. Le Soulèvement, c'est maintenant.

Dehors, c'est le chaos. Les hommes en noir ont dégagé le passage entre le dôme et le Centre médical, mais ils doivent maîtriser les Officiels qui tentent de résister. Un vaisseau de combat rugit dans le ciel. J'ignore à quel camp il appartient jusqu'à ce qu'il lance des tirs de semonce dans une zone déserte, près du mur d'enceinte. Les gens s'écartent en hurlant.

Au fil du temps, le Soulèvement a infiltré l'armée en profondeur. Surtout à Camas où la plupart des bataillons sont stationnés. Ça devrait bien se passer là-bas. C'est dans les régions les plus reculées de la Société qu'on risque de rencontrer de la résistance. Mais en entendant la voix du Pilote qui résonne seule à travers tous les ports, la majorité des citoyens devraient suivre très vite.

Un autre vaisseau de combat approche, ouvrant la voie à un dirigeable plus grand qui s'apprête à atterrir. À la porte du Centre médical, il y a deux officiers du Soulèvement en faction. Ils ont dû déjà sécuriser l'intérieur. Je me présente :

– Xander Carrow, docticien.

L'un d'eux vérifie mon identité sur son miniport. Des coursiers en noir sortent du dirigeable qui vient de se poser. Ils sont chargés de caisses marquées du symbole médical.

S'agit-il bien de ce que je crois ?

Le traitement.

L'officier me fait signe d'entrer.

– Les docticiens sont attendus au bureau du rez-de-chaussée.

Dedans, j'entends à nouveau la voix du Pilote qui résonne à travers tous les ports du bâtiment. Il chante l'hymne de la Société. Je me surprends à me demander ce que ça doit faire d'entendre la musique dans sa tête, puis d'arriver à la faire sortir de sa bouche, à chanter juste.

Deux officiers passent devant moi, encadrant un Officiel. Il pleure, la main sur le cœur, remuant les lèvres au rythme de la chanson. J'ai de la peine pour lui. J'aimerais qu'il sache que ce n'est pas la fin du monde.

Quand j'arrive au bureau, on me tend un uniforme noir. Je me change immédiatement, là, dans le couloir, comme les autres. Je jette ma tenue blanche d'Officiel dans l'incinérateur le plus proche, car je ne la porterai plus jamais. Puis je remonte mes manches. Il est temps de se mettre au travail.

– Nous répartissons les patients par groupes de cent, m'informe le docticien-chef.

Il sourit.

– Comme l'a dit le Pilote, certaines procédures de la Société vont perdurer pour le moment.

Il désigne la file de patients que l'équipe du Soulèvement a baptisés les Immobiles.

– Vous devrez superviser leur traitement en vous assurant qu'ils reçoivent les soins nécessaires. Au fur et à mesure qu'ils guérissent et s'en vont, nous vous transférerons de nouveaux patients.

Les ports de communication se sont tus. Ils diffusent maintenant des images des Immobiles de Central.

Central : la ville où se trouve Cassia. Pour la première fois, j'éprouve une légère angoisse. Et si elle n'a pas rejoint le mouvement et qu'elle voie ça ? Et si elle a peur ?

J'étais tellement sûr et certain que l'Officielle Lea faisait partie du Soulèvement.

Et si je me trompais pour Cassia ?

Non, impossible. Elle me l'a fait comprendre l'autre jour *via* le port. Elle ne pouvait pas le dire clairement, mais je l'ai deviné à sa voix. Je sais écouter, et j'ai senti qu'elle avait fait le saut.

– D'autres infirmières et cliniciens doivent nous rejoindre, reprend le docticien-chef. Vous vous sentez capable d'administrer le traitement dès maintenant ?

Nous ne sommes plus dans la Société. Les lignes se brouillent déjà. La Société ne m'aurait jamais laissé faire le travail d'un clinicien alors que j'ai été promu docticien.

J'opine.

– Bien sûr.

Je me nettoie soigneusement les mains avant de prendre une éprouvette dans une caisse. À côté de moi, une infirmière fait de même.

– C'est beau, souffle-t-elle.

Je suis d'accord avec elle.

Je sors la seringue de son emballage et plante la seringue dans la perfusion pour que le traitement se répande dans les veines du patient. La voix du Pilote s'échappe de tous les ports du Centre médical. Je souris, tant ses mots sonnent juste.

– La Société est malade, nous dit-il. Et nous avons le remède.

CHAPITRE 8
CASSIA

Je ne peux pas attendre plantée là plus longtemps. Je tremble de froid de la tête aux pieds.

Où est-il?

J'aimerais tellement me rappeler ce qui s'est passé plus tôt dans la journée. Est-ce que, enfin, j'ai dû effectuer le classement spécial du Soulèvement? Ai-je bien fait ce qu'ils souhaitaient?

Durant un instant, je frémis de colère autant que de froid. Je n'ai jamais voulu venir ici, à Central. Je voulais être envoyée à Camas, comme Ky et Indie. Mais le Soulèvement ne m'a pas jugée capable de piloter ni de combattre, seulement de classer les données.

C'est bon. Je participe au Soulèvement. Cependant, ce n'est pas toute ma vie. Je possède des poèmes à moi et je sais faire du troc. Peut-être est-il temps d'échanger les documents du Laby-rinthe pour quitter cette ville. J'ai attendu assez longtemps.

Je contemple les petits cadavres de poissons qui s'amon-cellent au bord du lac, se cognent les uns contre les autres. Leurs yeux morts, vitreux, leurs écailles visqueuses me donnent la chair de poule. Quand je vais plonger les mains dans l'eau pour reprendre ma caisse, ils vont me frôler. Ils dégagent une odeur si forte que j'ai l'impression de sentir leur goût dans ma bouche. Je sais que j'aurai du mal à me débarrasser de cette puanteur, qu'elle restera longtemps sur mes mains.

« Arrête de regarder. Passe à l'action. »

Je cale la torche sur le ponton, puis j'ôte les papiers de mes manches pour les poser par terre. Je sors à peine les mains de ma tunique, pour éviter le contact direct avec l'eau. Tandis que j'entre dans le lac, je m'efforce d'ignorer les poissons battant mes jambes, le choc régulier de leurs cadavres recouvrant toute la surface. J'espère que mes vêtements suffiront à me protéger de ce qui les a empoisonnés.

La puanteur est telle que je dois retenir mon souffle lorsque je plonge les mains dans l'eau. Je lutte contre la nausée en sentant écailles, nageoires et queues effleurer ma peau.

Ma caisse est toujours à sa place. Je la sors vite du lac, toute dégoulinante, tandis que les poissons viennent cogner contre mes tibias, portés par le courant. Alors que je regagne le rivage, leurs minuscules cadavres s'écartent sur mon passage et me suivent.

Après avoir posé la caisse dans l'herbe, à l'écart du lac, je m'accroupis, cachée derrière les buissons. En m'essuyant les mains sur un coin sec de ma tunique, je prends garde à ne pas mouiller les papiers que j'avais laissés là tout à l'heure.

Serais-je seulement consciente de la valeur de ces pages fragiles si je ne savais pas où elles étaient cachées ? Si je n'avais encore présente à l'esprit l'image de Hunter fouillant parmi les papiers pour trouver un poème à graver sur la tombe de sa fille ? Peut-être est-ce pour cette raison que je tiens à les garder sous mes vêtements. Pour les cacher, mais également pour les sentir, pour ne pas oublier ce que je porte tout contre ma peau.

Je pourrais me fabriquer une tenue de mots en agençant les pages comme des écailles de poisson. Elles me protégeraient, les phrases et les paragraphes suivraient le moindre de mes mouvements.

Hélas, leurs écailles n'ont pas protégé les poissons. En soulevant le couvercle, je me rends compte de quelque chose que j'aurais dû remarquer tout à l'heure, lorsque je l'ai soulevée. Mais ce monceau de petits cadavres m'a distraite.

La caisse est vide.

Quelqu'un m'a pris mes poèmes.

Quelqu'un m'a pris mes poèmes, Ky n'est pas là, et il fait un froid glacial.

C'est trop tard, mais je regrette d'être venue ce soir, finalement. Car, sans ça, j'ignorerais tout ce que j'ai perdu.

Lorsque j'approche du centre-ville, levant les yeux vers les immeubles, je m'aperçois qu'il y a autre chose qui cloche, mis à part le lac.

On a beau être au milieu de la nuit, la ville ne dort pas.

Les rues sont baignées d'une lumière étrange – bleutée et non pas dorée, comme d'habitude –, je mets un instant à comprendre pourquoi. Dans les appartements, tous les ports de communication sont allumés. J'ai déjà vu ça, l'hiver, lorsque le soleil se couche tôt et que nous regardons les programmes diffusés par la Société en début de soirée.

Mais jamais aussi tard.

Ou tout du moins pas que je me souvienne.

Qu'est-ce qui peut bien être important au point que la Société tienne tout le monde éveillé?

En traversant les espaces verts, plutôt bleu et gris en ce moment, je regagne mon immeuble. Après avoir composé le code, je franchis la lourde porte métallique. La Société va remarquer mon retard, on va m'interroger. Une heure par-ci par-là, ça va, mais la moitié de la nuit, c'est une autre affaire – ça laisse le temps de faire mille choses interdites.

Tel un aérotrain, l'ascenseur glisse sans bruit jusqu'à mon étage, le dix-septième. Le couloir est désert. Les portes sont parfaitement étanches, la lumière ne filtre pas par-dessous, mais quand j'entre chez moi, mon port m'attend dans l'entrée, allumé en permanence, comme d'habitude.

Je plaque la main sur ma bouche, mon corps anticipant le cri qui va m'échapper avant que mon esprit ait compris ce qui se déroule sous mes yeux.

Même les épreuves que j'ai traversées dans le Labyrinthe ne m'ont pas préparée à cela.

Sur l'écran défilent des corps.

C'est pire que les cadavres calcinés, entassés, sillonnés de lignes bleues que j'avais découverts sur le plateau. Pire encore que les rangées de pierres tombales de la communauté où Hunter avait enterré sa fille après ses tendres adieux.

Ils sont si nombreux que mon esprit ne parvient pas à y croire. La caméra balaie les allées, de droite à gauche, de bas en haut, si bien qu'il est impossible de les compter.

Pourquoi s'imposer ce spectacle?

Parce qu'ils montrent les visages. La caméra s'attarde sur chaque personne assez longtemps pour permettre à celui qui regarde de la reconnaître ou au contraire, soulagé, de passer au visage suivant, le cœur à nouveau serré d'angoisse.

Un autre souvenir me revient. Les éprouvettes de la Caverne où Hunter nous avait emmenés.

Est-ce ce qu'ils essaient de faire? Ont-ils trouvé un nouveau moyen de nous stocker?

Cependant, je m'aperçois alors que les gens qui défilent sur l'écran sont vivants. Bien trop immobiles, comme pétrifiés, mais pas morts. Ils ont les yeux ouverts, fixant le vide, et la peau ombrée d'un bleu étrange. Leur poitrine se soulève lentement.

Ils ne sont pas morts, mais c'est tout comme. Ils sont là, sans être là. Encore parmi nous et déjà partis. Tout près et pourtant inaccessibles.

Chaque personne est reliée à un sachet transparent par un tube qui part de son bras. Se prolonge-t-il à l'intérieur du patient? Ont-ils remplacé les veines par des tuyaux en plastique? Est-ce un nouveau projet de la Société? D'abord, nous voler nos souvenirs, puis nous vider de notre sang, jusqu'à ce qu'il ne reste plus qu'une enveloppe de peau fragile, les yeux fixes, une coquille vide?

L'image du nid de guêpes qu'Indie a transporté à travers tout le Labyrinthe me vient à l'esprit. Ses cercles concentriques à la texture de papier protégeaient la vie brève et bien remplie de ces créatures bourdonnantes.

Malgré moi, mon regard est attiré par les yeux vides et fixes des patients. Ils n'ont pas l'air de souffrir. En fait, ils n'ont plus l'air de rien.

Le point de vue change. Maintenant, les images proviennent de l'un des ports accrochés au mur du bâtiment abritant tous ces gens. Nous les voyons sous un autre angle, mais ce sont toujours des malades.

Homme, femme, enfant, enfant, femme, homme, homme, enfant.

Encore et toujours.

Depuis combien de temps diffusent-ils ces images? Hier soir? Quand cela a-t-il commencé?

On voit un homme aux cheveux châtains.

Je le connais! je réalise, sous le choc. Il travaille au même Centre de classement, à Central. Ce sont donc des images d'ici?

Les images continuent à défiler, sans pitié, encore et toujours des personnes qui ne peuvent pas fermer les yeux. Mais moi, je peux. Et c'est ce que je fais. Je ne veux plus les voir. Prise d'une soudaine envie de fuir, je me tourne vers la porte, à l'aveuglette.

C'est alors que j'entends une voix d'homme, profonde, claire, mélodieuse :

– La Société est malade et nous avons le remède.

Je me retourne lentement. Mais il n'y a pas de visage derrière cette voix. Que le son. L'écran continue à montrer des corps pétrifiés.

– Le Soulèvement a commencé, dit-il. Je suis le Pilote.

Ces mots résonnent entre les murs de ma minuscule entrée.

Pilote.

Pilote.

Pilote.

Ça fait des mois que je me demande ce que j'éprouverais en entendant sa voix.

J'avais envisagé la peur, la surprise, la jubilation, l'excitation, l'appréhension.

Mais pas ça.

La déception.

Si profonde, si vive qu'elle me brise le cœur. D'un revers de main, je m'essuie les yeux.

Je viens seulement de m'apercevoir que je m'attendais à reconnaître sa voix. *Je pensais peut-être que ce serait celle de grand-père. Au fond de moi, je croyais peut-être que grand-père était le Pilote.*

– Nous appelons cette maladie la Peste, explique le Pilote. C'est la Société qui l'a créée pour contaminer l'ennemi au moyen de l'eau.

Ses mots éclosent dans le silence comme des graines soigneusement sélectionnées et plantées dans des trous creusés à même la terre. *Le Soulèvement a creusé ces trous, et maintenant il les remplit. C'est le moment où il prend le pouvoir.*

La vue sur l'écran du port change. Nous nous retrouvons dehors, en train de suivre quelqu'un qui gravit le perron du Dôme municipal de Central. On voit bien, malgré la nuit, et même si l'éclairage des grandes occasions n'est pas allumé, les marches de marbre menant à la grande porte me rappellent mon Banquet de couplage. Il y a à peine un an, j'ai monté des marches identiques à Oria. Mais qu'y a-t-il derrière la porte des Dômes municipaux, dorénavant?

La caméra pénètre à l'intérieur.

– L'ennemi a disparu, mais la Peste dont la Société s'est servie pour l'éliminer nous revient. Regardez ce qui se passe dans la capitale même de la Société, Central, où la maladie a fait ses premiers ravages. Les Centres médicaux ne suffisent même plus à accueillir les patients. Ils ont dû être installés dans les autres bâtiments gouvernementaux.

La grande salle du dôme est pleine à craquer de malades.

Nous revoilà dehors, contemplant d'en haut le mur blanc qui encercle le Dôme municipal de Central.

– Ce genre d'enceinte a été dressé dans toutes les Provinces, nous annonce le Pilote. La Société a tenté d'empêcher la propagation de l'épidémie, en vain. Il y a tellement de malades que les cérémonies les plus importantes ne peuvent plus avoir lieu. Ce soir, les Banquets de couplage ont été un fiasco. Certains d'entre vous s'en souviendront.

En m'approchant de la fenêtre, j'aperçois du mouvement.

Le Soulèvement est là, ils ne se cachent plus. Ils ont atterri ici avec leurs dirigeables, ils sont parmi nous, tout de noir vêtus. Combien d'entre eux sont arrivés par la voie des airs? Combien se sont simplement contentés de changer de vêtements? Je me le demande. À quel point le Soulèvement avait-il réussi à infiltrer Central? Pourquoi n'étais-je pas au courant des événements qui sont en train de se produire?

Est-ce la faute de la Société, qui m'a fait tout oublier, ou celle du Soulèvement qui ne m'en a pas dit assez?

– Quand la Peste a été créée, nous avions prévu ce qui risquait de se produire. Nous avons pu immuniser certains d'entre vous et, pour les autres, nous avons un traitement.

La voix du Pilote se charge d'émotion et devient encore plus persuasive. Elle prend de l'épaisseur, joue du vide que nous éprouvons, emplit nos cœurs.

– Nous conserverons les bons côtés de la Société, les meilleurs aspects de notre façon de vivre. Nous ne saboterons pas tout ce que vous avez bâti au prix de tant d'efforts. Mais nous nous débarrasserons des tares et des faiblesses qui rendent la Société malade. Cette rébellion, affirme-t-il, est différente des autres révoltes qui ont jalonné l'histoire. Elle a commencé et se terminera en épargnant des vies, au lieu de verser le sang.

Je me dirige vers la porte. J'ai besoin de courir. D'essayer de trouver Ky. Voilà sans doute pourquoi il n'est pas venu au lac ce soir. Il n'a pas pu s'éclipser. Mais il est peut-être quand même là, quelque part dans Central.

– Notre seul regret, poursuit le Pilote, est de ne pas avoir pu intervenir avant, de sorte qu'aucune vie n'ait été sacrifiée. Mais jusqu'à aujourd'hui, la Société était plus forte que nous. Maintenant, nous pouvons tous vous sauver.

Sur l'écran, quelqu'un vêtu de noir ouvre une caisse remplie d'éprouvettes rouges.

À nouveau, la même pensée me traverse l'esprit: *Comme celles de la Caverne, sauf qu'elles étaient éclairées en bleu.*

– Voici le traitement, annonce le Pilote. Nous avons enfin réussi à en fabriquer pour tout le monde.

L'homme sur l'écran sort un tube de la caisse et en ôte le bouchon, révélant une aiguille. Avec les gestes assurés d'un clinicien, il la pique dans la perfusion. Je retiens mon souffle.

– Cette maladie ne semble pas terrible au premier abord, poursuit-il, mais je peux vous assurer qu'elle est néanmoins fatale. Sans soins médicaux, l'état des patients se détériore rapidement. Ils risquent de mourir de déshydratation ou contaminés par des infections. Si la maladie est découverte assez tôt, elle est réversible, mais si vous essayez de vous enfuir, nous ne pouvons garantir d'être en mesure de vous soigner.

L'écran du port s'éteint, mais le son demeure.

Ce Pilote a sûrement été choisi pour de nombreuses raisons. Sa voix en fait partie.

Parce que, dès qu'il se met à chanter, je n'entends plus rien d'autre.

Il entonne l'hymne de la Société, une chanson que je connais depuis toujours, qui m'a suivie jusque dans le Labyrinthe, une chanson que je n'oublierai jamais.

Le Pilote la chante sur un rythme lent et triste.

La Société se meurt, la Société est morte.

Les larmes ruissellent sur mes joues. Malgré moi, je pleure la Société, la fin de tout ça. La mort de ce qui nous a permis de vivre en sécurité pendant si longtemps.

Le Soulèvement m'avait dit d'attendre.

Mais je ne suis plus très douée pour ça.

J'avance à tâtons dans le long couloir souterrain. Des morceaux de mousse se détachent du mur. Je m'étonne qu'elle puisse pousser si vite, si épaisse, comme ça, en sous-sol. Bien que j'aie rarement croisé quelqu'un en arrivant ou en repartant, j'ai toujours peur, lorsque je tends les mains pour toucher la pierre, de sentir de la peau à la place.

Je n'ai pu trouver Ky nulle part, je viens donc demander aux Archivistes ce qu'ils savent. Même s'ils penchent sûrement d'un côté ou de l'autre – Société ou Soulèvement –, j'ai l'impression qu'ils sont au-dessus de tout ça.

Aujourd'hui, contrairement à d'habitude où chacun reste tapi derrière les étagères, concentré sur sa propre transaction, Archivistes et négociants sont réunis dans la pièce principale et discutent en petits groupes. Évidemment, ils se pressent surtout autour de l'Archiviste-chef. Je risque d'attendre longtemps avant de pouvoir lui parler. Mais à ma grande surprise, en m'apercevant, elle s'écarte d'eux et vient à ma rencontre.

Je la questionne aussitôt :

– C'est vrai, cette histoire de Peste ?

– Cette information n'est pas gratuite, répond-elle en souriant. Je serais en droit de vous demander quelque chose en échange.

– Tous mes documents ont disparu.

Son visage se décompose, exprimant des regrets sincères.

– Non ! Comment ça ?

– Ils ont été volés.

Son expression se radoucit. Elle me tend un papier, une bande blanche sortie d'un des ports illégaux des Archivistes. Jetant un regard circulaire dans la pièce, je constate que de nombreuses personnes en ont une identique à la main.

– Vous n'êtes pas la seule à vous poser cette question, dit-elle. Et la réponse est oui : la Peste existe bel et bien.

Dans un souffle, je murmure :

– Non !

– Nous suspections une épidémie avant même qu'ils mettent en place des murs d'enceinte autour des Zones d'immobilité, explique-t-elle. La Société a réussi à la contenir pendant longtemps, mais dorénavant elle se répand partout. Et très vite.

– Qui vous l'a dit ? Le Soulèvement ?

Elle sourit à nouveau.

– Nous avons des informations du Soulèvement et de la Société. Mais les Archivistes ont appris à se méfier des deux.

Elle désigne le papier que j'ai à la main.

– Nous avons un code pour les situations de ce genre. Nous l'avons utilisé il y a très longtemps pour nous prévenir de la propagation d'une autre maladie. Ces vers sont tirés d'un très ancien poème.

Je baisse les yeux pour les lire :

Meurt même, le médecin.
Toute chose a une fin.
La Peste se répand et va fleurir.
Je suis malade, je dois mourir.*

Serrant le papier dans ma main, je pense à Xander, inquiète.

– Qui est-ce, ce médecin ?

– Personne en particulier, répond-elle. Le mot le plus important, c'est la « Peste ».

Elle penche la tête sur le côté.

– Pourquoi ? Vous pensiez à qui ?

– Au chef de la Société, dis-je, esquivant la question.

Malgré toutes les transactions que j'ai menées avec l'Archiviste-chef, j'hésite toujours à mentionner Ky ou Xander devant elle.

Encore un sourire.

– La Société n'a pas de chef. C'est un comité constitué d'Officiels de différents départements qui dirige. Vous l'aviez compris, non ?

---

* NdT : *In Summer's Last Will and Testament*, Thomas Nashe (1567-1601).

Oui, elle a raison. Je m'en doutais. Mais c'est étrange d'en avoir la confirmation aujourd'hui.

– Mais la Peste, alors? Il doit bien y avoir des informations à ce sujet dans vos Archives.

– Oh, que oui, on parle des épidémies partout, dans la littérature, les livres d'histoire, et même la poésie, comme vous avez pu le constater. Mais tous les textes disent la même chose: la maladie fait des victimes jusqu'à ce qu'on trouve un remède.

– Pourrez-vous me prévenir si vous voyez mes documents réapparaître? je demande. Si quelqu'un se présente ici pour les échanger.

Je connais déjà la réponse, elle n'en est pas moins pénible à entendre.

– Non, notre mission est de certifier l'authenticité des objets et de garder la trace de nos propres transactions. Nous ne questionnons pas les gens sur l'origine des objets qu'ils nous apportent.

Je le savais, évidemment. Sinon j'aurais dû expliquer comment j'avais obtenu ces documents. D'une certaine façon, moi aussi, je les ai volés.

– Je pourrais écrire des poèmes, je propose. J'en ai déjà certains en tête...

Elle me coupe:

– Il n'y a pas de demande pour ce genre de choses, affirme-t-elle d'un ton neutre. Nous ne troquons que des choses anciennes dont la valeur est reconnue. Et quelques objets plus récents d'une valeur évidente.

– Attendez!

Une idée me vient. Enthousiasmée, je m'emporte. Je nous vois déjà tous réunis pour échanger ce que nous avons à donner. J'imagine la scène, dans la salle de réception d'un Dôme municipal, sauf qu'au lieu de porter des robes multicolores, ce sont les objets que nous avons à la main qui sont pleins de couleurs : des peintures, des textes... Nous fredonnons de nouvelles mélodies, sans avoir peur d'être surpris, impatients même qu'on nous demande : « C'est quoi, ce que tu chantes ? » Je reprends :

– Et si on organisait un autre type de troc, pour échanger les choses que nous avons créées nous-mêmes ? Je pourrais être intéressée par une peinture. Quelqu'un d'autre pourrait vouloir de mon poème. Ou...

L'Archiviste secoue la tête en répétant obstinément :

– Il n'y a pas de demande pour ce genre de choses. Mais je suis vraiment désolée pour vos documents.

On sent dans sa voix le désarroi de la véritable experte. Elle connaissait la valeur de ces papiers. Elle a entrevu les textes, elle a senti la délicate odeur de pierre et de poussière dont les pages étaient imprégnées.

– Moi aussi, dis-je.

Mon désarroi est plus intense, plus profond. Viscéral. J'ai perdu ce qui pouvait me permettre de rejoindre Ky, l'assurance que, quoi qu'il arrive, si je cessais d'avoir foi dans le Soulèvement ou si la situation devenait vraiment délicate, je pourrais acheter mon passage et retrouver Ky ou ma famille. Maintenant, il ne me reste presque rien, et même le poème de Dylan Thomas, que personne d'autre ne connaît, ne me servira à rien puisque je ne l'ai pas sur papier.

– Vous avez encore deux objets en transit, poursuit l'Archiviste. Quand ils arriveront, vous pourrez en prendre possession immédiatement puisque vous avez payé d'avance.

C'est vrai ! Le poème qui commence par : « Je ne T'ai pas atteint » et la microcarte de grand-père.

– Vous pourrez également continuer à effectuer des transactions pour nous, propose-t-elle, tant que vous demeurez digne de confiance.

– Merci, dis-je.

C'est déjà ça.

La petite commission que je touche sur chaque échange ne me rapportera pas grand-chose, mais je pourrai peut-être commencer à économiser.

– Certaines choses conserveront leur valeur quels que soient ceux qui dirigent, ajoute l'Archiviste. Pour d'autres, ce sera différent, le taux d'échange sera plus fluctuant.

Elle sourit en concluant :

– C'est tellement passionnant à observer…

DEUXIÈME PARTIE
LE POÈTE

CHAPITRE 9
XANDER

– Je suis en train de mourir, me dit le patient.

Il ouvre les yeux avant d'ajouter :

– Ce n'est pas si difficile.

En sortant un traitement de la caisse, je le rassure :

– Mais non, vous n'allez pas mourir.

Je vois de plus en plus de cas dans ce genre au fil des semaines. Dorénavant, les gens connaissent les symptômes de la Peste et ils viennent avant d'être immobilisés.

– Vous voyez ce rouge ? C'est l'éprouvette qui est colorée, pas le médicament. Il va faire effet rapidement.

C'est un vieil homme ; lorsque je lui prends la main, sa peau me semble si fragile. Dans la Société, il n'aurait pas vécu plus de quelques années encore. Mais maintenant, qui sait ? Il aura sans doute encore tout le temps devant lui, une fois qu'on l'aura guéri.

– Vous me le promettez ? demande-t-il en me fixant droit dans les yeux. Vous me donnez votre parole de docticien ?

Je promets.

Je le relie à une machine qui va surveiller ses constantes et qui nous alertera si son cœur s'arrête ou s'il a du mal à respirer. Puis je passe au patient suivant. Nous parvenons à garder le rythme, mais il n'y a pas une minute à perdre.

L'épidémie de Peste s'est répandue plus vite que le Soulèvement ne l'avait prévu. Dans l'ensemble, le renversement de la Société s'est plutôt bien passé, mais pas à la perfection. Les gens ont accepté l'intervention du Soulèvement parce qu'ils veulent être soignés. Leur loyauté ne nous est acquise que temporairement. Cependant, il y en a encore qui soutiennent la Société, et d'autres qui sont tout simplement terrorisés. Ils n'ont confiance en personne. C'est ce que nous nous efforçons de changer. Plus il y aura de malades qui viendront nous voir et ressortiront guéris, mieux ça vaudra. Cela prouvera à tout le monde que le Soulèvement est là pour les aider.

– Carrow.

La voix du docticien-chef résonne dans mon miniport :

– Un nouveau groupe est arrivé dans la salle de conférences pour le discours d'accueil.

– J'arrive, dis-je.

C'est un autre aspect de mon travail. En partant, j'adresse un petit signe de tête aux infirmières. Après la réunion, j'aurai fini mon service, je ne repasserai donc pas par là à moins d'une urgence.

– À demain !

Alors que je rejoins le groupe qui se dirige vers la salle de conférences, j'entends mon nom.

– Carrow.

Une multitude d'hommes et de femmes en noir se pressent dans les couloirs. Il me faut un instant pour reconnaître celle qui m'a interpellé.

– Officielle Lea ! je m'exclame avant de me souvenir que c'est Lea tout court dorénavant.

Le Soulèvement a aboli tous les titres. Nous nous appelons par nos noms de famille. La dernière fois que je l'ai vue remonte à presque deux mois, au début de l'épidémie, quand elle était coincée en quarantaine. Elle n'a pas dû y rester bien longtemps. Le Soulèvement a laissé sortir tout le monde des cellules dès que centres-villes et quartiers ont été sécurisés. Il n'empêche : je suis parti en l'abandonnant là-bas.

— Je suis désolé...

Elle secoue la tête.

— Tu as fait ton devoir. Je suis contente de te revoir.

— Moi aussi. Surtout entre ces murs. Alors tu as rejoint le Soulèvement ?

— Oui, mais je crains d'avoir besoin de ton aide...

— Bien sûr, dis-moi ce que je peux faire...

— J'espérais que tu pourrais te porter garant de moi. Sinon, je ne pourrai pas rester.

Chaque membre du Soulèvement peut se porter garant de trois personnes seulement. À terme, nous voulons que tout le monde intègre le mouvement, bien entendu, mais pour l'instant nous devons rester prudents. On ne cautionne pas quelqu'un à la légère. J'avais toujours pensé que mes trois « filleuls » seraient mes parents et Cassia, si besoin – au cas où je me serais trompé et qu'elle ne fasse pas encore partie du Soulèvement.

Si quelqu'un dont on s'est porté garant se révèle être un traître, on subit une enquête. Voilà donc la question qui se pose : à quel point ai-je confiance en Lea ?

Je m'apprête à lui demander si elle n'a personne d'autre vers qui se tourner, mais l'expression tendue de son visage, ses lèvres serrées, sa posture encore plus parfaite que d'habitude me font deviner que non. Elle ne détourne pas les yeux. J'avais oublié que nous faisions presque la même taille.

– Bien sûr, dis-je.

Ça me laisse encore deux « filleuls ». En cas de problème, si je me suis trompé au sujet de Cassia, mon frère, Tannen, pourra se porter garant de l'un de nos parents. C'est d'ailleurs sans doute dans ses projets. J'aimerais tellement pouvoir discuter avec lui du Soulèvement et de tout ce qui se passe en ce moment.

Lea me pose la main sur le bras, juste un instant.

– Merci.

Dans sa voix douce et sincère, je distingue une note de surprise. Visiblement, elle ne s'attendait pas à ce que j'accepte.

– De rien, dis-je.

– Si vous êtes là, dis-je aux nouveaux arrivants, cela veut dire que vous possédez les trois principales qualités requises pour travailler dans ce centre. Premièrement, vous avez reçu une formation médicale. Deuxièmement, vous ne risquez rien, soit parce que vous avez contracté la Peste immédiatement et que vous êtes guéri, soit parce que vous avez été vacciné lorsque vous avez demandé à reprendre le travail. Et enfin, vous avez rejoint le Soulèvement.

Je m'interromps, marquant une petite pause avant de reprendre :

– Vous êtes maintenant partie prenante de la révolte. Vous n'étiez peut-être pas au courant de l'existence du Soulèvement avant d'entendre le Pilote. Il se peut que vous vous soyez rallié à nous simplement parce que nous possédons le traitement ou parce que vous voulez être immunisé. Nous ne pouvons pas vous le reprocher, bien entendu. Nous vous sommes reconnaissants de venir nous aider. Notre but à court terme est de sauver les malades de la Peste.

Je souris et presque tout le monde me rend mon sourire.

Ils sont contents de reprendre le travail et de participer à cette mission. Certains paraissent même carrément impatients.

Une femme intervient alors :

– Si c'est vrai, alors pourquoi n'avez-vous... enfin pourquoi n'avons-nous pas vacciné tout le monde avant? Pourquoi avoir attendu que les gens tombent malades et aient besoin d'un traitement?

Un officier du Soulèvement s'avance, mais je lève la main pour le retenir. Le Soulèvement m'a fourni toutes les informations dont j'ai besoin pour répondre à ce genre de question. Une bonne question, d'ailleurs.

– Pourquoi ne pas avoir produit des vaccins plutôt que des médicaments? dis-je. C'est ce que vous voulez savoir?

– Oui, confirme-t-elle, il me semble plus simple d'éviter que les gens attrapent la maladie au départ plutôt que de devoir les soigner.

– Le Soulèvement possède des ressources limitées. Nous avons décidé de les mobiliser pour la production d'un traitement car nous ne pouvions pas avertir la population de l'épidémie qui couvait sans risquer de créer un mouvement de panique. De plus, le Soulèvement ne voulait pas vacciner les gens sans leur permission. Nous ne sommes pas la Société.

– Mais vous... nous avons vacciné les bébés, objecte-t-elle. Sans leur permission.

– C'est vrai, le Soulèvement a estimé qu'il était capital de protéger les tout-petits et a donc utilisé une partie de ses ressources dans cet objectif. Comme vous le savez tous, les nourrissons sont plus fragiles et, en cas de maladie, même avec un traitement, l'issue n'est pas toujours favorable chez des patients si jeunes. C'est pour cela qu'il a été décidé de les vacciner sans autorisation. En conséquence, on ne nous a amené aucun malade en dessous de l'âge de deux ans.

Je laisse cette information pénétrer les esprits avant de poursuivre :

– Maintenant que le Soulèvement est au pouvoir, nous avons déjà pu affecter de nouvelles ressources à la production des vaccins. Nous sauverons tout le monde, d'une manière ou d'une autre.

Elle acquiesce, visiblement satisfaite.

Il y a également une autre raison, évidemment, mais je ne le dis pas tout haut : si le Soulèvement avait vacciné toute la population en secret, les gens ne sauraient pas qui remercier de les avoir sauvés. Ils ne sauraient même pas à quoi ils ont échappé. Le Soulèvement n'a pas lancé l'épidémie. Il va l'arrêter. Et il faut que ça se sache. Les gens ne seraient pas en mesure d'apprécier qu'on leur apporte la solution s'ils n'étaient pas au courant qu'il y a un problème.

Voilà pourquoi le Soulèvement était obligé de laisser quelques personnes tomber malades. Mais en général, dans la plupart des révolutions, il y a beaucoup de morts.

C'est déjà un progrès.

– Il est de mon devoir de vous rappeler, dis-je en balayant l'assemblée du regard, que vous êtes là parce qu'un membre du Soulèvement s'est porté garant de vous. Ils ont pris un risque, qu'ils estiment minime. S'il vous plaît, ne les décevez pas, ne nous décevez pas en essayant de saboter notre travail. Nous sommes là pour sauver des vies.

Je ne suis pas sûr que Lea soit dans la salle et c'est tant mieux. Ainsi je m'adresse à tout le monde, et pas seulement à elle.

– Maintenant, je vais vous exposer les procédures de base pour traiter les patients. Vous recevrez des instructions plus précises ainsi que votre affectation pour votre première garde en sortant de cette pièce. Certains iront travailler immédiatement, d'autres devront aller se reposer et prendre leur service plus tard.

Je décris le protocole de soins en leur rappelant les techniques d'asepsie et les mesures d'hygiène comme le lavage des mains et la désinfection du matériel. C'est essentiel car le virus se transmet par contact avec les fluides corporels. Je leur explique la procédure d'admission et le bilan médical d'entrée. Je leur annonce que nous manquons de matelas à air pulsé de sorte que nous devons retourner régulièrement les patients nous-mêmes. Je leur parle des pompes à vide que nous utilisons pour cicatriser les lésions afin de limiter les risques d'infection.

On entendrait une mouche voler lorsque j'en arrive à ce qui les intéresse le plus: le traitement.

– On administre le traitement de façon très similaire à ce que vous avez vu sur les écrans des ports lorsque le Pilote a pris la parole la première fois, dis-je. Nous n'avons pratiquement pas noté d'effets secondaires. Néanmoins, le cas échéant, ils se produiraient dans la demi-heure suivant l'administration.

– Quel genre d'effets secondaires? s'enquiert un homme.

– Arrêt respiratoire. Le patient doit être intubé, mais cela ne compromet pas l'efficacité du traitement. Il faut juste l'aider à respirer pendant quelque temps. Évidemment seuls les cliniciens sont autorisés à pratiquer les intubations.

– Avez-vous déjà rencontré ce type de problème?

– Trois fois et je travaille ici depuis que le Soulèvement en a pris le contrôle.

D'un côté, j'ai l'impression que c'est tout récent et, en même temps, c'est comme si j'avais passé ma vie entière ici.

– Combien de temps met le traitement à agir? demande quelqu'un d'autre.

– Généralement, les patients ont retrouvé toutes leurs capacités au bout de trois ou quatre jours. On les transfère dans le service de convalescence le sixième jour. Ils y restent encore quelque temps avant de rentrer dans leur famille. Ce traitement est extrêmement efficace.

Les nouveaux écarquillent les yeux, échangent des regards stupéfaits. Ils ont vu des gens ressortir des Centres médicaux, bien évidemment, mais sans réaliser que le traitement faisait effet aussi rapidement.

– Ce sera tout, je conclus.

Puis, adressant un large sourire à toute l'assemblée, j'ajoute :

– Bienvenue au sein du Soulèvement.

En réponse, j'obtiens un tonnerre d'applaudissements et d'acclamations. L'atmosphère est électrique. Ils sont tous tellement heureux de pouvoir à nouveau se rendre utiles au lieu de rester, impuissants, hors du mur d'enceinte. Je les comprends. Quand j'administre le traitement à mes patients, je sais que je fais ce qu'il faut.

Je fixe le plafond du dortoir en écoutant la respiration des autres. Quelque part dans le Centre médical, Lea soigne des patients. Je suis content qu'elle ait rejoint le Soulèvement. Elle s'occupera bien des Immobiles. Je me demande pourquoi elle ne s'est pas engagée plus tôt. Peut-être n'était-elle pas au courant, tout simplement. Après tout, on ne parlait pas ouvertement de la rébellion.

Je suis sûr que Tannen fait partie du mouvement. Comme moi, il a dû se dire qu'il était de notre devoir de se révolter dès qu'il en a entendu parler. Et puis il est également immunisé contre les effets de la pilule rouge. Un candidat parfait.

Je n'arrive pas à comprendre pourquoi Ky n'a pas rejoint le Soulèvement tout de suite, quand ils nous ont abordés à Oria. Ils auraient pu l'aider. Mais il a refusé et n'a jamais voulu m'expliquer ses raisons.

Avant même que Cassia parte à la recherche de Ky dans les Provinces lointaines, j'étais convaincu qu'elle était promise à une grande destinée, ça se voyait. Comme le jour où elle a décidé qu'elle était prête à plonger, à la piscine. Elle s'est jetée à l'eau sans un regard en arrière. Ça n'aurait pas dû me surprendre qu'elle tombe amoureuse de Ky de cette façon, parce que c'est ainsi que j'aurais voulu qu'elle m'aime : de tout son cœur, de tout son corps.

La seule fois où j'ai été tenté de quitter le Soulèvement, c'est lorsque nous avons été couplés, avec Cassia. Pendant des mois, j'ai dû jouer un double jeu en faisant ce que le Soulèvement me demandait tout en continuant à me comporter comme un bon citoyen de la Société afin de pouvoir rester le Promis de Cassia. Cependant, au fond de mon cœur, j'aurais voulu que ce soit *elle* qui me choisisse. D'une certaine façon, ce couplage m'a pénalisé : comment pouvait-elle m'aimer si c'était sur ordre de la Société ?

Quand elle m'a avoué qu'elle était amoureuse de Ky, j'ai compris que, s'il partait, elle le suivrait. Elle ferait le grand saut. Il était évident que la Société ne laisserait pas Ky passer sa vie dans le quartier des Érables. Où qu'il aille, il serait dangereux.

J'ai voulu donner à Cassia quelque chose à emporter, quelque chose qui lui serait utile et qui lui ferait penser à moi.

Alors j'ai imprimé le tableau sur mon port de communication et je suis allé ramasser des pétales de néorose. Mais il s'agissait de souvenirs du passé, ça ne suffisait pas. Je voulais que mon cadeau lui serve dans l'avenir, lui rappelle mon existence.

Quelle ironie que ce soit Ky qui m'ait parlé des Archivistes ! Sans lui, je n'aurais sans doute pas su comment troquer.

Je leur ai remis l'écrin d'argent de mon Banquet et, en échange, ils ont imprimé ce que je leur demandais : les informations figurant sur ma microcarte avec quelques modifications de mon cru.

« Couleur favorite : rouge. »

« A un secret à révéler à sa Promise lorsqu'il la retrouvera. »

Ça, c'était le plus facile. J'ai eu plus de mal à me procurer les comprimés. Quand j'ai accepté la transaction, je n'avais pas vraiment compris ce que les Archivistes me demandaient de faire en échange.

Mais ça en valait la peine. Les pilules bleues ont sauvé Cassia. Elle me l'a même dit l'autre jour, *via* le port : « Tous ces bleus… c'est fou. »

Je me tourne sur le côté, face au mur.

Le soir du Banquet, quand j'attendais à la station avec mes parents et mon frère, j'espérais que Cassia monterait dans le même aérotrain. Qu'on puisse au moins faire le trajet ensemble une dernière fois avant que tout change. Et elle est arrivée, montant l'escalier en soulevant le bas de sa robe verte. J'ai d'abord aperçu le sommet de son crâne, puis ses épaules, le vert de la soie sur sa peau. Enfin, elle a relevé la tête et j'ai vu ses yeux.

Je savais qui elle était à l'époque, et je le sais toujours. J'en suis presque sûr.

CHAPITRE 10
CASSIA

Je longe à pas pressés l'enceinte blanche qui passe près du musée. Avant que le Soulèvement ne mure les fenêtres, on apercevait les vitres brisées, étoilées. Les gens ont essayé de pénétrer à l'intérieur la nuit où nous avons entendu le Pilote pour la première fois. J'ignore ce qu'ils espéraient voler. La plupart d'entre nous ont compris depuis longtemps qu'il n'y a rien de valeur dans les musées. Mis à part les Archivistes, bien entendu, mais ils savent toujours quand il est temps de se cacher.

Depuis que le Soulèvement est au pouvoir, nous avons plus et, en même temps, nous avons moins qu'auparavant.

Je rentre tard tous les jours parce que je fais toujours une ou deux transactions après le travail. Un officier du Soulèvement pourrait me dire de me presser, mais il ne me menacera pas, je ne risque pas de Citation, alors j'ai un peu plus de liberté. Et puis nous avons davantage d'informations sur le Soulèvement et sur la Peste, maintenant. Le Soulèvement nous a expliqué qu'ils avaient immunisé certaines personnes à la naissance contre la maladie et contre les effets de la pilule rouge. Ce qui explique pourquoi Ky et Xander se souviennent de tout, malgré le comprimé. Cela signifie également que, à l'époque, le Soulèvement ne m'a pas choisie, moi.

D'un autre côté, nous avons moins de certitudes. Que va-t-il se passer?

Le Pilote affirme que le Soulèvement va tous nous sauver, mais il a besoin de notre participation pour y arriver. Déplacements interdits – nous devons éviter que la Peste se propage davantage et concentrer nos efforts pour soigner les malades. C'est le plus important, selon lui : stopper l'épidémie afin de prendre un nouveau départ. J'ai été vaccinée contre la Peste, comme la plupart des membres du Soulèvement, et bientôt ce ne sera plus qu'un mauvais souvenir. Alors, le Pilote nous l'a promis, nous pourrons vraiment commencer à faire bouger les choses.

Quand il s'adresse à nous, sa voix est aussi parfaite qu'au premier jour, lorsqu'elle a résonné dans tous les ports. Maintenant que nous pouvons également le voir, il est difficile de détourner la tête face à ses yeux si bleus, si déterminés. «Le Soulèvement, affirme-t-il, c'est pour tout le monde», et je sens bien qu'il y croit.

Je sais que ma famille va bien. Nous avons pu converser à deux ou trois reprises *via* le port. Bram a contracté la Peste au début, mais il est guéri, maintenant, comme le Soulèvement l'avait assuré. Mes parents ont été mis en quarantaine et vaccinés. Je n'ai pas pu demander à mon frère ce qu'il avait ressenti lorsqu'il est tombé malade. Nous n'osons toujours pas parler librement. Nous nous contentons de sourire sans dire grand-chose de plus que du temps de la Société. Impossible de savoir qui nous écoute dorénavant.

J'aimerais pouvoir avoir une discussion sans que personne m'espionne.

Le Soulèvement a facilité les communications, mais entre membres d'une même famille seulement. Selon eux, le couplage des Promis n'ayant pas encore célébré leur contrat de mariage est annulé. Et ils n'ont pas le temps de rechercher les amis de chacun. «Préférez-vous que nous gaspillions nos ressources à ce genre de choses plutôt que de sauver des vies?» nous a questionnés le Pilote.

Si bien que je n'ai pas encore pu demander à Xander quel était son secret, celui qu'il a mentionné sur la bande de papier que j'ai lue dans le Labyrinthe. Je crois l'avoir deviné: c'est simplement qu'il fait partie du Soulèvement. Mais je n'en suis pas sûre.

Je n'ai aucun mal à imaginer ce que ressentent les malades quand Xander s'occupe d'eux. Il se penche pour les écouter. Il leur prend la main. Il s'adresse à eux avec le ton doux, franc qu'il avait lorsque je l'ai vu en rêve, dans le Labyrinthe, et qu'il me disait d'ouvrir les yeux. Ils doivent se sentir mieux rien qu'en le voyant.

J'ai envoyé un message à Ky et à Xander juste après le début de l'épidémie pour leur dire que j'allais bien. Ça m'a coûté très cher, maintenant qu'on m'a tout volé au lac, mais il le fallait. Je ne voulais pas qu'ils s'inquiètent.

Je n'ai pas reçu de réponse. Ni mot écrit sur un bout de papier, ni bande imprimée sur un port. Mon poème et la microcarte de grand-père ne sont toujours pas arrivés. Ça prend si longtemps...

Parfois, je me dis que la microcarte doit être entre les mains d'un négociant qui a succombé à la maladie, seul quelque part dans un coin, qu'elle est perdue à jamais. Parce que Bram me l'a envoyée, j'en suis persuadée.

Quand je travaillais dans la Province de Tana, avant de m'enfuir pour le Labyrinthe, c'est lui qui m'a parlé de cette microcarte et qui m'a donné envie de la visionner à nouveau. Dans son message, il en décrivait certains passages :

« À la fin, il évoque ses meilleurs souvenirs. Un pour chacun de nous. Pour moi, c'était mon premier mot : "Encore." Et pour toi, c'était ce qu'il appelle "le jour du jardin rouge". »

Sur le coup, j'ai pensé que grand-père avait commis une petite erreur, qu'il avait voulu dire «les jours du jardin rouge», au pluriel – ces journées de printemps, d'été et d'automne où nous discutions, assis sur un banc devant son immeuble.

Mais récemment, j'ai changé d'avis. grand-père était très intelligent et posé. S'il a dit que son meilleur souvenir de moi était « *le* jour du jardin rouge», au singulier, c'est qu'il faisait référence à un jour particulier. Et je ne m'en souviens pas. Et si la Société m'avait fait prendre un comprimé rouge ce jour-là ?

Grand-père a toujours cru en moi. C'est lui qui m'a conseillé de ne pas prendre la pilule verte, qui m'a convaincue que je n'en avais pas besoin. C'est lui qui m'a donné les deux poèmes – celui de Dylan Thomas qui nous incite à résister, à ne pas entrer sans violence dans la nuit et celui de Tennyson au sujet du Pilote. Je ne sais toujours pas lequel il voulait que je suive, mais il m'a confié les deux.

Il y a quelqu'un qui attend devant le musée. Une femme debout, toute seule, sous ce ciel gris de printemps qui ne se décide pas à pleuvoir.

– J'aimerais en savoir plus sur la Glorieuse Histoire de Central, me dit-elle.

Elle a un visage particulier, que je reconnaîtrais si je la croisais à nouveau. Elle me rappelle un peu ma mère. Elle semble partagée entre l'espoir et la crainte, comme souvent ceux qui viennent ici pour la première fois. Les Archivistes sont de plus en plus connus, l'information a circulé.

– Je ne suis pas une Archiviste, dis-je. Mais je suis autorisée à commercer avec eux de votre part.

Ceux qui comme moi sont accrédités par les Archivistes portent un fin bracelet rouge sous leur manche, que nous pouvons montrer aux gens qui nous abordent. Ceux qui n'ont pas de bracelet ne font pas long feu, tout du moins pas ici. Les gens qui viennent à ce point de rendez-vous devant le musée recherchent la sécurité et l'authenticité.

Souriant pour la mettre à l'aise, je m'approche de la femme afin qu'elle puisse voir mon bracelet.

– Stop! hurle-t-elle.

Je me fige.

– Désolée, mais j'ai vu… vous alliez marcher là-dessus.

Elle désigne le sol.

Il y a une lettre tracée dans la boue. Ça ne vient pas de moi. Mon cœur s'emballe.

– C'est vous qui avez écrit ça?

– Non. Vous la voyez aussi alors…?

– Oui, on dirait un E.

Dans le Labyrinthe, j'avais sans arrêt l'impression de lire mon nom… C'était faux, jusqu'à ce que j'arrive devant le tronc où Ky l'avait gravé. Mais là, c'est bien une lettre, tracée profondément dans la boue, avec une véritable volonté de communiquer.

Eli. C'est son nom qui me vient à l'esprit, même si, autant que je sache, il n'a jamais appris à écrire. Et surtout, il a beau être né à Central, il est très loin d'ici maintenant, par-delà les Provinces lointaines, quelque part dans les montagnes.

– Il y a des gens qui savent écrire, murmure la femme, impressionnée.

– C'est facile. Il suffit de reproduire la forme des lettres.

Comme elle secoue la tête, sans comprendre, j'insiste:

– Ce n'est pas moi qui ai tracé cette lettre, mais je sais comment faire. Regardez bien les lettres, imitez leur forme. Il suffit d'un peu d'entraînement, c'est tout simple.

Elle a l'air inquiète. Une ombre voile son regard, elle se tient toute raide, tendue, triste même.

– Ça va ? je demande.

Elle sourit en me donnant la réponse qui convient dans la Société :

– Oui, très bien.

Fixant le Dôme municipal à l'horizon, j'attends. Si elle a envie de me dire quelque chose, elle peut. J'ai appris, en observant Ky, puis les Archivistes, que si l'on reste là, à écouter le silence de l'autre, il finira peut-être par parler.

– C'est mon fils, commence-t-elle tout bas. Depuis le début de l'épidémie, il n'arrive plus à dormir. Je ne cesse de lui répéter qu'on a un traitement, mais il a peur de l'attraper. Il ne ferme pas l'œil de la nuit. Il a beau être vacciné, ça l'angoisse tout de même.

– Oh, non…

– Nous sommes épuisés, poursuit-elle, j'ai besoin de pilules vertes, autant que vous pourrez m'en donner contre ça.

Elle me tend une bague sertie d'une pierre rouge.

Où et comment l'a-t-elle trouvée ? Je ne suis pas censée lui poser de questions. Mais si c'est une vraie, elle doit avoir de la valeur.

– Il a tellement peur, on ne sait plus quoi faire…

Je prends la bague. On voit de plus en plus de cas de ce genre, depuis que le Soulèvement a confisqué les pilules et les étuis que la Société nous fournissait. Je ne peux que me réjouir qu'on soit débarrassés des bleues et des rouges, mais il y a beaucoup de gens qui ont du mal à vivre sans les vertes. Même ma mère en a eu besoin, une fois.

Je la revois, penchée au-dessus de mon lit, quand je n'arrivais pas à trouver le sommeil. La gorge serrée, je me rappelle qu'elle m'endormait en me décrivant les fleurs.

«La carotte sauvage, disait-elle d'une voix douce, dont la racine se mange lorsqu'elle est encore jeune. Elle donne de petites fleurs blanches, étoilées, comme de la dentelle.»

Un jour, la Société l'a envoyée examiner des plantations dans d'autres Provinces. Ils soupçonnaient les gens de les cultiver pour les manger, préparant une rébellion. Elle m'a raconté que, dans la Province de Grandia, il y avait un champ entier de carottes sauvages et que, ailleurs, elle avait vu une autre sorte de fleur blanche, encore plus belle. En discutant avec ceux qui les faisaient pousser, elle a tout de suite vu la panique dans leurs yeux. Mais elle a rempli sa mission et elle a tout raconté à la Société pour nous protéger, mon père, mon frère et moi. La Société n'a pas effacé ce souvenir. Ils voulaient qu'elle se rappelle ce qu'elle avait fait.

Ma mère a passé sa vie à s'occuper des plantes. Et si le jour du jardin rouge de grand-père était en rapport avec elle?

Une brise printanière arrache les dernières feuilles mortes des buissons. Elle soulève mes vêtements. J'imagine un instant que mes derniers papiers s'envolent, qu'elle les emporte à travers le ciel. Je comprends alors qu'il est sûrement temps de ne plus garder ce genre de chose sur moi.

La femme s'est tournée vers le lac, cette longue étendue d'eau qui scintille au soleil.

«Eau, rivière, pierre, soleil.»

Voilà peut-être ce que la mère de Ky lui aurait chanté lorsqu'elle peignait sur les pierres des Provinces lointaines.

Je lui rends la bague, en la glissant au creux de sa main.

– Ne lui donnez pas de pilule verte. Pas tout de suite. Essayez d'abord de lui chanter une berceuse.

– Quoi ? s'écrie-t-elle, stupéfaite.

– Vous pourriez chanter, ça le bercerait.

Elle écarquille un peu plus les yeux.

– Oui… je pourrais, j'ai de la musique dans la tête. Toujours.

Sa voix se fait presque véhémente.

– Mais quels mots mettre sur ma mélodie ?

Qu'aurait chanté Hunter à Sarah, la petite fille morte de la communauté des Fermiers ? Elle croyait en des choses auxquelles il ne croyait pas. Qu'aurait-il dit pour combler le fossé entre leurs façons de penser ?

Que chanterait Ky ? Je repense à tous les endroits où nous sommes allés ensemble, à tout ce que nous avons vu.

Vent sur la colline, et sous les arbres.
Au-delà de la frontière, personne ne peut voir.

Face à la mère de cet enfant qui n'arrive pas à dormir me revient une question que je me suis déjà posée : lorsque Sisyphe est arrivé au sommet de la colline, a-t-il vu quelqu'un ? Y a-t-il eu un échange furtif avant qu'il ne se retrouve tout en bas avec sa pierre ? A-t-il souri en lui-même en se remettant à pousser ?

Je n'ai jamais composé de chanson, mais j'avais commencé un poème, que je n'ai jamais réussi à finir. Il était pour Ky et débutait par ces vers :

Je grimpe vers toi dans la nuit,
M'attends-tu là-haut, dans les étoiles ?

– Attendez, dis-je.

Je tire un bâton au bout calciné et un papier de ma manche.

Je m'applique. Jamais les mots ne me sont venus aussi facilement, mais je ne veux pas faire de rature, sinon je devrai retourner chez les Archivistes chercher du papier. Le poème est dans ma tête, je me dépêche de l'écrire, de peur qu'il ne m'échappe.

J'ai toujours cru que le premier poème que je terminerais serait destiné à Ky. Mais finalement, c'est bien. Ce poème est un message entre nous, mais il est aussi pour les autres. Il parle des endroits où l'on retrouve ceux qu'on aime.

Carotte sauvage, néorose, rose vieille,
Eau, rivière, pierre et soleil.

Vent sur la colline, sous un arbre,
Au-delà de la frontière, personne ne voit.

Je grimpe vers toi dans la nuit,
M'attends-tu là-haut, dans les étoiles?

Ces premiers vers que j'avais composés pour Ky sont finalement devenus la dernière strophe de mon texte. Enfin, j'ai réussi à terminer un poème. Je peux signer de mon nom en bas de la page en tant qu'auteur.

– Tenez, vous pouvez le mettre en musique pour en faire votre berceuse à vous.

En le disant, je m'aperçois que c'est ainsi que fonctionne l'écriture. C'est une collaboration entre celui qui donne les mots et ceux qui les reçoivent, qui leur trouvent du sens, en font une mélodie ou les ignorent car ce n'est pas ce dont ils ont besoin à ce moment-là.

Elle ne prend pas le papier tout de suite. Elle croit qu'elle doit me donner quelque chose en échange. Je comprends alors que mon idée de faire du troc avec des créations artistiques ne peut pas marcher.

– Je vous l'offre pour votre fils, dis-je. C'est de ma part. Rien à voir avec les Archivistes. Ce n'est pas une transaction.

– Merci, répond la femme, surprise. C'est très gentil.

Avec gratitude, elle m'imite, glissant le papier dans sa manche.

– Mais si ça ne marche pas...

– Revenez, et je vous trouverai des pilules vertes.

Après l'avoir quittée, je me rends à la cache des Archivistes voir s'ils ont une transaction pour moi et vérifier le contenu de ma caisse. Depuis qu'on m'a volé mes documents, je la leur ai confiée. Ils l'ont rangée dans une pièce secrète où je ne suis jamais entrée et dont seules quelques rares personnes ont la clé.

Lorsqu'ils m'amènent ma caisse, je regarde aussitôt à l'intérieur. Alors qu'elle était autrefois remplie de pages d'une valeur inestimable, elle ne contient plus qu'un rouleau de papier pour port de communication, une paire de chaussures de la Société, le haut blanc d'un uniforme d'Officielle et la robe en soie rouge que j'avais mise pour aller retrouver Ky au lac. Les quelques poèmes qu'il me reste, je les garde toujours sur moi. Ce n'est pas grand-chose, tout ça, mais c'est un début. Ça ne fait que quelques semaines. Et si le Soulèvement ne m'aide pas à rejoindre ceux que j'aime, je trouverai un moyen d'y aller par moi-même.

– Tout est là, merci, dis-je à l'Archiviste. Avez-vous besoin de moi pour une autre transaction aujourd'hui ?

– Non, mais vous pouvez comme toujours vous poster devant le musée et attendre que quelqu'un vienne.

Je hoche la tête. Si je n'avais pas dissuadé la femme de recourir aux pilules vertes, j'aurais pu gagner quelque chose sur la transaction.

Je coupe une longue bande de papier que j'enroule autour de mon poignet, sous mes vêtements.

– Ce sera tout, dis-je, merci.

Lorsque je quitte la rangée d'étagères, l'Archiviste-chef croise mon regard et secoue la tête. *Pas encore.* Mon poème et la microcarte ne sont pas arrivés.

Parfois, je me demande si elle ne pourrait pas être le vrai Pilote, qui nous aide à naviguer sur les flots de nos envies, de nos désirs, nous embarque à bord de petits canots qui contiennent ce dont chacun a besoin pour commencer sa véritable vie.

Ce ne serait pas impossible.

Quel meilleur endroit pour mener une rébellion que cette cachette souterraine ?

Quand je remonte l'escalier et que j'émerge à l'extérieur, je sens l'odeur de l'herbe qui pousse et de la nuit qui tombe.

En arrivant au centre-ville, je suis moins sûre de moi. Ça faisait tellement longtemps que j'avais ce poème en moi. Peut-être que je dépense trop, que je donne trop tout à coup.

Mais si j'ai des regrets, c'est bien de m'être retenue, de ne pas avoir osé, de ne pas avoir donné. J'ai gardé mes papiers du Labyrinthe trop longtemps, on me les a volés ; je n'ai jamais appris à écrire à Xander ni à Bram. Pourquoi n'y ai-je jamais pensé ? Ils sont intelligents tous les deux, ils pourraient apprendre seuls mais c'est bien d'avoir un peu d'aide au début.

Comme une ombre, je me faufile dans la nuit. Arrivée dans un espace vert, je déroule la bande de papier de mon poignet pour l'étaler sur la surface lisse et métallique d'un banc et j'écris avec précaution grâce à mon bâtonnet noirci. C'est facile quand on sait s'y prendre, il suffit de brûler la pointe dans un incinérateur. Quand j'ai fini, j'ai les mains noires, glacées et le cœur rouge, gonflé de chaleur.

Les branches me tendent les bras et j'y drape ma guirlande de papier. Le vent la remue doucement, les arbres la bercent avec délicatesse comme une mère son petit enfant. Comme Hunter portant Sarah jusqu'à sa tombe dans le Labyrinthe.

La lumière crue des réverbères donne une tonalité irréelle à la scène, cet espace vert semble sorti tout droit d'une imagination fertile ou des profondeurs d'un rêve. À croire qu'en me réveillant, je trouverai tout disparu. Ces arbres ornés de papier, cette nuit blanche. Mes mots sombres qui attendent d'être lus.

Je sais que Ky comprendra pourquoi je dois écrire ça, pourquoi rien d'autre ne saurait me contenter.

N'entre pas sans violence dans cette bonne nuit.
Rage, enrage contre la mort de la lumière.

Même si c'est un sympathisant de la Société qui les décroche, il verra les mots en tirant la guirlande de papier des branches. Même s'il les brûle, ils seront passés entre ses doigts avant qu'il les jette au feu. Je les aurai partagés, ces mots, quoi qu'il arrive.

Les hommes bons, passé la dernière vague, criant combien clairs
Leurs actes frêles auraient pu danser en une verte baie,
Ragent, s'enragent contre la mort de la lumière.

Il y en a tant dans le monde, je pense, des hommes et des femmes bons, aux actes frêles. Qui se demandent ce qui aurait pu être, comment leurs actes auraient pu danser si seulement ils avaient osé être clairs.

J'ai été comme eux.

Je déroule davantage de papier et lis la suite :

Les hommes violents qui prirent et chantèrent le soleil en plein vol.

Je glisse le papier à travers les branches, une longue guirlande. Je monte, je descends, je plie les genoux, je lève les bras comme les filles que j'ai vues dans une peinture, sur les murs d'une grotte. Il y a un rythme dans ce mouvement, qui marque le temps qui passe.

Je me demande si c'est ça, danser.

CHAPITRE 11
KY

– Tu vas sauter, aujourd'hui ? me demande l'un des autres pilotes.

Notre escadron longe la rivière qui serpente à travers le centre de Camas. À un endroit, non loin du Dôme municipal et du mur d'enceinte, elle se transforme en cascade. Un héron cendré fend les eaux tout près de nous.

– Non, dis-je sans cacher mon agacement, je ne vois pas l'intérêt.

– Pour renforcer la cohésion du groupe, répond-il.

Je me tourne vers lui afin de le dévisager plus attentivement.

– Nous travaillons tous pour le Soulèvement, dis-je. Ça ne suffit pas ?

Le pilote, Luke, se tait et accélère un peu le pas pour me laisser seul en arrière. On nous a donné quartier libre pour quelques heures. Tout le monde voulait aller en ville. Pour nombre d'entre nous, c'est toujours une aventure excitante de se promener librement dans les rues qui, il y a peu, étaient contrôlées par la Société – même si le Soulèvement est au pouvoir depuis un certain temps, maintenant. Comme prévu, la ville et la province de Camas furent les plus faciles à prendre, vu le nombre d'insurgés qui y vivaient et y travaillaient.

Indie ralentit pour marcher à mes côtés.

– Tu devrais sauter, me conseille-t-elle. Ils attendent tous que tu te lances.

D'autres escadrons sont déjà en train de plonger dans la cascade. Même si, selon le calendrier, nous sommes au printemps, l'eau qui vient des montagnes est glacée. Je n'ai aucunement l'intention de me jeter dans cette rivière. Je ne suis pas un poltron, mais je ne suis pas stupide non plus. Ce n'est pas la piscine chauffée et sécurisée du quartier des Érables. Après mon expérience dans la rivière Sisyphe et ce qui est arrivé à Vick...

Je me méfie de l'eau.

Il y a de nombreux promeneurs sur les berges aujourd'hui. Le soleil nous chauffe le dos. Le Soulèvement a demandé à chacun de rester au poste où la Société l'avait affecté jusqu'à ce que l'épidémie soit endiguée, si bien que la plupart des gens sont au travail. Mais les nourrices amènent les petits enfants jeter des cailloux dans la rivière, les employés viennent avec leur barquette en alu, profitant du bonheur de déjeuner où ils le souhaitent. Tous ces gens doivent être vaccinés ou guéris pour marcher si librement. Ils sont comme nous. Ils se savent en sécurité.

Je jette un regard vers le mur blanc qui longe également le cours d'eau. Le Soulèvement a beau avoir les choses bien en main, nous ne pouvons tout de même pas aller partout. Infirmiers et cliniciens ne peuvent pas quitter l'enceinte. Ils mangent, dorment et respirent au rythme de la Peste.

Cassia m'a dit que Xander avait été affecté à Camas. C'est étrange de penser qu'il se trouve peut-être de l'autre côté de ce mur, en train de travailler au Centre médical. Nos chemins ne se sont jamais croisés alors que nous sommes tous les deux ici depuis des mois. J'aimerais bien le voir. J'aimerais bien lui parler. J'aimerais savoir ce qu'il pense du Soulèvement – s'il a obtenu tout ce qu'il en espérait.

Je ne me demande pas s'il aime toujours Cassia. Je suis convaincu que oui.

Je n'ai pas eu de nouvelles d'elle depuis le début de l'épidémie. Ils ont vacciné tous les membres du Soulèvement qui n'étaient pas encore immunisés. Je pense donc qu'elle ne craint rien. Mais je n'en suis pas certain.

Je lui ai envoyé un message dès que possible pour lui dire que j'étais désolé de ne pas avoir pu la rejoindre au bord du lac, l'autre soir; lui demander comment elle allait; lui dire que je l'aimais.

J'ai dû donner quatre barquettes-repas en échange, mais ça les valait. Seulement, je ne peux pas faire ça trop fréquemment ou je risque d'avoir des ennuis.

Le silence de Cassia me rend fou. À chaque mission, je dois me raisonner pour ne pas foncer la voir. Même si j'arrivais à voler un dirigeable, le Soulèvement m'abattrait sûrement. «Et tu ne lui serviras à rien si tu es mort», suis-je obligé de me répéter.

Mais je ne lui sers pas à grand-chose vivant non plus. Je ne sais pas combien de temps je vais encore pouvoir patienter avant de tenter le tout pour le tout.

– Pourquoi tu refuses de sauter? insiste Indie. Tu sais pourtant nager.

– Et toi? Tu vas y aller?

– Peut-être.

Indie laisse toujours les autres un peu perplexes, mais plus ça va, plus ils la respectent. Normal une fois qu'ils l'ont vue piloter.

Je vais répliquer quelque chose quand, soudain, je reconnais un visage dans la foule. L'une des négociantes qui me transmet parfois des messages de Cassia. Je ne l'avais pas vue depuis longtemps. Peut-être a-t-elle quelque chose pour moi...

Les Archivistes ont changé leur façon de procéder. Comme le Soulèvement a fermé les musées de la Société sous prétexte qu'ils ne servaient qu'à la propagande, nous sommes obligés d'attendre plantés devant ou d'espérer croiser un négociant dans la foule.

La transaction est toujours rapide. Elle passe à côté de moi, le regard droit, impassible. Juste un léger frôlement dans un endroit bondé. De l'extérieur, je suis sûr qu'on ne remarque rien, mais elle m'a tendu quelque chose – un message.

– Désolée, murmure-t-elle en me fixant un bref instant, je suis en retard.

Elle fait comme si elle m'avait bousculé parce qu'elle était pressée, mais je comprends. La livraison a été repoussée, sans doute parce qu'elle a été malade. Comment a-t-elle fait pour conserver le papier ? Quelqu'un d'autre a-t-il pu le lire pendant qu'elle était immobile ?

Le cœur battant, je cherche des yeux un endroit tranquille. Ce doit être un message de Cassia. Personne d'autre ne m'écrit. J'ai tellement envie de le lire tout de suite. Mais je vais devoir attendre d'être seul.

– Si tu t'enfuyais avec un vaisseau, tu irais où ? m'interroge Indie.

– Je pense que tu connais la réponse, dis-je en glissant le papier dans ma poche.

– À Central, c'est ça ? Tu partirais à Central.

– J'irais où se trouve Cassia.

Caleb nous jette un regard par-dessus son épaule. A-t-il vu le message ? J'en doute. L'échange a été furtif. J'ai du mal à le cerner. C'est le seul à rapporter des caisses lorsque nous livrons le traitement. Aucun autre vaisseau ne prend de cargaison au retour. Le commandant nous certifie toujours qu'il a l'autorisation, mais j'ai l'impression que ce n'est pas aussi anodin qu'on veut bien nous le faire croire. Je pense que Caleb est là pour surveiller l'un de nous – soit Indie, soit moi –, j'ignore lequel. Peut-être les deux.

D'un ton dégagé, je la questionne à mon tour:

– Et toi? Si tu pouvais aller où tu veux, tu irais où? Tu rentrerais à Sonoma?

– Non! s'exclame-t-elle comme si ma suggestion était ridicule. Je ne retournerais certainement pas d'où je viens. J'irais quelque part où je n'ai jamais mis les pieds.

Dans ma poche, mes doigts se referment autour du papier. Cassia m'a confié qu'elle conservait certains documents à même la peau. Faute de mieux, ce message me rapproche un peu d'elle.

Indie me regarde du coin de l'œil. Et, comme souvent, ce qu'elle dit me prend de court. Me déconcerte. Elle se penche et parle tout bas de sorte que je sois seul à l'entendre:

– Je voulais te demander… pourquoi tu n'as pas volé d'éprouvette dans la Caverne. Eli et Cassia en ont pris une, je les ai vus, mais pas toi.

Elle a raison. Je n'en ai pas pris; Eli et Cassia, oui. Cassia a emporté celle de son grand-père. Eli celle de Vick. Plus tard, ils me les ont confiées, pour que je les mette à l'abri. Je les ai cachées au creux d'un arbre, au bord de la rivière qui menait au camp du Soulèvement.

– Je n'en voyais pas l'utilité, je réponds.

Nous nous arrêtons. Le reste de la bande pousse de grands cris. Ils ont trouvé un endroit pour plonger, où l'eau est profonde, pas trop loin du chemin afin que les passants puissent regarder. C'est de là qu'ont sauté les autres escadrons.

– Venez! nous interpelle Connor, un pilote, en nous fixant Indie et moi. Vous avez peur?

Je ne daigne même pas répondre. Connor est suffisant, arrogant et médiocre. Il se prend pour un chef. Je sais qu'il n'en a pas la carrure.

– Non, répond Indie.

Elle ôte aussitôt son uniforme, pour se retrouver avec uniquement le maillot et le short moulant que nous portons tous en dessous. Puis elle s'élance et plonge. Tout le monde l'acclame lorsqu'elle touche l'eau. Je retiens mon souffle : elle doit être glaciale.

Je repense à Cassia, à ce jour si lointain où elle a sauté dans la piscine chaude et bleue d'Oria.

Indie refait surface, dégoulinante et grelottante, mais radieuse.

Elle est belle, avec cette lueur sauvage dans les yeux. Pourtant je ne peux m'empêcher de regretter que Cassia ne soit pas là.

Et Indie s'en rend compte. Elle détourne le regard, un peu moins étincelant soudain, et sort de l'eau pour taper dans la main de son public. Puis quelqu'un d'autre se jette à l'eau et la foule hurle à nouveau.

Indie frissonne en essorant ses longs cheveux.

Et je me dis : « Il faut que j'arrête. Je ne suis pas obligé d'aimer Indie de la même manière que j'aime Cassia. Mais il faut que j'arrête de penser à Cassia quand je regarde Indie. » Je sais l'effet que ça fait quand quelqu'un vous regarde sans vous voir, ou pire en voyant quelqu'un d'autre.

Une formation de dirigeables passe dans le ciel, nous les suivons des yeux, c'est un réflexe maintenant.

Indie grimpe sur l'un des rochers qui bordent la rivière pour regarder les autres plonger. Elle penche la tête en arrière, les paupières closes. Elle me rappelle les petits lézards des Provinces lointaines. Ils ont l'air alanguis sur leur pierre, mais dès qu'on essaie de les attraper, ils détalent à la vitesse de l'éclair.

Je la rejoins sur son perchoir, contemplant le cours d'eau, et tout ce qu'il charrie – des oiseaux, des morceaux de bois venus des montagnes. On pourrait construire une dizaine de radeaux avec tout ce qui défile sur cette rivière en une heure ou deux, surtout au printemps.

– À se demander si un jour ils vous laisseront voler seuls, fait Connor dans notre dos.

Il parle fort, de sorte que tout le monde puisse l'entendre, et s'approche tout près pour nous intimider. Il est immense, costaud, au moins un mètre quatre-vingt-dix. Je ne dépasse pas le mètre quatre-vingts, mais je suis plus rapide. Alors il ne me fait pas peur. Il ne pourra pas nous rattraper, ni Indie ni moi, si nous décidons de fuir.

– On dirait que le Pilote vous met tout le temps ensemble. Comme s'il s'imaginait que vous n'êtes pas capables de voler l'un sans l'autre.

Indie s'esclaffe.

– N'importe quoi. Le Pilote sait très bien que je peux assurer seule.

– Peut-être…, commence-t-il.

Il est tellement prévisible que je devine la grossièreté qu'il va sortir avant même qu'il aille plus loin.

– Peut-être qu'il vous met toujours à bord du même vaisseau parce que…

– Parce qu'on est les meilleurs, le coupe Indie. C'est sûr. Tous les deux.

Connor éclate de rire. Il est tout mouillé. Il dégouline lamentablement, il n'a pas l'allure fière d'Indie.

– Tu ne te prends pas pour n'importe qui, hein ? fait-il. Tu crois que tu seras le Pilote, un jour ?

Il jette un regard en arrière pour voir si les autres ricanent, s'ils trouvent aussi cela ridicule. Mais personne ne rit.

– Évidemment, confirme Indie, comme si elle n'en revenait pas qu'il ose poser la question.

– C'est ce dont on rêve tous, intervient une certaine Rae. Pourquoi pas ? Tous les espoirs sont permis, maintenant.

Indie s'adresse directement à Connor :

– Certes, mais toi, trouve-toi un autre rêve. Tu n'es pas assez doué pour être le Pilote. Et tu ne le seras jamais.

– Ah, oui ? dit-il en se penchant vers elle, l'air sarcastique. Et comment tu le sais ?

– Je le sais parce que j'ai déjà fait équipe avec toi, et tu ne t'abandonnes jamais au ciel.

Il ricane à nouveau, tentant de répliquer, mais elle ne le laisse pas parler.

– Tu restes centré sur toi. Tu te regardes agir. Tu te demandes quelle image tu donnes aux autres, qui est en train de t'observer.

Connor se détourne. Il lâche une remarque salace par-dessus son épaule – ce qu'il lui ferait bien si elle n'était pas aussi dingue. Je m'élance pour le rattraper.

– Laisse, fait Indie d'un ton parfaitement détaché, ce n'est pas grave.

J'ai envie de répondre qu'il ne faut rien laisser passer avec ce genre de personne, mais à quoi cela servirait-il ?

La fête est finie. Les autres reprennent le chemin du camp pour se changer. Pilotes et coursiers grelottent, trempés. Ils ont presque tous plongé.

Tout en marchant, Indie entreprend de natter ses longs cheveux mouillés.

– Et si tu pouvais ramener à la vie quelqu'un qui a disparu ? suggère-t-elle, reprenant là où nous nous étions arrêtés. Et ne réponds pas Cassia, fait-elle avec une légère note d'agacement. Elle ne compte pas. Elle n'est pas morte.

Ça me réchauffe le cœur de l'entendre dire ça, même si elle n'en est pas plus sûre que moi. Enfin... Cassia m'a envoyé un message, c'est bon signe. Je serre à nouveau le papier entre mes doigts en souriant.

– Qui je voudrais ramener à la vie? Quelle question!

Indie serre les lèvres. Alors que j'ai cessé d'espérer une réponse, elle dit soudain:

– Tout est possible, maintenant.

– Tu crois que le Soulèvement réussira là où la Société a échoué? Qu'ils ont trouvé comment ressusciter les morts?

– Pas encore, admet-elle. Mais tu ne penses pas que ce sera possible un jour? À mon avis, c'est le but ultime du Pilote. Toutes les légendes anciennes, toutes les chansons racontent qu'il va nous sauver. Pas seulement de la Société ou de la Peste, mais de la mort même...

– Non. Tu as vu les éprouvettes dans le Labyrinthe, comment voudrais-tu ramener quelqu'un à la vie à partir de ça? Et même si l'échantillon de tissus permettait de recréer un être qui ressemble à la personne d'origine, ce ne serait pas vraiment elle. On ne peut pas ressusciter les morts. C'est impossible. Tu comprends?

Elle secoue la tête avec obstination.

Je sens alors qu'on me donne un coup dans le dos, je perds l'équilibre et tombe dans la rivière. J'ai juste le temps de serrer le papier au creux de ma main avant de m'enfoncer dans l'eau. Le bras levé au-dessus de la tête, je repousse le fond de toutes mes forces.

Malgré tout, le message est mouillé.

Les autres interprètent mon poing levé comme une forme de salut. Ils m'imitent et m'acclament. Je joue le jeu en hurlant: «Vive le Soulèvement!», si bien qu'ils reprennent mon cri en chœur.

Je suis sûr que c'est Connor qui m'a poussé. Il m'observe de la berge, les bras croisés.

La rivière Camas passe également à proximité du camp. Dès que les autres sont partis se changer dans les baraquements, je file me réfugier sur les pierres plates au bord de l'eau, dépliant mon papier tout en courant. «Si le message est abîmé à cause de lui…»

Mon cœur se serre. Les lignes du bas sont effacées, mais la majeure partie du texte est lisible. C'est l'écriture de Cassia. Je la reconnaîtrais entre mille. Elle a légèrement modifié notre code, comme d'habitude, mais je le déchiffre sans problème.

Je vais bien, mais je me suis fait voler presque tous mes documents.
Ne t'inquiète pas si tu as moins souvent de mes nouvelles. Je vais trouver un moyen de te rejoindre dès que possible. J'ai un plan. Ky, je sais que tu vas vouloir venir à mon secours, mais tu dois me faire confiance : je sais me débrouiller.
Le printemps arrive, je le sens. Je continue à faire mes classements, je patiente, mais je trace des lettres un peu partout.

J'avais raison. Il s'agit d'un vieux message. La Peste a accéléré certaines choses et en a ralenti d'autres. Le réseau des Archivistes n'est plus aussi fiable qu'autrefois. Quand a-t-elle écrit ces mots? Une semaine après le début de la Peste? Deux? A-t-elle reçu mon message ou est-il encore au fond de la poche d'un négociant, gisant immobile dans un Centre médical?

Parfois, quand je trouve injuste d'être obligés de se donner des nouvelles par bribes, je me dis qu'on a tout de même plus de chance que les autres parce que, au moins, on peut s'écrire. Ce don, le premier des nombreux cadeaux que tu m'as faits, m'est plus précieux chaque jour. Il nous permet de rester en contact en attendant d'être réunis.

Je t'aime, Ky.

Nous terminons toujours nos messages sur ces mots. Mais, cette fois, elle a continué à écrire en dessous :

Comme je n'avais pas les moyens d'envoyer deux messages séparés à Camas, je vais te demander une faveur. Je me suis toujours débrouillée pour éviter que vous ayez à partager, mais pourrais-tu faire en sorte que Xander voie cela ? Le paragraphe suivant lui est destiné et c'est important.

Je remarque alors que, au beau milieu de la page, les chiffres remplacent les lettres. C'est un code numérique basique et, dans le bas, l'eau a délavé les dernières lignes.

Je dois résister à la tentation de le déchiffrer. Cassia sait que j'en suis capable, mais elle a estimé qu'elle pouvait me faire confiance.

Elle a eu raison. Je n'oublierai jamais le regard qu'elle m'a jeté dans la petite maison du Labyrinthe, en comprenant que je lui avais caché la carte du Soulèvement. Je me suis alors fait la promesse de ne plus jamais laisser la peur me changer en ce que je ne veux pas être. Dorénavant, je suis capable de confiance et digne de confiance.

Il faut que je trouve un moyen de transmettre ce message à Xander, même s'il est incomplet. Et même si en le lui donnant, je passe pour peu digne de confiance, justement, parce qu'il est abîmé.

Je coince le papier sous un caillou plat pour qu'il sèche au vent. Il n'y en a pas pour longtemps. J'espère que les autres ne remarqueront pas mon absence.

En me retournant, je vois Indie sauter de pierre en pierre. Elle a passé un uniforme sec. Tandis qu'elle s'assied à côté de moi, je garde une main sur mon message, de crainte que le vent ne l'emporte. Mais, pour une fois, elle ne fait aucun commentaire. Elle ne pose aucune question.

Alors c'est moi qui demande :

– Quel est ton secret ?

Elle me dévisage en haussant les sourcils, l'air de dire : « Qu'est-ce que tu racontes ? »

– C'est quoi le secret pour piloter aussi bien que toi ? Comme ce jour où tu as posé le vaisseau sans problème alors que le train d'atterrissage était bloqué.

Tandis qu'on raclait la piste dans une gerbe d'étincelles, Indie avait gardé son sang-froid, imperturbable.

– J'ai un bon sens spatial. Les choses concrètes, ça me parle.

Elle a raison. Elle a toujours eu la notion des proportions, de la situation dans l'espace. Elle avait conservé précieusement le nid de guêpes parce qu'elle admirait sa conception. Dans le Labyrinthe, elle escaladait les parois des canyons avec une aisance naturelle. Néanmoins, un sens de l'espace presque intuitif comme le sien n'explique pas qu'elle soit aussi douée pour piloter, qu'elle ait appris aussi vite. Pour ma part, je me défends pas mal, mais ça n'a rien de comparable.

– Je comprends la façon dont les choses bougent.

Elle me montre un héron qui survole la rivière, les ailes déployées, se laissant porter par un courant d'air. Je regarde Indie, prenant soudain conscience de son isolement : elle est terriblement seule, comme cet oiseau. Elle comprend la façon dont les choses sont construites et bougent, même si peu de gens la comprennent, elle. C'est la personne la plus solitaire que j'aie jamais connue.

En a-t-il toujours été ainsi?

– Et toi, Indie, je demande, tu as pris une éprouvette dans la Caverne?

– Évidemment, répond-elle.

– Combien?

– Juste une.

– Qui?

– Quelqu'un.

– Où l'as-tu cachée?

– Je ne l'ai pas gardée longtemps. Je l'ai perdue dans l'eau en descendant la rivière pour rejoindre le Soulèvement.

Elle ne me dit pas toute la vérité. Je sens qu'elle ment, mais impossible de la forcer à parler de quelque chose qu'elle a décidé de garder pour elle.

– Hunter et toi, vous êtes les seuls à ne pas en avoir pris, affirme-t-elle. Une éprouvette, je veux dire.

Normal. Parce que, Hunter et moi, nous acceptons la vérité au sujet de la mort.

– J'ai vu des morts, dis-je, et toi aussi. Ils sont partis. On ne peut plus les ramener à la vie.

Mais nous, nous sommes en vie. Ici. Et nous avons tout à perdre.

Je change de sujet.

– Et si tu avais besoin d'aller prendre quelque chose de l'autre côté du mur d'enceinte? Tu dirais que c'est impossible?

– Bien sûr que non, réplique-t-elle comme je l'avais prévu. Il y a des tas de façons de pénétrer à l'intérieur.

– Par exemple?

Je souris, je ne peux pas m'en empêcher.

– En escaladant, suggère Indie.

– On se ferait repérer, j'objecte.

– Pas si on se dépêche, affirme-t-elle. Ou alors par les airs.
– On est sûrs de se faire coincer.
– Pas si c'est le Pilote qui nous envoie, réplique-t-elle.

CHAPITRE 12
XANDER

On sent toujours une forme d'excitation au Centre médical lorsque nous recevons les caisses de traitement. C'est l'un des rares moments où nous voyons des gens qui viennent de l'extérieur de l'enceinte. Évidemment, il y a des soignants et des patients qui arrivent sans arrêt, mais les pilotes et les coursiers qui nous apportent le traitement, c'est différent. Ils n'ont aucune attache au Centre médical, ni même à Camas.

Et puis, il y a toujours l'espoir d'apercevoir le Pilote. Le bruit court qu'il livre parfois le traitement lui-même au centre-ville de Camas. Apparemment, l'atterrissage dans notre enceinte est tellement délicat qu'il faut être un pilote d'élite pour le réussir.

Le premier vaisseau se pose sur la chaussée qui sert de piste d'atterrissage. Le pilote l'arrête à quelques mètres des marches de marbre du Dôme municipal.

– Je ne sais pas comment ils font, commente l'une de mes collègues en secouant la tête.

– Moi non plus, dis-je.

Le vaisseau manœuvre et se dirige vers nous. Il évolue moins vite sur terre que dans les airs. En le regardant approcher, je me demande si un jour j'aurai l'occasion de monter à bord. Il y a tellement de choses que j'aimerais faire quand tout le monde sera guéri.

Nous, les docticiens, nous ouvrons les caisses dans la réserve et nous scannons les éprouvettes grâce à nos miniports. *Bip. Bip. Bip.*

Dès que j'ai fini d'enregistrer les traitements de la première, une nouvelle caisse apparaît devant moi.

– Merci, dis-je en levant les yeux pour la prendre des mains de l'officier qui me la tend.

C'est Ky.

– Carrow, murmure-t-il.

– Markham, dis-je.

Ça me fait bizarre de l'appeler par son nom de famille.

– Alors tu fais partie du Soulèvement...

– Bien sûr. Depuis toujours.

Il me sourit parce que nous savons tous les deux que c'est un mensonge. J'aurais mille questions à lui poser mais nous n'avons pas le temps. Nous devons continuer notre mission.

Brusquement, ce n'est pourtant plus à mes yeux la chose la plus importante du monde. J'ai tellement envie de lui demander comment elle va, où elle est, s'il a eu des nouvelles d'elle.

– Ça me fait plaisir de te voir, dit Ky.

– Moi aussi, je réponds.

Et je suis sincère. Il me serre la main, vigoureusement, et je sens qu'il me plaque un papier dans la paume.

– De sa part, me glisse-t-il tout bas.

Avant qu'on ne nous ordonne de nous remettre au travail, il se dirige vers la porte. Une fois qu'il a quitté la pièce, je jette un regard aux autres membres de son équipe. Une fille rousse me fixe.

– Vous ne me connaissez pas, dit-elle.

– Non.

Elle penche la tête en me scrutant attentivement.

– Je m'appelle Indie.

Elle sourit et ça la rend belle. Je lui souris également, mais elle est déjà repartie.

Je fourre le papier dans ma poche. Ky ne revient pas, en tout cas, je ne le vois pas. Je ne peux pas m'empêcher de repenser à ce jour, à la salle de jeux du quartier des Érables, lorsque j'étais le seul à savoir qu'il faisait exprès de perdre. Nous partageons un nouveau secret. Que dit ce message ? Je voudrais pouvoir le lire immédiatement, mais je n'ai pas fini mon service. Quand on travaille, on n'a pas le temps pour autre chose.

Ky et moi, nous sommes devenus amis dès son arrivée dans le quartier ou presque. Au début, j'étais jaloux de lui. Je l'ai mis au défi de voler des pilules rouges, et il l'a fait. C'est ainsi que nous avons gagné un respect mutuel.

Un autre souvenir de lui me revient. Nous devions avoir treize ans, environ, et nous étions tous les deux amoureux de Cassia. Nous passions notre temps devant chez elle, à faire semblant de discuter, alors qu'en réalité, nous la guettions, dans l'espoir de l'apercevoir quand elle rentrerait.

Au bout d'un moment, nous avons arrêté de faire semblant.

– Elle n'arrive pas, ai-je constaté.

– Elle est peut-être allée rendre visite à son grand-père, a suggéré Ky.

J'ai hoché la tête.

– Elle va bien finir par rentrer, a-t-il affirmé. Je me demande pourquoi c'est si grave qu'elle ne soit pas là maintenant.

J'ai su que, sur le moment, nous ressentions exactement la même chose. Nous aimions tous les deux Cassia, si ce n'est de la même façon, tout au moins avec la même intensité. C'est-à-dire à cent pour cent.

Selon la Société, un tel taux n'existait pas, mais Ky et moi, nous nous en fichions. Et c'est également pour cette raison que je le respectais. Je l'admirais aussi parce qu'il ne se plaignait jamais, il ne s'énervait pas, alors que, pour lui, la vie à Oria ne devait pas être facile. Aux yeux de la plupart des gens, il n'était qu'un remplaçant.

C'est une question qui m'a toujours tracassé : qu'est-il réellement arrivé à Matthew Markham ? La Société nous a dit qu'il était mort, mais je n'y crois pas.

Le soir où Patrick Markham a arpenté la rue en tenue de nuit, c'est mon père qui est sorti pour le convaincre de rentrer chez lui avant que quelqu'un n'appelle les Officiels.

Après l'avoir raccompagné, il est resté un instant à discuter à voix basse avec ma mère sur le perron. J'écoutais de l'autre côté de la porte.

– Il a perdu la raison. Il raconte des choses… ça ne peut pas être vrai.

– Qu'est-ce qu'il a dit ? a demandé ma mère.

Mon père n'a pas répondu tout de suite. Alors que je pensais qu'il préférait garder ça pour lui, il a chuchoté :

– Il n'arrêtait pas de me demander : « Pourquoi ai-je fait cela ? »

Ma mère a retenu son souffle. Moi aussi. Ils se sont retournés et m'ont aperçu derrière le rideau.

– Retourne te coucher, Xander, m'a ordonné ma mère. Ne t'en fais pas. Patrick est rentré chez lui.

Mon père n'a jamais répété aux Officiels ce qu'avait dit Patrick. Pour les voisins, s'il avait couru dans la rue cette nuit-là, c'est parce qu'il était fou de douleur d'avoir perdu son fils – pas la peine de nous donner une pilule rouge pour effacer ce souvenir. De plus, son désespoir nous rappelait la menace que représentaient les Anomalies, d'où la nécessité de les isoler du reste des citoyens.

Mais je me souviens que mes parents ont continué à murmurer dans le vestibule ce soir-là.

– Je crois que j'ai vu autre chose que du chagrin dans ses yeux, a confié mon père à ma mère.

– Quoi donc?

– De la culpabilité.

– Parce que c'est sur son lieu de travail que c'est arrivé, a dit ma mère. Il n'a pas à s'en vouloir. Il ne pouvait pas savoir.

– Non. Il se sent vraiment coupable. Et je pense qu'il a ses raisons.

Ensuite, ils sont allés dans leur chambre, si bien que je ne les entendais plus.

Je ne pense pas que Patrick ait tué son fils. Mais il s'est passé quelque chose que je n'ai jamais réussi à élucider.

Lorsque j'ai enfin terminé mon service, je me rends dans notre petite cour. Chaque aile du Centre médical en possède une, c'est le seul endroit où nous avons accès à l'extérieur. J'ai de la chance: il n'y a qu'un homme et une femme, en train de discuter. Je vais à l'autre bout de la cour pour ne pas les déranger, leur tournant le dos, de façon qu'ils ne puissent me voir déplier le message.

Au début, je me contente de fixer l'écriture de Cassia.

C'est tellement beau. J'aimerais savoir écrire. J'aurais tant voulu qu'elle m'apprenne. L'amertume me saisit brusquement comme si on m'en avait injecté une dose dans les veines. Mais je sais comment la surmonter: je n'ai qu'à me rappeler que c'est vain. Il m'est arrivé de ressasser mes griefs, de me lamenter de l'avoir perdue, ça ne mène à rien. Un homme amer, ce n'est pas le genre de personne que je veux devenir.

Je n'ai aucun mal à décrypter le code – une basique substitution numérique, le genre de jeu que la Société nous proposait quand nous étions enfants pour repérer les meilleurs en classement. Je me demande si quelqu'un d'autre a réussi à lire le message avant qu'il ne me parvienne. Ky l'a-t-il lu ?

Xander, je tiens à te rassurer : je vais bien. Mais j'ai également d'autres choses à te dire. Tout d'abord, ne prends jamais les pilules bleues. Je sais que le Soulèvement les a confisquées, mais si, par hasard, tu en retrouves, jette-les. Elles sont mortelles.

Je m'interromps puis je relis. Ce n'est pas possible. Si ? Les comprimés bleus sont censés nous sauver dans les situations d'urgence. Le Soulèvement nous aurait prévenus si c'était faux. Non ? À moins qu'ils ne soient pas au courant. La suite de son message me confirme que si.

Il est visiblement de notoriété publique au sein du Soulèvement que ces comprimés sont toxiques. Néanmoins, je préfère ne prendre aucun risque et t'en avertir. J'ai essayé de te le faire comprendre l'autre jour via le port. J'avais l'impression que tu avais compris, mais ça me tracasse tout de même. La Société nous a fait croire que ces comprimés pouvaient nous sauver, c'est un mensonge. Le bleu te ralentit, te fige, te pétrifie. Si personne ne vient à ton secours, tu meurs. J'en ai été témoin dans les canyons.

Elle l'a vu de ses yeux. Elle en est donc certaine.
« Tous ces bleus, c'est fou. » Elle a essayé de me faire passer le message. J'ai la nausée. Pourquoi le Soulèvement ne m'a-t-il pas prévenu ? Ces comprimés auraient pu la tuer. Et ç'aurait été ma faute. Comment ai-je pu commettre une telle erreur ?

À l'autre bout de la cour, le couple a haussé le ton. Je leur tourne le dos pour reprendre ma lecture. La phrase suivante me réconforte un peu: au moins, je ne me suis pas trompé, Cassia fait bien partie du mouvement.

Je suis dans le Soulèvement. J'ai essayé de te le dire également. J'aurais voulu t'écrire plus tôt, mais comme tu étais un Officiel, je ne voulais pas t'attirer d'ennuis. De plus, tu n'avais jamais vu mon écriture. Comment aurais-tu pu savoir que la lettre venait bien de moi, même si les Archivistes l'affirmaient? Puis j'ai pensé à un autre moyen de te faire passer un message: par l'intermédiaire de Ky. Il connaît mon écriture. Il pouvait t'assurer que c'était de ma part.

Je sais que tu fais partie du Soulèvement. J'ai compris ce que tu voulais me dire via le port. J'aurais dû m'en douter: tu as toujours été le premier d'entre nous à faire ce qu'il fallait.

J'ai encore autre chose à te dire. J'aurais préféré te le confier de vive voix, et non par écrit. Mais je me dis qu'il vaut mieux le faire dès maintenant car qui sait quand nous pourrons nous revoir.

Je sais que tu m'aimes. Je t'aime, et je t'aimerai toujours, mais...

Ça finit comme ça. Abruptement. La suite est illisible, comme si de l'eau avait effacé l'encre. Je vois rouge: comment se fait-il que le message soit justement interrompu à un endroit si crucial? Qu'allait-elle me révéler? Elle a dit qu'elle m'aimerait toujours, *mais...*

Dans un certain sens, j'aurais préféré que le message s'arrête juste avant ce «mais».

Que s'est-il passé? Est-ce un accident? Ou le papier a-t-il été mouillé volontairement? Ky a toujours été honnête quand il jouait. Il a plutôt intérêt à être honnête maintenant.

Je replie le message pour le glisser dans ma poche. Pendant

que je lisais, le jour a baissé. Le soleil a dû se coucher à l'horizon, derrière le mur d'enceinte. La porte qui donne sur la cour s'ouvre. Lea sort tandis que le couple rentre.

– Carrow, j'espérais te trouver là.

– Il y a un problème ?

Je ne l'ai pas vue depuis plusieurs jours. Comme elle ne fait pas partie du Soulèvement depuis le début, elle n'est pas docteur, juste remplaçante – elle est affectée là où l'on a besoin d'elle.

– Non, ça va très bien. Je suis heureuse de travailler avec les patients. Et toi ?

– Ça va aussi.

Elle me dévisage et je vois dans ses yeux la même question qui devait se lire dans les miens quand elle m'a demandé de me porter garant pour elle. Elle voudrait savoir si elle peut me faire confiance, si elle me connaît vraiment.

– Je voulais te parler de la marque rouge que les patients ont dans le dos. De quoi s'agit-il ?

– Une petite infection des nerfs. Elle touche les dermatomes du dos ou de la nuque lorsque le virus est activé.

Je m'interromps, mais elle fait partie du Soulèvement maintenant, je peux donc tout lui dire.

– On nous a dit de le rechercher chez les patients car c'est un signe évident de la Peste.

– On ne le rencontre que chez ceux qui ont contracté la maladie ?

– Tout à fait, le virus mort utilisé pour les vaccins ne donne aucun symptôme observable. En revanche, lorsqu'une personne est contaminée par le virus vivant de la Peste, les nerfs sont touchés, d'où cette petite marque rouge.

– Et as-tu parfois observé des phénomènes remarquables ? me questionne-t-elle. Des variations du virus de base ?

Elle essaie de se renseigner par elle-même, au lieu de se contenter des informations fournies par le Soulèvement. Ce qui devrait m'inquiéter, étant donné que je me suis porté garant pour elle, mais ça ne me gêne pas.

– Pas vraiment. De temps à autre, des patients se présentent avant d'être complètement immobiles. J'en ai même eu un qui était encore capable de parler alors que je lui administrais le traitement.

– Et que te disait-il ?

– Il voulait que je lui promette que tout irait bien. Ce que j'ai fait.

Elle acquiesce. Je remarque alors qu'elle a l'air épuisée.

– Tu es de repos, maintenant ?

– Non, je suis encore de service pour plusieurs heures. Mais ça ne me dérange pas. Je ne dors pas bien depuis qu'il est parti. Je ne rêve plus. C'est presque ça, le plus dur.

Je comprends.

– Parce que, comme tu ne rêves plus, tu ne peux plus t'imaginer qu'il est encore là. Moi, dans mes rêves, je me retrouve au quartier, avec Cassia.

– Non, je n'y arrive pas.

Dans son regard, je lis tout ce qu'elle ne me dit pas. Depuis que son Promis est parti, rien n'est plus pareil.

Elle se penche et, à ma grande surprise, pose une main sur ma joue, furtivement. C'est la première fois que quelqu'un me touche ainsi depuis Cassia. Je dois résister à l'envie de laisser aller ma tête contre sa paume.

– Tu as les yeux bleus, dit-elle en ôtant sa main. Lui aussi.

Et dans sa voix, j'entends à quel point il lui manque.

CHAPITRE 13
CASSIA

Au début, j'ai l'impression que les environs du musée sont déserts. Je serre les dents, agacée. Comment vais-je pouvoir quitter Central si plus personne ne veut faire de troc ? J'ai besoin de toucher mes commissions.

« Sois patiente. Quelqu'un est peut-être en train de t'observer, hésitant à t'aborder. » Je suis la seule négociante pour le moment, mais ça ne va pas durer. Les autres ne vont pas tarder à arriver.

Du coin de l'œil, j'aperçois du mouvement. Une fille aux cheveux blonds et courts, avec des yeux magnifiques, vient de surgir de derrière le bâtiment. Elle tient quelque chose entre ses mains. L'espace d'un instant, je pense à Indie et à son nid de guêpes, qu'elle a transporté avec précaution à travers tout le Labyrinthe.

La fille s'approche de moi.

– Je peux vous parler ?

– Bien sûr.

Ces derniers temps, plus personne n'utilise l'entrée en matière codée, la question à propos de la Glorieuse Histoire de la Société. Ça ne sert plus à grand-chose.

Elle tend la main et, dans sa paume, je découvre un petit oiseau marron et vert.

Surprise, je le fixe, les yeux écarquillés. Il ne bouge pas, seul le vent ébouriffe légèrement son duvet.

Cette nuance de vert, je la reconnais.

– C'est moi qui l'ai fabriqué. Je voulais vous remercier d'avoir écrit pour mon frère. Tenez.

Elle me donne l'oiseau. Il est minuscule, de petits lambeaux de soie verte ornent ses ailes. Je sens le poids de la terre séchée au creux de ma main.

– Il est magnifique…, je murmure. Et les plumes, c'est…

– Le carré de soie que la Société m'a envoyé après mon Banquet il y a quelques mois. Je pense que ça ne me servira plus à rien.

Elle était en vert, elle aussi.

– Ne le tenez pas trop serré, vous risqueriez de vous couper.

Elle m'attire dans la lumière. Les parties qui ne sont pas couvertes de tissu se mettent à briller au soleil.

– J'ai dû briser la vitre pour prendre la soie, alors autant m'en servir. Je l'ai pilée et, après avoir modelé l'oiseau, je l'ai roulé dans les éclats de verre. Ils étaient presque aussi fins que du sable.

Je ferme les yeux. Je me souviens du jour où, à Oria, j'ai brisé la plaque de verre pour donner mon échantillon de robe à Ky. Je me rappelle le claquement sec qui a résonné quand j'ai libéré la soie.

L'oiseau scintille, on dirait qu'il bouge. Des étoiles de verre, des plumes de soie.

Il paraît tellement vivant que j'ai presque envie de le lancer vers le ciel pour voir s'il prend son envol. Mais je sais que je n'entendrai que le craquement de la terre qui se brise sur le sol. Ce ne sera plus un oiseau, mais un tas de débris. Je le tiens donc avec précaution, ébranlée par cette révélation :

Je ne suis pas la seule à écrire.
Je ne suis pas la seule à créer.

La Société a beau nous avoir presque tout arraché, en nous résonnent encore des échos de musique, des murmures de poésie ; nous discernons dans le monde autour de nous l'ombre de l'art. Ils n'ont pas pu nous en priver complètement. Tout cela nous a pénétrés petit à petit, parfois sans que nous en soyons conscients, et nombre d'entre nous cherchent encore le moyen de l'exprimer.

Cela confirme mon idée : l'art ne se troque pas, il se partage. Quelqu'un apporterait une peinture, un autre un poème. Et même sans rien emporter, nous repartirions plus riches d'avoir admiré quelque chose de beau ou entendu quelque chose de vrai.

La brise fait danser les plumes vertes de l'oiseau.

– Il est trop beau, je ne peux pas le garder pour moi seule.

– C'est l'impression que m'a faite votre poème ! s'exclame-t-elle. J'avais envie de le lire à tout le monde.

– Et si on organisait des rencontres spécialement pour ça ? Si on avait un endroit où chacun pourrait apporter ce qu'il a fait ?

Oui, mais où ?

Le musée est le premier endroit qui me vient à l'esprit. Je contemple les portes et les fenêtres condamnées. Si on trouvait un moyen d'y pénétrer, à l'intérieur, il y a des vitrines éclairées. De beaux éclairages dorés. Sans doute cassés, mais on pourrait les réparer. Je me vois déjà faire coulisser un panneau de verre pour y afficher mes poèmes, reculer d'un pas, admirer le résultat.

Un frisson me parcourt. Non, ce n'est pas le bon endroit.

Je me retourne vers la fille. Elle me jauge du regard.

– Je m'appelle Dalton Fuller, me dit-elle.

On n'est pas censé donner son nom lors d'une transaction, mais je ne suis pas en train de faire du troc.

– Et moi, Cassia Reyes.
– Je sais, vous avez signé votre poème…
Elle s'interrompt avant d'ajouter :
– Je crois que je connais un lieu qui ferait l'affaire.

– Personne ne vient jamais ici à cause de l'odeur, me confie-t-elle. Mais c'est en passe de s'améliorer.

Nous nous tenons à la lisière du marécage qui entoure le lac. Nous sommes assez loin du rivage pour ne pas voir ce qui pourrait s'y échouer.

Le souvenir des poissons qui se cognaient contre le ponton, frôlaient mes mains, mes tibias me revient en mémoire : avaient-ils été victimes d'une dernière tentative de la Société pour empoisonner l'eau, comme dans les Provinces lointaines ou dans les territoires de l'ennemi ? Mais pourquoi la Société aurait-elle contaminé un lac au cœur même de sa capitale ?

Le Soulèvement a soigné assez de malades de la Peste pour réduire la Zone d'immobilité. J'ai vu des dirigeables emporter des portions de mur, puis rapprocher celles qui restaient pour refermer l'enceinte. Certains bâtiments qui étaient à l'intérieur se retrouvent maintenant à l'extérieur.

Ils viennent ensuite déposer les sections devenues inutiles par ici, au bord du lac. On dirait de véritables œuvres d'art, immenses, incurvées, comme des plumes perdues par quelque gigantesque créature et qui se seraient changées en marbre, ou comme des ossements exhumés de la terre qui se seraient pétrifiés. Elles dessinent un dédale de canyons où l'on peut circuler.

– Je les avais aperçues de la station d'aérotrain, mais je n'imaginais pas que ça ressemblait à ça vu de près.

À un endroit, deux morceaux sont plus rapprochés que les autres. Ils forment un long couloir dont les murs se rejoignent presque au sommet, sans toutefois se toucher. Je pénètre à l'intérieur, il y fait frais, un peu sombre. Levant la tête, je contemple la bande éclatante de ciel bleu, unique éclairage.

– La pluie s'y infiltrera quand même, mais c'est assez abrité pour que ça fonctionne.

– On pourrait accrocher les tableaux et les poèmes aux murs, dis-je. Et construire une sorte de présentoir pour y poser les objets, comme votre oiseau.

Elle acquiesce.

Et ceux qui veulent chanter pourront également venir ici, on les écoutera. J'imagine la musique résonnant entre les parois blanches, portée par l'écho sur les eaux noires et toxiques du lac.

Je continuerai à faire du troc afin de gagner de quoi rejoindre ma famille, et à faire des classements pour conserver ma place au sein du Soulèvement, mais je sens que je dois également mener à bien ce projet. Je pense que grand-père me comprendrait.

TROISIÈME PARTIE
LE DOCTEUR

CHAPITRE 14
XANDER

– Je vous envoie un nouveau groupe de patients, m'annonce le docticien-chef sur mon miniport.

– Bien, nous les attendons.

Nous avons des lits vacants, maintenant. Après trois mois de lutte acharnée contre la Peste, les choses commencent à se calmer, en grande partie grâce à la campagne de vaccination lancée par le Soulèvement. Les scientifiques, pilotes et autres employés se sont donnés à fond, nous avons sauvé des centaines de milliers de personnes. C'est un honneur de faire partie de ce mouvement.

Je vais à la porte pour accueillir les nouveaux arrivants.

– Il semblerait que nous ayons une petite flambée épidémique dans une banlieue, annonce l'un des cliniciens, chargé d'un brancard.

La sueur ruisselle sur son visage. Il a l'air épuisé. Les équipes de transfert sont encore plus admirables que les autres membres du Soulèvement. Ils font un travail physique, éreintant.

– Ils n'ont pas dû être vaccinés, ajoute-t-il.

– Vous pouvez le déposer par ici, dis-je.

Ils déplacent le patient du brancard au lit que je désigne. Alors que l'une des infirmières le déshabille pour lui passer une tunique, elle pousse un cri de surprise.

– Qu'a-t-il?

– Il souffre d'une éruption cutanée vraiment sévère! s'exclame-t-elle.

Effectivement, il a la poitrine striée de bandes rouges.

Si la petite marque rouge est le symptôme le plus fréquemment observé, de temps à autre, nous rencontrons des patients avec une forme plus virulente.

– On va le retourner pour voir, je décide.

L'éruption s'étend jusque dans le dos. Je prends quelques notes sur mon miniport.

– Les autres sont dans le même état?

– Pas à notre connaissance, répond le clinicien.

Nous examinons le reste des nouveaux patients. Aucun d'eux ne présente de bandes sur la poitrine ni même de marque rouge.

– Ce n'est sans doute rien, dis-je, mais j'appelle un virologue.

Il arrive très rapidement.

– Qu'est-ce qu'on a? demande-t-il d'un ton assuré.

Je n'ai pas eu beaucoup de contacts avec lui, mais je le connais de vue et de réputation. C'est l'un des meilleurs chercheurs du Soulèvement dans le domaine médical.

– Une variation?

Je confirme:

– On dirait. L'éruption virale en principe localisée et de petite taille se manifeste ici sur les dermatomes de tout le tronc.

Le virologue me regarde, surpris que j'emploie les termes adéquats. Depuis trois mois que je suis ici, j'ai enregistré le vocabulaire – mieux, je sais ce qu'il signifie.

Nous sommes déjà munis de masques et de gants, conformément au protocole. Le virologue sort une éprouvette de traitement d'une caisse.

– Branchez-le à un moniteur pour surveiller ses constantes vitales, ordonne-t-il à un clinicien. Et vous, ajoute-t-il à mon intention, faites-lui une prise de sang et posez-lui une perfusion.

Tandis que j'enfonce l'aiguille dans le bras du patient, il affirme, autant pour moi que pour le docticien-chef qui nous observe grâce au port accroché au mur :

– Rien que nous n'ayons anticipé. Les virus évoluent sans cesse. Chez un seul et même patient, on peut observer de multiples mutations dans différents tissus du corps.

J'accroche une poche de réhydratation et de nutriments à la potence avant de mettre en route la perfusion.

– Pour que la mutation se développe, poursuit-il, il faut qu'il y ait une pression sélective. Quelque chose qui rende cette mutation plus résistante que le virus d'origine.

Je m'aperçois qu'il est en train de me donner un cours de virologie, ce que rien ne l'oblige à faire. Je crois que je comprends ce qu'il m'explique.

– Comme un traitement, par exemple ? je suggère. Se pourrait-il que le traitement ait exercé cette pression sélective ?

Mais alors, ce serait notre faute. Nous aurions favorisé le développement de ce nouveau virus !

– Ne vous inquiétez pas. Dans le cas présent, nous n'avons probablement affaire qu'à un système immunitaire qui réagit différemment au virus, me rassure-t-il.

Après avoir examiné le patient, il note quelque chose sur son miniport. Comme je suis de service, ses recommandations s'affichent instantanément sur l'écran du mien : « Retourner le patient toutes les deux heures pour éviter les escarres. Nettoyer et traiter les zones atteintes pour éviter la propagation de l'infection. »

Ce sont les mêmes instructions que pour les autres patients.

– Le pauvre, commente-t-il. Il vaut sans doute mieux qu'il reste parti ainsi pendant un moment. Car avant que ça cicatrise, ça va être douloureux.

Via le port, j'interroge le docticien-chef :

– Pensez-vous qu'on devrait isoler les patients de ce transfert dans une zone séparée ?

– Seulement si vous ne souhaitez pas les accueillir dans votre service.

– Non, nous instaurerons une quarantaine plus tard, si nécessaire, dis-je.

Le virologue acquiesce.

– Je vous préviendrai dès que nous aurons les résultats des prélèvements. Cela peut prendre une heure ou deux.

– En attendant, administrez-leur le traitement, ordonne le docticien-chef.

Je hoche la tête.

– Entendu.

– Beau travail pour la prise de sang, me complimente le virologue en quittant la pièce ; c'est à croire que vous êtes encore clinicien.

– Merci.

– Carrow, reprend le docticien-chef, vous avez depuis longtemps dépassé l'heure de votre pause. Faites un break pendant qu'ils analysent les prélèvements.

– Ça va, dis-je.

– Vous avez déjà fait des heures supplémentaires, insiste-t-il. Laissez les infirmières et les cliniciens s'en charger.

164

Je passe toutes mes pauses dans la cour, maintenant. J'emporte même mon repas pour manger dehors. Ce petit carré de verdure et de fleurs commence à dépérir parce que personne n'a le temps de s'en occuper, mais au moins, quand je suis là, je sais si c'est le jour ou la nuit.

Et puis, en venant toujours au même endroit, j'ai plus de chances de croiser Lea. Ainsi, on pourra discuter de notre travail et de ce qu'on a remarqué récemment.

Pas de chance, elle n'est pas dans la cour. Mais juste au moment où je finis de manger, la porte s'ouvre et elle apparaît.

– Carrow! s'exclame-t-elle, l'air ravi.

Elle paraît contente de me voir, ça fait plaisir. Elle sourit et salue quelques personnes.

– Ça y est, tout le monde a découvert ce petit coin, constate-t-elle.

Elle a raison. Il y a une bonne dizaine de personnes assises au soleil.

– Je voulais justement te parler, dis-je. On a observé un phénomène intéressant au cours du dernier transfert.

– Quoi donc? demande-t-elle.

– Un patient qui présente une éruption cutanée plus virulente.

– Sous quelle forme?

Je lui décris les lésions avant de lui rapporter les propos du virologue. J'essaie de lui expliquer la pression sélective, seulement je m'y prends mal. Néanmoins, elle a l'air de saisir ce que je veux dire.

– Il est donc possible que le traitement soit à l'origine de la mutation! s'étonne-t-elle.

– S'il s'agit véritablement d'une mutation. Aucun autre patient ne montre de symptômes similaires. À moins que ce soit une question de temps, qu'ils ne soient pas encore apparus.

– J'aimerais tant pouvoir les voir, dit-elle.

Au début, je crois qu'elle parle des patients, mais je remarque qu'elle tend le bras en direction des montagnes, cachées par le mur d'enceinte.

– Je me suis toujours demandé comment faisaient les gens pour vivre sans montagnes pour se repérer. Maintenant, je comprends.

– Ça ne m'a jamais manqué, dis-je.

À Oria, nous n'avions que la Colline, et ça ne m'a jamais fasciné. J'ai toujours préféré les petits espaces : la pelouse de mon école primaire, la piscine si bleue du quartier… J'aimais aussi beaucoup les érables avant qu'ils ne les abattent. J'apprécierais de pouvoir recréer tout ça, mais sans la Société, cette fois.

– Je m'appelle Xander, fais-je soudainement, et j'en suis aussi surpris qu'elle. Je ne crois pas te l'avoir dit.

– Et moi, Nea, répond-elle.

– Je suis content de le savoir.

Et c'est vrai, mais conformément au protocole, nous continuerons à nous appeler par nos noms de famille au travail.

– Ce que je préfère chez lui, me confie-t-elle en changeant brusquement de ton et de sujet, c'est qu'il n'a jamais eu peur de rien. Sauf quand il est tombé amoureux de moi. Mais même alors, il n'a pas reculé.

Je mets un peu plus de temps que d'habitude à répondre. Et avant que j'aie pu trouver les mots justes, elle reprend :

– Et toi ? Qu'est-ce qui te plaît le plus chez elle, ta Promise ?

– Tout. Absolument tout.

J'écarte les mains en signe d'impuissance. À nouveau, je ne trouve pas les mots qu'il faut – ce qui ne m'arrive pas souvent. Je me demande pourquoi j'ai tant de mal à parler de Cassia.

J'ai peur d'avoir agacé Lea, mais non. Elle se contente d'acquiescer :

– Je comprends.

Ma pause est finie.

– Il faut que je retourne travailler. Voir comment ils vont.

– C'est réellement naturel pour toi, n'est-ce pas ?

– Comment ça ?

– De prendre soin des gens, explique-t-elle, avant de se tourner à nouveau vers les montagnes. Où étais-tu l'été dernier ? Tu avais déjà été affecté à Camas ?

À l'époque, j'étais encore à Oria, je me démenais pour que Cassia tombe amoureuse de moi. Cela me semble tellement loin.

– Non. Pourquoi ?

– Tu me rappelles une espèce de poisson qui remonte la rivière durant l'été, m'avoue-t-elle.

Je ris.

– Je dois bien le prendre ?

Elle sourit, un peu mélancolique.

– Ils remontent le courant depuis la mer.

– C'est vrai ? je m'étonne. Ça semble impossible.

– Et pourtant si. Au cours du trajet, ils se transforment complètement. Quand ils vivent dans l'océan, ils sont bleus, avec le dos argenté. Mais quand ils arrivent ici, ils sont devenus rouge vif, la tête verte.

Je ne vois pas trop le rapport avec moi. Aussi s'efforce-t-elle de m'expliquer :

– Ce que je veux dire, c'est que tu t'es trouvé. Tu es né pour aider les gens, et tu le feras où que tu sois. Exactement comme ces poissons qui sont nés pour remonter le courant.

– Merci, dis-je.

L'espace d'une seconde, j'hésite à tout lui raconter, y compris ce que j'ai fait pour obtenir les pilules bleues, puis je me ravise.

– Je dois retourner travailler.

Je vide mon restant d'eau dans le parterre de néoroses jouxtant notre banc avant de me diriger vers la porte.

Je longe l'arrière des maisons du quartier des Érables, où arrive le circuit de livraison alimentaire. Même si l'heure du repas est passée, j'entends dans ma tête le léger couinement des chariots. Lorsque je passe derrière celle de Cassia, je dois résister à l'envie de toucher l'un des volets ou de frapper au carreau.

Je débouche sur la place commune du quartier où sont regroupées toutes les aires de loisir. Avant que j'aie eu le temps de chercher l'Archiviste du regard, il surgit à mes côtés.

– Nous sommes tout près de la piscine, m'informe-t-il.

– Je sais.

C'est mon quartier, je sais exactement où je me trouve. La silhouette blanche du plongeoir se dresse devant nous. Dans l'air humide de la nuit, le murmure de nos voix résonne comme un frôlement d'ailes de sauterelle.

Il escalade la barrière, je le suis. J'ai envie de protester: «La piscine est fermée, on ne devrait pas être là», mais on y est, pourtant.

Un groupe de personnes attend sous le plongeoir.

– Vous n'avez qu'à leur faire une prise de sang, m'explique l'Archiviste.

– Pourquoi? dis-je, soudain glacé.

– Nous recueillons des échantillons de tissus pour la préservation. Chacun veut en garder un pour soi. Vous étiez au courant, non?

– Je pensais qu'on les prélèverait selon le protocole habituel, sans aiguille ni sang. Juste un petit bout de peau.

– C'est mieux ainsi, affirme l'Archiviste.

– Vous n'allez pas nous spolier comme la Société, me confie une femme, d'une voix douce et calme. Vous prélevez notre sang pour nous le rendre.

Elle tend le bras.

– Je suis prête.

L'Archiviste me tend une mallette. À l'intérieur, je trouve des tubes stériles et des seringues dans des pochettes sous vide.

– Allez-y, m'encourage-t-il. Tout est organisé. J'ai les comprimés à vous remettre quand vous aurez fini. Vous n'avez pas besoin d'en savoir davantage.

Il a raison.

Je ne veux pas essayer de comprendre ce système d'échanges compliqué. Et encore moins savoir pour quelle raison ces gens ont payé pour être ici. Cette transaction se fait-elle avec l'aval des autres Archivistes ou cet homme en assume-t-il seul la responsabilité? Où ai-je mis les pieds? Je n'avais pas réalisé ce qu'il attendait de moi en échange des comprimés bleus.

– Vous allez vous faire prendre...

– Non, rétorque-t-il, pas de risque.

– Allez, me presse la femme. J'ai envie de rentrer chez moi.

J'enfile une paire de gants pour préparer une seringue. Elle ferme les yeux tandis que je glisse l'aiguille dans une veine apparente, au pli de son coude. Elle pousse un petit cri de surprise.

– C'est presque fini, dis-je en retirant l'aiguille.

Je lève le petit tube, plein de sang sombre.

– Merci, dit-elle.

L'Archiviste lui fournit un carré de coton à appliquer au creux de son bras.

Lorsque j'ai terminé, il me donne les pilules bleues, puis annonce aux autres:

– On sera à nouveau là la semaine prochaine. Vous pouvez amener vos enfants. Vous voulez sûrement avoir un prélèvement pour eux, n'est-ce pas?

– Moi, je ne serai pas là, dis-je.

– Pourquoi? s'étonne-t-il. C'est pourtant leur rendre service!

– Non, il n'existe pas de technique scientifique pour ressusciter les morts.

Mais si c'était le cas, je suis sûr que les gens y auraient recours. Patrick et Aida Markham, par exemple. S'il existait un moyen de ressusciter leur fils, je suis sûr qu'ils le feraient.

De retour chez moi, à l'aide d'un scalpel que j'ai volé au Centre médical, je réalise sans doute la seule opération chirurgicale de ma vie, en décollant avec précaution l'arrière de la plaquette de comprimés pour y introduire les papiers imprimés par les Archivistes, que j'ai découpés en bandelettes. Puis je m'approche de l'incinérateur pour recoller l'ensemble.

Ça me prend presque toute la nuit. Au matin, je suis réveillé par des cris. Ils sont venus chercher Ky. Peu de temps après, Cassia part aussi. Grâce à moi, elle a un stock de pilules bleues à emporter.

Je retourne dans mon service prendre des nouvelles des patients.

– Des effets secondaires ? je demande.

L'infirmière secoue la tête.

– Non, cinq d'entre eux réagissent bien au traitement, mais pas les autres, y compris le patient avec l'éruption cutanée. Il faut peut-être attendre…

Elle n'a pas besoin de préciser ce dont nous sommes tous les deux conscients. En principe, l'effet est pratiquement immédiat. Ce n'est pas bon signe.

– Avez-vous vu d'autres cas d'éruption cutanée ?

– Nous ne les avons pas réexaminés depuis leur admission. Ça fait moins d'une heure.

– On va le faire maintenant.

Nous retournons l'un des patients avec précaution. Rien. Puis un autre. Rien.

Cependant, la troisième patiente a le corps couvert de plaques. Elles ne sont pas encore aussi rouges que celles du premier patient, mais ce n'est tout de même pas habituel.

– Prévenez le virologue, dis-je à l'un des cliniciens.

Alors que nous la reposons délicatement, j'étouffe un cri de surprise. Elle a du sang qui sort de la bouche et du nez.

J'en informe aussitôt le docticien-chef *via* le port :

– Nous avons une patiente qui présente des symptômes atypiques.

Avant qu'il ait pu répondre, une autre voix résonne dans mon miniport. C'est le virologue.

– Carrow ?

– Oui ?

– J'ai analysé le génome viral prélevé sur le patient présentant l'éruption cutanée sévère. On constate le présence d'une copie additionnelle du gène codant pour la protéine d'enveloppe... Vous comprenez ce que ça signifie ?

Oui.

Nous avons affaire à une mutation du virus.

CHAPITRE 15
CASSIA

La lumière du crépuscule donne une nuance dorée au blanc du mur d'enceinte. Le ciel est clair et bleu, sauf à l'endroit où le soleil se couche, enflammant l'horizon. C'est l'heure où nous nous réunissons, plus nombreux chaque jour. Une personne en parle à deux autres, ces deux-là en préviennent quatre, et ainsi de suite. En quelques semaines, c'est comme une véritable épidémie qui se répand.

J'ignore qui a le premier appelé cet endroit la Galerie, mais le nom est resté. Je suis contente qu'il compte au point qu'on ait pris la peine de le baptiser. Ce que je préfère, c'est surprendre les murmures de ceux qui viennent pour la première fois, qui se figent devant le mur, plaquant la main sur leur bouche, les larmes aux yeux. Je peux me tromper, mais j'ai l'impression qu'ils ressentent les mêmes émotions que moi.

Je ne suis pas seule.

Si j'ai le temps de rester un peu, j'apprends à écrire à ceux qui le souhaitent. Une fois qu'ils m'ont vue faire, ils imitent mes gestes pour tracer leurs propres signes, d'abord maladroits, puis de plus en plus assurés.

Je leur enseigne les majuscules d'imprimerie, pas la belle écriture cursive à laquelle Ky m'a initiée. C'est plus facile, les lignes sont droites, bien distinctes. Écrire d'un mouvement fluide, sans interruption, est plus délicat, ce mouvement nous semble si étranger. De temps à autre, j'écris en cursive pour ne pas perdre le sentiment d'être liée à Ky. Quand j'écris sans lever le bâton du sol ou le crayon du papier, ça me rappelle Hunter et les Fermiers, les lignes bleues qu'ils dessinaient sur leur peau, passant d'une personne à l'autre.

– C'est plus difficile, constate un homme en me regardant écrire en attaché. Mais en bâton, ce n'est pas si dur.

– Non, je confirme.

– Alors, pourquoi a-t-on arrêté ?

– Je pense que certaines personnes n'ont jamais cessé d'écrire de cette façon, dis-je.

Il hoche la tête.

Il faut qu'on soit prudents. Il existe encore des groupes de sympathisants de la Société qui veulent résister, se battre et qui peuvent être dangereux. Le Soulèvement ne nous interdit pas de nous réunir, cependant le Pilote nous a demandé de concentrer nos efforts sur l'accomplissement de notre mission et la lutte contre la Peste. Il nous dit que le plus important c'est de sauver des vies, et je suis d'accord, mais je pense également qu'ici, à la Galerie, nous nous sauvons nous-mêmes. Les gens ont attendu tellement longtemps pour être libres de créer, sans avoir à se cacher.

Ici, chacun apporte ce qu'il a fait. Les peintures et les poèmes sont collés au mur avec de la sève de pin. Ils battent au vent comme des drapeaux – sur du papier de port de communication, des serviettes ou même des lambeaux de tissu.

Il y a une femme qui grave des morceaux de bois, les frotte avec de la cendre pour ensuite les plaquer sur du papier, imprimant son monde sur le nôtre.

Il y a un homme qui devait être un Officiel autrefois, il a trouvé le moyen de teindre en couleurs tous ses uniformes blancs. Ensuite, il taille de nouveaux vêtements dans le tissu, avec un style, une coupe vraiment différents de ce que nous connaissons. Ses créations suspendues dans la Galerie, silhouettes prometteuses, nous permettent d'entrevoir l'allure que nous pourrions avoir dans l'avenir.

Il y a aussi Dalton, qui crée des œuvres fascinantes à partir d'autres objets. Aujourd'hui, c'est un mannequin fait de morceaux de papier et de tissu assemblés, avec des pierres pour les yeux et des graines pour les dents. C'est magnifique, c'est terrible.

– Oh, Dalton…

Elle sourit tandis que je me penche pour examiner le personnage de plus près. La sève qu'elle utilise pour tout coller me pique le nez.

– J'ai entendu dire qu'à la tombée de la nuit, quelqu'un allait chanter, me confie-t-elle.

– C'est sûr, cette fois ?

Le bruit a déjà circulé, sans que cela se concrétise. Il est plus facile d'exposer un poème ou un objet que de se tenir face aux autres, de voir leurs visages pendant qu'on leur livre ce qu'on a à leur offrir.

Avant que Dalton ait pu me répondre, quelqu'un surgit à mes côtés. Je me retourne. C'est un Archiviste que je connais. Sur le coup, je panique : comment est-il arrivé jusqu'ici ? Puis je me raisonne, les Archivistes, ce n'est pas la Société. Et nous ne leur faisons pas concurrence. Ici, ce n'est pas un lieu de troc, mais de partage.

Il tire quelque chose de blanc de sa poche pour me le tendre. Un morceau de papier. Peut-être un mot de Ky ? Ou de Xander ?

Qu'a-t-il bien pu penser de mon message ? Jamais je n'avais eu autant de mal à écrire une lettre. Je déplie le papier.

— Ne le lisez pas ! proteste l'Archiviste, gêné. Pas en ma présence, du moins. Je me demandais si vous pourriez l'afficher… une fois que je serai parti ? C'est une histoire que j'ai écrite.

— Bien sûr. Je vais le faire ce soir.

Évidemment, j'aurais dû me douter qu'il n'était pas là en tant qu'Archiviste. Il a quelque chose à partager.

— Les gens viennent nous demander si ce qu'ils ont fait a de la valeur. Je suis obligé de leur répondre que non. Pas pour nous en tout cas, alors je vous les envoie. Mais je ne sais pas comment vous appelez cet endroit.

L'espace d'un instant, j'hésite, puis je me souviens que cette galerie n'est pas secrète, pas besoin de se cacher.

— Nous l'avons nommé la Galerie.

L'Archiviste acquiesce.

— Vous devriez faire attention, avec tout ce monde. Le bruit court que la Peste a muté.

— La rumeur circule depuis des semaines.

— Je sais, mais cela pourrait bien être vrai un jour. C'est pour ça que je suis venu ce soir. Je voulais écrire tant que j'en avais encore le temps.

Je comprends. J'ai appris que, même sans la menace d'une épidémie, le temps est toujours compté. C'est pour ça que je me suis forcée à écrire à Xander, à affronter cette épreuve insurmontable. Il fallait que je lui dise la vérité car, puisque le temps nous est compté, on ne doit pas le perdre à attendre en vain.

CASSIA

Je sais que tu m'aimes. Je t'aime, et je t'aimerai toujours, mais les choses ne peuvent pas continuer ainsi. Il faut que cela cesse. Tu as dit que ça t'était égal, que tu m'attendrais, mais je pense au contraire que ça te touche, et c'est normal. Nous avons déjà assez attendu comme ça toute notre vie, Xander, ne m'attends plus.

Je te souhaite de trouver l'amour que tu mérites.

Oui, c'est ce que j'espère plus que tout, peut-être même plus que mon propre bonheur.

Dans un sens, ça signifie peut-être que c'est Xander que j'aime le plus.

CHAPITRE 16
KY

– Où va-t-on ? demande Indie, en montant à bord du dirigeable.

Cette fois, c'est moi qui pilote, je suis donc aux commandes.

– Aucune idée. Comme d'habitude.

Depuis que le Soulèvement a pris le pouvoir pour de bon, ils ne nous informent plus de nos missions à l'avance. Je commence les vérifications d'usage. Indie m'aide.

– On a un modèle plus ancien aujourd'hui, remarque-t-elle. Tant mieux.

J'acquiesce. Indie et moi, nous préférons les vieux vaisseaux, qui sont plus délicats à manœuvrer, mais procurent également plus de sensations. Quand on pilote les plus récents, on a parfois l'impression que c'est eux qui conduisent et pas nous.

Comme tout est en ordre, nous attendons les instructions. Il a recommencé à pleuvoir. Indie fredonne, guillerette. Je souris.

– C'est bien qu'on fasse équipe, parce que je ne te croise jamais dans les baraquements ni au réfectoire.

Elle se penche plus près de moi.

– J'ai été très occupée ces derniers temps.

Elle se penche plus près de moi.

– Une fois l'épidémie terminée, tu vas demander une formation de pilote de combat?

Est-ce pour cela que je la vois si rarement? Elle projette de changer de poste? Les pilotes de combat, qui couvrent nos vaisseaux pendant les livraisons, suivent un entraînement qui dure des années. Non contents d'être des pilotes d'élite, ils doivent apprendre à se battre et à tuer.

Avant qu'elle ait pu me répondre, nos instructions arrivent. Indie tend la main mais je saisis la bande de papier avant. Elle me tire la langue comme une gamine. Lorsque je découvre le plan de vol, mon cœur manque un battement.

Indie tend le cou pour voir.

– Qu'est-ce qu'il y a?

Stupéfait, je murmure:

– On va à Oria.

– Bizarre, commente-t-elle.

Effectivement. En principe, le Soulèvement préfère ne pas nous envoyer dans les Provinces où nous avons vécu. Ils craignent que nous apportions nos livraisons à nos proches, au lieu de les distribuer selon les besoins.

– La tentation est trop forte, affirme le commandant.

– Eh bien, ça risque d'être intéressant. Il paraît qu'avec Central, c'est la Province où il y a le plus de sympathisants de la Société.

Je me demande si des gens que je connais y vivent encore. La famille de Cassia a été envoyée à Keya et mes parents emportés par la Société, j'ignore où. Il reste peut-être Em? Et les Carrow?

Je n'ai pas revu Xander depuis le jour où je lui ai donné le message de Cassia. Ils nous ont envoyés livrer le traitement là-bas quelques jours après ma discussion avec Indie à propos du mur d'enceinte de Camas. À mon avis, elle n'était pas pour rien dans cette affectation, mais chaque fois que je lui pose la question, elle esquive.

– Ils voulaient juste voir si on réussirait à se poser, dit-elle, c'est l'un des atterrissages les plus délicats.

Cependant, la lueur qui brille dans ses yeux me fait soupçonner qu'elle ne me dit pas toute la vérité. Ça m'inquiète, mais quand elle a décidé de garder quelque chose pour elle, inutile d'insister.

Enfin bref, nous avons réussi à nous poser dans l'enceinte, nous avons aidé Caleb à livrer la cargaison et j'ai transmis le message de Cassia. Ça m'a fait plaisir de revoir Xander. Et lui aussi, il était content de me voir. Je me demande si ça a duré lorsqu'il s'est aperçu qu'une partie de la lettre était illisible.

Comme d'habitude, durant la majeure partie du trajet, on ne voit que le ciel.

Puis nous amorçons la descente. Je me dirige vers l'enceinte. C'est la Société qui avait érigé ces murs blancs, mais le Soulèvement les a laissés en place pour isoler les malades des bien portants.

– Cette ville n'a rien de spécial, constate Indie, déçue.

Je n'avais jamais considéré les choses sous cet angle, mais elle a raison. Ça a toujours été la principale caractéristique d'Oria: une ville, une Province tellement conformes à la Société qu'elles en sont anonymes. Pas comme Camas, isolée du reste par les montagnes, Acadia avec sa côte rocheuse sur la mer Orientale, ou Central et ses nombreux lacs. Les Provinces du milieu – Oria et Grandia, Bria et Keya –, à l'inverse, se ressemblent énormément.

À un détail près.

– Il y a quand même la Colline, dis-je. Tu la verras en approchant.

181

J'ai hâte de revoir son sommet arrondi, couvert d'une forêt bien verte. Puisque je ne peux pas voir Cassia, la Colline fera l'affaire. L'endroit où nous avons passé tant de temps ensemble. Où pour la première fois, à couvert des arbres, nos lèvres se sont touchées. Je sens encore le vent sur ma peau, sa main dans la mienne. J'avale ma salive.

Mais tandis que nous décrivons un virage dans le ciel pour nous préparer à atterrir, je n'arrive pas à voir la Colline dans la pénombre du crépuscule.

C'est Indie qui la repère la première.

– Ce truc marron ? s'étonne-t-elle.

Elle a raison.

Ce tas de terre nu, marron, c'est la Colline.

J'amorce l'atterrissage. Nous nous rapprochons de plus en plus du sol. Les arbres qui bordent les rues deviennent immenses. La piste se rue sur nous. On distingue maintenant les bâtiments les uns des autres.

Au dernier moment, je reprends de l'altitude.

Je sens le regard d'Indie posé sur moi. Depuis des mois que nous nous occupons des livraisons, je n'ai jamais fait ça.

Dans le micro, j'explique :

– Je n'étais pas bien positionné pour l'atterrissage.

Ça arrive. Ce sera noté dans mon dossier comme une erreur de pilotage. Mais il faut que je revoie la Colline de plus près.

Nous reprenons de l'altitude avant de redescendre vers la Colline. Je m'approche plus près que je ne le devrais pour mieux regarder.

– Il y a un problème ? demande l'un des pilotes de combat dans les haut-parleurs.

– Non, je vais me poser.

J'ai vu ce que je voulais. Le sol est nu. Il a été rasé au bulldozer. Brûlé. Saccagé. Comme s'il n'y avait jamais eu le moindre arbre sur la Colline. Certaines parties se sont effondrées, maintenant qu'il n'y a plus de racines pour retenir la terre.

Le petit bout de soie verte de la robe de Cassia n'est plus accroché à une branche, au sommet de la Colline, malmené par le vent, la pluie, le soleil. Les poèmes que nous y avions enterrés ont été exhumés, retournés, enfouis plus profond, plus loin.

Ils ont tué la Colline.

Je pose le vaisseau. Derrière moi, j'entends Caleb ouvrir la soute et commencer à sortir les caisses. Je reste assis, les yeux dans le vide.

Je voudrais me retrouver à nouveau là-haut sur la Colline, avec Cassia. J'en ai tellement envie que ça me ronge. Les mois passent et nous sommes toujours séparés. J'enfouis ma tête entre mes mains.

– Ky? s'inquiète Indie. Ça va?

Elle me prend par l'épaule, une seconde. Puis elle me relâche et, sans un mot, descend aider Caleb.

Je lui suis reconnaissant de son geste, mais aussi de me laisser seul. Même si les deux sont fugitifs.

– Ky? m'appelle-t-elle. Viens voir.

– Quoi?

Je la rejoins dans la soute. Elle désigne le bas d'une paroi, caché jusque-là par les caisses. Quelqu'un a dessiné dessus, en gravant le métal. Ça me rappelle les peintures murales dans les grottes du Labyrinthe.

– Ils boivent le ciel, remarque Indie.

Elle a raison. Ce n'est pas la pluie qui est représentée, pas comme dans le dessin que j'avais fait sur une serviette. Là, ce sont des morceaux de ciel qui tombent, les gens les ramassent et les renversent pour récupérer de l'eau.

– Ça me donne soif, commente-t-elle.

183

Je désigne une silhouette qui descend du ciel.

– Regarde. À ton avis, c'est quoi ?

– Le Pilote, évidemment.

Lorsque Caleb revient dans la soute prendre d'autres caisses, je demande :

– C'est toi qui as fait ce dessin ?

– Quel dessin ?

– Celui qui est gravé dans la paroi du vaisseau ?

– Non, ce doit être un autre coursier. Je ne vandaliserais jamais la propriété du Soulèvement.

Je lui tends une caisse.

Une fois notre livraison terminée, nous regagnons le dirigeable. Mais Indie reste en arrière. En me retournant, je la surprends en train de parler à Caleb. Il secoue la tête. Elle se plante devant lui, le menton dressé. Je sais exactement quel regard elle doit avoir.

Un regard de défi.

Il secoue à nouveau la tête. Il a l'air tendu.

J'entends Indie qui insiste :

– Dis-le-moi. Maintenant. On a le droit de savoir.

– Non, répond-il. Tu n'es même pas pilote sur cette mission. Arrête !

– C'est Ky qui pilote, dit-elle. Il a dû conduire le vaisseau jusqu'ici, dans la Province où il a vécu. Tu sais à quel point c'est dur pour lui ? Et si on t'envoyait faire une course à Keya, ou dans la Province d'où tu viens, hein ? Il a le droit de savoir ce qu'on vient faire là.

– On fait une livraison, c'est tout.

– Non, ce n'est pas tout.

Il la contourne en lançant par-dessus son épaule :

– Si le Pilote tenait à ce que vous soyez au courant, vous le seriez.

— Tu n'es qu'un coursier, tu sais, même aux yeux du Pilote. Tu n'es pas de sa famille.

Caleb se fige, je vois la haine déformer son visage.

Parce qu'elle a raison. Elle sait ce qu'il espère. C'est le rêve de tous les orphelins qui travaillent pour le Soulèvement. Rendre le Pilote si fier qu'il les reconnaisse comme de sa propre famille. Indie en rêve aussi.

Elle me rejoint plus tard dans un champ, non loin du camp. Elle s'assied en prenant une profonde inspiration. Au début, je crois qu'elle va essayer de me remonter le moral en parlant de tout et de rien. Mais elle n'a jamais été très douée pour ça.

— On pourrait essayer, déclare-t-elle, on pourrait tenter de s'enfuir à Central si tu veux.

— Impossible, je réplique. Les vaisseaux de combat nous abattraient.

— Tu tenterais le coup, si je n'étais pas là, remarque-t-elle.

— Oui, si j'étais seul. Sans toi ni Caleb.

Je ne suis plus l'égoïste capable d'abandonner tous les autres à une mort certaine pour n'emmener que Vick et Eli dans le Labyrinthe. Caleb fait partie de notre équipe.

Quand je pilote, je suis responsable de lui. Je ne peux pas risquer sa vie non plus. Cassia ne voudrait pas que des gens meurent juste pour qu'on soit réunis.

De toute façon, si le Pilote dit vrai, ça n'a pas d'importance. L'épidémie est jugulée. Tout va rentrer dans l'ordre très bientôt. J'irai rejoindre Cassia et on sera enfin ensemble. Je veux croire le Pilote. Oui, parfois, j'en ai envie.

— Au camp, pendant la formation, tu as été en vol avec lui? je demande.

— Oui, j'ai su que c'était lui avant même qu'on nous le dise. À sa façon de piloter...

Elle s'interrompt, les mots lui manquent. Puis, soudain, son visage s'illumine.

– C'était comme… comme le dessin gravé dans la soute. J'avais l'impression de boire le ciel.

– Alors tu as confiance en lui ?

Elle hoche la tête.

– Mais tu prendrais tout de même le risque de t'enfuir à Central avec moi.

– Oui, si c'est ce que tu veux.

Elle me dévisage comme si elle essayait de voir en moi. J'aimerais qu'elle sourie. De ce beau sourire, grand sourire, à la fois innocent et perfide.

– À quoi tu penses ? me demande-t-elle.

– J'aimerais te voir sourire.

Alors elle sourit – un large sourire ravi, que je lui rends aussitôt.

Indie se penche vers moi. Radieuse, pleine d'espoir, sauvage. Ça me vrille le cœur.

– Qu'est-ce qui nous empêche de prendre la fuite tous les deux ? chuchote-t-elle.

– Toi et moi ?

Même si je l'entends à peine à cause du bruissement de l'herbe sous le vent, je sais. Elle m'a déjà posé ce genre de question.

– Cassia. J'aime Cassia. Tu le sais.

Il n'y a pas la moindre note d'incertitude dans ma voix.

– Je sais, dit-elle.

Il n'y a pas la moindre note d'excuse dans la sienne.

Quand elle veut vraiment quelque chose, son instinct lui dicte de foncer.

Comme Cassia.

Indie inspire profondément, puis se lève.

Elle s'approche de moi.

Elle glisse la main dans mes cheveux, colle ses lèvres contre les miennes.

Rien à voir avec Cassia.

Je me dégage, hors d'haleine.

– Indie...

– Il fallait que je le fasse.

CHAPITRE 17
CASSIA

Quelqu'un est entré dans la cache des Archivistes. J'entends des pas dans l'escalier. Comme tous ceux qui attendent dans la grande salle, j'oriente ma torche dans cette direction. La silhouette se fige et nous contemple.

Une fois que je l'ai reconnue – c'est une négociante que j'ai croisée à plusieurs occasions ici –, je baisse ma lampe. Mais pas les autres. Elle se retrouve prisonnière du faisceau de lumière, comme un papillon de nuit. Un Archiviste me fait signe de remonter ma torche. J'obéis, clignant des yeux alors que c'est la fille prise dans la lumière qui est éblouie.

– Samara Rourke, commence l'Archiviste-chef, vous n'avez rien à faire ici.

Avec un gloussement nerveux, la fille pose son gros sac.

– Ne bougez pas, ordonne l'Archiviste-chef. Nous allons vous escorter jusqu'à la sortie.

– Je suis autorisée à mener des transactions ici, affirme l'autre. C'est vous qui m'avez montré cet endroit.

– Vous n'êtes plus la bienvenue désormais, répond l'Archiviste-chef.

Elle sort de l'ombre, braquant le rayon de sa lampe droit dans les yeux de la fille. Les Archivistes sont ici chez eux. Ce sont eux qui décident qui peut troquer à l'abri, dans l'ombre, et qui doit affronter la lumière.

– Pourquoi? s'étonne Samara dont la voix devient plus hésitante.

– Vous savez très bien pourquoi. Tenez-vous vraiment à ce que tout le monde soit au courant?

La fille se passe la langue sur les lèvres.

– J'ai quelque chose qui peut vous intéresser, affirme-t-elle en se baissant vers son sac. Je vous promets que…

– Samara a triché, la coupe l'Archiviste-chef.

Sa voix, aussi puissante que celle du Pilote, résonne dans toute la salle. Aucune torche ne vacille et, quand je ferme les yeux, je continue à voir leurs lueurs vives et le visage paniqué, aveuglé de la fille.

– Quelqu'un lui avait confié un objet à troquer de sa part. Elle l'a apporté ici. Après l'avoir estimé, nous l'avons pris et nous lui avons donné un autre objet en échange, accompagné d'un article de moindre valeur comme commission. Samara a gardé les deux.

Il y a des escrocs partout, beaucoup même. Mais en général, ils n'osent pas faire affaire avec les Archivistes.

– Vous n'avez pas été lésée, rétorque Samara. Vous avez eu ce qui vous revenait.

Elle se défend si mal que c'en est pitoyable. Pourquoi a-t-elle fait ça? Elle devait pourtant se douter qu'elle allait se faire prendre.

– Si quelqu'un doit me punir, c'est la personne que j'ai volée.

– Non! objecte l'Archiviste-chef. En agissant ainsi, vous portez atteinte à notre image.

Trois Archivistes baissent leur lampe pour s'avancer.

Le cœur battant, je me rencogne dans l'ombre. J'ai beau venir souvent, je ne suis pas une Archiviste. Mes privilèges – bien plus étendus que ceux accordés aux négociants en principe – peuvent être révoqués du jour au lendemain.

J'entends cliqueter les ciseaux, puis l'Archiviste-chef recule, brandissant le bracelet rouge de Samara dans les airs. Cette dernière est livide, mais indemne. Elle a une manche relevée, découvrant le poignet nu où elle portait son bracelet.

– Les gens doivent pouvoir faire affaire avec nous en toute confiance. Ce qui s'est produit nous nuit à tous. C'est nous qui allons faire les frais de cette escroquerie.

La plupart des Archivistes ont baissé leur torche. Son visage est dans l'ombre, mais sa voix est reconnaissable entre toutes.

– Or nous n'apprécions guère de payer pour les autres.

Son ton change alors brusquement, l'incident est clos, elle conclut :

– Vous pouvez tous reprendre vos transactions.

Je ne bouge pas. Qui dit que je ne commettrais pas la même erreur que Samara si quelque chose dont un de mes proches a besoin me passait entre les mains ? Parce que j'imagine que c'est ce qui s'est produit. Je ne pense pas qu'elle aurait pris ce risque pour elle-même.

Quelqu'un m'a saisie par le coude. Je me retourne pour voir de qui il s'agit.

L'Archiviste-chef en personne.

– Suivez-moi, me dit-elle. J'ai quelque chose à vous montrer.

Elle me conduit entre les rangées d'étagères, puis dans un long couloir sombre en me tenant fermement par le bras. Nous débouchons dans une autre pièce immense, quadrillée d'étagères, qui cette fois sont pleines. Elles sont chargées de tout ce qu'on peut imaginer, jusqu'au dernier résidu du passé, jusqu'au moindre fragment du futur.

Des Archivistes s'affairent entre les étagères tandis que d'autres montent la garde. Cette salle est éclairée par des spots accrochés au plafond qui brillent faiblement. J'aperçois des caisses, des cartons, des boîtes de toutes tailles et de toutes formes. Il faudrait une carte pour se retrouver dans ce labyrinthe.

Bien que je ne sois jamais venue, je sais où nous sommes avant même qu'elle ne me le dise. Les Archives. C'est un peu comme si je rencontrais le Pilote pour la première fois ; j'ai toujours su que cet endroit existait, mais maintenant que je m'y retrouve pour de vrai, j'ai envie de chanter, de pleurer... ou de fuir ! – un peu les trois à la fois.

– Les Archives regorgent de trésors, affirme l'Archiviste-chef. Je les connais jusqu'au dernier.

L'éclairage donne des reflets dorés à sa chevelure, comme si elle faisait partie de ces trésors dont elle est la gardienne. Elle se tourne pour me fixer et ajouter :

– Peu de gens ont eu la chance de pénétrer ici.

Et pourquoi moi, alors ?

– De nombreuses histoires me sont passées entre les mains, poursuit-elle. J'ai toujours beaucoup aimé celle de la fille qui devait changer la paille en or. Une mission impossible qu'elle a pourtant accomplie plus d'une fois. C'est un peu mon travail.

Elle s'avance dans une allée pour prendre une boîte sur l'étagère. Lorsqu'elle l'ouvre, à l'intérieur, j'aperçois des rangées et des rangées de barres enveloppées dans du papier. Elle en sort une qu'elle brandit.

– Si je pouvais, je passerais mes journées entières ici. C'est ici que j'ai commencé ma carrière d'Archiviste. J'étais chargée de trier et de cataloguer les objets.

Elle ferme les yeux pour prendre une profonde inspiration. Je me surprends à l'imiter.

L'odeur qui monte de la boîte m'est familière... elle me rappelle un souvenir que je n'arrive pas à identifier. Mon cœur s'emballe et soudain ça me revient : une bouffée de colère inattendue, déplacée. Je me souviens.

– C'est du chocolat, dis-je.

– Oui, confirme-t-elle. Quand en avez-vous mangé pour la dernière fois ?

– À mon Banquet de couplage.

– Bien entendu.

Elle referme la boîte pour en ouvrir une autre. J'aperçois un éclat argenté que j'attribue d'abord aux écrins de couplage, alors qu'il s'agit de fourchettes, couteaux et cuillères. Dans une autre boîte, qu'elle manipule avec encore plus de précaution que les autres, je découvre de la porcelaine, aussi pure et fragile que de la glace. Nous passons dans une allée où elle me montre des bagues ornées de pierres rouges, vertes, bleues, blanches, puis encore une autre, où elle sort des livres aux illustrations si riches, si somptueuses, que j'ai du mal à me retenir de les toucher.

Tant de trésors accumulés ! Même si je ne suis pas spécialement attirée par l'argent ou le chocolat, je comprends que d'autres le soient.

– Avant la Société, les échanges se faisaient *via* ce qu'on appelait la monnaie : des pièces, parfois en or, et des billets en papier vert. On se les échangeait, ils représentaient une certaine valeur.

Je m'étonne :

– Je ne comprends pas comment ça fonctionnait...

– Disons que j'aie faim ; j'aurais donné cinq morceaux de papier vert à quelqu'un qui en échange m'aurait fourni de la nourriture.

– Mais cette personne, qu'aurait-elle fait des papiers ?

– Elle les aurait échangés contre autre chose, m'explique-t-elle.

– Il y avait des textes dessus ?

– Non, juste des chiffres. Rien à voir avec les poèmes.

Je secoue la tête.

– Mais pourquoi compliquer ainsi les choses ? Faire du troc à la manière des Archivistes me semble beaucoup plus logique.

– Ils étaient dans un rapport de confiance… qui a fait long feu.

Elle s'interrompt. Je ne sais pas ce qu'elle attend de moi.

– Ce que je viens de vous montrer, reprend-elle, c'est ce qui a de la valeur pour la majorité des gens. Mais nous avons également des caisses et des caisses remplies d'objets spéciaux pour des goûts un peu plus excentriques. Cela fait si longtemps que nous archivons.

Elle revient sur ses pas, dans la rangée où sont stockés les bijoux, et s'arrête pour prendre une autre boîte. Elle la glisse sous son bras sans l'ouvrir.

– Chacun possède sa propre monnaie d'échange. La plus intéressante, c'est le savoir. Lorsque les gens veulent connaître une information plutôt que posséder un objet. Bien entendu, il y a dans ce domaine autant de variété que dans celui du matériel.

Elle s'immobilise au bout d'une rangée d'étagères.

– Et vous, Cassia ? Que voudriez-vous savoir ?

Je voudrais savoir où est ma famille, je voudrais savoir si Ky et Xander vont bien. Je voudrais comprendre ce que grand-père entendait par « le jour du jardin rouge ». Je voudrais retrouver les souvenirs que j'ai perdus.

Le silence se fait dans cette salle baroque et surchargée.

Elle promène le faisceau de sa torche sur les étagères, illuminant les endroits les plus incongrus. J'entrevois alors son visage, elle a l'air pensif.

– Savez-vous ce qui possède une très grande valeur en ce moment? me demande-t-elle. Les éprouvettes que la Société conservait en secret. Vous êtes au courant? Des prélèvements réalisés bien avant le Banquet final.

– Oui, j'en ai entendu parler.

Et je les ai vues, surtout. Alignées et stockées dans une grotte au fin fond d'un canyon. Quand nous étions dans la Caverne, Hunter en a cassé plusieurs. Eli et moi, nous en avons volé une chacun.

– Vous n'êtes pas la seule, reprend l'Archiviste-chef. Certaines personnes feraient n'importe quoi pour récupérer leur prélèvement.

– Pourtant, ces éprouvettes n'ont aucune valeur. Elles ne contiennent pas les vraies personnes.

En réalité, je répète le discours de Ky. J'espère qu'elle ne peut pas déceler à ma voix que je ne suis pas sincère. Dans la caverne, j'ai volé le prélèvement de grand-père et je l'ai donné à Ky pour qu'il le cache. Tout ça parce que je n'arrive pas à abandonner l'espoir qu'un jour, ce prélèvement pourrait servir à quelque chose.

– Peut-être, reconnaît-elle, mais les autres ne sont pas du même avis. Ils veulent avoir leurs prélèvements ainsi que ceux de leur famille et de leurs amis. Et si jamais ils perdent un proche à cause de la Peste, on s'arrachera ces éprouvettes.

Perdre un proche à cause de la Peste?

– Est-ce que ça risque de se produire?

Au moment même où je pose la question, je connais la réponse. Oui. La mort est toujours une éventualité. Je l'ai appris dans le Labyrinthe.

Comme si elle lisait dans mes pensées, l'Archiviste me demande:

– Vous avez vu ces éprouvettes, n'est-ce pas? Quand vous étiez hors de la Société...

Bizarrement, j'ai envie de rire.

Si vous voulez parler de la Caverne, oui, je l'ai vue, avec ses rangées interminables d'éprouvettes soigneusement alignées, stockées dans les entrailles de la terre. J'ai aussi vu une grotte pleine de documents, et des pommes dorées sur des arbres noirs et noueux, qui poussent malgré le vent violent et la pluie si rare, et mon nom gravé sur un tronc, et des peintures sur la pierre.

Dans le Labyrinthe, j'ai également vu des corps carbonisés gisant sous le ciel, un homme qui creusait la tombe de sa fille en lui chantant ses adieux, ornant ses bras et les siens de lignes bleues. Là-bas, j'ai senti la vie, mais j'ai aussi vu la mort.

– Vous n'auriez pas rapporté une de ces éprouvettes à troquer, non?

Que sait-elle exactement?

– Non, je réponds.

– Quel dommage!

– Qu'est-ce que les gens seraient prêts à donner en échange de ces éprouvettes?

– Tout le monde possède quelque chose. Bien sûr, nous ne pouvons donner aucune garantie, à part que le prélèvement est bien celui de la personne mentionnée. Nous ne pouvons promettre qu'un jour on pourra les ressusciter.

– C'est sous-entendu, pourtant.

– Il suffirait d'une ou deux éprouvettes pour vous permettre d'aller où vous le souhaitez. Dans la Province de Keya, par exemple.

Elle s'interrompt pour voir si je mords à l'hameçon. Elle sait où se trouve ma famille.

– Ou à Oria, d'où vous venez, complète-t-elle.

– Et si je voulais aller tout à fait ailleurs? je demande en pensant à Camas.

Nous nous toisons du regard.

À ma grande surprise, c'est elle qui reprend la parole la première. Elle les veut vraiment, ces prélèvements.

– Si vous souhaitez gagner les Pays d'ailleurs, ce n'est plus possible, m'explique-t-elle tout bas.

Je n'ai jamais entendu parler des Pays d'ailleurs. J'ai seulement vu mentionnées sur une carte à Oria les Terres étrangères, synonyme de territoire de l'ennemi... À la façon dont elle parle des Pays d'ailleurs, je devine qu'elle fait référence à un tout autre endroit, très éloigné. Un frisson d'excitation me parcourt. Même Ky, qui a pourtant vécu dans les Provinces lointaines, n'a jamais évoqué les Pays d'ailleurs. Où peuvent-ils bien être ? L'espace d'un instant, j'ai envie de répondre que oui, c'est ça, pour essayer d'en savoir plus sur ce lieu que je n'ai jamais vu sur aucune carte, même sur celles des Fermiers qui vivaient autrefois dans le Labyrinthe.

– Non, je n'ai pas de prélèvement, dis-je.

Nous nous taisons un moment. Puis elle reprend :

– J'ai remarqué que vous réalisiez moins de transactions, ces derniers temps. J'ai vu votre Galerie, c'est impressionnant.

– Oui, tout le monde possède quelque chose qui vaut la peine d'être partagé.

L'Archiviste me toise avec un mélange de pitié et de stupéfaction.

– Non, tout ce qui est présenté dans la Galerie a déjà été fait, et en mieux. Mais c'est tout de même une belle réussite, à sa façon.

Ce n'est pas elle, le Pilote. J'en suis certaine désormais.

C'est un soulagement de quitter les Archives pour me rendre à la Galerie, un endroit animé et en plein air. En approchant, je remarque qu'un murmure s'en échappe.

Quelqu'un chante.

Je ne connais pas la chanson, elle ne fait pas partie de la liste des Cent. Je ne distingue pas vraiment les paroles, je suis trop loin, mais j'entends la mélodie. Une voix de femme qui monte et descend, blesse et soigne, puis une voix d'homme qui reprend en chœur le dernier couplet.

Je me demande si c'était prévu ou si elle a été surprise de ne plus chanter seule.

Quand ils se taisent, au début, le silence est complet. Puis quelqu'un les acclame et, bientôt, tout le monde s'y met. Je me fraie un chemin dans la foule pour les rejoindre, essayant de repérer leurs visages.

– Une autre ? propose la femme.

Nous acquiesçons dans un cri : oui !

C'est un autre style de chanson, plus court, plus gai. Le refrain est facile à suivre :

Moi, je roule la pierre,
Jusqu'au plus haut sommet

Toi, mon amour, tu cries
Malgré le froid de l'hiver

On continue encore
À la vie, à la mort.

Ça me rappelle l'histoire de Sisyphe. On dirait une chanson des Provinces lointaines, Ky m'a dit qu'ils les avaient conservées. Maintenant, tous les habitants ont disparu. Ça devrait être triste, mais la musique est si gaie que les paroles prennent un autre sens.

Je me surprends à fredonner et, sans m'en rendre compte, je me retrouve à chanter en chœur, comme tous les autres autour de moi. Nous répétons sans fin cette chanson, jusqu'à ce que nous ayons mémorisé les paroles et la mélodie. Au début, je suis un peu gênée lorsque je m'aperçois que je bouge en rythme, puis je me laisse aller, je m'en fiche. J'aimerais juste que Ky soit là pour me voir en train de chanter et de danser devant tout le monde.

Ou Xander. Oui, j'aimerais qu'il soit là. Ky sait déjà chanter. Et Xander ?

Nos pieds martèlent le sol. L'odeur de poisson mort a complètement disparu, ils se sont décomposés, le lac a englouti leurs arêtes. Notre odeur a pris le dessus, l'odeur de la vie, une odeur salée de sueur et de larmes. Piétinant l'herbe verte, nous respirons le même air, nous reprenons la même chanson en chœur.

CHAPITRE 18
XANDER

Durant la nuit, nous accueillons cinquante-trois nouveaux patients. Seuls certains présentent des signes d'éruption cutanée ou d'hémorragie. Sur ordre du docticien-chef, ils sont mis en quarantaine dans mon service. Il m'a chargé du suivi de tout ce qui concerne la mutation. Je dois superviser le traitement des patients sur le terrain pendant qu'il observe *via* le port.

– Il ne veut pas risquer sa peau, me glisse une infirmière.

– Ça ne me dérange pas. Je veux bien m'en occuper, mais vous, vous n'êtes pas obligée. Je peux lui demander de vous affecter ailleurs.

Elle secoue la tête et sourit.

– Ça va aller. Vous l'avez convaincu d'inclure la cour dans la zone de quarantaine. Ça change tout !

– Et nous avons aussi la cafétéria ! je précise.

Elle éclate de rire.

Plus personne ne s'attarde guère là-bas, nous y passons juste en coup de vent pour aller chercher nos repas.

Le virologue vient examiner les patients en personne. Ça l'intrigue, lui aussi.

– Le virus s'attaque aux plaquettes, c'est ce qui cause l'hémorragie, m'explique-t-il. Ce qui signifie que, chez les patients atteints, on doit observer une splénomégalie.

Une clinicienne acquiesce. Elle vient de pratiquer l'examen médical complet d'une des premières patientes.

– La rate est dilatée. On la sent à la palpation. Elle dépasse de la grille costale.

– Les patients ont des difficultés à évacuer les sécrétions des poumons et voies respiratoires, complète un autre, ce qui augmente fortement le risque de pneumonie et d'infection.

Soudain, quelques lits plus loin, un clinicien s'écrie :

– Je crois qu'il fait une hémorragie interne !

Via mon miniport, j'appelle un chirurgien. Nous nous pressons autour du patient, qui est livide. Le moniteur qui contrôle ses constantes vitales émet des bips sans arrêt, à mesure que sa pression artérielle s'effondre et que son rythme cardiaque augmente. Cliniciens et chirurgiens hurlent leurs instructions.

Le patient, comme tous les autres, gît parfaitement immobile.

Nous ne pouvons pas le sauver. Il meurt avant qu'on ait pu le transférer au bloc opératoire. Je jette un regard circulaire dans la salle. J'espère que les autres patients n'en ont pas trop vu. Que voient-ils, d'ailleurs ? Accablé, je prends mon miniport, qui m'annonce un message du docticien-chef. Il a assisté à toute la scène par port interposé.

« Envoi dossiers patients pour examen immédiat. »

Il veut que j'étudie des dossiers maintenant ? Alors qu'un homme vient de mourir ? Toute l'équipe est bouleversée. La mission de ce Centre médical, et du Soulèvement, est de sauver des gens. Pas de les perdre subitement comme ça.

Je m'installe à l'écart pour consulter les données. Au début, je ne vois pas pourquoi on me demande de le faire dans l'urgence. Ce sont les dossiers des patients que nous venons d'admettre, je me demande ce que je dois en tirer.

Soudain, tout s'éclaire : ces rapports médicaux sont récents, les patients ont bénéficié d'un check-up complet lorsqu'on les a vaccinés. *Et ils ont été contaminés par la mutation du virus malgré le vaccin, ce qui signifie qu'une immense part de la population risque d'être touchée.*

– Je vais devoir fermer complètement le service, m'annonce le docticien-chef sur mon miniport.

– Je comprends, dis-je.

On n'a pas le choix. Je transmets la nouvelle à l'équipe :

– Nous passons en confinement.

Ils hochent la tête, épuisés. Ils comprennent. Ils ont répété ce scénario d'urgence des milliers de fois. Nous sommes là pour sauver des gens.

Des pas précipités résonnent derrière moi, je me retourne.

Le virologue se rue vers la porte principale du service. Est-elle déjà verrouillée ? Ou va-t-il exposer des centaines d'autres personnes à la mutation ?

Je me lance à sa poursuite, slalomant entre les rangées de lits. Il est plus vieux que moi. Je n'ai aucun mal à le rattraper. Je me jette sur lui, le plaquant au sol.

– Pas question de vous enfuir, dis-je sans prendre la peine de masquer mon mépris. Vous allez rester ici et nous aider à soigner les malades. Ça fait partie de votre boulot.

– Écoutez…, commence-t-il en tentant de se redresser.

Je le laisse s'asseoir sans le lâcher cependant.

– … nous ne sommes peut-être pas protégés. Il se peut que le vaccin n'ait aucune efficacité contre la mutation.

– Voilà pourquoi vous ne pouvez pas risquer de contaminer

le reste de la population, je réplique. Et vous le savez mieux que quiconque.

Je le tiens par le col de son uniforme pour le conduire vers l'une des réserves de fournitures. Ça m'ennuie de l'enfermer, mais je ne sais pas quoi faire de lui.

Pris d'une inspiration soudaine, ou d'une bouffée délirante, il reprend :

– À moins... à moins que les personnes présentant une marque soient immunisées. Une petite marque rouge.

Je vois ce qu'il veut dire.

– Ceux qui ont eu la Peste au début, c'est ça ?

Le Soulèvement nous a dit de rechercher cette petite tache rouge entre les deux omoplates. On en a parlé avec Lea.

– Oui, poursuit-il, emporté dans son élan, ils ont pu avoir une version légèrement mutée du virus de base. Et cette variante est assez proche de la mutation pour qu'ils ne risquent pas de l'attraper. En revanche, le vaccin qui nous a été administré – constitué d'agents inactivés du virus d'origine – diffère trop de cette nouvelle forme pour nous protéger.

Sans le lâcher, j'acquiesce pour montrer que je l'écoute.

– La première version de la Peste ne nous a pas rendus malades, mais nous y avons tout de même été exposés. Le vaccin nous a évité de développer les symptômes les plus dangereux, sans nous empêcher de la contracter. C'est ainsi que cela fonctionne : en mettant le corps en contact avec le virus, le vaccin lui permet d'apprendre à réagir lorsqu'il le rencontre à nouveau. On peut être contaminé, mais le corps se défend immédiatement.

– Je sais, dis-je.

J'avais déjà compris tout ça.

– Écoutez bien ce que je vous dis, insiste-t-il. Si c'est ce qui s'est produit, ceux qui ont contracté la version initiale du virus, celle qui circulait au début de l'épidémie, au moment du premier discours du Pilote, ont la marque rouge, et ils sont protégés. Ils ont eu le virus, sans en développer les symptômes. Leur corps s'est bien défendu. Mais ceux qui n'ont pas eu la maladie à cette période peuvent attraper la mutation. Et on ne dispose sûrement pas d'un traitement efficace pour les guérir.

Au début, je me dis qu'il a perdu la tête, qu'il délire, mais finalement, cela fait sens. Il se peut qu'il ait raison.

Il se dégage de mon étreinte pour déboutonner sa chemise. Puis il baisse son col à l'arrière.

– Je n'ai pas la marque rouge, n'est-ce pas ?

– Non.

Je résiste à l'envie de lui demander de vérifier si je l'ai ou pas. Je n'ai jamais pensé à regarder.

– On a besoin de vous ici. Si vous sortez, vous risquez de contaminer d'autres personnes car vous avez peut-être déjà contracté la mutation, comme nous tous.

– J'irai me cacher dans les bois. Dans les Provinces lointaines, les gens savent comment survivre, je pourrais aller là-bas.

– Où ça ?

– Dans les villages-passerelles.

Je hausse les sourcils. Ça y est, il perd la raison. Je n'ai jamais entendu parler de ça.

– Ils ont des poches de réhydratation et de nutriments, là-bas ? je réplique. Ils ont de quoi vous maintenir en vie en attendant qu'on trouve un traitement ? Et surtout, ça ne vous gêne pas de les exposer à la maladie ?

Il me dévisage, l'air paniqué.

– Mais vous avez vu ce qui lui est arrivé, à ce patient ? Il est mort ! Je ne peux pas rester ici.

– Vous n'aviez jamais vu quelqu'un mourir pour de vrai ?

– On ne mourait pas du temps de la Société.

– Si, seulement c'était en cachette, dis-je.

Je comprends qu'il ait peur. Moi aussi, j'ai envisagé de fuir, mais seulement durant une seconde.

Le docticien-chef rouvre le service pour faire entrer d'autres patients et du personnel supplémentaire. Il a entendu ma conversation avec le virologue *via* mon miniport. Il a décidé de faire un rapport au Pilote. Je n'aimerais pas être à sa place.

J'ai cependant quelque chose à lui demander :

– Pourriez-vous vous assurer que les nouveaux cliniciens et infirmiers sont au courant que nous n'avons pas de traitement contre cette forme du virus ? Je ne veux pas qu'ils essaient de s'enfuir. Je tiens à ce qu'ils sachent à quoi ils s'engagent.

Peu de temps après, des officiers du Soulèvement, armés et vêtus de combinaisons anticontamination, escortent la nouvelle équipe dans notre service. Ils s'emparent du virologue et l'emmènent avec eux. Peut-être vont-ils le mettre en quarantaine tout seul dans une pièce. En tout cas, je ne peux pas le garder, c'est un danger potentiel, je n'ai pas confiance. Comme je le suivais du regard, je n'ai pas remarqué tout de suite que Lea faisait partie de l'équipe.

Je m'arrange pour la rejoindre dès que possible dans la petite cour.

– Tu n'aurais pas dû venir. C'est trop risqué, dis-je.

– Je sais, ils nous l'ont dit. On n'est pas sûr que le traitement soit efficace contre la mutation.

– C'est plus grave que ça. Tu te souviens lorsqu'on a discuté de la petite marque rouge, signe que les gens avaient eu la Peste ?

– Oui…

– Le virologue qu'ils viennent d'emmener a échafaudé une théorie à ce propos.

– Quoi donc?

– Le virus change. Comme les poissons dont tu m'as parlé. Il s'est transformé, c'est une maladie différente maintenant.

Elle secoue la tête en signe d'incompréhension.

Je m'efforce de reformuler autrement :

– Lorsque la Peste s'est répandue, certains l'ont attrapée, mais sans développer la maladie, parce qu'ils y avaient déjà été exposés, dans sa forme atténuée, grâce au vaccin. Leur corps a donc su se défendre. Mais comme ils ont tout de même été exposés au vrai virus, ils sont protégés de la mutation. Le virus mort du vaccin est trop différent du virus muté pour permettre une immunisation ; en revanche, l'exposition au vrai virus dans sa forme de base protège peut-être... enfin, seulement ceux qui l'ont vraiment contracté.

– Je ne comprends toujours pas, soupire-t-elle.

J'insiste :

– Selon sa théorie, ceux qui ont une marque rouge dans le dos ont de la chance. Ils ont été exposés à la bonne version du virus, au bon moment. Du coup, ils n'ont rien à craindre de la mutation.

Son visage s'éclaire soudain.

– Comme des pierres dans une rivière! s'exclame-t-elle. Il faut sauter de l'une à l'autre dans le bon ordre pour traverser.

– Oui, c'est ça... Mais je pensais plutôt à tes poissons qui changent...

– Non, ils s'adaptent simplement : ils ont un aspect complètement différent, mais ce sont toujours les mêmes poissons.

– D'accord..., dis-je.

Elle se rend compte que je suis perplexe.

– Il faudrait que tu les voies.

– Tu as la marque? je demande.

– Aucune idée. Et toi?

Je secoue la tête.

– Je ne sais pas non plus. Ce n'est pas très facile à voir…

– Je vais regarder.

Et sans me laisser le temps de répondre, elle passe derrière moi, glisse un doigt dans mon col et le tire vers le bas. Je sens son souffle sur ma nuque.

– Si ton virologue a raison, tu n'as rien à craindre, dit-elle d'une voix enjouée, tu as la marque.

– Tu es sûre ?

– Oui, juste là.

Je sens encore son doigt contre ma peau alors qu'elle l'a retiré aussitôt.

Elle sait ce que je vais lui demander.

– Non, ne vérifie pas. Je ne veux pas que ça m'influence.

Mais comme nous quittons la petite cour, Lea se fige pour me dévisager. Je m'aperçois alors qu'elle a les yeux d'une couleur assez rare : noirs, complètement noirs.

– J'ai changé d'avis, finalement.

Comme je ne comprends pas tout de suite, elle ramène ses longs cheveux sur une épaule en disant :

– Je crois que je préfère savoir quand même.

Sa voix tremble légèrement.

La marque. Elle veut savoir si elle a la marque.

– D'accord.

Je me sens mal à l'aise tout à coup. C'est ridicule, j'ai examiné tant de corps… Un corps, c'est un corps. Je sais qu'il appartient à une personne que je veux aider, et en même temps il est anonyme.

Mais là, c'est *son* corps.

Elle me tourne le dos et déboutonne son uniforme. J'hésite, le doigt en l'air. Puis j'inspire profondément avant de baisser son col, en prenant garde à ne pas l'effleurer.

Elle n'a pas la marque.

Sans réfléchir, je me surprends à la toucher. Je pose ma main à plat à la base de son cou, glissant mes doigts dans ses cheveux. Comme si je pouvais lui cacher la vérité.

En soupirant, j'ôte ma main. Complètement idiot. Ce n'est pas parce que je suis immunisé que je ne suis pas porteur de la mutation. Je bafouille :

– Désolé…

– Je sais.

Elle me prend la main sans lever les yeux vers moi. Pendant quelques secondes, nos doigts s'entrecroisent et se serrent.

Puis elle me lâche pour pousser la porte, rentrer à l'intérieur sans un regard en arrière. Brusquement, une pensée me vient : *Alors voilà ce que ça fait, d'être au bord d'un précipice.*

QUATRIÈME PARTIE
LA PESTE

CHAPITRE 19
KY

La cité d'Oria ressemble à une mâchoire édentée. Le mur d'enceinte ne forme plus un cercle bien net et fermé, il est plein de trous. Le Soulèvement doit être à court de cloisons blanches pour circonscrire la Zone d'immobilité. Maintenant, ils utilisent du grillage à la place. Il scintille au soleil lorsque nous passons au-dessus. Je m'efforce de ne pas regarder en direction de la Colline.

D'autres officiers du Soulèvement, tout en noir, nous font signe. Comme nous volons à basse altitude, j'aperçois des gens qui tentent de forcer la barricade aux endroits les plus fragiles. Elle va céder. C'est la panique...

– La situation est trop tendue pour atterrir, nous informe notre commandant. Nous allons jeter la cargaison.

Je dois avouer que, parfois, j'ai souhaité qu'il arrive malheur aux habitants d'Oria. Quand la Société m'a emmené et que personne, à part Cassia, n'est intervenu. Ou quand les spectateurs riaient durant les projections, parce que la mort ne leur évoquait rien. Je n'ai jamais voulu leur mort, mais j'aurais aimé qu'ils sachent ce que c'est d'avoir peur. Qu'ils comprennent que leurs vies confortables avaient un coût. Pourtant, la scène qui se déroule sous mes yeux est terrible. Au cours des dernières semaines, le Soulèvement a perdu le contrôle, aussi bien sur les gens que sur l'épidémie. Ils ne veulent pas dire ce qui se passe, mais il y a quelque chose qui cloche. Même les Archivistes et les négociants ont disparu. Je n'ai aucun moyen d'envoyer un message à Cassia.

Un de ces jours, je ne vais pas pouvoir résister, je vais filer à Central.

– Le parvis du Dôme municipal est la zone la plus sécurisée, précise le commandant. C'est là que nous larguerons la cargaison.

– Nous allons tout livrer en plein centre-ville ? je m'étonne. Et les habitants des quartiers, alors ?

– Tout devant le dôme, c'est plus sûr, répète le commandant.

Je ne suis pas d'accord. Si nous ne répartissons pas les provisions, il va y avoir un bain de sang. Les gens essaient déjà de forcer le mur d'enceinte. Ça ne va que les conforter dans leur idée. Et je ne sais pas combien de temps le Soulèvement pourra éviter de recourir à la violence. Vont-ils faire intervenir les combattants, comme en Acadia ?

Notre vaisseau est le dernier, nous décrivons des cercles dans le ciel, pendant que les autres larguent leur cargaison. Nous nous éloignons du centre-ville et survolons les quartiers. Les gens sortent sur le perron pour nous regarder passer. Ils ont suivi les recommandations du Soulèvement : ils sont restés chez eux au lieu de venir près du mur d'enceinte.

Et ils vont mourir de faim, alors que ceux qui ont désobéi vont s'arracher les provisions que nous leur jetterons.

Une vague de pitié me submerge. Ils veulent bien faire, en se conformant aux ordres. Est-ce leur faute si tout a mal tourné ?

Non.

Oui.

– Préparez-vous au largage, annonce le commandant.

Nous n'avons encore jamais fait de ravitaillement sans nous poser, mais nous connaissons la procédure. Il y a une trappe dans la soute, qui permet de larguer la cargaison.

– Caleb, dis-je en prenant le micro, tu es prêt?

Pas de réponse.

– Caleb?

– Prêt, répond-il d'une voix éteinte.

Cette fois, c'est moi qui pilote, je suis donc le responsable de cette mission.

– Va voir ce qu'il a, Indie.

Elle acquiesce et se dirige vers la soute, conservant parfaitement son équilibre malgré les mouvements du dirigeable.

Je l'entends ouvrir la trappe et descendre l'échelle.

– Un problème? s'inquiète le commandant.

– Non, je ne pense pas.

Indie revient dans le cockpit quelques minutes plus tard.

– Caleb n'a pas l'air en forme. Je crois bien qu'il est malade.

– Non, ça va! proteste-t-il, mais sa voix éreintée le trahit. Je dois faire une allergie, une réaction à je ne sais quoi.

– Ne larguez pas la cargaison, ordonne le commandant. Retournez immédiatement à la base.

Indie lève les sourcils. *Il est sérieux?*

– Je répète: ne larguez pas la cargaison. Retournez immédiatement à la base de Camas.

Je la regarde. Elle hausse les épaules. J'amorce un demi-tour, le dirigeable survole la foule. J'étais descendu pour la livraison, si bien que je distingue leurs visages tournés vers nous. Comme des oisillons qui attendent la becquée.

– Tiens, dis-je en passant les commandes à Indie.

Je vais voir Caleb.

Il s'est détaché. Il est debout dans le fond de la cale, dos à moi, le front en appui contre la cloison, raide de douleur. Lorsqu'il se retourne, je vois son regard apeuré.

– Qu'est-ce qui t'arrive, Caleb? je demande.

– Rien, ça va. Remonte dans le cockpit.

– Tu es malade.

Mais qu'est-ce qu'il peut bien avoir? Nous sommes immunisés contre la Peste.

À moins qu'il y ait quelque chose qui cloche.

– Caleb, qu'est-ce qui se passe?

Il secoue la tête, refusant de me répondre. Le vaisseau tangue un peu, il vacille.

– Tu sais ce que tu as, mais tu ne veux pas me le dire. Comment puis-je t'aider dans ces conditions?

– Tu n'y peux rien, rétorque-t-il. De toute façon, si je suis malade, il ne faut pas que tu m'approches.

Il a raison. Je remonte. Quand je m'assieds à côté d'elle, Indie me fixe d'un air interrogateur.

– Verrouille la cale. Et n'y retourne pas.

Nous n'entendons presque pas Caleb de tout le trajet. Alors que nous survolons les champs interminables et plats de Tana, je pense à Cassia et à sa famille. Soudain, la voix de Caleb résonne dans les haut-parleurs:

– J'ai changé d'avis. Tu peux faire quelque chose pour moi. J'aimerais que tu écrives ce que je te dicte.

Je proteste:

– Je n'ai pas de papier. Je suis aux commandes.

– Pas besoin de le noter tout de suite. Tu le feras plus tard.

– D'accord. Mais d'abord, dis-moi ce qui t'arrive.

Le commandant ne se manifeste pas. Pas moyen de savoir s'il écoute la conversation.

– Je ne sais pas, soupire Caleb.

– Dans ce cas, je n'écrirai rien, je réponds.

Silence.

Quelques minutes plus tard, je reprends :

– Réponds à cette question, alors. Qu'est-ce qu'il y avait dans les caisses que tu rapportais à chaque livraison de traitement ?

– Des éprouvettes, me confie-t-il aussitôt. On rapportait des éprouvettes.

– Quel genre d'éprouvettes ? je demande.

Mais je crois que je sais. Des éprouvettes de la même taille que les tubes de traitement, qui tiendraient parfaitement dans les caisses. J'aurais dû m'en douter !

– Des prélèvements de tissus, explique Caleb.

C'est bien ça. Je ne comprends pas dans quel but, cependant.

– Pourquoi ? je demande.

– Le Soulèvement a pris possession de l'endroit où la Société stockait les éprouvettes. Mais certains membres de la rébellion veulent pouvoir disposer de leurs prélèvements et de ceux de leurs proches. Le Pilote a accédé à leur demande.

– Ce n'est pas juste ! je m'exclame. Si le Soulèvement est vraiment pour tout le monde, ils auraient dû redonner tous les prélèvements à leurs propriétaires.

La voix du commandant m'interrompt :

– Pilote Markham, vous êtes en train de discuter les décisions de vos supérieurs, ce qui est une marque d'insubordination. Je vous ordonne de clore le sujet immédiatement.

Caleb ne dit rien.

– Le Soulèvement pense pouvoir ressusciter les gens, alors ?

Le commandant reprend la parole mais, cette fois, nous ne l'écoutons plus.

– Non, répond Caleb. Ils savent qu'ils en sont tout aussi incapables que la Société, mais ils veulent ces prélèvements en garantie.

– Je ne comprends pas. Quelqu'un comme le Pilote possède une assez grande expérience de la mort pour savoir que ces éprouvettes n'ont aucune valeur. Pourquoi gaspiller des ressources pour quelque chose d'aussi futile ?

– Le Pilote sait qu'on ne peut pas ressusciter les morts à partir de ces prélèvements, mais la plupart des gens l'ignorent. Et il compte bien s'en servir à son avantage.

Caleb expire avec difficulté.

– Je te dis tout ça, mais tu dois continuer à avoir foi en lui. Car sinon, tout est perdu…

– Je ne pensais pas que j'avais une telle importance, je remarque.

– Non, mais Indie et toi, vous êtes deux des meilleurs pilotes. Il a besoin de l'aide de tous en attendant que tout ça soit terminé.

– Tout ça quoi ? je demande. La Peste ? Le Soulèvement ? Tu as raison. Le Pilote a besoin d'aide car, pour l'instant, il ne maîtrise pas grand-chose.

– Tu ne le connais même pas, objecte Caleb.

Il a l'air en colère. C'est bon signe. Sa voix reprend un peu de vivacité.

– Non, dis-je, mais toi, oui, n'est-ce pas ? Tu le connais d'avant, avant que le Soulèvement soit au pouvoir.

– Nous sommes tous les deux de Camas. J'ai grandi sur la base militaire où il était stationné. Il pilotait des vaisseaux en partance pour les Pays d'ailleurs. C'est lui qui a déposé le plus de gens aux villages-passerelles. Et il ne s'est jamais fait prendre. Quand il a fallu choisir un nouveau Pilote à la tête du Soulèvement, son nom s'est imposé.

– J'ai beau avoir vécu dans les Provinces lointaines, je n'ai jamais entendu parler des villages-passerelles ni des Pays d'ailleurs.

– Pourtant, ça existe. Les Pays d'ailleurs se situent au-delà du territoire de l'ennemi. Les villages-passerelles ont été construits par les Anomalies, quand la Société est arrivée au pouvoir. Ils sont à une journée de marche les uns des autres tout le long de la frontière des Provinces lointaines, du nord au sud. Comme une passerelle qui permet de franchir une rivière, c'est de là qu'ils tirent leur nom. Lorsqu'on arrive au dernier, il ne reste plus qu'à traverser le territoire ennemi pour gagner les Pays d'ailleurs. Tu n'en avais vraiment jamais entendu parler ?

– Pas sous ce nom, en tout cas, dis-je.

Je fouille dans mes souvenirs. Dans le Labyrinthe, les Fermiers vivaient loin des autres Anomalies, mais sur leur carte, je me rappelle avoir vu un village, au milieu des montagnes. Peut-être le dernier des villages-passerelles, le plus au sud. C'est plausible.

– Que faisait le Pilote avant de devenir Pilote ? je demande.

– Il sauvait des gens, répond Caleb. Avec d'autres, ils leur permettaient de fuir la Société en les déposant au dernier des villages-passerelles. Les citoyens devaient payer, mais ils aidaient également les Aberrations et les Anomalies.

– Ce sont eux qui ont gravé ces dessins dans la paroi des vaisseaux, n'est-ce pas ? Les gens qui fuyaient la Société, cachés dans la soute ?

– Oui, et c'était idiot de leur part, confirme Caleb, agacé. Ils auraient pu attirer de gros ennuis aux pilotes.

– À mon avis, c'était un signe de gratitude. En tout cas, c'est comme ça que je l'interprète, dis-je en me remémorant le portrait du Pilote descendant du ciel pour apporter de l'eau.

– Ce n'était pas malin, s'entête Caleb.

– Il y a encore des gens qui vivent dans ces villages ?

– Je n'en sais rien. Ils sont sans doute tous partis pour les Pays d'ailleurs, maintenant. Le Pilote a essayé de les enrôler dans le Soulèvement, mais ils ont refusé.

Comme les Anomalies qui habitaient dans le Labyrinthe. Ils n'ont pas voulu rejoindre le mouvement non plus. Je me demande ce que sont devenus les Fermiers qui étaient partis avec Anna quand ils sont arrivés au village indiqué sur la carte. Ont-ils réussi à s'entendre avec les autres, ceux qui vivaient là-bas ? Ces gens les ont-ils aidés, repoussés... ou pire ? Que sont devenus Hunter et Eli ?

– Les enfants sont en général bercés par toutes les histoires qu'on raconte sur le Pilote. Moi, j'ai passé mon enfance à le voir voler. Je sais que si quelqu'un peut nous tirer de là, c'est bien lui.

Caleb a l'air vraiment mal en point. La douleur prend le contrôle. Je l'entends à sa voix. Je sais ce qui lui arrive.

Il devient immobile.

Pourtant, il a été vacciné. Il y a quelque chose qui cloche. Est-ce une nouvelle forme du virus contre laquelle nous ne sommes pas immunisés ?

– J'aimerais que tu écrives tout ce que je t'ai raconté sur le Pilote, reprend-il ; en précisant que j'ai cru en lui jusqu'à la fin.

– Parce que c'est la fin ? je m'étonne.

Silence.

– Caleb ?

Pas de réponse.

– Tu crois qu'il est immobile. Ou bien qu'il n'a plus envie de parler ? s'interroge Indie.

– Aucune idée.

Elle se lève pour descendre dans la soute.

– Non, Indie. Tu risquerais d'être contaminée.

Elle se rassoit en remarquant:

– Il ne t'a pas dit grand-chose, finalement. Je parie qu'il y a des tas de gens au courant pour les éprouvettes et le Pilote.

– Oui, mais nous, on ne savait pas, je lui rappelle.

– Tu lui fais confiance parce qu'il a des entailles à ses semelles, pourtant ça ne prouve pas qu'il ait été dans les villages des appâts. N'importe qui peut faire des marques sur ses chaussures.

– Je pense qu'il y est allé.

– Mais tu n'en es pas certain.

– Non.

– Il a raison à propos du Pilote, cependant.

Je la dévisage.

– Donc, tu crois ce que dit Caleb, au sujet du Pilote, du moins.

– Je crois ce que moi, je sais au sujet du Pilote, réplique-t-elle. Et je suis certaine qu'il existe.

Elle se penche vers moi, si près que je m'imagine qu'elle va m'embrasser à nouveau, comme l'autre fois.

– Tout ça, ça existe, affirme-t-elle. Les villages-passerelles et les Pays d'ailleurs. Tout.

Sa voix a des accents aussi passionnés que celle de Caleb. Je la comprends. Elle m'aime, mais c'est une survivante. Quand je lui ai dit que je ne voulais pas m'enfuir avec elle, elle s'est trouvé un autre but dans la vie. Je crois en Cassia. Indie croit au Soulèvement et au Pilote. Nous avons tous les deux une motivation à laquelle nous accrocher.

– Ça aurait pu se passer autrement, dis-je tout bas.

Si j'avais rendu son baiser à Indie. Si je n'avais pas connu Cassia quand j'ai rencontré Indie.

– Mais c'est comme ça, dit-elle.

Et elle a raison.

CHAPITRE 20
CASSIA

Le monde ne tourne pas rond.

Je regarde par la fenêtre de mon appartement, la main posée sur la vitre. La foule se presse contre le mur d'enceinte comme presque tous les soirs. Bientôt, les hommes en noir du Soulèvement viendront les disperser, comme des pétales éparpillés par le vent, comme des feuilles emportées par le courant.

Le Soulèvement ne nous a pas dit exactement ce qui se passait mais, ces dernières semaines, nous avons dû rester confinés chez nous. Quand c'est possible, nous travaillons de chez nous, grâce aux ports. Toute communication avec les autres Provinces est interrompue. Le Soulèvement affirme que c'est temporaire. Le Pilote en personne nous a promis que tout rentrerait dans l'ordre bientôt.

Il s'est mis à pleuvoir.

J'aurais bien aimé voir une crue subite d'en haut, dans le Labyrinthe. Debout au bord du canyon, j'aurais senti la terre gronder, j'aurais fermé les yeux pour mieux entendre l'eau, et en les rouvrant j'aurais vu le monde emporté par le courant, les pierres rouler, les arbres arrachés. Ce doit être quelque chose. Un peu comme la fin du monde.

Peut-être est-ce à cela que je suis en train d'assister.

Une sonnerie retentit dans la cuisine. Mon dîner est arrivé, mais je n'ai pas faim. Je sais ce qu'il y a à manger, des rations d'urgence. Dorénavant, nous n'avons plus que deux repas par jour. Jusqu'à ce qu'ils soient complètement à sec. Alors j'ignore ce qu'ils feront.

En cas de fatigue, de malaise, nous sommes censés envoyer un message *via* le port. Et ils viennent à notre secours. Mais si ça arrive pendant la nuit ? Ça m'empêche de trouver le sommeil le soir. J'ai du mal à dormir.

Je sors ma barquette du sas de livraison. Froide, insipide, inodore – le Soulèvement puise dans les réserves de la Société.

J'ai appris beaucoup de choses grâce aux Archivistes. Comme la nourriture commence à manquer, elle est devenue précieuse. Je m'en suis donc servie pour échapper au confinement. J'apporte ma barquette au garde du Soulèvement posté devant l'entrée de mon immeuble pour qu'il me laisse sortir. Il est jeune, affamé, il comprend.

– Soyez prudente, me dit-il en m'ouvrant la porte tandis que je m'engouffre dans la nuit.

Je descends à tâtons, frôlant le mur de brique de chaque côté, dans cette odeur familière d'humidité et de mousse. Les pluies récentes ont rendu les marches glissantes, je dois faire attention, allumer ma torche.

En débouchant hors du couloir, je ne suis pas aveuglée comme d'habitude. Aucun faisceau de lampe braqué sur moi.

Les Archivistes ne sont plus là.

Un frisson me parcourt. Cette pièce me rappelle tant les catacombes des Cent Leçons d'histoire. Je ferme les yeux, imaginant les Archivistes gisant sur les étagères, les bras croisés sur la poitrine, parfaitement immobiles, attendant la mort.

Tout doucement, je tourne ma torche vers les étagères.

Elles sont vides. Évidemment. Quoi qu'il arrive, les Archivistes s'en sortiront. Mais ils ne m'ont pas prévenue de leur départ, et j'ignore où ils sont allés. Ont-ils laissé quelque chose dans les Archives?

Je m'apprête à vérifier lorsque j'entends des pas dans l'escalier. Je me retourne, braquant ma torche pour aveugler l'arrivant.

– Cassia? fait une voix.

C'est elle. L'Archiviste-chef. Elle est revenue. J'abaisse ma lampe.

– J'espérais vous trouver ici, dit-elle. Central n'est plus un endroit sûr.

– Qu'est-ce qui se passe?

– Les rumeurs concernant une mutation de la Peste sont avérées. Et nous avons la confirmation que cette nouvelle forme du virus s'est propagée ici, à Central.

– Vous avez donc tous décidé de prendre la fuite.

– Nous avons choisi de rester en vie, corrige-t-elle. J'ai quelque chose pour vous.

Elle tire un document de son sac.

– C'est enfin arrivé.

C'est du vrai papier, ancien, pas une bandelette sortie d'un port. Il y a deux strophes imprimées en noir, celles qui me manquaient. Je n'ai pas le temps, ce n'est pas le moment, pourtant je ne peux m'empêcher de jeter un coup d'œil, impatiente, pour déchiffrer quelques vers du poème:

Le Soleil s'en va de travers –
C'est la Nuit

Avant qu'il arrive à la courbe
Nous devons avoir dépassé la mer du Milieu
Nous désirons presque que la Fin
Soit plus Loin
Tant il semble extraordinaire
*D'être si près du Tout**

J'aimerais lire la suite mais je sens le regard de l'Archiviste-chef posé sur moi. Je relève la tête. Le soleil s'en va de travers, la nuit tombe. Suis-je près de la fin ? C'est presque l'impression que ça donne – qu'il n'y a plus beaucoup à parcourir, qu'on a déjà fait tant de chemin – et pourtant rien ne semble résolu.

– Merci, dis-je.

– Je suis heureuse qu'il soit arrivé à temps. Je n'aime pas laisser une transaction en suspens.

Je plie le poème pour le glisser dans ma manche. Je demeure impassible, mais je suis sûre qu'elle va sentir la note de défi dans ma voix :

– Je vous remercie, mais nous avons encore une transaction en cours. Je n'ai pas reçu ma microcarte.

Elle laisse échapper un petit rire qui résonne dans la salle vide.

– Elle est arrivée également. On vous la remettra à Camas.

– Mais je n'ai pas de quoi payer mon passage jusque là-bas, dis-je.

Mon cœur s'emballe. Comment a-t-elle su que c'était là-bas que j'avais l'intention de me rendre ? A-t-elle vraiment les moyens de m'y faire passer ou n'est-ce qu'un jeu cruel ?

– Vous n'aurez pas à payer le trajet, m'informe-t-elle.

* NdT : Emily Dickinson, traduction de Françoise Delphy, in *Poésies complètes*, Flammarion, 2009.

Attendez à la Galerie, un membre du Soulèvement viendra vous chercher.

La Galerie. Ce n'est pas un lieu secret, mais ça me fait bizarre de l'entendre parler de cet endroit aussi librement.

– Je ne comprends pas.

Après un silence, elle m'explique en pesant ses mots :

– Ce que vous avez échangé a intéressé certains d'entre nous.

Elle me fait à nouveau penser à mon Officielle. Ce n'était pas moi qui l'intéressais, mais mon « cas ».

Lorsqu'elle m'a dit que c'était la Société qui avait intégré Ky dans le panel de couplage, j'ai vu son regard vaciller : elle mentait. Elle ignorait qui avait fait ça.

Je pense que l'Archiviste-chef me cache également quelque chose.

Tant de questions se pressent dans ma tête :

Qui a mis Ky dans le panel ?

Qui a payé mon passage à Camas ?

Qui a volé mes poèmes ?

Ça, je crois que je le sais. « Chacun possède sa propre monnaie d'échange. » C'est elle qui me l'a dit. Parfois, nous ne sommes pas conscients de notre valeur, jusqu'au jour où nous sommes confrontés à la question, sans échappatoire possible. Elle était insensible à tous les trésors des Archives, mais mes documents, avec leur odeur de pierre et d'humidité, qui échappaient à son contrôle, ça, elle n'a pas pu y résister.

– Je crois que j'ai déjà payé mon passage, n'est-ce pas ? dis-je. Avec les documents que j'avais cachés dans le lac.

Le silence est complet, ici, sous la terre.

Va-t-elle reconnaître les faits ? Je suis certaine que j'ai raison. Son visage impassible n'a rien à voir avec l'expression que j'ai repérée sur le visage de l'Officielle quand elle m'a menti, mais cette fois encore, je pressens la vérité. L'Officielle ne savait rien. L'Archiviste m'a volé mes poèmes.

– Je n'ai plus aucune obligation envers vous, désormais, déclare-t-elle en tournant les talons. Vous êtes consciente de l'opportunité qui se présente à vous. Vous pouvez accepter d'aller à Camas ou bien refuser, la décision vous appartient.

Elle sort du faisceau de ma torche pour se fondre dans l'obscurité.

– Au revoir, Cassia.

Et elle s'en va.

Qui peut donc bien m'attendre à la Galerie? Est-ce une réelle proposition ou une dernière trahison? A-t-elle organisé cela parce qu'elle culpabilisait de m'avoir volé mes poèmes? Je n'en sais rien. Je ne lui fais plus confiance. J'ôte le bracelet rouge qui me signalait comme négociante accréditée par les Archivistes. Je n'en ai plus besoin, car il n'a pas le sens que je croyais.

Je trouve ma caisse toute seule au milieu de son étagère. En l'ouvrant, je m'aperçois que rien de ce qu'elle contient ne m'intéresse. Ces objets appartiennent à d'autres, ils n'ont plus leur place dans ma vie.

Je vais cependant garder le poème qu'elle vient de me remettre. Parce que ça, c'est vrai. Elle m'a peut-être volée, mais je ne crois pas qu'elle irait jusqu'à fabriquer un faux. Ce poème est authentique, je le sais.

Nos pas – de Peluche
Notre immobilité – de neige

Je m'arrête sur ce vers. Ça me rappelle quand je me tenais au bord du Labyrinthe, dans la neige, à la recherche de Ky. Et nos adieux, près de la rivière...

Les ruisseaux se remettent à murmurer
On a passé trois rivières et la Colline
Deux déserts et la Mer !
Voici que la Mort usurpe ma Récompense
Et que c'est elle qui peut Te voir –

Non.
C'est impossible. Je relis les deux derniers vers.

Voici que la Mort usurpe ma Récompense
Et que c'est elle qui peut Te voir –

J'éteins ma torche en tentant de me convaincre que ce poème ne veut rien dire. Ce ne sont que des mots, et on peut donner le sens qu'on veut. Je devrais le savoir, maintenant.

L'espace d'un instant, j'ai bien envie de rester là, cachée dans ce dédale d'étagères. Je pourrais remonter, rassembler des provisions et du papier. C'est suffisant pour survivre, non ? Je pourrais écrire des histoires, vivre dans mon petit monde au lieu d'essayer de changer celui-ci ou de le supporter. Je pourrais inventer des personnages de papier. Je les aimerais. Ils seraient presque réels.

Dans une histoire, on peut recommencer du début, et ressusciter tout le monde.

Mais dans la vraie vie ça ne marche pas comme ça. Et je préfère les vrais gens. Bram. Ma mère. Mon père. Ky. Xander.

En qui puis-je avoir confiance ?

Ma famille, bien sûr.

Ky.

Xander.

Aucun de nous ne trahirait les autres.

Avant que je sois affectée ici, Indie et moi, nous avons remonté une rivière, sans savoir si elle allait nous empoisonner ou nous mener où nous voulions. Nous avons pris un risque, fait un pari sur cette eau noire. Et encore aujourd'hui, je sens la force du courant qui nous a emportées, de l'eau qui nous a submergées.

Mais ça en valait la peine.

Je repense à la Caverne. Dans mon esprit, elle se confond un peu avec les Archives. Ces ossements fossiles, pris dans la boue et ces petites éprouvettes étincelantes, ces étagères vides, ces pièces désertes. Je m'aperçois alors que je ne peux jamais rester bien longtemps sous terre, j'ai toujours besoin de remonter respirer à la surface.

Ce passage vers Camas, c'est un risque à prendre.

On ne peut pas changer le cours des choses si on refuse de bouger.

Je me cache au détour des allées, derrière les arbres. Quand je referme ma main sur le tronc d'un jeune bouleau, dans un espace vert, je sens des lettres fraîchement gravées dans son écorce, mais elles n'épellent pas mon nom. L'arbre est tout poisseux de son propre sang. Ça me rend triste. Ky ne va jamais si profond quand il écrit sur un support vivant. Je m'essuie la main sur ma tenue de jour noire, en regrettant qu'il n'y ait pas moyen de laisser une trace sans causer de dommages.

Je ne suis même pas encore à la moitié du chemin que j'entends les dirigeables. Puis je les vois.

Ils prennent de l'altitude, rapportant de grands pans de muraille blanche vers le centre-ville.

Oh non, pas la Galerie.

Je me mets à courir, fuyant la lumière et le monde, en m'efforçant de ne pas compter les allers et retours des vaisseaux au-dessus de ma tête. Quelqu'un m'interpelle, mais comme je ne reconnais pas la voix, je continue. Trop dangereux de s'arrêter. Si on nous oblige à rester chez nous, c'est qu'il y a une bonne raison : les gens sont en colère, ils ont peur. Le Soulèvement a de plus en plus de mal à les soigner, à les calmer, à assurer la paix.

Je m'enfonce dans l'obscurité des marécages. Des hommes en noir grimpent sur les pans de muraille pour attacher les câbles, tandis que les dirigeables font du sur-place, leur pales vrombissant rageusement. Je distingue à peine la scène entre leurs lueurs vacillantes et le faisceau fixe de ceux qui se sont posés dans les marais.

La Galerie est encore là, un peu plus loin. Pourvu que j'arrive à temps.

Je me plaque contre un mur, à bout de souffle. J'approche. Je sens l'odeur humide du lac.

L'un des pans de mur de la Galerie s'élève dans les airs. J'étouffe un cri. Quel gâchis ! Toutes nos créations, tout ce que nous avons fabriqué, envolé… et comment vais-je trouver la personne qui est censée m'emmener à Camas si notre point de rendez-vous n'existe plus ?

Je cours, je cours, avec la même énergie que pour rejoindre Ky dans le Labyrinthe.

Ils soulèvent un deuxième pan de mur.

Non. Non. Non.

En quelques secondes, j'arrive sur place. Je contemple les sillons profonds laissés dans la terre où flottent les papiers, comme des voiles sans bateaux. Peintures, poèmes, histoires… noyés. Tous les gens qui avaient l'habitude de se retrouver ici, qui ont encore tant de mots, de chansons en eux, que vont-ils devenir ? Et comment vais-je faire pour aller à Camas ?

– Cassia, fait une voix, tu as failli être en retard.

J'ai beau ne pas l'avoir entendue depuis des mois, je la reconnais instantanément. Je ne pourrai jamais oublier la voix de la personne qui m'a conduite saine et sauve au bout de la rivière.

– Indie !

La voilà, tout en noir, qui surgit de sa cachette au milieu des herbes des marais et des fougères.

– C'est toi qu'ils ont envoyée pour me conduire à Camas !

Je ris parce que, maintenant, je sais que j'y arriverai, envers et contre tout. Indie et moi, nous avons traversé le Labyrinthe, nous avons remonté la rivière et voilà que…

– On y va en dirigeable, mais il faut partir tout de suite.

Je la suis en courant jusqu'à son vaisseau.

– Ne t'en fais pas, il n'y a pas d'autre membre du Soulèvement à bord, me lance-t-elle par-dessus son épaule. Il n'y a que moi, je pilote seule. Mais on ne pourra pas discuter pendant le trajet, les autres vaisseaux peuvent écouter la conversation. Et tu devras rester dans la soute.

– D'accord, j'acquiesce, hors d'haleine.

Je suis contente de ne pas avoir de bagage pour me ralentir. J'ai déjà assez de mal à suivre Indie, sans rien porter qu'un léger bout de papier.

En arrivant au dirigeable, elle monte lestement à bord. Je l'imite. J'écarquille les yeux en apercevant tous les voyants qu'elle doit surveiller dans le cockpit. Nos regards se croisent, nous sourions. Puis je me dépêche de descendre dans la soute, Indie ferme la porte, et je me retrouve seule.

Ce vaisseau est plus petit et plus léger que ceux qui nous ont conduites au camp. Mis à part quelques points lumineux bleus au sol, la cale est plongée dans l'obscurité. Il n'y a pas de fenêtre. Quand pourrai-je enfin voir le ciel ?

J'explore les environs à tâtons pour passer le temps.

Tiens… je crois que j'ai trouvé quelque chose. Une petite ligne gravée dans la paroi, non loin du sol.

l

Un L minuscule?

Je souris. C'est tout moi, je vois des lettres partout. Ce pourrait tout aussi bien être une rayure, fruit du hasard, des chargements et déchargements de cargaison. Mais plus je la sens sous mes doigts, plus je suis convaincue qu'elle a été tracée volontairement. J'essaie d'en trouver d'autres, mais je ne peux pas aller plus loin tant que je suis attachée.

Jetant un regard à la trappe de la soute, je défais ma ceinture pour poursuivre mon exploration.

En fait, il y en a plein, toute une rangée.

llllll

Ça doit vouloir dire quelque chose… Pourquoi répéter la même lettre sans arrêt? Puis je comprends brusquement, ce ne sont pas des lettres mais des entailles. Comme celles dont Ky et les autres leurres marquaient leurs semelles pour compter les jours.

Je me rappelle que Ky m'avait parlé d'un ami, Vick, qui ne comptait pas les jours où il avait survécu, mais ceux qu'il avait passés loin de la fille qu'il aimait.

Ky et moi, nous avions nos balises, aussi. Nos petits chiffons sur la Colline. Avec les poèmes des autres et nos mots à nous. Celui qui a gravé ces encoches voulait tenir le compte, et tenir bon.

Je fais pareil, en passant le doigt sur chacun des traits encore et encore, tandis que je revois dans ma tête les pans de mur de la Galerie s'élever dans les airs. Je me demande si, quand le Soulèvement les reposera pour reconstruire une enceinte, certains papiers auront survécu au vol.

La trappe s'ouvre, Indie me fait signe de monter.

Le dirigeable se pilote tout seul, bizarrement. Indie se rassoit aux commandes. Elle me fait signe de m'installer à côté d'elle. J'obéis, le cœur battant. Jusqu'à maintenant je n'ai jamais vu dehors en plein vol. C'est avec émotion que je contemple le monde qui défile en dessous.

Alors, c'est ça que j'ai manqué ?

Les étoiles sont de sortie, l'océan succède à la terre. Des vagues sombres rejoignent le ciel. Elles ne bougent pas, on les distingue à peine à la lueur du soleil qui se lève derrière.

Des montagnes ! En fait, c'est ça, ce que je prenais pour l'océan. Et les vagues sont les sommets. La terre reflète le ciel, le ciel rejoint la terre et, de temps à autre, avec un peu de chance, l'espace d'un instant, on réalise à quel point nous sommes petits.

« Merci, Indie », ai-je envie de dire. « Merci de m'avoir permis de voir en plein ciel. Ça faisait tellement longtemps que j'en rêvais. »

CHAPITRE 21
XANDER

L'état du patient numéro 73 présente peu à pas d'amélioration.
L'état du patient numéro 74 présente peu à pas d'amélioration.
Une minute, c'est une erreur. Je n'ai pas encore examiné
la patiente 74. J'efface la note pour la brancher au moniteur
qui contrôle les constantes vitales. Les cadrans s'éclairent. Des
chiffres lumineux apparaissent. Comme sa rate est dilatée, je
la retourne avec précaution pour pratiquer l'examen. Lorsque
je lui braque ma torche dans les yeux, elle n'a aucune réaction.
L'état du patient numéro 74 présente peu à pas d'amélioration.
Je passe au suivant en annonçant:
– Je vais vérifier vos constantes, rien de grave.
Cela fait des semaines que nous ne notons aucune amélioration. Au contraire. Les éruptions cutanées apparaissant
le long des nerfs infectés se changent en lésions, qui seraient
extrêmement douloureuses si les patients immobiles sentaient
quelque chose. Ce dont nous doutons fort. Sans en être toutefois certains.
Rares sont ceux de notre équipe à ne pas avoir été contaminés. Je suis toujours docticien, mais nos effectifs sont tel-

lement réduits que je passe la majeure partie de mon temps à changer les poches des perfusions et les cathéters, à surveiller les constantes et à examiner les patients. Puis, je dors durant quelques heures avant de tout recommencer.

On ne nous amène plus beaucoup de nouveaux patients, à part des gens en interne, qui sont tombés malades alors qu'ils travaillaient ici. Nous n'avons plus de lits disponibles car les Immobiles ne rentrent jamais chez eux. Autrefois, je me glorifiais de pouvoir guérir mes patients rapidement. Maintenant, je me réjouis de les garder ici le plus longtemps possible, car les seuls qui quittent le service sont morts.

Une fois que j'aurai terminé ma tournée, je pourrai me reposer. Je pense que je vais m'endormir rapidement. Je suis éreinté. Je pourrais même craindre de couver le virus, sauf que ça fait des jours et des jours que je me traîne, à bout de forces.

La plupart des gens qui travaillent ici ont compris que ceux qui ont la marque rouge sont des exceptions parmi ceux que le Soulèvement a vaccinés. La théorie du virologue se vérifie. Ceux qui ont eu la chance d'être exposés au virus vivant de la Peste au départ sont immunisés et ont une petite tache rouge dans le dos. Le Soulèvement n'a pas communiqué cette information au grand public, ils craignent des débordements. Ils concentrent leurs efforts sur la recherche d'un traitement efficace contre la mutation.

C'est trop pour un seul Pilote.

Une fois de plus, j'ai eu de la chance. Le moins que je puisse faire, c'est de m'accrocher. Ce sont les gens comme Lea qui méritent l'admiration : ceux qui continuent à soigner les patients tout en sachant qu'ils ne sont pas immunisés.

Je fais le tour des patients, jusqu'au dernier, le numéro 100 qui respire par à-coups, difficilement. J'essaie de ne pas trop réfléchir, de ne pas me dire que c'est le traitement qui a favorisé la mutation, de ne pas penser à ma famille ou à Cassia. Je ne peux rien faire pour eux. Mais je peux aider ces cent patients.

À la fin de mon service, comme je ne vois pas Lea dans la cour, je déroge au protocole pour aller jeter un coup d'œil dans le dortoir. Elle n'y est pas non plus.

Elle n'est pas du genre à fuir, alors où est-elle?

En passant devant la cafétéria, plongée dans l'obscurité, j'aperçois une lueur vacillante. Un port est allumé. Pourquoi? Le Pilote serait-il en train de faire un discours? Pourtant, en général, ils sont diffusés sur les grands écrans... Je pousse la porte et je reconnais la silhouette de Lea qui se découpe sur le fond lumineux. En approchant, je constate qu'elle fait défiler les Cent Tableaux.

J'ouvre la bouche, puis je me ravise et je l'observe quelques secondes. Je n'ai jamais vu quelqu'un contempler des peintures de cette façon. Elle se penche en avant, recule de quelques pas.

Puis elle change d'œuvre et je l'entends retenir sa respiration et poser sa main sur l'écran. Elle demeure perdue dans la contemplation de ce tableau. Si longtemps que je finis par toussoter. Elle se retourne. Ébloui par la luminosité du port, je distingue à peine les traits de son visage.

– Tu as toujours du mal à dormir?

– Oui, et c'est le meilleur remède contre l'insomnie que j'aie trouvé. Ensuite, quand je me couche, je fais défiler les peintures dans ma tête.

– Tu restes longtemps sur chaque tableau. Comme si tu ne les avais jamais vus, dis-je d'un ton taquin.

L'espace d'un instant, j'ai l'impression qu'elle va me confier quelque chose. Puis elle s'écarte pour me laisser voir l'écran en murmurant:

– Celui-là, je ne le connaissais pas.

– C'est le numéro 97.

Il représente une fille en robe blanche dans un décor lumineux, avec de l'eau.

– Je ne l'avais jamais remarqué avant, commente-t-elle.

Son ton est sans réplique, comme une porte qui claque. Je ne vois pas ce que j'ai pu dire de mal. Je veux absolument rouvrir cette porte. Je parle à tout le monde ici, tout le temps, patients, cliniciens et infirmières. Mais Lea, c'est différent. On a travaillé ensemble avant d'arriver ici.

– Qu'est-ce qui te plaît particulièrement dans celui-ci? je demande pour renouer la conversation. C'est intéressant qu'on ignore si elle est dans l'eau ou sur le rivage, mais je n'ai jamais réussi à comprendre ce qu'elle fait.

– Elle pêche, m'explique Lea. Elle a un filet à la main.

Je me penche pour mieux voir.

– Et elle a attrapé quelque chose?

– Difficile à dire.

– Alors c'est pour ça qu'il te plaît, dis-je en me rappelant son histoire de poissons qui remontent la rivière de Camas. À cause des poissons.

– Oui, confirme-t-elle. Et à cause de ça aussi.

Elle désigne une petite tache blanche dans le haut du tableau.

– Est-ce un bateau? Le reflet du soleil? Et là…

Elle me montre des taches plus sombres.

– On se demande ce qui projette ces ombres. Il y a quelque chose qui se passe hors du cadre. On a l'impression qu'on ne voit pas tout.

Je crois comprendre. Je hasarde:

– Comme pour le Pilote…

– Non, répond-elle.

Au loin, nous entendons des cris. Un vaisseau de combat passe en vrombissant.

– Qu'est-ce qui se passe dehors ? me demande-t-elle.

– Comme d'habitude. Les gens qui sont à l'extérieur veulent entrer dans l'enceinte.

Les feux de camp improvisés de l'autre côté du mur jettent une lueur orangée féerique, mais ils sont bien réels.

– Je ne sais pas combien de temps les officiers pourront les retenir.

– Pourtant, s'ils savaient ce qu'il y a ici, ils changeraient d'avis.

Maintenant que mes yeux se sont acclimatés à la luminosité, je réalise que son visage n'est pas seulement marqué par la fatigue, mais aussi par la douleur. Il est comme figé et sa voix d'ordinaire vive et légère est pâteuse.

Elle est en train de tomber malade.

– Lea...

Je dois me retenir de la saisir par le coude pour l'emmener hors de la cafétéria, je ne sais pas comment elle le prendrait. Elle soutient mon regard un moment, puis elle se retourne en soulevant son haut. Des lignes rouges zèbrent son dos.

– Ne dis rien, dit-elle en rajustant ses vêtements, je le sais déjà.

– Il faut qu'on te mette sous perfusion, dis-je. Immédiatement.

Mon esprit s'emballe.

Tu n'aurais pas dû rester, tu aurais dû partir avec les autres le temps qu'on soit sûrs d'avoir un traitement efficace...

– Je n'ai pas envie de m'allonger, réplique-t-elle.

– Viens avec moi.

Cette fois, je la prends par le bras. Je sens la chaleur de sa peau à travers sa manche.

– Où va-t-on ? me demande-t-elle.

– Dans la cour. Tu vas t'asseoir sur un banc pendant que je vais te chercher une perfusion.

Comme ça, elle ne sera pas enfermée lorsqu'elle s'immobilisera. Elle pourra rester dehors le plus longtemps possible.

Elle fixe sur moi ses beaux yeux épuisés.

– Vite, souffle-t-elle. Je ne veux pas être seule quand ça arrivera.

Lorsque je reviens avec le matériel, elle m'attend dans la cour, les épaules voûtées, abattue. C'est étrange de la voir ainsi, elle qui se tient toujours parfaitement droite. Elle tend le bras, je glisse l'aiguille au creux de son coude.

Le liquide tombe goutte à goutte. Je m'assieds à côté d'elle en tenant la poche plus haut que son bras.

– Raconte-moi une histoire, me demande-t-elle. J'ai besoin d'entendre quelque chose.

– Laquelle tu voudrais? Je me les rappelle pratiquement toutes les cent.

Je sens une légère note de surprise percer dans sa voix, sous la fatigue.

– Tu n'en connais pas d'autre?

Je reste silencieux. Non, pas vraiment. Le Soulèvement n'a pas eu le temps de nous fournir d'autres histoires et je ne saurais pas en inventer. Je dois me débrouiller avec ce que j'ai.

– Si, dis-je en me creusant la tête.

Je sais, je vais m'inspirer de ma propre vie.

– Il y a environ un an, sous la Société, il y avait un garçon qui était amoureux d'une fille. Il l'observait depuis longtemps. Il espérait tant qu'elle serait sa Promise. Et ils ont été promis. Il était content.

– C'est tout?

– Oui. C'est trop court?

Lea éclate de rire et, durant un instant, elle redevient elle-même.

– C'est ta vie. C'est évident. Ce n'est pas une histoire.

Je ris aussi.

– Désolé, je ne suis pas très doué.

– Mais tu aimes ta Promise, reprend-elle en retrouvant son sérieux. Ça, je le sais. Et tu sais que moi aussi.

– Oui, je confirme.

Elle me dévisage. Le liquide coule dans la perfusion.

– Je connais une vieille histoire à propos d'un garçon et d'une fille qui ne pouvaient pas être couplés. Il était classé Aberration. Elle était citoyenne et pilote. Ce fut la première Disparition.

– Disparition ?

– Des gens qui voulaient quitter la Société, m'explique Lea. Ou qui souhaitaient en faire sortir leurs enfants. Des pilotes faisaient du troc en proposant de les évacuer.

– Je n'ai jamais entendu parler de ça.

– Pourtant, ça s'est produit. Je l'ai vu de mes yeux. Certains parents étaient prêts à tout donner, tout risquer, convaincus que c'était le seul moyen d'assurer la sécurité de leurs enfants.

– Mais où les emmenaient-ils ? Dans le territoire de l'ennemi ? Ça n'a aucun sens !

– Ils les déposaient à la frontière, dans ce qu'on appelait les villages-passerelles. Ensuite, c'était à eux de décider s'ils voulaient rester là ou essayer de traverser le territoire de l'ennemi. pour gagner les Pays d'ailleurs. Aucun de ceux qui sont partis n'en est jamais revenu.

– Je ne comprends pas. Je ne vois pas en quoi envoyer ses enfants au milieu de nulle part, plus près de l'ennemi, pourrait être plus sûr que de rester dans la Société ! je m'exclame.

– Peut-être étaient-ils au courant pour la Peste, me répond

Lea, mais visiblement tes parents n'étaient pas de cet avis. Pas plus que les miens.

Elle me dévisage avant d'ajouter :

– On dirait presque que tu défends la Société.

– Pas du tout !

– Je sais. Désolée… Je ne voulais pas te faire une leçon d'histoire, juste te raconter une histoire.

– Je suis prêt, dis-je. Je t'écoute.

– Voilà mon histoire…

Elle lève le bras pour contempler le liquide qui s'écoule.

– Cette jeune pilote était amoureuse mais elle avait des obligations auxquelles elle ne pouvait se soustraire envers sa famille, et aussi envers ses responsables. Elle aurait fait souffrir trop de gens en partant. Alors elle a conduit l'homme qu'elle aimait jusqu'aux Pays d'ailleurs, ce que personne n'avait jamais fait.

– Et ensuite ?

– Elle a été abattue par l'ennemi sur le trajet du retour. Elle n'a jamais pu raconter ce qu'elle avait vu dans les Pays d'ailleurs. Mais elle a sauvé la vie de celui qu'elle aimait. Pour elle, c'était le plus important.

Elle se tait et s'appuie sur moi. Je ne suis même pas sûr qu'elle en soit consciente. Elle est en train de s'immobiliser.

– Tu crois que tu en serais capable ?

– De piloter ? Peut-être…

– Non, que tu pourrais laisser quelqu'un partir si tu crois que c'est pour son bien.

– Non, il faudrait que je sois convaincu que c'est pour son bien.

Elle acquiesce comme si elle s'attendait à cette réponse.

– Ça, presque n'importe qui en serait capable. Mais si tu n'avais aucune certitude, juste un pressentiment ?

Elle ne sait pas si c'est vrai. Mais elle l'espère.

– Cette histoire ne fait pas partie de la liste des Cent. Elle vient des Provinces lointaines. C'est le genre de choses qui n'arrive que là-bas.

A-t-elle été pilote autrefois ? Alors, son mari serait là-bas ? Est-ce une histoire vraie ? Du moins, en partie ?

– Je n'avais jamais entendu parler des Pays d'ailleurs.

– Mais si ! affirme-t-elle.

Je secoue la tête.

– Mais si, insiste-t-elle, peut-être pas sous ce nom-là, mais tu étais forcément au courant de leur existence. Le monde ne se réduit pas aux Provinces. Et il n'est pas plat comme sur les cartes de la Société. Sinon, comment fonctionnerait le soleil ? Et la lune ? Et les étoiles ? Tu n'as jamais levé les yeux ? Tu n'as jamais remarqué qu'ils changeaient ?

– Si...

– Et tu ne t'es jamais demandé comment c'était possible ?

J'ai les joues qui me cuisent.

– Évidemment, reprend-elle d'une voix plus douce, pourquoi t'aurait-on expliqué tout ça ? Dès le départ, tu étais destiné à devenir un Officiel. Et ça ne figure pas parmi les Cent Leçons de Science.

– Mais alors... comment tu le sais ? je m'étonne.

– C'est mon père qui me l'a appris.

Il y a tant de questions que j'aimerais lui poser. Quel genre d'homme était son père ? Quelle couleur de robe portait-elle pour son Banquet de couplage ? Pourquoi n'ai-je rien soupçonné de tout cela avant ? Maintenant, nous n'avons plus le temps pour les petits détails.

– Tu ne soutiens pas la Société, je l'ai toujours su, dis-je. Mais pourquoi n'as-tu pas rejoint le Soulèvement dès le début ?

– Je ne suis ni du côté du Soulèvement, ni du côté de la Société, murmure-t-elle.

Le liquide pénètre goutte à goutte dans son bras. Pas assez vite pour compenser ce qui est en train de lui arriver.

– Pourquoi tu ne crois pas au Soulèvement? Ni au Pilote? je demande.

– Je ne sais pas…, dit-elle. J'aimerais pouvoir y croire.

– Tu crois en quoi, alors?

– Mon père m'a enseigné que la terre était une sorte de caillou géant, qui tourne et tourne dans le ciel, et sur lequel nous vivons tous. Ça, j'y crois.

– Mais… pourquoi on ne tombe pas, alors?

– Impossible. Il y a quelque chose qui nous retient, explique-t-elle.

– Ça veut dire qu'en ce moment même, le monde tourne sous mes pieds? dis-je.

– Oui.

– Pourtant, je ne sens rien.

– Si, un jour, tu le sentiras si tu t'allonges, parfaitement immobile.

Elle lève les yeux vers moi tandis que nous réalisons le mot qu'elle vient de prononcer: immobile.

– J'espérais tant pouvoir le revoir, dit-elle.

J'ai envie de répondre: «Moi, je suis là.» Mais je sais que ça ne suffit pas, ce n'est pas moi qu'elle veut. On m'a déjà regardé comme ça. Pas vraiment sans me voir, mais en voyant quelqu'un d'autre à travers moi.

– J'espérais, reprend-elle, qu'il allait me rejoindre.

Une fois qu'elle est immobile, je dégotte une civière pour l'allonger dessus et suspendre la perfusion. Je croise l'un des cliniciens qui m'annonce:

244

– On n'a pas de place dans le service.

– C'est l'une des nôtres, dis-je. On va faire de la place.

Il a la marque rouge, il n'hésite donc pas à se pencher pour l'examiner de plus près. Il la reconnaît.

– Lea… L'un des meilleurs membres de l'équipe. Vous avez travaillé ensemble avant la Peste, non ?

– Oui, je confirme.

Plein de compassion, il soupire :

– J'ai l'impression que c'était dans une autre vie, pas toi ?

– Si…

C'est vrai. Je me sens bizarrement détaché, comme si je me regardais soigner Lea de l'extérieur. C'est la fatigue, mais je me demande si ça fait pareil quand on est immobile. Leur corps demeure sur place, mais leur esprit peut-il voyager ?

Peut-être Lea flotte-t-elle à travers le Centre médical ? Elle fait le tour du service pour examiner les patients. Elle sort dans la cour, respirer l'air frais de la nuit. Elle s'assied devant le port pour regarder le tableau de la fille qui pêche. Ou peut-être même est-elle partie rejoindre son Promis. Si ça se trouve, ils sont ensemble à cet instant même.

Je l'emmène dans le service avec les autres. Ils sont cent un, désormais, à fixer le plafond ou le mur.

– Il est temps d'aller vous coucher, maintenant, m'informe le docticien-chef *via* le port.

– Une minute, je l'installe.

J'appelle une clinicienne pour m'aider à l'examiner.

– Pour l'instant, elle va bien, déclare-t-elle. Aucun organe dilaté, sa tension artérielle est correcte.

Elle m'effleure brièvement la main avant de partir.

– Désolée…

Je plonge mon regard dans celui de Lea. Moi qui parle sans arrêt aux patients, je ne sais pas trop quoi lui dire.

— Désolé, fais-je, répétant les mots de la clinicienne.

Ça ne suffit pas: je ne peux rien faire pour elle.

Soudain, j'ai une idée. Sans me laisser le temps d'hésiter, je file à la cafétéria et je m'arrête devant le port où elle avait l'habitude de contempler les tableaux.

Je le supplie dans ma tête: «Allez, tu as encore du papier, hein?». Je parle bien à des patients qui sont incapables de me répondre, pourquoi ne pourrais-je pas m'adresser à un port?

Le port m'a entendu. Il imprime les Cent Tableaux de la liste comme je le lui demande. Je glisse sous mon bras la liasse de pages lumineuses et colorées. C'est ce que j'ai fait pour Cassia quand elle m'a quitté: j'ai essayé de lui donner quelque chose qui lui ferait plaisir à emporter.

Les autres membres de l'équipe me prennent pour un fou, à part une infirmière qui pense que mon idée peut avoir une utilité.

— Au moins, moi, j'aurai autre chose sous les yeux, dit-elle en sortant du sparadrap et du fil à sutures de l'armoire à fournitures pour m'aider à accrocher les peintures au plafond, au-dessus des patients.

— Le papier des ports se détériore très vite, il faudra les réimprimer régulièrement. Et faire une rotation pour éviter que les patients ne se lassent.

Je recule de quelques pas pour admirer notre travail.

— Ce serait mieux si on avait de nouveaux tableaux. Je ne voudrais pas qu'ils s'imaginent que la Société est de retour.

— On pourrait en peindre, propose une autre infirmière avec enthousiasme. Ça me manque de ne plus dessiner comme à l'école primaire.

— Mais avec quoi? je demande. On n'a pas de peinture.

– Je vais trouver, affirme-t-elle. C'est justement l'occasion que j'attendais, pas vous ?

– Non...

J'ai l'impression que ma réponse la surprend. Je souris pour dissiper le malaise. Peut-être que je serais différent, le genre de garçon dont Cassia ou Lea auraient pu tomber amoureuses si ça m'avait tenté.

– Le docticien-chef risque de vous priver de votre prochaine garde si vous ne filez pas au dortoir immédiatement, me prévient l'infirmière.

– Je sais. Je l'ai entendu...

Mais je dois encore parler à quelqu'un avant de partir.

– Je suis désolé, Lea.

Les mots sonnent aussi faux que la première fois. Je réessaie :

– Ils vont sûrement trouver un traitement, tu ne crois pas ?

Je désigne le tableau accroché au-dessus d'elle.

– Il doit bien y avoir de la lumière dans un coin, quelque part.

Si elle ne me l'avait pas montrée, je ne l'aurais pas vue. Mais maintenant, impossible de l'ignorer.

Alors que je me rends au dortoir, la porte de la cour intérieure s'ouvre juste devant moi dans le couloir. Une silhouette vêtue de noir pénètre à l'intérieur, me bloquant le passage. Je me fige. C'est une fille, je l'ai déjà croisée quelque part, mais je suis trop fatigué pour me rappeler où. Je sais cependant qu'elle n'a rien à faire dans cette partie du bâtiment, qui est confinée. Le docticien-chef ne m'a pas averti d'une nouvelle arrivée et, de toute façon, ça se fait toujours par la grande porte.

– Ah, te voilà, dit-elle. Je te cherchais.

– Comment êtes-vous arrivée là ?

— Par les airs.

Lorsqu'elle sourit, je la reconnais : c'est Indie, la fille qui était venue livrer les traitements avec Ky.

— Et il se peut également qu'on m'ait donné le code de la porte.

— Vous n'avez rien à faire ici. C'est une zone de confinement réservée aux malades.

— Je sais, mais toi, tu es en bonne santé, non ?

— Oui, je confirme.

— Tu dois me suivre immédiatement.

— Non. Je suis médecin, je travaille ici.

C'est n'importe quoi. Je ne peux pas abandonner tous les Immobiles, et encore moins Lea. Je saisis mon miniport.

— Je vais t'emmener voir Cassia, m'explique Indie.

Ma main retombe. C'est vrai ? Alors Cassia serait dans les parages ? Une vague de panique m'envahit.

— Elle est ici ? Elle est malade ?

— Oh, non, elle va très bien. Elle est dehors, à bord de mon dirigeable.

Ça fait des mois que je désespère de revoir Cassia et voilà que j'en ai enfin l'opportunité. Mais c'est impossible. Il y a trop d'Immobiles, entre autres Lea.

— Désolé, mais je dois m'occuper des patients. En plus, vous avez été exposée à la mutation. Vous ne pouvez pas repartir. On va vous mettre en quarantaine.

Elle soupire.

— Il m'avait prévenue que tu ne serais pas facile à convaincre. Je suis censée te dire que si tu viens avec moi, tu pourras l'aider à trouver un traitement.

— Qui ça ? De qui parles-tu ?

— Du Pilote, enfin.

Pour elle, cela semble une telle évidence que je la crois.

Le *Pilote* veut que je l'aide à trouver un traitement.

– Il sait que tu as pu observer le virus mutant de tes propres yeux. Il a besoin de toi.

Je jette un regard par-dessus mon épaule.

– Tout de suite. Il a besoin de toi immédiatement. Pas le temps de faire tes adieux.

Sa voix est franche et assurée.

– De toute façon, est-ce qu'ils t'entendent ?

– Aucune idée.

– Tu fais confiance au Pilote ? dit-elle.

– Oui.

– Pourtant, tu ne l'as jamais rencontré ?

– Non, mais toi oui.

– Oui, confirme-t-elle.

Elle compose un code sur le boîtier afin d'ouvrir la porte. L'aube est presque là.

– Et tu as raison de croire en lui, me dit-elle.

CHAPITRE 22
KY

– Ky, chuchote-t-elle. Ky.

Je sens sa main toute douce contre ma joue. Mais je n'arrive pas à me réveiller. Peut-être parce que je n'en ai pas envie. Cela faisait tellement longtemps que je n'avais pas rêvé de Cassia.

– Ky...

J'ouvre les yeux.

C'est Indie.

La déception doit se lire sur mon visage. Elle se rembrunit légèrement, mais dans la faible lueur de l'aube, je distingue une étincelle de triomphe dans ses yeux.

– Qu'est-ce que tu fais là? dis-je. Tu devrais être en quarantaine.

Lorsque nous avons ramené Caleb, ils l'ont emmené, puis ils nous ont isolés, Indie et moi, dans des cellules individuelles, ici, sur la base. Au moins, ils ne nous ont pas confinés au Dôme municipal.

– Comment as-tu fait pour entrer?

Je regarde autour de moi. La porte de ma cabine est ouverte. Tous les autres ont l'air de dormir.

– J'ai réussi ! J'ai un dirigeable. Et je l'ai, elle.

Elle sourit.

– Pendant que tu dormais, je suis allée à Central.

Je me redresse en sursaut.

– *À Central ?* Et tu l'as trouvée ?

– Oui. Elle va bien, elle n'est pas malade. Vous pouvez partir ensemble, maintenant.

On peut partir, maintenant. Fuir tout ça. Je sais que c'est dangereux, mais si Cassia est réellement ici, à Camas, je me sens prêt à tout. Lorsque je me lève, je suis obligé de m'appuyer au mur, pris de vertiges.

Indie s'interrompt, inquiète.

– Ça va ?

– Oui, oui, bien sûr.

Cassia n'est plus à Central. Elle est là. Saine et sauve.

D'un même mouvement, Indie et moi, nous filons dehors. L'herbe murmure dans la pénombre. Je me mets à courir. Indie m'emboîte le pas.

– Tu aurais dû voir les atterrissages que je t'ai faits ! Parfaits. Plus que parfaits, même ! Je suis sûre que les gens en parleront encore dans cent ans !

On dirait que son succès lui monte à la tête. Je ne l'ai jamais vue dans cet état, et c'est contagieux.

– Elle est comment ? je demande.

– Comme avant.

J'éclate de rire. Je m'arrête brusquement, prêt à la serrer contre moi, à l'embrasser pour la remercier d'avoir fait l'impossible. Mais soudain, je me fige.

Si ça se trouve, je suis malade. Ou bien elle.

– Merci, Indie, dis-je sobrement. Dommage qu'on soit en quarantaine.

– Oh, on s'en moque…

Elle se rapproche de moi, radieuse et, à nouveau, je sens ses lèvres sur les miennes.

– Non, c'est grave, tu sais.

Soudain, je suis pris de panique.

– Tu as bien évité de mettre Cassia en contact avec le nouveau virus, hein ?

– Elle a fait presque tout le trajet dans la soute, m'explique Indie. Le vaisseau avait été désinfecté. Et je lui ai à peine adressé la parole.

Il va falloir prendre des précautions. Je mettrai un masque, je ne pénétrerai pas dans la cale, je garderai mes distances… mais, au moins, je pourrai la voir.

C'est trop beau pour être vrai, m'avertit mon instinct. *Cassia et toi, enfin réunis pour fuir ensemble, comme tu en as toujours rêvé ? Ça ne se passe jamais comme ça dans la réalité.*

Si on laisse pénétrer un rayon d'espoir, il nous dévore. Il se nourrit de nous, de nos os, il grossit, grandit. Et finalement, il prend la place de notre squelette, c'est lui qui nous permet de tenir. On ne peut plus s'en passer. Et alors tenter d'étouffer l'espoir, de le chasser, c'est mourir.

– Indie Holt, dis-je, tu es merveilleuse.

Elle rit.

– C'est la première fois qu'on me le dit.

– Mais non, quand tu pilotes…

– Non, quand je pilote, on me dit que je suis géniale.

– Et c'est vrai !

Ensemble, nous courons vers les vaisseaux. Dans le froid du matin, ils sont blottis les uns contre les autres, telle une nuée d'oiseaux de métal.

– C'est celui-ci, m'indique-t-elle. Passe devant.

Je me hisse dans le cockpit, avant de me retourner pour demander :

– Qui prend les commandes ?

– Moi, répond une voix familière.

Le Pilote sort de l'ombre.

– C'est bon, affirme Indie, il va t'aider à gagner les montagnes.

Le Pilote et moi, nous n'échangeons pas un mot de plus. Ça me fait bizarre, j'ai tellement l'habitude de l'entendre s'adresser à nous *via* le port.

– Elle est vraiment là ? je chuchote.

J'espère presque qu'Indie va m'avouer qu'elle m'a menti, que Cassia n'est pas dans la soute. Il y a quelque chose qui cloche et elle n'a pas l'air de s'en rendre compte.

– Vas-y, dit-elle en désignant la trappe.

Elle sourit. Non, pour elle, ce n'est pas un piège. Cassia est vraiment là. Une seule chose est évidente dans tout ça, c'est que moi, j'ai un problème. Je n'arrive pas à réfléchir. Et je rate une marche en descendant dans la soute.

Elle est là. Après tous ces mois, nous sommes dans le même vaisseau. Tout ce que je désire, là devant moi. *On n'a qu'à se débarrasser du Pilote et fuir, fuir tous les deux dans les Pays d'ailleurs.* Cassia lève les yeux vers moi. Elle a l'air forte, posée, belle.

Mais elle n'est pas seule.

Xander est là aussi.

Où le Pilote nous emmène-t-il donc tous ? Indie a confiance en lui, pas moi.

Qu'est-ce que tu as fait, Indie ?

– Tu ne voulais pas t'enfuir avec moi, dit-elle comme si elle avait entendu ma question. Alors, je te l'ai amenée. Maintenant, vous pouvez partir pour les montagnes.

– Tu ne viens pas ?

– Dans une autre situation, je serais venue…

Elle me fixe et j'ai du mal à soutenir son regard franc et plein de désir.

– Mais les choses sont ce qu'elles sont. Et j'ai encore des vaisseaux à piloter.

Et, avec la vivacité d'un oiseau ou d'un poisson, elle disparaît.

Personne ne peut rattraper Indie quand elle a décidé de partir.

CHAPITRE 23
CASSIA

On devait se retrouver il y a des mois, par un soir de printemps au bord du lac, en tête à tête.

Ky a les traits tirés, il dégage un parfum de sauge et d'herbe, une odeur de dehors. Je connais ce visage de pierre, impassible, les dents serrées. Sa peau est rude, son regard profond.

Il a commencé par prendre ma main dans la sienne, pour me montrer la forme des lettres.

Dans ses yeux, je lis un amour, un désir si entier que, tel le cri aigu de l'oiseau dans le canyon, il me transperce et résonne dans tout mon corps. Je me sens vue et reconnue, alors même qu'il ne m'a pas encore touchée.

Après cet instant figé, vibrant, tout se remet en mouvement.

– Non, dit-il en reculant vers l'échelle. J'avais oublié, je ne peux pas m'approcher de toi.

Trop tard. Le Pilote a refermé la trappe. Ky a beau tambouriner contre le battant, le vrombissement du moteur couvre ses coups. La voix du Pilote résonne dans les haut-parleurs:

– Paré au décollage.

Je saisis l'un des harnais qui pend du plafond. Xander m'imite. Les yeux fous, Ky continue à cogner contre la trappe.

– Il ne faut pas que je reste. Il y a une nouvelle maladie qui rôde, encore pire que la Peste. J'y ai été exposé !

– C'est bon...

Xander tente de le rassurer, mais entre le moteur et le vacarme de ses poings, il n'entend rien.

Je suis obligée de crier :

– KY ! C'EST BON. JE NE PEUX PAS L'ATTRAPER.

Alors seulement, il se retourne.

– Et Xander non plus, j'ajoute.

– Comment tu le sais ? demande-t-il.

– Nous avons tous les deux la marque rouge, explique Xander.

– Quelle marque ?

Xander se retourne en baissant son col pour lui montrer.

– Ceux qui ont cette tache ne peuvent pas attraper la mutation de la Peste.

– Je l'ai aussi, dis-je. Xander a vérifié pendant le trajet.

– J'étudie ce virus depuis des semaines.

– Et moi ?

Ky se retourne et, d'un mouvement fluide, passe sa tunique par-dessus sa tête. Là, dans la pénombre de la soute, je distingue les plats et les reliefs de son dos musclé, lisse, doré.

Et rien d'autre.

Ma gorge se serre.

– Ky...

– Tu ne l'as pas, annonce Xander avec franchise mais chaleur. Il vaut mieux que tu ne t'approches pas de nous, au cas où tu n'aies pas encore été contaminé. Nous pouvons être porteurs du virus.

Ky acquiesce en rabaissant sa tunique. Quand il se retourne

vers nous, il a l'air soulagé. Il n'espérait pas être immunisé, il n'a jamais eu de chance. Mais il est content que je le sois. Des larmes de rage me brûlent les yeux. Pourquoi est-ce toujours pareil pour lui ? Comment peut-il le supporter ?

Il continue. Il ne s'arrête jamais.

La voix du Pilote s'échappe d'un haut-parleur intégré dans le mur :

– Le vol ne sera pas long.

– Où va-t-on ? demande Ky.

Le Pilote ne répond pas.

– Dans les montagnes, dis-je.

– Aider le Pilote à trouver un traitement, répond Xander exactement en même temps.

– C'est ce que vous a raconté Indie, fait Ky.

Nous acquiesçons. Ky hausse les sourcils comme pour demander : « Mais qu'est-ce que le Pilote a en tête ? »

– Il y a une mallette pour Cassia dans le fond de la soute, nous informe le Pilote.

Xander se retourne et la pousse vers moi. Avec Ky, ils me regardent l'ouvrir. J'y trouve deux choses : un infopod et un morceau de papier plié.

Je tends l'infopod à Xander pour qu'il me le tienne. Ky reste à bonne distance. J'examine le papier, il est blanc, c'est du papier de port, fin, mais plus lourd qu'il ne devrait. Quelque chose est caché à l'intérieur. En le dépliant, je découvre la microcarte de grand-père.

Bram a fini par me l'envoyer.

Et il a ajouté autre chose. Au milieu de la feuille, je vois plusieurs lignes en noir. Un message.

Je comprends aussitôt : Bram a imité un jeu que j'avais inventé pour lui sur le scripteur. *C'est l'écriture de mon frère.* Il a appris à écrire et, au lieu de reprendre simplement mon code, il en a inventé un. Nous qui pensions qu'il n'était pas attentif aux détails, il prouve aujourd'hui qu'il en est parfaitement capable quand l'enjeu l'intéresse assez. Il aurait sans doute été très doué en classement.

– Allez-y, intervient le Pilote, visionnez la microcarte.

Le ton est poli, néanmoins je comprends qu'il s'agit d'un ordre.

Je glisse la carte dans l'infopod. C'est un modèle ancien, mais la première image ne met que quelques secondes à apparaître. Le voilà. Grand-père. Son visage si doux, ouvert, intelligent. Je ne l'ai pas vu depuis presque un an, à part dans mes rêves.

– Ça fonctionne ? s'enquiert le Pilote.

La gorge serrée, je confirme :

– Oui, merci.

L'espace d'un instant, j'oublie que je cherche quelque chose de particulier : son meilleur souvenir de moi. Je me laisse distraire par les images de sa vie qui défilent sous mes yeux.

Grand-père, encore enfant, entre ses parents. Un peu plus âgé, en tenue de jour, tenant par le cou une jeune femme. Ma grand-mère. Puis avec un bébé dans les bras, mon père, au côté de ma grand-mère qui rit aux éclats. Cette image s'efface également.

Bram et moi, nous surgissons sur l'écran, en compagnie de grand-père.

Puis nous disparaissons.

Le diaporama s'arrête sur un portrait de grand-père à la fin de son existence, ses yeux sombres nous fixent, pétillants d'humour et de vitalité.

– Avant de partir, selon la coutume, Samuel Reyes a listé ses meilleurs souvenirs de chaque membre de la famille, annonce l'historienne. Celui qu'il a choisi de sa belle-fille, Molly, était leur première rencontre.

Ce jour-là avait également marqué mon père. Il m'avait raconté qu'il était allé avec ses parents chercher ma mère au train. Et qu'ils étaient tous tombés amoureux d'elle au premier regard ; qu'ils n'avaient jamais rencontré quelqu'un d'aussi vivant, d'aussi chaleureux qu'elle.

– Le meilleur souvenir qu'il avait de son fils, Abran, était le jour de leur première véritable dispute.

Il doit y avoir une histoire derrière ce souvenir. Il faudra que je pose la question à mon père quand je le reverrai. C'est rare qu'il se querelle avec quelqu'un. J'ai un pincement au cœur. Pourquoi papa ne m'a-t-il rien envoyé ? Il devait être d'accord pour qu'ils m'envoient la microcarte, pourtant. Ma mère n'aurait jamais fait quoi que ce soit dans son dos.

– Son souvenir préféré de son petit-fils, Bram, était celui de son premier mot : « Encore ! »

À mon tour, maintenant. Je me penche en avant, comme quand j'étais petite et que grand-père m'expliquait des choses.

– Son meilleur souvenir avec sa petite-fille, Cassia, était le jour du jardin rouge, énonce l'historienne.

Bram avait raison. Il avait bien entendu. Elle a dit « le jour », au singulier, pas au pluriel. Ou alors c'est elle qui s'est trompée. J'aurais préféré qu'ils laissent grand-père raconter lui-même. J'aurais aimé entendre sa voix prononcer ces mots. Mais ce n'était pas la manière de procéder de la Société.

Je n'ai donc rien appris, si ce n'est que grand-père m'aimait – ce n'est pas un détail, mais je le savais déjà. Ce fameux jour du jardin rouge pourrait être à n'importe quelle époque de l'année : les feuilles rouges de l'automne, les fleurs rouges d'été, les boutons de fleurs rouges au printemps. Et même l'hiver, quand nous étions assis dehors, nos nez et nos joues rouges de froid, le soleil couchant écarlate à l'horizon. Les jours du jardin rouge, il y en a eu tellement…

Ça, je lui en suis reconnaissante.

– Que s'est-il passé ce jour-là? me questionne le Pilote.

Je relève la tête. J'avais oublié qu'il écoutait.

– Je ne sais pas. Je ne m'en souviens pas.

– Et sur le papier, qu'est-ce qui est écrit? demande Xander.

– Je ne l'ai pas encore décodé.

– Je vais vous faire gagner du temps, affirme le Pilote. C'est un mot de votre père: «Cassia, je veux que tu saches que je suis fier de toi. Tu es allée au bout des choses, tu as été plus courageuse que moi.»

Donc, il m'a bien envoyé un message, finalement. Bram l'a encodé pour lui, et ma mère l'a caché grâce à son pliage.

Je baisse les yeux vers le papier pour vérifier que le Pilote l'a traduit correctement, mais il m'interrompt:

– Cette transaction a été retardée. Visiblement, le négociant qui devait s'en occuper est tombé malade. Lorsque le paquet est arrivé, nous avons été intrigués par cette microcarte et par ce message.

– Qui vous l'a donné? je demande.

– J'ai des gens chargés de repérer pour moi ce qui pourrait m'intéresser. L'Archiviste-chef de Central en fait partie.

Elle m'a donc trahie une seconde fois.

– Les transactions sont censées rester confidentielles.

– En temps de guerre, les règles changent, affirme le Pilote.

– Nous ne sommes pas en guerre, je proteste.

– Si, et nous sommes en train de la perdre. Nous perdons le combat contre la mutation. Nous n'avons pas de traitement.

En regardant Ky qui n'a pas la marque, qui est en danger, je comprends l'urgence de la situation. C'est une guerre que nous ne pouvons pas perdre.

– Soit vous nous aidez à trouver et à administrer le traitement, reprend le Pilote, soit vous entravez nos efforts.

– Nous voulons vous aider, intervient Xander. C'est pour ça que vous nous emmenez dans les montagnes, non ?

– Je vous emmène bien dans les montagnes, mais je n'ai pas encore décidé ce que je ferai de vous là-bas.

Ky se met à rire.

– Pour perdre autant de temps à décider ce que vous allez faire de nous trois alors qu'un virus terrible décime la population, soit vous êtes idiot, soit complètement désespéré.

– La situation est au-delà du désespoir depuis longtemps, rétorque le Pilote.

– Alors qu'attendez-vous de nous dans ce cas ? veut savoir Ky.

– Vous allez m'aider, d'une façon ou d'une autre.

Le dirigeable pivote légèrement. Je me demande où nous nous trouvons dans le ciel.

– Rares sont les personnes à qui je peux me fier, reprend le Pilote. Si bien que lorsque deux d'entre elles me donnent des informations contradictoires, cela m'inquiète. L'un de mes collaborateurs pense que vous êtes des traîtres qui devraient être emprisonnés, interrogés, exilés loin des Provinces, dans un endroit où je suis certain de la loyauté des habitants. L'autre estime que vous pouvez m'aider à trouver un traitement.

Je me creuse la tête. *La première personne à qui il fait référence est l'Archiviste-chef, mais qui peut bien être l'autre ?*

– Lorsque l'Archiviste m'a signalé cette transaction hors du commun, fait le Pilote, comme elle s'y attendait, j'ai été interpellé autant par le nom qui figurait sur la microcarte que par le message qui l'accompagnait. Votre père n'a jamais soutenu le Soulèvement. Qu'avez-vous accompli qu'il n'ait pas osé faire ? Avez-vous été jusqu'à agir *contre* le Soulèvement ? Puis en examinant le dossier plus attentivement, j'ai remarqué d'autres détails intéressants.

Il me récite alors une liste de noms étranges. Je commence par me dire qu'il perd la tête avant de comprendre :

« Carotte sauvage, néorose, rose vieille. »

– Voilà ce que vous avez écrit et distribué aux autres. Qu'est-ce que ça signifie ?

Ce n'est pas un message codé. Simplement les mots de ma mère que j'ai repris dans un poème. Où l'a-t-il trouvé ? Qui le lui a donné ? Je voulais le partager, oui, mais pas comme ça.

– Quel est ce fameux endroit sur la colline, sous un arbre, au-delà de la frontière, que personne ne voit ?

Quand il pose la question ainsi, ça paraît compliqué, comme une sorte de devinette. Alors que c'est une simple chanson.

– Qui devez-vous retrouver là-bas ? insiste-t-il d'une voix claire, assurée.

Mais Ky a vu juste, le Pilote est au désespoir. Son ton ne laisse transparaître aucune crainte, néanmoins les questions qu'il pose, le temps précieux qu'il perd à nous interroger, comme s'il jouait sa dernière carte, tout cela me glace de peur.

– Personne. Ce n'est qu'un poème. Il n'y a pas de sens caché.

– Pourtant, c'est souvent le cas, vous le savez très bien.

Il a raison. J'ai souvent repensé au poème qui parlait du Pilote, en me demandant si c'était bien celui que grand-père voulait que je lise. Il m'a donné le poudrier, il m'a raconté ses randonnées sur la Colline, il m'a parlé de sa mère, qui lui chantait des poèmes interdits. Qu'attendait-il de moi, exactement ? Je n'en suis toujours pas sûre.

– À quoi servaient ces regroupements, à la Galerie ? reprend le Pilote.

– C'était pour que les gens puissent montrer ce qu'ils avaient fait.

– De quoi parliez-vous ?

– De poésie, de chansons.

264

– Et c'est tout? fait le Pilote.

Sa voix peut être aussi froide ou chaude que la pierre. Parfois, elle est chaleureuse, généreuse, telle la roche au soleil, et soudain elle devient glaciale, comme les marches de marbre du Dôme municipal.

À mon tour de lui poser une question :

– Pourquoi mon nom a-t-il attiré votre attention? Les membres du Soulèvement ont dû le voir apparaître bien avant, sans que ça les marque particulièrement, alors pourquoi maintenant?

– Il s'est passé bien des choses depuis que vous nous avez rejoints. Lacs empoisonnés. Mystérieux messages codés. Et la Galerie où les gens se réunissaient et échangeaient ce qu'ils avaient écrit. Nous nous sommes dit que ça valait la peine de creuser la question. Effectivement, je m'aperçois que ce nom nous cachait beaucoup de choses, conclut-il d'une voix glaciale.

– Cassia n'œuvre pas contre le Soulèvement, proteste Xander. Elle est des nôtres. Je peux me porter garant d'elle.

– Moi aussi, affirme Ky.

– Sauf que la convergence des informations vous concernant vous rend tous suspects à mes yeux.

Je le coupe :

– Qu'est-ce que vous racontez? Nous avons fait ce que le Soulèvement nous demandait. Je suis venue vivre à Central. Ky pilote vos vaisseaux. Xander soigne les patients.

– Votre obéissance de façade n'a servi qu'à camoufler vos autres agissements aux membres du Soulèvement disposant de moins d'autorité et d'informations, rétorque le Pilote. Au départ, ils n'avaient aucune raison de m'avertir. Mais lorsque vous m'avez été signalée, j'ai repéré des détails, j'ai opéré des recoupements que les autres ne pouvaient faire. En tant que

Pilote, j'ai accès à davantage de renseignements. En examinant votre cas de plus près, j'ai découvert la vérité. Des gens sont morts là où vous passiez. Les appâts de votre village, par exemple, parmi lesquels de nombreux individus classés Aberration.

– Ce n'est pas nous qui les avons tués! s'indigne Ky. C'est vous! Vous êtes restés les bras croisés alors que la Société les vouait à une mort certaine.

Le Pilote poursuit, sans ciller:

– Une rivière a été empoisonnée lorsque vous vous trouviez dans les parages. Vous avez bricolé des explosifs, démolissant en partie un village qui appartenait aux Anomalies. Vous avez brisé plusieurs éprouvettes dans une unité de stockage que le Soulèvement avait infiltrée. Vous avez trafiqué pour obtenir des comprimés bleus. Vous vous en êtes même servie pour tuer un garçon, nous avons retrouvé son corps.

– C'est faux! je m'écrie.

Mais dans un sens, cela revient au même. Je ne voulais pas le tuer en lui donnant les comprimés, il n'empêche qu'il est mort. Je comprends soudain pourquoi l'Archiviste-chef m'a questionnée sur l'endroit où étaient stockés les prélèvements de tissus.

– C'est donc vous qui vous demandiez ce que je savais à propos de ces éprouvettes! je m'exclame. Vous les troquez vraiment au marché noir?

– Vous troquez ces tubes? s'étonne Ky.

– Évidemment, répond le Pilote, j'utilise tout ce qui est en mon pouvoir afin de m'assurer la loyauté de mes collaborateurs et de trouver des ressources pour la recherche d'un traitement. Ces prélèvements sont une monnaie d'échange d'une valeur inestimable.

Ky secoue la tête, écœuré. Quant à moi, je me félicite d'avoir pris l'éprouvette de grand-père dans la Caverne. Qui sait ce que le Pilote aurait pu en faire.

– Et ce n'est pas tout, reprend-il. Les cités où vous avez vécu sont celles où l'eau a été contaminée.

Le lac. Les poissons morts. Je me rappelle, mais je ne comprends pas ce qu'il veut dire. Ky, Xander et moi, nous échangeons un regard perplexe. Il va falloir qu'on tire ça au clair.

Soudain, le regard de Xander s'éclaire.

– La Peste s'est propagée trop rapidement. Elle est longtemps restée circonscrite à Central, puis, brusquement, elle s'est répandue partout. Avant, on avait affaire à une épidémie, la maladie se transmettait d'homme à homme. Lorsque les réserves d'eau ont été contaminées, c'est devenu une pandémie.

Ky et moi, nous l'aidons à reconstituer le puzzle.

– C'est un virus véhiculé par l'eau, constate Ky, comme celle qu'ils ont envoyée à l'ennemi...

Tout à coup, je comprends.

– La brusque flambée au début du Soulèvement, cette contagion massive dans différentes cités et Provinces s'est produite parce que quelqu'un a empoisonné l'eau pour accélérer le processus.

Je secoue la tête.

– C'est pour ça que la maladie a proliféré partout soudainement. J'aurais dû y penser.

– Et c'est pour ça que les Centres médicaux ont été débordés, renchérit Xander. Le Soulèvement n'avait pas prévu ce sabotage. Mais nous avons tenu bon. On s'en serait sortis, si le virus n'avait pas muté.

Ky n'en revient pas.

– Vous ne pensez tout de même pas que nous sommes derrière tout ça?

– Non, mais vous y avez participé, affirme le Pilote. Et il est temps de nous avouer ce que vous savez.

Il s'interrompt.

– Il y a autre chose pour Cassia sur l'infopod.

En consultant l'écran, je découvre un second dossier. J'y trouve une photo de ma mère et une de mon père qui s'affichent en alternance.

Je hurle :

– Non ! Non !

Ils me fixent avec des yeux vitreux. Tous les deux immobiles.

– Ils sont atteints de la mutation. Ils ont été transférés dans un Centre médical de Keya, mais nous n'avons pas de traitement.

Il anticipe ma question en ajoutant :

– Nous n'avons pas pu localiser votre frère.

Bram. Gît-il quelque part, immobile, sans personne pour le soigner ? Ou bien mort, comme le garçon du Labyrinthe ? Non. Impossible. Je n'y crois pas. Je ne peux pas l'imaginer immobile.

– Voilà qui devrait vous motiver pour nous en dire un maximum. Pour qui travaillez-vous ? Soutenez-vous la Société ? Ou quelqu'un d'autre ? Est-ce vous et les vôtres qui avez créé la mutation ? Disposez-vous d'un traitement ?

Pour la première fois, je sens qu'il s'emporte. Sa voix le trahit lorsqu'il prononce le dernier mot, « traitement ». Je comprends à quel point il est désespéré et déterminé. Il veut ce traitement. Il est prêt à tout pour l'avoir.

Sauf que nous ne l'avons pas. Il perd son temps avec nous. Que faire ? Comment le convaincre ?

– Je sais que vous pouvez faire ce qu'il faut, dit-il d'une voix où toute trace d'énervement a disparu et qui se fait maintenant douce, enjôleuse. Même si votre père a choisi la Société et refusé de rejoindre le Soulèvement, votre grand-père travaillait pour nous. Et vous êtes, bien évidemment, l'arrière-petite-fille du Pilote Reyes. De plus, vous nous avez déjà aidés par le passé, même si vous ne vous le rappelez plus.

J'entends à peine ses derniers mots, abasourdie.

Mon arrière-grand-mère. Elle a été Pilote !

C'est elle qui a continué à chanter des poèmes à mon grand-père alors que la Société lui avait ordonné de n'en choisir que cent.

C'est elle qui avait conservé la page que j'ai brûlée.

– Je n'ai jamais rencontré le Pilote Reyes en personne, reprend-il. Il y a eu un autre Pilote entre nous. Mais vu mon statut, je connais le nom de ceux qui l'ont été avant moi. Et je la connais à travers ses écrits. Elle a été le Pilote parfait en son temps. Elle a conservé les données et réuni tout ce dont nous avions besoin pour passer plus tard à l'action. Il en va de même pour tous les Pilotes : c'est à nous de comprendre ce qu'implique notre fonction. Votre arrière-grand-mère avait saisi qu'il faut préserver pour gagner. Et elle savait également que le dernier des rebelles qui remplit sa mission compte autant qu'un Pilote qui dirige le mouvement. Ce n'était pas une simple croyance. Elle en était convaincue.

– Nous n'avons rien fait…, dis-je, mais soudain le dirigeable descend brusquement.

Ky perd l'équilibre et se cogne dans les caisses. Xander et moi, nous nous précipitons pour l'aider.

– Ça va, affirme-t-il.

Je l'entends à peine dans le vacarme du vaisseau qui se pose brutalement. Je ressens l'impact dans tout mon corps.

– Dès qu'il ouvre la trappe, on court, décide Ky. Il faut fuir.

– Ky, attends…

– On peut s'échapper, on est trois contre un, plaide-t-il.

– Deux. Je ne viens pas, décrète Xander.

Ky le dévisage, stupéfait.

– Tu n'as pas écouté ce qu'il a dit ?

– Si, il veut trouver un traitement. Moi aussi. Je vais l'aider du mieux que je peux.

Xander me regarde. Je vois dans ses yeux qu'il a encore foi en le Pilote. Il le choisit envers et contre tout.

Et ça se comprend. Ky et moi, nous l'avons abandonné. Je ne lui ai jamais appris à écrire. Et je ne lui ai jamais demandé de me raconter son histoire, parce que je croyais la connaître. En le toisant maintenant, je m'aperçois que je ne sais sûrement pas tout. Il a traversé son propre labyrinthe et il en est ressorti changé.

En plus, il a raison. La seule chose qui compte, c'est le traitement. Voilà pourquoi on doit se battre maintenant.

C'est moi qui peux faire pencher la balance d'un côté ou de l'autre. Ils attendent ma réponse. Cette fois, je choisis Xander, ou du moins je me range de son côté.

Je propose à Ky :

– Discutons encore un peu avec le Pilote.

– Tu es sûre ?

– Oui, je confirme.

Le Pilote ouvre alors la soute, je grimpe à l'échelle après Ky, Xander me suit. Puis je tends au Pilote l'infopod où s'affiche la photo de mes parents en expliquant :

– La Galerie était un lieu de rencontres et de poésie. Les comprimés bleus, c'était un accident. Nous ignorions qu'ils étaient mortels. Nous avons utilisé des explosifs dans le Labyrinthe pour bloquer l'accès aux grottes de sorte que la Société ne puisse pas piller les réserves du village. Les rivières et l'eau contaminées, c'est typique de la Société, or nous ne sommes pas la Société, ni même des sympathisants.

Durant un instant, tout est silencieux. On entend juste le vent dans les arbres dehors, et le souffle de ceux d'entre nous qui ne sont pas immobiles, pas encore.

– Nous ne cherchons pas à saboter le Soulèvement. Nous y avons cru. Tout ce que nous voulons, désormais, c'est un traitement.

C'est alors que je comprends qui est l'autre collaborateur auquel le Pilote faisait référence : le pilote à qui il a demandé de venir nous chercher, parce qu'il ne pouvait pas prendre le temps, ou le risque de le faire lui-même.

– Vous devriez écouter Indie. Nous sommes en mesure de vous aider.

Il ne semble pas surpris que j'aie deviné.

– Indie, répète Ky. Elle a la marque ?

– Non, répond le Pilote, mais nous ferons tout notre possible pour qu'elle continue à piloter.

– Vous lui avez menti, constate Ky. Vous vous êtes servi d'elle pour nous réunir.

– Il n'y a pas une ficelle que je ne sois prêt à tirer pour trouver un traitement.

– Nous sommes en mesure de vous aider, je répète. Je peux classer les informations. Xander a soigné les patients et observé la mutation depuis le début. Ky...

– ... sera sans doute le plus utile d'entre vous, affirme le Pilote.

– Un simple corps, un cobaye, comme dans les Provinces lointaines.

Ky s'écarte de moi, se rapproche de la porte. Ses gestes sont plus lents que d'habitude, mais ils ont toujours la même fluidité. Il habite son corps avec plus d'intensité que la plupart des gens. C'est poignant de l'imaginer se figer, devenir immobile.

Le cœur serré, je proteste :

– Comment peux-tu le savoir ? Tu ne vas peut-être pas tomber malade.

Pourtant il paraît résigné. Peut-être en sait-il plus qu'il ne veut bien le dire. Sent-il déjà la mutation courir dans ses veines, attaquer son système ?

– Quoi qu'il en soit, il a été exposé au virus, intervient Xander. On ne peut pas le mettre en contact avec les gens qui travaillent pour vous à trouver un traitement.

– Ils ne risquent rien, affirme le Pilote. Les habitants du village sont immunisés.

– C'est pour ça que vous voulez mener les recherches ici, constate Xander en souriant, tandis que sa voix se gonfle d'espoir. Il y a donc une chance que nous trouvions un traitement.

– Mais si vous étiez au courant, pourquoi ne pas avoir étudié les porteurs de la marque rouge plus tôt ? je m'étonne. L'examen de nos dossiers peut se révéler très utile.

Puisque je suis immunisée, je pourrais croiser les informations médicales me concernant avec celles des habitants du village.

Mais la phrase vient à peine de quitter mes lèvres que je secoue la tête.

– Ça ne marchera pas, dis-je, répondant à ma propre question, parce que nos données ont été compromises par les vaccinations, les expositions au virus... Il vous faut un groupe témoin vierge pour trouver le traitement.

– Oui, confirme le Pilote en me jaugeant du regard. Nous ne pouvons prendre en considération que ceux qui ont vécu hors de la Société depuis leur naissance. Les autres peuvent nous aider à trouver le traitement, mais leurs données sont inexploitables.

Je suis la logique du raisonnement :

– Plus les familles ont quitté la Société depuis longtemps,

plus leurs dossiers sont intéressants : les villageois de deuxième, troisième génération peuvent nous fournir des informations capitales.

– Nous avons eu accès à une nouvelle source de données, renchérit le Pilote. Un second groupe de villageois s'est révélé immunisé, bien qu'ils se soient installés dans les montagnes récemment.

Les Fermiers du Labyrinthe. C'est sûrement eux dont il veut parler. Je me rappelle la petite maison noire représentant une communauté qui figurait sur leur carte. Ils ignoraient le nom du village et s'il était encore habité, pourtant c'est là-bas qu'ils sont partis, parce qu'ils n'étaient plus en sécurité dans le Labyrinthe.

Ky me regarde. Il pense à la même chose que moi. Nous allons peut-être retrouver Eli... ou Hunter.

– Quand les gens du Labyrinthe sont arrivés, les habitants de La Traverse leur ont permis de se construire un campement tout près. Au début, nous ignorions s'ils étaient immunisés. Ils avaient vécu sous un climat radicalement différent et n'avaient eu aucun contact avec les gens de La Traverse depuis plusieurs années. Mais ils étaient bien immunisés, ce qui est un grand avantage pour nous car...

– ... car vous pouvez recouper leurs données, dis-je, comprenant instantanément où il veut en venir. Vous pouvez chercher les points communs entre les deux groupes, ça gagnera du temps.

– Vous avez avancé ? demande Xander.

– Pas autant que nous le souhaiterions, avoue le Pilote. Il y a beaucoup de ressemblances dans le régime alimentaire et le mode de vie des deux groupes. Nous examinons chacune des possibilités, cela prend du temps... et puis il nous faut des patients pour essayer le traitement.

Il nous dévisage un à un. Avons-nous réussi à le convaincre ?

Xander me contemple également. Quand nos regards se croisent, il sourit et j'aperçois l'ancien Xander au fond de ses yeux, celui qui me souriait comme ça pour m'encourager à plonger dans la piscine, à participer à un jeu.

Lorsque je me tourne vers Ky, je vois qu'il a les mains qui tremblent un peu, ses belles mains qui m'ont appris à écrire, qui m'ont guidée à travers le Labyrinthe.

Il y a longtemps, sur la Colline, avec Ky, nous avions imaginé ce que nous ferions dans une situation de ce genre. Il m'avait parlé du dilemme du prisonnier et m'avait expliqué comment nous protéger mutuellement. Avait-il alors envisagé que nous pourrions être trois, et pas seulement deux ?

Aujourd'hui, entre le sourire de Xander et les mains de Ky, j'en arrive à la conclusion que le seul moyen de nous protéger mutuellement est de trouver le traitement.

– Nous sommes en mesure de vous aider, dis-je une dernière fois, en espérant que, cette fois, le Pilote me croira.

Grand-père croyait en moi. Dans ma paume, j'ai sa micro-carte, enveloppée dans un papier plié par ma mère, qui cache un message de mon père, écrit de la main de mon frère.

CINQUIÈME PARTIE
LE DILEMME
DU PRISONNIER

CHAPITRE 24
XANDER

Une fois sorti du dirigeable, Ky arpente la clairière en attendant que les habitants du village viennent à notre rencontre.

– Tu devrais essayer de te reposer, dis-je. Rien ne prouve que
rester en mouvement retarde la progression des symptômes.

– Tu parles comme un Officiel, réplique-t-il.

– Parce que je l'ai été.

– On n'a pas la preuve que ça fonctionne, parce que jamais
personne n'a essayé, affirme-t-il.

Nous continuons à discuter et à plaisanter, comme à la salle
de jeux d'Oria. Une fois de plus, Ky va perdre, et ce n'est pas
juste. C'est trop cruel qu'il devienne immobile.

Mais il a toujours Cassia. Les regards qu'ils échangent, c'est
émouvant. Je suis pris entre eux deux.

Ce n'est pas le moment de penser à ça. Un petit groupe sort
des bois. Ils sont neuf. Cinq d'entre eux sont armés, les autres
portent des civières.

– Je n'ai pas de patients pour vous, aujourd'hui, annonce
le Pilote. Et pas de ravitaillement non plus, j'en ai bien peur.
Juste ces trois-là.

Pour les mettre à l'aise, je déclare :

– Je m'appelle Xander.

– Lyna, répond l'une des femmes.

Ses longs cheveux blonds sont tressés. Elle est jeune, à peu près de notre âge. Les autres ne se présentent pas, mais ils ont l'air forts. Pas le moindre signe de maladie.

– Moi, c'est Cassia.

– Ky.

– Nous sommes des Anomalies. C'est sans doute la première fois que vous en voyez, enchaîne Lyna, guettant notre réaction.

– Nous en avons croisé dans le Labyrinthe, objecte Cassia.

– Ah bon ? Quand ça ?

– Juste avant qu'ils viennent vous rejoindre ici.

– Alors, vous avez rencontré Anna, leur chef, intervient l'un des hommes.

– Non, elle était déjà partie. Nous ne connaissons que Hunter.

– Nous avons été surpris quand les Fermiers sont arrivés à La Traverse, reprend Lyna. Nous pensions que tous ceux qui s'étaient installés dans le Labyrinthe étaient morts depuis longtemps. Nous étions persuadés qu'il ne restait plus que nous, les habitants des villages-passerelles, entre la Société et le reste du monde.

Elle est très douée. Elle parle d'une voix chaleureuse, mais assurée, tout en nous jaugeant du regard. Elle ferait un bon docticien.

– Que peuvent-ils faire pour nous ? demande-t-elle au Pilote.

Elle s'adresse à lui non comme à un supérieur mais comme à un égal.

– Je vais vous servir de cobaye, dit Ky. J'ai la mutation. Mais je suis encore en mouvement.

Lyna hausse les sourcils.

– Nous n'avons encore jamais vu aucun patient debout. Les autres sont arrivés complètement immobiles.

Je sens que Cassia n'apprécie pas la façon dont elle parle de Ky.

– Ky est pilote, l'informe-t-elle. L'un des meilleurs.

Lyna acquiesce sans quitter Ky des yeux, plissant les paupières.

– Xander est docticien, poursuit Cassia, et moi, je peux classer des données.

– Un docticien et une employée de classement, parfait, commente-t-elle.

– Je n'exerce plus en tant que médecin, j'occupe un poste administratif. Mais j'ai vu beaucoup de patients et j'ai supervisé les soins.

– Ça nous sera utile, affirme Lyna. C'est toujours bien de pouvoir discuter avec quelqu'un qui a vu le virus à l'œuvre dans les villes et les quartiers.

– Je reviendrai dès que possible, annonce le Pilote. Rien de nouveau à signaler?

– Non, répond Lyna, mais ça ne devrait pas tarder.

Elle désigne une civière.

– On peut vous porter si vous le souhaitez.

Elle s'adresse à Ky.

– Non, je continuerai jusqu'à ce que je tombe.

Sur le chemin du village, j'engage la conversation avec Lyna:

– Vous faites toute confiance au Pilote, on dirait.

Cassia et Ky marchent devant nous, à pas lents mais réguliers. Lyna et moi, nous les observons. Les autres regardent également Ky. Nous guettons tous le moment où il s'immobilisera.

– Le Pilote n'est pas notre chef, mais nous avons assez confiance en lui pour collaborer, et c'est réciproque, me confie Lyna.

– Alors vous êtes réellement immunisés ? Même contre la mutation ?

– Oui, mais nous n'avons aucune marque, contrairement à certains d'entre vous, d'après ce que nous a dit le Pilote.

Je hoche la tête.

– Je me demande à quoi sont dues de telles différences.

J'ai beau savoir les ravages qu'elles causent, je suis fasciné par la Peste et sa mutation.

– Nous n'avons aucune certitude, répond Lyna. D'après notre expert, les virus et l'immunité ont un fonctionnement extrêmement complexe. Selon lui, notre immunité serait due à un agent qui nous empêche d'être infectés, d'où l'absence de marque.

– Alors, vous avez intérêt à ne pas trop modifier vos habitudes alimentaires et votre environnement tant que vous n'avez pas déterminé ce qui vous protège... ou vous risquez de tomber malades.

Elle acquiesce.

– Il doit falloir du courage pour se porter volontaires et s'exposer à la mutation, dis-je.

– En effet.

– Votre village compte combien d'habitants ?

– Plus que vous ne le pensez.

Qu'est-ce qu'elle entend par là ?

– Quand la Société a commencé à envoyer les Aberrations et les Anomalies dans les camps pour servir d'appâts, ils ont été nombreux à fuir pour rejoindre les villages-passerelles. Vous savez de quoi il s'agit ?

– Oui, je confirme.

Lea me l'a expliqué.

– Maintenant, nous sommes tous réunis dans le dernier, qu'on a baptisé La Traverse. Nous avons mis en commun toutes nos ressources afin d'étudier notre immunité pour vous trouver un traitement.

Je m'étonne :

– Mais pourquoi ? Ceux qui, comme nous, vivent dans les Provinces, qu'ont-ils fait pour vous ?

Elle laisse échapper un petit rire.

– Pas grand-chose. Mais le Pilote nous a fait une promesse qu'il honorera si nous y parvenons.

– Que vous a-t-il donc promis ?

– Si nous trouvons un traitement, il mettra ses vaisseaux à notre disposition pour nous emmener dans les Pays d'ailleurs. C'est notre désir le plus cher, le traitement est son désir le plus cher, le marché est équitable. Et puis, nous pourrons ainsi emporter des traitements au cas où, un jour, nous ne serions plus immunisés.

– Alors, les Pays d'ailleurs existent bel et bien, dis-je.

– Évidemment.

– Mais si vous laissiez mourir tous les habitants des Provinces, vous pourriez prendre les dirigeables du Pilote. Vous pourriez même retourner là-bas pour vous installer dans nos villes et nos maisons.

Pour la première fois, son masque charmeur et tranquille vacille légèrement et je vois le mépris se peindre sur son visage.

– Vous êtes pire que des rats, dit-elle d'une voix toujours enjouée. Même si la majorité d'entre vous mourait, vous êtes trop nombreux face à nous. Nous préférons tout laisser et partir nous installer dans un endroit où vous n'avez jamais mis les pieds.

– Pourquoi me confier tout ça ? je m'étonne.

Nous venons juste de nous rencontrer, on ne peut pas dire qu'elle me fasse confiance.

– Il est bon que vous compreniez tout ce que nous avons à perdre, affirme-t-elle.

Je comprends. Avec un tel enjeu, elle ne tolérera aucun obstacle qui pourrait l'empêcher d'atteindre son but. Nous avançons en terrain miné.

– Nous avons le même objectif, dis-je, trouver un traitement.

– Parfait, répond-elle.

Puis elle baisse la voix et, en fixant Ky, elle demande :

– Alors, quand va-t-il tomber ?

Ky a accéléré un peu le mouvement.

Je murmure :

– Il n'en a plus pour longtemps.

Même si la maladie l'inquiète, Cassia semble électrisée par sa simple présence à ses côtés.

Qu'est-ce que je donnerais pour qu'elle m'aime ? Est-ce que je serais prêt à être contaminé ? Si je pouvais échanger ma place avec celle de Ky, est-ce que je le ferais ?

CHAPITRE 25
CASSIA

Quand ça finit par arriver, c'est soudain et, en même temps, j'ai l'impression que tout tourne au ralenti.

Nous sommes sur un sentier étroit lorsque Ky tombe à genoux.

Je m'accroupis à ses côtés, posant ma main sur son épaule.

Son regard, un peu perdu, finit par me trouver.

– Non, proteste-t-il, je ne veux pas que tu voies ça.

Mais je ne détourne pas les yeux. Je tiens bon, je l'aide à s'allonger dans l'herbe tendre, en soutenant sa tête. Ses cheveux sont doux et chauds, l'herbe est fraîche et verte.

– Indie, chuchote-t-il, elle m'a embrassé.

Je vois la souffrance dans son regard.

Je sais que je devrais être sous le choc. Mais je m'en moque. Ce qui compte, c'est ici et maintenant. Ses yeux fixés sur moi, mes doigts sous sa nuque, qui reposent sur la terre. J'ai envie de lui dire que ce n'est pas grave, mais je réalise que, pour lui, c'est important, sinon il ne m'en parlerait pas.

– C'est bon, dis-je.

Ky soupire de soulagement et d'épuisement.

– Une épreuve, comme les canyons.

– Oui, on s'en sortira.

Xander s'agenouille également. Nous nous regardons, tous les trois. Mon regard croise celui de Xander, brièvement, puis celui de Ky.

Pouvons-nous avoir confiance l'un en l'autre ? Saurons-nous nous protéger mutuellement ?

Le sentier est bordé de fleurs des champs, roses, bleues, rouges. L'herbe ondule sous le vent, dégageant une odeur fraîche de jeunes pousses et de terre.

Ky suit mon regard. Je tends la main pour cueillir un bouton et le frotter dans ma paume. Je m'attends presque à la voir teintée de rouge, mais non. Les pétales ont gardé leur couleur.

Je le lui montre avant de le glisser au creux de sa main.

– Tu m'as dit un jour que le rouge était la couleur du renouveau.

Il sourit.

La couleur du renouveau. Un souvenir me revient, hésitant. *C'est une de ces rares journées de printemps, où les bourgeons sur les branches et les fleurs des massifs sont rouges au même moment. Il fait à la fois frais et doux. Grand-père me regarde, les yeux brillants, déterminé.*

C'était au printemps, alors. Le jour du jardin rouge qu'il a mentionné sur sa microcarte, c'était au printemps, quand les bourgeons et les fleurs sont rouges en même temps, quand l'atmosphère est si particulière. J'en suis certaine. Mais de quoi avons-nous parlé, ce fameux jour ?

Je ne le sais pas encore. Je sens la main de Ky serrer la mienne. C'est bien lui, une fois de plus, qui me donne un indice, un espoir, à un moment où tout le monde penserait qu'il n'y a plus rien à faire, plus rien à attendre.

CHAPITRE 26
KY

– Ky, murmure Cassia.

Je me demande si c'est la dernière fois que sa voix parvient jusqu'à moi. J'ignore si les Immobiles entendent quelque chose.

J'ai su que j'étais malade quand j'ai perdu l'équilibre à bord du vaisseau. Mon corps ne réagissait pas comme il aurait dû, alors que mon instinct lui commandait de bouger. J'avais l'impression que mes muscles étaient trop mous, mes os trop lourds.

Xander est agenouillé à côté de moi. J'aperçois son visage. Il est convaincu qu'il va trouver un traitement. Il n'est pas aveugle, mais il a la foi. C'est un spectacle cruel. Ça me rend fou de voir ça.

Je me retourne vers Cassia. Ses yeux clairs, verts. Il me suffit de plonger mon regard dans le sien pour me sentir mieux. L'espace d'une seconde la douleur s'assourdit.

Puis elle revient de pleine force.

Je sais maintenant pourquoi les gens ne luttent pas très longtemps contre l'engourdissement.

Si j'arrêtais de me battre, l'épuisement l'emporterait et ce serait sans doute préférable. Mieux vaut dormir que de ressentir cette douleur. La Peste était moins agressive que la mutation. Il n'y avait pas ces plaies qui brûlent sur le torse et dans le dos.

Des lueurs rouge et blanche passent devant mes yeux tandis que les habitants du village me hissent sur une civière. Soudain, une pensée me glace : et si je laissais la fatigue m'emporter, l'engourdissement me gagner et que, brusquement, la douleur revenait une fois que je suis immobile ?

Cassia pose la main sur mon bras.

Nous étions libres dans le canyon. Ça n'a pas duré longtemps, mais quand même. Elle avait du sable sur la peau, une odeur d'eau et de pierre dans les cheveux. J'ai l'impression que je sens la pluie arriver. Quand elle se mettra à tomber, serai-je déjà trop loin pour m'en souvenir ?

Je suis rassuré de savoir que Xander est là. Comme ça, quand je plongerai, elle ne sera pas seule.

– Tu as traversé le Labyrinthe pour me rejoindre, Cassia, dis-je à voix basse. Je vais traverser cette épreuve pour te retrouver.

Elle me tient la main. Dans l'autre, je serre la fleur qu'elle m'a donnée. Dans les montagnes, il fait frais. Je devine quand nous passons sous les arbres. Lumière. Ombre. Lumière. C'est presque agréable de se faire porter. J'avais l'impression que mon corps pesait des tonnes.

Soudain, la douleur empire. Comme une brûlure au fer rouge, dans tout le corps. Je ne vois plus que ça, sous mes paupières, tout est rouge vif.

La main de Cassia m'échappe.

« Non, ai-je envie de crier. Ne t'en va pas ! »

J'entends la voix de Xander à la place :

– Le plus important, me dit-il, c'est de penser à bien respirer. Sinon tu risques la pneumonie.

Après un silence, il reprend:

– Je suis désolé, Ky. On va trouver un traitement. Je te le promets.

Puis il s'en va et Cassia revient. Sa main reprend la mienne avec précaution.

– Ce que le Pilote a récité à bord du dirigeable, c'était un poème que j'avais écrit pour toi. J'ai enfin réussi à le finir.

Sa voix est si douce, on dirait presque qu'elle chante. J'inspire.

Carotte sauvage, néorose, rose vieille,
Eau, rivière, pierre et soleil.

Vent sur la colline, sous un arbre,
Au-delà de la frontière, personne ne voit.

Je grimpe vers toi dans la nuit,
M'attends-tu là-haut, dans les étoiles?

Oui, je t'attendrai.

Et quoi qu'il arrive, elle ne m'oubliera pas. Personne, ni la Société, ni le Soulèvement, ou qui que ce soit d'autre ne peut m'effacer de son esprit. On a vécu trop de choses. Il s'est passé trop de temps.

Elle se souviendra toujours de moi. De mon amour.

Elle s'en souviendra toujours, à moins qu'elle ne décide d'oublier.

CHAPITRE 27
XANDER

Le village n'est pas aussi calme que je m'y attendais. Il y a du monde partout. Des enfants qui courent dans les rues et jouent sur une énorme statue au centre du village. À la différence des sculptures qui ornent les espaces verts de la Société, la pierre de celle-ci n'est pas lisse. Sa surface est rugueuse, dentelée à l'endroit où elle s'est détachée de la montagne des années auparavant. Visiblement, le village a été construit tout autour. Les enfants se retournent sur notre passage pour nous regarder, curieux, pas le moins du monde effrayés, et ça fait plaisir à voir.

Le dispensaire est un long bâtiment en bois, juste en face de la grande pierre. Une fois à l'intérieur, nous transférons avec précaution Ky de sa civière à un lit.

Autour de nous, les homologues «villageois» de nos cliniciens et infirmières soignent les Immobiles. Un rapide calcul m'apprend que Ky est leur cinquante-deuxième patient.

– Vous allez tous les deux me suivre au laboratoire de recherche pour qu'on puisse vous interroger, annonce Lyna.

Xander va nous dire ce qu'il sait sur la Peste et la mutation, tandis que Cassia consultera les données que nous avons recueillies. Vous serez plus utiles là-bas.

Elle sourit pour faire passer ce qu'elle vient d'annoncer.

– Je suis désolée, je me doute que vous préféreriez rester auprès de votre ami, mais c'est la meilleure façon de l'aider…

– Il faut faire avancer les recherches sur le traitement, je comprends, affirme Cassia. Mais nous aurons sûrement des pauses pendant lesquelles je pourrai lui rendre visite.

– Vous verrez ça avec Sylvie, nous informe Lyna en désignant une femme plus âgée. Je supervise les recherches, mais c'est elle qui gère le dispensaire.

Celle-ci acquiesce.

– Ça ne me dérange pas du moment que vous respectez les mesures d'hygiène : nettoyage des mains, port du masque et des gants. Je serais curieuse de voir ça. Les autres ne reçoivent aucune visite. Ça l'aidera peut-être à se remettre plus vite.

– Merci, fait Cassia, le visage rayonnant d'espoir.

Je n'ose pas lui dire qu'en fait, ça n'a pas l'air de faire une grande différence qu'il y ait une présence à leur côté pour leur parler ou non. Pour ma part, j'ai toujours parlé à mes patients. C'est naturel. Mais peut-être que si c'est la bonne personne, ça changera quelque chose. Qui sait ? J'espère qu'au Centre médical, il y a quelqu'un auprès de Lea. J'aurais peut-être dû rester là-bas…

La porte s'ouvre à la volée. Cassia et moi, nous nous retournons dans un sursaut. Un homme pénètre dans la pièce. Grand, mince comme un fil, il nous toise, plissant ses yeux noirs sous ses sourcils blancs broussailleux. Il a le crâne chauve, parfaitement lisse et bronzé.

– Où est-il ? demande-t-il. Colin m'a informé qu'on avait amené un patient qui venait de tomber il y a moins d'une heure.

– Là, répond Lyna en lui montrant Ky.

– Enfin ! s'exclame l'homme en se ruant vers nous. C'est ce que je répète au Pilote depuis le début, de me les apporter quand ils sont encore frais pour que j'aie une chance de les ranimer !

Cassia reste au chevet de Ky, sur la défensive.

– Je m'appelle Oker, annonce-t-il sans pour autant nous saluer.

Il serre dans ses mains noueuses une poche en plastique remplie de liquide. Remarquant qu'elle est prête à éclater, il la tend à Sylvie.

– Mince ! Prends-la ! Attention, j'ai une crampe, ne me brise pas les doigts.

Elle se débrouille pour la lui ôter avec délicatesse.

– Maintenant, mets-lui en perf, ordonne-t-il. Je viens de la préparer, elle est aussi fraîche que lui.

Et il éclate de rire.

– Attendez, intervient Cassia. De quoi s'agit-il ?

– C'est meilleur que ce que le Soulèvement leur administre, affirme-t-il. Allez, Sylvie, vite.

– Mais qu'est-ce qu'il y a dedans ? insiste Cassia.

Oker soupire et se tourne vers Sylvie.

– Vas-y, occupe-toi d'elle. Je n'ai pas le temps de lui énumérer tous les ingrédients.

Et sur ces mots, il repart, poussant la porte d'un coup d'épaule.

Tandis qu'elle se referme, j'entends ses pas crisser sur le gravier dehors. Il marche vite. Si ses mains lui causent du souci, il n'a aucun problème aux jambes, en tout cas.

– Il a raison, affirme Sylvie. Au début, nous utilisions les poches de réhydratation et de nutriments que le Pilote nous rapportait des Provinces, mais nous nous sommes retrouvés en rupture. Du coup, Oker a fabriqué sa propre mixture et, comme elle semble avoir de meilleurs résultats, c'est celle que nous employons depuis lors.

– Mais ça ne risque pas de compromettre le traitement? je demande. Ce n'est pas ce que reçoivent les patients des Provinces.

– Cela pourrait changer. Récemment, Oker a transmis la formule de sa solution au Pilote. S'il le peut, il va essayer de changer la composition de celle qu'ils utilisent là-bas.

– Qu'est-ce que tu en penses? m'interroge Cassia à voix basse.

– Ils paraissent en meilleur état, effectivement. Ils ont meilleure mine. Attends…

J'écoute la respiration d'un des patients. Ses poumons ne semblent pas encombrés. Je lui tâte le ventre, sa rate est de taille normale.

– Je crois qu'Oker a raison, dis-je.

J'aurais aimé avoir cette solution plus tôt, cela aurait pu aider nos patients au Centre médical.

Cassia s'agenouille auprès de Ky. Elle constate d'elle-même qu'il est plus pâle que les autres alors qu'il est immobile depuis moins longtemps.

– OK, dit-elle.

Sylvie lui met la poche qu'Oker a apportée en perfusion. Nous fixons le visage de Ky, guettant le moindre changement. C'est idiot, ça ne peut pas faire effet aussi vite.

Et pourtant si, au bout de quelques minutes seulement, il paraît déjà un peu mieux. Ça me rappelle les miracles que faisait le traitement sur le premier virus de la Peste.

– C'est presque trop beau pour être vrai, souffle Cassia, l'air inquiet. Tu ne crois pas?

– Nous n'avons pas grand-chose à perdre. Les soins

prodigués par le Soulèvement dans les Provinces ne fonctionnent pas.

– Tu n'as jamais vu aucun patient guérir? demande-t-elle, paniquée.

– Non, pas ceux atteints par la mutation.

Nous restons là un petit moment, à suivre des yeux le liquide qui coule dans la perfusion de Ky pour éviter que nos regards se croisent.

Cassia prend une profonde inspiration, je me demande si elle se retient de pleurer.

Mais contre toute attente, elle sourit.

– Xander...

Mû par un soudain élan, je la serre dans mes bras. Elle se laisse faire. C'est bon. Nous ne parlons plus. Elle m'enlace également, je la sens respirer contre moi.

– Ça va? me demande-t-elle.

– Ça va, je réponds.

– Xander, où es-tu parti? Pendant que j'étais dans le Labyrinthe, puis à Central, que t'est-il arrivé?

Je ne sais pas bien comment lui répondre.

Eh bien, je n'ai pas traversé les canyons, mais j'ai administré les comprimés de vaccination aux bébés le jour de leur Cérémonie de bienvenue. J'ai prélevé des échantillons de tissus sur des personnes âgées pour leur Banquet final. Je me suis fait une amie, mais je n'ai pas pu éviter qu'elle devienne immobile. Et dernièrement aucun des patients que j'ai soignés n'a guéri.

– Il faut qu'on y aille, nous presse Lyna. Colin a réuni les personnes qui doivent vous interroger. Je ne voudrais pas les faire attendre.

Avec un sourire, je promets à Cassia:

– Je te raconterai ça plus tard. D'abord, on a un traitement à trouver.

Elle acquiesce. Je ne voudrais pas avoir l'air de me venger pour toutes les fois où elle m'a laissé dans l'ignorance, sans savoir ce qui lui arrivait. Mais ça me fait drôle de penser que, désormais, elle en sait aussi peu à mon sujet que moi sur elle à l'époque. À son tour de se poser des questions.

Je ne veux plus qu'on se retrouve dans ce genre de situation. J'aimerais qu'on n'ait plus à s'interroger là-dessus, parce qu'on est ensemble. Peut-être que mener les recherches sur le traitement va nous rapprocher.

– Pourriez-vous, me questionne l'un des habitants du village, nous exposer précisément la manière dont vous avez soigné les Immobiles ?

La salle est pleine. Au début, je ne saurais dire qui est venu avec le Pilote pour participer aux recherches, comme nous, et qui est une Anomalie ayant toujours habité ici. Mais au bout de quelques minutes, je parviens à distinguer ceux qui ont vécu au sein de la Société à un moment ou à un autre.

Oker est assis sur une chaise, près de la fenêtre, les bras croisés. Il m'écoute. L'équipe de classement du village est là au grand complet. Oker est le seul de l'assemblée à ne pas avoir d'infopod, à part moi.

Lyna, qui a suivi mon regard, m'explique :

– C'est le Pilote qui nous les a apportés. Ils nous sont très utiles, sans comporter les dangers des miniports, qui sont formellement interdits dans le village.

Je hoche la tête.

On peut entrer des données dans un infopod, mais pas les transmettre, à la différence d'un miniport, qui communique, et risque donc d'être repéré à distance.

Je prends la parole :

– J'ai des informations sur le traitement et les patients atteints de la Peste et de la mutation. J'ai travaillé au Centre médical à compter du premier discours du Pilote.

– Et jusqu'à quand?

– Jusqu'à tôt ce matin.

Ils se penchent tous en avant d'un même mouvement.

– C'est vrai? s'étonne l'un d'entre eux. Vous avez pu observer la mutation aussi récemment?

J'acquiesce.

– Parfait, commente un autre.

Lyna sourit.

Les cliniciens veulent savoir tout ce que je peux me rappeler à propos de chaque patient: aspect physique, âge, état au moment de la prise en charge, vitesse de progression de la maladie en fonction des personnes.

Je prends la précaution de préciser ce dont je ne suis pas certain. Mais en général, je me souviens bien. Alors, je parle, et ils m'écoutent. Je regrette que Lea ne soit pas là pour mener ces recherches avec moi. Elle savait toujours poser la bonne question.

Je parle pendant des heures. Ils prennent tous des notes, sauf Oker. Je me rends compte qu'il ne peut pas utiliser un infopod, vu l'état de ses mains. Je m'attends à ce qu'il m'interrompe, comme au dispensaire, mais il garde le silence. À un moment, il appuie sa tête contre le mur et paraît s'endormir. Ma voix commence à faiblir alors que j'entame mes explications sur la mutation et la marque rouge.

– Ça, on le sait déjà, me coupe Lyna. Le Pilote nous l'a dit. Elle se lève.

– Nous allons accorder quelques minutes de pause à Xander. La salle se vide. Certains jettent des coups d'œil par-dessus leur épaule en sortant, comme s'ils craignaient que je ne m'évapore.

– Ne vous en faites pas, les rassure Lyna. Il reste là. Quelqu'un pourrait lui rapporter à manger ? Et davantage d'eau, également.

La cruche qu'ils avaient mise à ma disposition est vide depuis longtemps.

Oker dort toujours dans le fond de la pièce.

– Il a du mal à trouver le sommeil, m'explique Lyna. Il fait un somme dès qu'il le peut, alors on le laisse tranquille.

– Vous êtes clinicienne ?

– Oh non, je ne saurais pas m'occuper des malades. En revanche, je suis assez douée pour gérer ceux qui sont en bonne santé. C'est pour ça que je dirige les recherches sur le traitement.

Elle repousse un peu sa chaise pour se pencher vers moi. Comme un adversaire à une table de jeu. Elle prépare un coup.

– Je dois admettre que tout ça est plutôt comique, lâche-t-elle.

– Quoi donc ?

Je me penche également, nous nous retrouvons face à face, à quelques centimètres l'un de l'autre.

Son sourire s'élargit.

– Cette situation. La Peste. La mutation. Votre venue ici.

– Expliquez-moi, j'aimerais rire aussi.

Je m'efforce de conserver un ton égal, mais j'ai vu trop d'Immobiles pour plaisanter sur le sujet.

– Pour vous, nous sommes des « anomalies », c'est ainsi que vous nous avez appelés, reprend-elle. Vous ne nous trouviez pas assez bien pour vivre parmi vous. Pas assez bien pour vous épouser. Et maintenant, vous avez besoin de nous. Vous nous demandez de vous sauver.

Je lui rends son sourire.

– C'est vrai…

Je baisse d'un ton car je ne suis pas persuadé qu'Oker dorme vraiment.

– Vous m'avez interrogé longuement, à mon tour de vous poser une ou deux questions.

– Bien entendu, dit-elle en battant des paupières, ravie.

– Y a-t-il un quelconque espoir que vous réussissiez à mettre au point un traitement ?

– Bien entendu, répète-t-elle, parfaitement sûre d'elle. Ce n'est qu'une question de temps. Vous allez nous être utiles, mais je ne vous mentirai pas : nous y serions arrivés sans vous. Vous nous aiderez juste à accélérer les recherches, ce qui est capital, bien entendu. Le Pilote ne nous emmènera pas dans les Pays d'ailleurs si trop de patients meurent avant qu'on ait pu les sauver.

– Et si votre immunité n'était pas la clé du secret ? Si c'était en fait une question de génétique ?

– Non, impossible. Les habitants du village sont d'origines variées. Certains se sont installés ici il y a plusieurs générations, d'autres plus récemment. Le Pilote ne veut pas inclure les derniers arrivants dans le panel, et nous suivons ses recommandations, mais puisque nous sommes tous immunisés, ça doit donc être environnemental.

– D'accord, mais ça ne vous donne pas le traitement. Il se peut que vous n'arriviez pas à ranimer les Immobiles, que vous trouviez seulement comment éviter d'attraper la mutation.

– Ce serait déjà une découverte précieuse, affirme-t-elle.

– Seulement si elle arrive à temps. On ne peut pas vacciner les gens qui ont déjà attrapé le virus. Donc, en réalité, nous allons vous être *très* utiles.

J'entends un reniflement méprisant dans le fond de la salle. Oker se lève pour nous rejoindre.

– Félicitations, me dit-il. Finalement, vous n'êtes pas qu'un pur produit de la Société. Je me posais la question, justement...

– Merci.

– Vous étiez docticien là-bas, non ?

– Oui, je confirme.

Il agite une main noueuse dans ma direction.

– Je le veux dans mon labo, ordonne-t-il à Lyna.

Je vois bien que ça ne lui plaît pas, mais elle acquiesce.

C'est le rôle d'un bon chef de savoir qui est le meilleur joueur de son équipe. Si elle estime que c'est Oker, elle doit s'assurer de lui fournir tout ce dont il a besoin pour remporter la victoire.

Ils continuent à m'interroger jusque tard dans la nuit.

– Il faut que vous vous reposiez, déclare finalement Lyna. Je vais vous montrer où vous dormez.

En traversant le village, j'entends les grillons. J'ai l'impression qu'ils n'ont pas le même chant qu'à Oria, il me paraît plus fort. Peut-être parce qu'il n'y a aucun autre bruit pour le couvrir, on est obligé d'écouter.

– Vous avez grandi ici ? je demande. C'est beau.

– Non, j'habitais à Camas. Ceux d'entre nous qui vivaient dans les Provinces frontalières ont été les derniers à quitter la Société. On nous laissait travailler sur les bases militaires. Nous avons gagné les montagnes lorsqu'ils ont commencé à traquer les Anomalies et les Aberrations.

Son regard se perd à l'horizon.

– C'est le Pilote qui nous a conseillé de partir, car la Société voulait nous éliminer. Ceux qui ne sont pas venus avec nous ont été envoyés dans les Provinces lointaines et ils sont morts.

– C'est pour ça que vous faites confiance au Pilote, dis-je, parce qu'il vous a prévenus.

– Oui, et parce qu'il a participé aux Disparitions. Je ne sais pas si vous en avez entendu parler…

– Si, ces gens qui ont fui la Société pour aller vivre dans les Pays d'ailleurs.

Elle acquiesce.

– Et personne n'en est jamais revenu ?

– Pas encore.

Elle s'arrête devant un bâtiment aux fenêtres grillagées. Le garde posté à la porte lui adresse un signe de tête.

– Désolée, mais voici la prison. Nous ne vous connaissons pas assez pour vous laisser sans surveillance. Nous vous demanderons donc de rester ici par moments, en particulier la nuit. Certaines personnes que le Pilote nous a amenées se sont montrées moins coopératives que vous. Elles demeurent donc ici à plein temps.

C'est logique. Je réagirais pareillement si j'étais à sa place.

– Et Cassia ? Où va-t-elle vivre ?

– Elle devra dormir ici aussi. Mais nous viendrons vous chercher bientôt.

Elle fait signe au garde de m'emmener à l'intérieur.

– Attendez, fais-je. J'aimerais comprendre…

– Je croyais avoir été claire. Nous ne vous connaissons pas. Nous ne pouvons pas vous laisser seul.

– Non, pas ça. Cette histoire de Pays d'ailleurs. Pourquoi voulez-vous tant y aller, alors que vous n'êtes même pas sûrs qu'ils existent vraiment ?

– Si, j'en suis convaincue.

Sait-elle quelque chose que j'ignore ? Il est tout à fait plausible qu'elle ne m'ait pas tout dit. Qu'est-ce qui l'y oblige ? Comme elle l'a souligné, elle ne me connaît pas, elle ne peut pas encore me faire confiance. J'insiste :

– Pourtant, personne n'en est jamais revenu.

– Les gens comme vous y voient la preuve que les Pays d'ailleurs n'existent pas, réplique-t-elle. Les gens comme moi pensent au contraire que c'est un endroit tellement merveilleux que personne ne veut en repartir.

CHAPITRE 28
CASSIA

Où es-tu, Ky ?

Ça y est, je suis confrontée à ma plus grande peur. Ce que je redoute depuis que j'ai vu ces corps, dans le Labyrinthe, morts, alignés sous le ciel. La peur de perdre quelqu'un que j'aime.

La responsable de l'équipe de classement, Rebecca, doit avoir l'âge de ma mère. Elle m'a fait passer quelques épreuves. Après avoir consulté mon travail, elle sourit en annonçant que je peux commencer sur-le-champ.

– Vous allez vous apercevoir que nous ne travaillons pas de la même façon ici. Dans la Société, chacun fait ses classements dans son coin. Ici, vous devrez tout rapporter à Oker et à l'équipe médicale.

Elle pose un infopod sur la table.

– La moindre erreur de calcul, le moindre détail oublié pourrait avoir des conséquences désastreuses.

Effectivement, c'est très différent de tous les classements que j'ai faits jusqu'à maintenant. Dans la Société, on ne nous disait jamais à quoi les données correspondaient, tout était codé.

– J'ai constitué une base de données concernant les habitants du village et du Labyrinthe qui vivent depuis toujours hors de la Société.

J'ai envie de lui dire que j'en connais certains – j'aimerais avoir des nouvelles d'Eli et de Hunter mais, pour l'instant, je dois me concentrer sur le traitement, Ky, ma famille.

– Nous avons recueilli des informations sur leur âge, régime alimentaire, activités, loisirs, histoire familiale, m'explique Rebecca. Certaines données sont corroborées par d'autres sources d'information, cependant la plupart nous ont uniquement été fournies par les individus eux-mêmes.

– Donc elles ne sont pas des plus fiables, conclus-je.

– Effectivement, mais c'est tout ce dont nous disposons. Il y a bien sûr quantité de points communs entre les sujets de ce panel, pourtant nous avons réussi à restreindre le champ de recherche grâce aux constatations que nous avons faites en parallèle. Nous nous orientons donc vers une immunité acquise par l'environnement ou les habitudes alimentaires.

Pleine d'espoir, je demande :

– Vous voulez que je travaille sur la recherche du traitement dès maintenant ?

– Oui, mais d'abord j'ai un autre dossier à vous confier. J'aimerais vous soumettre un problème d'optimisation des stocks en situation critique.

Je crois savoir ce qu'elle va me demander. C'est une question qui me tracasse depuis que j'ai compris que nous ne disposions pas de traitement efficace contre la mutation.

– Vous voulez que je calcule combien de temps il nous reste avant que le Soulèvement ne soit obligé de débrancher certains patients ? je demande. Pour savoir combien de temps nous avons devant nous.

– Oui, le Pilote ne nous évacuera pas vers les Pays d'ailleurs s'il ne reste plus personne à guérir. Vous pourriez étudier la question pendant que je poursuis les recherches sur le traitement. Ensuite, vous vous joindrez à moi.

Elle me tend l'infopod.

– Voici les notes que j'ai prises pendant l'exposé de Xander. Vous y trouverez des informations sur la vitesse de propagation de l'infection, la gestion des ressources médicales et l'évolution de l'état des patients. Le Pilote nous a également fourni le même type de données.

– Il me manque deux chiffres essentiels, dis-je. Je ne connais pas le stock initial de poches de perfusion ni la population totale de la Société.

– Il faudra calculer le stock à partir de la consommation journalière. Quant à la population totale des Provinces, d'après l'estimation du Pilote, elle s'élèverait à vingt-deux millions d'habitants.

Stupéfaite, je m'exclame :

– C'est tout ?

Je pensais que la Société était bien plus peuplée.

– Eh oui, me confirme-t-elle.

Le Soulèvement veut savoir comment utiliser au mieux ses ressources matérielles et humaines. Il faut du personnel pour soigner les Immobiles. Et également pour assurer la livraison des repas et fournir villes et quartiers en eau et énergie. Une faible frange de la population a été immunisée par son exposition au virus initial, mais ils sont très peu nombreux, et ils vont devoir s'occuper de tout le reste de la population.

Il faut que je calcule combien de personnes ont vraisemblablement été immunisées, puis combien risquent encore de devenir immobiles et que j'en déduise quel pourcentage de patients ceux qui sont immunisés peuvent raisonnablement maintenir en vie. Et à quelle vitesse ce pourcentage va décroître.

— D'après Oker, en cas d'épidémie, cinq à dix pour cent de la population sont immunisés, en général, reprend Rebecca. À ce chiffre s'ajoutent ceux qui ont été vaccinés puis qui ont contracté le virus vivant pile au bon moment. Il faudra prendre en compte les deux groupes.

— Très bien.

Et maintenant, comme si souvent auparavant, je dois chasser Ky de mon esprit pour me concentrer sur mon travail. Un bref instant, j'ai envie d'abandonner cette tâche impossible, de laisser tomber les nombres et d'aller le retrouver, le serrer dans mes bras. Tous les deux enfin réunis dans les montagnes, après avoir traversé les canyons.

C'est possible. On y est presque. Comme dans le poème :

Nos pas – de Peluche
Notre immobilité – de neige
Les ruisseaux se remettent à murmurer
On a passé trois rivières et la Colline
Deux déserts et la Mer !
Voici que la Mort usurpe ma Récompense
Et que c'est elle qui peut Te voir –

Je récrirai les deux derniers vers. La mort ne me prendra pas ceux que j'aime. Notre voyage ne se terminera pas ainsi.

Je passe longtemps sur le calcul, je ne veux pas me tromper.

— Vous avez fini ? me demande Rebecca.

Au début, je n'ose pas relever les yeux. Quand j'étais dans le Labyrinthe, je rêvais de rencontrer des gens qui avaient vécu en marge comme ça. Mais nous n'avons trouvé qu'un village désert, dans un endroit magnifique, peuplé seulement de livres et de documents entassés dans une grotte, des trésors accumulés, puis abandonnés.

Il faut toujours se faire violence, lutter contre la résignation, l'envie de baisser les bras, de se taire.

– Oui, ça y est, dis-je.

– Alors ? Combien de temps nous reste-t-il avant qu'ils laissent les patients mourir ?

– Ils ont sans doute déjà commencé.

CHAPITRE 29
KY

Quelqu'un entre dans la pièce. J'entends la porte s'ouvrir, puis des pas approcher.

Cassia?

Non, pas cette fois. Je ne reconnais pas son odeur de papier et de fleur. Ça sent plutôt la sueur et la fumée. Et ce n'est pas sa respiration non plus. Cette personne respire plus bruyamment, comme si elle venait de courir et qu'elle avait du mal à reprendre son souffle.

Je l'entends décrocher la poche de la perfusion.

Pourtant ce n'est pas encore le moment de la changer. Ça vient juste d'être fait. Où sont les infirmières? Est-ce qu'elles sont au courant?

Je sens qu'on me saisit le bras. On me retire la perfusion pour la vider. Le liquide coule dans un seau au lieu de passer en moi.

On me tourne vers la fenêtre. Le vent cogne contre les carreaux, je n'entends presque plus que ça.

Est-ce qu'ils retirent la perfusion aux autres aussi, ou seulement à moi? Quelqu'un voudrait-il s'assurer que je ne revienne jamais à moi?

Je sens mon cœur ralentir.
Je m'enfonce...
La douleur est moins forte.
J'ai du mal à me souvenir de respirer. Je me répète le poème
de Cassia, pour inspirer et expirer en rythme.

Carotte sauvage. Néorose. Rose vieille.

Inspire. Expire. Inspire.
Expire...

CHAPITRE 30
XANDER

J'ai dû m'endormir parce que je sursaute lorsque quelqu'un entre dans la prison.

– Faites-le sortir, ordonne une voix.

Oker apparaît sur le seuil de ma cellule tandis que le garde déverrouille la porte.

– Allez, toi. Au boulot !

Je jette un coup d'œil vers la cellule d'en face. Cassia n'est pas rentrée. A-t-elle passé la nuit au chevet de Ky ? Ou bien à travailler ? Les autres prisonniers ne font pas de bruit, je les entends respirer, ils doivent dormir.

Une fois dehors, je m'aperçois qu'il fait nuit. L'aube est encore loin.

– Tu bosses pour moi, tu suis mes horaires, déclare Oker.

Il désigne le laboratoire de l'autre côté de la rue.

– C'est chez moi. Fais ce que je te dis et tu pourras passer tout ton temps là-bas au lieu d'être enfermé.

Si Lyna est le médecin du village, Oker en est le Pilote.

Il insiste :

– Suis mes instructions à la lettre. J'ai besoin de tes mains car les miennes ne fonctionnent plus bien.

Une fois qu'il a quitté la pièce, un de ses assistants prend la parole :

– Oker n'a pas fait les présentations, ce n'est pas son truc. Je m'appelle Noah, je travaille avec lui depuis son arrivée.

Il doit avoir trente, trente-cinq ans.

– Et voici Tess.

La jeune femme m'adresse un petit signe de tête. Elle est un peu plus jeune que Noah et elle a un joli sourire.

– Je m'appelle Xander. C'est quoi tout ça ? je demande.

Un mur du laboratoire est couvert de portraits de gens que je ne connais pas. De vieilles photos, découpées dans des livres, et surtout des dessins. Serait-ce l'œuvre d'Oker avant que ses mains ne le trahissent ? Je suis impressionné. Ça me rappelle l'infirmière du Centre médical. Je suis peut-être le seul qui se sent incapable de créer des choses – des dessins, des poèmes… – sans avoir appris.

– Oker les surnomme les héros du passé, m'explique Noah. Selon lui, il est important de savoir ce qu'ont fait ceux qui nous ont précédés.

– Il a grandi dans la Société, non ? je demande.

– Oui, confirme Tess. Il est arrivé ici il y a dix ans, peu avant la date de son Banquet final.

Je laisse échapper un cri de surprise :

– Alors il a quatre-vingt-dix ans ?

Je n'ai jamais rencontré quelqu'un d'aussi âgé.

– Oui, c'est l'homme le plus vieux du monde, à ce qu'on sache.

La porte s'ouvre à la volée, nous nous remettons immédiatement au travail.

Quelques heures plus tard, Oker envoie ses assistants en pause.

– Pas toi, précise-t-il à mon intention. J'ai quelque chose à faire, tu vas m'aider.

Noah et Tess me lancent un regard compatissant.

Oker aligne une série de boîtes et de bocaux soigneusement étiquetés devant moi en me tendant une liste.

– Prépare-moi cette solution.

Alors que je commence à doser les ingrédients, il retourne vers le placard pour en prendre d'autres. J'entends le vacarme des pots qui cognent et résonnent.

Puis, à ma grande surprise, il reprend la parole :

– Tu m'as dit que, en quatre mois, tu avais vu environ deux mille patients au Centre médical de Camas.

Je confirme :

– Oui, mais il y en avait beaucoup plus, dans d'autres services et dans d'autres bâtiments.

– Parmi tous ceux dont tu t'es occupé, combien paraissaient en meilleure santé que mes patients ? me questionne-t-il.

– Aucun.

– C'est une réponse du tac au tac, commente-t-il. Prends le temps de réfléchir.

Je passe en revue mes patients. Je ne me rappelle pas tous les visages, mais les cent derniers, oui. Et celui de Lea, surtout, évidemment.

– Aucun, je répète.

Oker croise les bras et s'assied, satisfait.

Il me regarde peser d'autres composants.

– Bien, à ton tour. Tu peux me poser une question.

Je ne m'y attendais pas, mais je compte bien en profiter.

– Quelle est la différence entre les poches que vous utilisez et celles du Soulèvement ? je demande.

Il me tend un récipient.

– Tu as déjà entendu parler de la maladie d'Alzheimer ?

C'est une question, pas une réponse, mais je secoue la tête.

– Non.

– Bien sûr que non, parce que j'ai réussi à la traiter avant que tu sois né.

– C'est vous qui avez trouvé le traitement ? Tout seul ?

Oker désigne quelques portraits accrochés au mur derrière lui.

– Non, pas tout seul. Je faisais partie d'une équipe de recherche dans la Société. Nous n'étions pas les premiers à travailler sur la question, mais c'est nous qui avons découvert le moyen de réguler le taux d'expression de ces protéines. Et nous les avons éliminées.

Il se penche pour examiner ma préparation.

– Alors, pour répondre à ta première question, la différence, c'est que je sais ce que je fais en préparant cette solution. Contrairement au Soulèvement. Je sais comment éviter que les protéines de la mutation ne se multiplient, parce qu'elles sont assez semblables à celles de la maladie que nous avons traitée. Et je sais comment empêcher les plaquettes de s'accumuler dans la rate des patients, pour leur éviter une hémorragie interne. L'autre différence, c'est que ma solution ne contient pas autant de calmants. Mes patients sentent encore la douleur. Ce n'est pas insoutenable, plutôt inconfortable. Et ça leur rappelle qu'ils doivent respirer. Comme ça, on a plus de chances de pouvoir les récupérer.

– Mais est-ce vraiment une bonne chose ? S'ils sentent toutes leurs lésions, c'est terrible…

Oker fait une moue méprisante.

– Qu'ils ressentent encore quelque chose, ça les incite à se battre. Si tu étais dans un endroit où tu ne ressens plus aucune douleur, tu aurais envie d'en partir ?

Il me tend un flacon.

– Pèse-moi ça et ajoute-le à la solution.

Je consulte la liste d'ingrédients avant de mélanger deux grammes de poudre au liquide.

– Parfois, j'ai du mal à y croire, marmonne-t-il.

Je me demande s'il parle tout seul. Non, il me lance un regard.

– Dire que je me retrouve ici à chercher un nouveau traitement pour cette maudite Peste.

– Attendez… Vous avez participé à l'élaboration du premier traitement?

Il acquiesce.

– La Société était au courant de nos travaux sur l'expression des protéines, alors ils nous ont demandé de travailler sur le traitement de la Peste. Avant de contaminer l'ennemi, ils voulaient s'assurer d'avoir un remède, au cas où le virus reviendrait.

– Le Soulèvement nous a menti! je m'exclame. La Société possédait bien le traitement.

– Évidemment, confirme Oker. Pas assez pour contrer une pandémie, c'est le Soulèvement qui en a fait fabriquer davantage. Mais c'est la Société qui l'avait mis au point. Je parie que votre Pilote a omis de vous le dire, ça.

– Oui, en effet, je confirme.

– J'ai dû payer très cher pour venir jusqu'ici. C'est le Pilote actuel qui m'a amené.

Oker se lève pour chercher un autre ingrédient dans le placard.

– Il n'était pas encore Pilote à l'époque. Quand le Soulèvement lui a demandé de prendre la tête du mouvement, je lui ai dit qu'il ne fallait pas les croire. Il n'y a pas de rébellion. C'est la Société, mais sous un autre nom. Ils veulent vous contrôler, toi et tes successeurs. Mais il avait la conviction que ça allait fonctionner…

Oker me rejoint.

– Enfin, il n'était peut-être pas aussi sûr que ça, dit-il, parce qu'il a bien noté que j'étais ici, à La Traverse.

Oker a donc fait partie des Disparus dont m'a parlé Lea.

– Et ça vous a ennuyé, qu'il vous garde à l'œil comme ça?

– Non, je voulais quitter la Société, c'est tout. Ça ne me dérange pas, au contraire, je me sens utile. Tiens...

Il me tend un infopod.

– Lis-moi cette liste.

Alors que j'obéis, il grommelle:

– Ils ne pourraient pas la réduire un peu? Nous pensons tous qu'il s'agit d'une cause environnementale. Mais ici on mange tout ce qu'on peut trouver ou faire pousser, la liste est longue. On va sûrement trouver comment les soigner, mais ça risque d'être trop tard.

– Pourquoi le Pilote ne vous a-t-il pas plutôt emmené à Camas ou à Central? je demande. Ça aurait été mieux pour mener les recherches. On aurait pu vous apporter les plantes et ingrédients des montagnes, mais vous auriez eu accès à toutes les informations, tous les équipements...

Son visage se fige.

– Parce que j'ai accepté ce travail à une seule et unique condition: que je reste ici.

J'acquiesce.

– Une fois qu'on en est sorti, on ne veut plus jamais y retourner, affirme-t-il.

Sa peau paraît si vieille, comme du vieux papier tout fin sur ses os, et pourtant les veines ressortent, gorgées de vie et de sang.

– Je sens que tu as une autre question à me poser. Vas-y, m'encourage-t-il d'une voix à la fois lasse et intriguée.

– Le Pilote nous a dit que quelqu'un avait contaminé les réserves d'eau. Vous pensez que c'est la même personne qui a créé la mutation? Tout s'est passé si vite. J'ai l'impression que la mutation a été provoquée, tout comme le début de l'épidémie.

– Bonne question… mais je pense que le virus a muté naturellement. Ce genre de variation génétique se produit sans arrêt dans la nature, mais à moins que la mutation n'ait un avantage sur la version d'origine, elle disparaît tout simplement tandis que la forme première prédomine.

Il désigne un nouveau pot que je prends sur l'étagère pour le lui tendre.

– Mais s'il existe une pression sélective qui confère un avantage à la mutation, c'est cette dernière qui survit et finit par prendre le pas sur la forme non mutante.

– C'est ce que m'a expliqué un virologue à Camas.

– Et il avait raison, je pense.

– Il m'a également dit que c'était sûrement le traitement qui, en exerçant une pression sélective sur le virus, avait entraîné la mutation.

– C'est possible, reconnaît Oker, mais même si c'est le cas, ce n'était pas calculé, selon moi. C'est juste pas de chance, comme on dit ici. L'une des formes mutantes était résistante au traitement, donc elle a prospéré.

Oker confirme bien que le traitement est à l'origine de la véritable pandémie.

– Je m'emballe. Je ne t'ai pas encore expliqué comment marche un virus. Tu l'as en partie compris tout seul, mais pour que ce soit plus parlant, il existe une histoire qui illustre parfaitement le fonctionnement viral. Une de la liste des Cent, la numéro trois, tu t'en souviens?

– Oui.

Je me la rappelle parfaitement parce que le nom de l'héroïne, Xanthe, ressemble un peu au mien.

– Vas-y, raconte-la-moi, ordonne Oker.

La dernière fois que j'ai essayé de raconter une histoire, c'était à Lea, et je ne m'en suis pas très bien sorti. Pourtant, j'avais vraiment envie de bien faire, pour elle. Je vais réessayer, parce que Oker me le demande et que, à mon avis, c'est lui qui va découvrir le traitement. Je dois me retenir de sourire. *On va y arriver, on va réussir.*

– C'est l'histoire d'une fille qui s'appelle Xanthe. Un jour, elle en a assez de manger la nourriture qu'on lui sert. Quand les plateaux sont livrés, elle mange les flocons d'avoine de son père. Mais ils sont trop chauds et ça lui donne de la fièvre. Le lendemain, elle prend les céréales de sa mère, mais elles sont trop froides, et toute la journée, elle a des frissons. Le troisième jour, elle mange ce qu'elle a sur son plateau et elle se sent bien. Elle est en forme.

Je m'interromps. C'est une histoire idiote destinée à montrer aux enfants de la Société qu'ils doivent obéir et faire ce qu'on leur dit. Je reprends :

– Et ainsi de suite ; elle finit par être citée trois fois pour mauvais comportement avant de comprendre que la Société sait ce qui est bon pour elle.

À ma grande surprise, Oker hoche la tête.

– C'est à peu près ça, mais tu as oublié de parler de ses cheveux.

– Oui, elle avait les cheveux dorés. C'est même à l'origine de son nom.

– Ça n'a pas grande importance, de toute façon. Ce qui est intéressant, c'est cette idée de trop chaud, trop froid, juste à la bonne température. Voilà ce qu'il faut comprendre au sujet des virus, ils déploient ce que j'ai surnommé la stratégie de Xanthe. Ils n'ont pas intérêt à se retrouver sans victimes trop rapidement. Le virus tue l'organisme qu'il a infecté, mais il ne

faut pas qu'il aille trop vite, il doit avoir le temps de contaminer un autre organisme avant.

– S'il tue trop vite, c'est trop chaud, dis-je.

– Et s'il ne contamine pas un autre organisme assez vite, il
meurt, enchaîne Oker. Trop froid.

– Entre les deux, c'est parfait, je conclus.

Oker acquiesce.

– Cette mutation était parfaitement adaptée. Et pas à cause
de la Société ou du Soulèvement. Ils ont contribué à créer
les conditions optimales, certes, mais le virus a muté de lui-
même comme les virus l'ont toujours fait. De grandes épidémies ont émaillé l'histoire de l'humanité, et celle-ci ne sera
pas la dernière.

– Donc, on n'est jamais vraiment en sécurité, dis-je.

– Oh, que non, fiston, répond Oker presque gentiment.
C'est sans doute la plus grande victoire de la Société d'avoir
réussi à nous le faire croire si longtemps.

CHAPITRE 31
CASSIA

Je devrais aller voir Ky.

Je devrais rester ici à continuer les recherches sur le traitement.

Dès que j'essaie de réfléchir, je suis partagée, déchirée, l'angoisse me dévore, je n'arrive plus à rien faire, je ne peux plus aider personne. Alors, je ne réfléchis pas, du moins pas à tout ça. Je me concentre sur les plantes, les remèdes, les chiffres, je classe les informations, j'essaie de trouver ce qui permettra de ranimer les Immobiles.

Comparer les listes de données n'est pas si simple qu'il y paraît. Il y a non seulement ce que les habitants du village et les Fermiers mangent mais aussi la fréquence à laquelle ils consomment chaque aliment, le type de sol dans lequel les plantes et légumes ont été cultivés et une myriade d'autres facteurs à prendre en compte. Ce n'est pas parce qu'un aliment revient fréquemment dans leur régime que c'est celui qui les a immunisés ; à l'inverse, il est peu probable que l'immunité ait été causée par quelque chose qu'ils n'ont mangé qu'une seule fois.

Les gens entrent et sortent, des cliniciens qui ont examiné les patients et viennent au rapport ; Oker et Xander qui font leurs recherches ; mes collègues qui prennent leur pause ; Lyna qui vient voir si l'on a avancé. Je suis tellement habituée aux allées et venues que je ne lève même plus la tête quand j'entends la porte en bois s'ouvrir, se fermer. Je remarque à peine le courant d'air frais qui m'ébouriffe les cheveux.

Une voix de femme parvient cependant à perturber ma concentration.

– Nous avons pensé à d'autres choses, annonce-t-elle. J'aimerais vérifier que tout est bien sur la liste.

– Bien sûr, répond Rebecca.

Elle me semble familière. Je me retourne.

Cette femme paraît plus vieille que sa voix ne le laissait supposer. Elle a la peau tannée. Ses cheveux gris sont tressés selon un motif compliqué et rassemblés en chignon sur sa tête. Avec une grande douceur, elle agite un morceau de papier. Même de là où je suis, je vois qu'il est écrit à la main, pas imprimé.

Un cri m'échappe :

– Anna...

Elle se tourne vers moi.

– Nous sommes-nous déjà rencontrées ?

– Non, désolée. Mais je suis passée dans votre village. Je connais Hunter et Eli.

J'aimerais voir Eli. Mais entre le temps que je passe auprès de Ky et mon travail de recherche, je n'ai même pas eu le temps d'aller rendre visite aux Fermiers – ils ne sont pourtant pas loin du village. Je me sens coupable. Mais je ne sais même pas si Lyna et les autres me laisseraient y aller si je le leur demandais. Je suis ici pour aider à trouver un traitement, point.

– Tu dois être Cassia, devine Anna. Eli m'a beaucoup parlé de toi.

– Oui, c'est moi. Dites-lui que Ky est là aussi…

Est-ce qu'Eli lui a parlé de Ky ? À la lueur qui brille dans ses yeux, je comprends que oui.

– … mais il est au dispensaire.

– Je suis sincèrement désolée, fait Anna.

Je me cramponne au bois épais de ma table, en me rappelant qu'il ne faut pas que je pense trop à Ky, sinon je vais m'écrouler et je ne lui serai plus d'aucune utilité.

– Hunter et Eli vont bien ?

– Oui, confirme Anna.

– Je voulais venir les voir…

– C'est bon, je comprends, me dit-elle.

Rebecca s'agite légèrement, Anna saisit l'allusion. Elle me sourit.

– Quand j'aurai fini, je dirai à Eli que tu es là. Il voudra sûrement te voir, et Hunter aussi.

– Merci…

Je n'en reviens pas de l'avoir enfin rencontrée. C'est *Anna*, celle dont m'a tant parlé Hunter, dont j'ai vu les écrits dans la grotte. Lorsqu'elle commence à lire, je suis captivée par sa voix.

– Le lys sego. Les pinceaux indiens, mais en toute petite quantité, sinon cela peut être toxique. On utilise la sauge comme condiment, l'éphédra en tisane…

Des mots chantants. Soudain, je comprends pourquoi sa voix me semble si familière. Elle ressemble un peu à celle de ma mère. Je prends un bout de papier pour noter les noms qu'elle vient de citer. Ma mère en connaît sans doute déjà certains et elle sera ravie d'apprendre les autres. Je les lui chanterai quand je lui apporterai le traitement.

– Il est grand temps que tu fasses une petite pause.

Rebecca me tend un pain plat enveloppé dans un torchon. Il est tout chaud, son odeur me met l'eau à la bouche. Ici, les gens préparent eux-mêmes leurs repas. Je me demande quelle impression ça donne. Et si j'avais le temps d'apprendre aussi cela ?

– Et tiens, ajoute-t-elle en me donnant une gourde. Comme ça tu pourras manger en lui rendant visite.

Elle sait où je vais, bien entendu.

J'inspire l'air de la forêt sur le chemin du dispensaire. Il est bordé de fleurs des champs, du violet, du rouge, du bleu, du jaune. Des nuages d'un rose incroyable couronnent le sommet des montagnes. À ce moment précis, j'en ai la conviction : *On va trouver un remède.* Jamais je n'en ai été aussi sûre.

En arrivant, je m'assieds au chevet de Ky, je le regarde, je lui prends la main.

Les malades de la Peste gardent les yeux grands ouverts. Je préférerais qu'ils les ferment. Ky paraît tout ratatiné et gris, ce n'est pas une couleur à laquelle je suis habituée comme le vert ou le bleu. Je pose ma main sur son front, je sens la peau lisse tendue sur son crâne. Il a l'air chaud. Il a peut-être une infection.

J'alerte l'une des soignantes.

– Il n'a pas l'air bien. Sa poche de perfusion est déjà vide. Elle est peut-être passée trop vite.

Elle vérifie son dossier.

– Non, elle devrait être encore en train de couler.

Je ne bouge pas. Ce n'est pas la faute de Ky s'il y a quelque chose qui cloche. Finalement, elle se lève pour aller chercher une nouvelle poche. Elle a l'air sous pression. Ils ne sont que deux en service.

– Vous avez besoin d'aide ? je demande.

– Non, répond-elle sèchement, Lyna et Oker ne laissent que le personnel formé s'occuper des Immobiles.

Une fois qu'elle a fini, je m'assieds au chevet de Ky, la main sur la sienne. Je le revois, si vivant sur la Colline, dans le Labyrinthe et, au début, ici, dans les montagnes. Puis il a plongé. Je repense au temps que j'ai passé à m'interroger sur la couleur de ses yeux quand je suis tombée amoureuse de lui. Elle était tellement changeante, je n'arrivais pas à la définir en un seul mot.

La porte s'ouvre, je me retourne, pensant qu'on vient me prévenir que ma pause est finie, qu'il faut que je retourne travailler. Et je n'ai pas envie de partir. C'est étrange. Quand je classais les données, j'étais convaincue de faire la chose la plus importante. Maintenant que je suis ici, je comprends que c'est d'être auprès des Immobiles qui compte le plus.

Mais ce n'est pas quelqu'un du laboratoire, c'est Anna.

– Je peux entrer ? demande-t-elle.

Après s'être lavé les mains et avoir mis un masque, elle s'approche de moi. Je me lève pour lui offrir ma chaise, mais elle secoue la tête et s'assied par terre, au pied du lit. C'est bizarre de la voir de haut, ainsi.

– Alors voici Ky, dit-elle.

Il est tourné sur le côté. Elle plonge ses yeux dans les siens et lui prend la main.

– Eli veut venir le voir. À ton avis, c'est une bonne idée ?

– Je ne sais pas...

Ce serait sans doute bon pour Ky parce qu'il entendrait une autre voix que la mienne qui l'appelle, qui le supplie de revenir. Mais pour Eli, je ne suis pas sûre.

– Vous êtes mieux placée que moi pour en juger.

C'est dur à admettre, mais c'est vrai. J'ai vu Eli quelques jours seulement, elle le connaît depuis des mois.

– Eli m'a dit que le père de Ky était un négociant, reprend Anna. Il ne sait pas son nom, mais Ky lui aurait raconté qu'il avait appris à écrire dans notre village.

– Oui, je confirme, vous vous souvenez de lui?

– Je ne pourrai jamais l'oublier. Il s'appelait Sione Finnow. C'est moi qui lui ai appris à écrire. Bien sûr, il a voulu commencer par le prénom de sa femme.

Elle sourit.

– Il troquait souvent pour elle. Il lui rapportait des pinceaux, même quand il ne pouvait pas se payer de la peinture.

Je me demande si Ky l'entend parler.

– Sione a également fait du troc pour son fils, ajoute-t-elle.

– Comment ça?

– Certains négociants travaillaient avec les pilotes rebelles. Ceux qui aidaient des gens à sortir de la Société.

– Il a essayé de faire sortir Ky? je m'étonne.

– Non, c'était pour faire venir son neveu jusqu'aux villages-passerelles. Les Fermiers n'ont jamais pris part à ce genre de transaction, mais c'est Sione qui me l'a confié.

Les pensées se bousculent dans ma tête. *Matthew Markham, le fils de Patrick et d'Aida, ne serait pas mort?*

– Sione a effectué cette transaction sans prélever de commission, car c'était pour un membre de sa famille, la sœur de sa femme. Son mari savait que quelque chose clochait dans la Société. Il voulait en faire sortir son fils. C'était une opération extrêmement délicate et dangereuse.

Elle a le regard dans le vague, perdu dans ses souvenirs. Elle repense au père de Ky, que je n'ai jamais rencontré. Je me demande quel genre d'homme c'était. Difficile de ne pas l'imaginer un peu comme Ky, vif, audacieux mais plus âgé, et encore plus téméraire.

– Pourtant, Sione a réussi, poursuit-elle. Il a pensé que la

Société préférerait faire croire à sa mort plutôt qu'évoquer une évasion, et il avait raison. Ils ont inventé toute une histoire pour éviter à tout prix que n'enfle la rumeur au sujet de ceux qu'on avait surnommés les Disparus. Ils ne voulaient surtout pas que les gens commencent à s'imaginer qu'ils pouvaient s'enfuir.

– Il a risqué gros pour son neveu...

– Non, il l'a fait pour son fils.

– Pour Ky?

– Sione avait été déclassé, et il ne pouvait rien y changer. Mais il voulait que son fils ait une vie meilleure que celle qu'il pouvait lui offrir.

Je m'étonne :

– Je croyais que c'était un rebelle. Qu'il soutenait le Soulèvement.

– Oui, mais je crois qu'il était surtout réaliste. Il savait qu'il y avait peu de chances pour que la rébellion aboutisse. Du coup, il a préféré s'assurer que Ky ait une place dans la Société si jamais ça tournait mal pour lui...

– Du coup, quand il est mort, Ky est allé vivre chez son oncle et sa tante.

– Oui, où il était en sécurité, complète Anna.

– Non, ils ont fini par l'envoyer en camp de travail.

Enfin, *je* l'ai envoyé en camp de travail, c'était ma faute.

– Oui, mais seulement bien plus tard. Il a vécu beaucoup plus longtemps dans la Société que s'il était resté dans les Provinces lointaines.

– Et où est son cousin, maintenant ? Matthew Markham ?

– Aucune idée. Je ne l'ai jamais croisé. C'est Sione qui m'en a parlé, c'est tout.

– Je connais l'oncle de Ky, Patrick. Je n'en reviens pas qu'il ait envoyé son fils vivre à un endroit dont il ignorait tout, où il n'avait aucune relation...

– Les parents sont capables de choses incroyables quand un danger menace leurs enfants.

– Mais Patrick n'a pas fait pareil pour Ky, dis-je avec colère.

– Il a sans doute voulu respecter le choix de ses parents, de lui donner une chance de quitter les Provinces lointaines. Je suis sûre que son oncle et sa tante ne voulaient pas le voir partir. Ils devaient déjà être brisés d'avoir dû se séparer de leur fils. Et au fil des années, voyant que rien de terrible n'arrivait finalement, ils ont dû douter, se demander s'ils avaient fait le bon choix.

Anna prend une profonde inspiration.

– Hunter t'a peut-être raconté que je l'avais abandonné, avec sa fille. Ma petite-fille. Sarah.

– Oui…

J'ai vu Hunter l'enterrer. J'ai lu l'épitaphe gravée sur sa tombe.

Quand soudain au beau milieu de juin
Passe un vent – pourvu de doigts* –

– Il ne m'en a jamais voulu. Il savait que je devais guider notre peuple à travers le Labyrinthe. Le temps était compté. Ceux qui sont restés sont morts. J'avais raison.

Elle lève les yeux vers moi, ils sont très sombres.

– Mais moi, je m'en veux.

Elle tend la main, écarte les doigts, et je vois des traces de bleu sur sa main, à moins que ce ne soit ses veines sous sa peau. Dans ce dispensaire mal éclairé, c'est difficile à dire.

Elle se remet debout.

– C'est quand ta prochaine pause ?

---

* NdT : Emily Dickinson, traduction de Françoise Delphy, in *Poésies complètes*, Flammarion, 2009.

– Je ne sais pas.

– Je vais me renseigner. Je viendrai te voir avec Hunter et Eli.

Anna s'approche de Ky et lui pose la main sur l'épaule en ajoutant :

– Et toi aussi.

Après son départ, je me penche vers Ky.

– Tes parents t'aimaient énormément, tu as entendu ?

Il ne répond pas.

– Et moi aussi, je t'aime. On continue à chercher un traitement.

Il ne réagit pas. Je lui récite des poèmes, je lui répète que je l'aime. Inlassablement. J'ai l'impression que le liquide qui s'écoule goutte à goutte dans ses veines lui fait du bien ; son visage s'éclaire, c'est comme un rayon de soleil sur une pierre au lever du jour.

CHAPITRE 32
KY

C'est sa voix qui revient d'abord. Si belle, si douce. Elle me dit encore des poèmes.

Puis la douleur resurgit aussi, et elle a empiré. Avant, j'avais mal aux muscles et aux os, maintenant c'est généralisé. La maladie a dû progresser.

Cassia veut que je sache qu'elle m'aime.

La douleur veut me dévorer.

J'aimerais pouvoir avoir l'un sans l'autre, mais c'est tout le dilemme de la vie.

Impossible de régler la puissance de la souffrance ou du bonheur qu'on ressent.

Je ne mérite ni son amour ni cette maladie.

C'est idiot. Ce n'est pas une question de mérite.

Pour l'instant, je m'accroche à sa voix pour surmonter la douleur. Je n'ose pas imaginer ce qui se passera quand elle partira.

Pour l'instant, elle est là et elle m'aime. Elle le répète inlassablement.

CHAPITRE 33
CASSIA

Xander me trouve au chevet de Ky.

– Lyna m'envoie te chercher. Il est temps que tu te remettes au travail.

– La perfusion de Ky ne coulait plus. J'ai préféré rester en attendant qu'il aille mieux.

– Ça n'aurait pas dû arriver. Je vais prévenir Oker.

– Très bien.

La colère d'Oker aura plus de poids auprès des responsables du village que la mienne.

Au cas où Ky m'entendrait, je dis:

– Je reviens dès que possible.

En sortant du dispensaire, je remarque que le village est juste en lisière de la forêt. Lorsque le vent souffle, les branches s'effleurent et bruissent mélodieusement. Cet endroit est plein de vie. L'herbe, les fleurs, les feuilles, les gens qui passent, parlent, vivent.

– Je suis désolé pour les pilules bleues, murmure Xander. Tu... tu aurais pu mourir par ma faute.

– Non, tu ne savais pas.

– Tu n'en as pas pris, hein ?

– Si, mais ça va, j'ai résisté.

– Comment tu as fait ? s'étonne-t-il.

« J'ai pensé à Ky », ai-je envie de répondre. Mais je ne peux pas lui dire ça.

– Je ne sais pas… En tout cas, tes petits messages cachés m'ont aidée.

Xander sourit.

– Le secret dont tu parlais, dis-je. C'était quoi ?

– Je fais partie du Soulèvement.

– Je m'en doutais. Tu me l'as dit *via* le port, non ? Pas directement, je sais, mais j'ai eu l'impression que c'était ce que tu essayais de me confier…

– Tu avais raison. C'était bien ça. Ce n'était pas un grand secret.

Il sourit, d'un air modeste, avant de poursuivre :

– Et toi, pour la pilule rouge… ?

– Je ne suis pas immunisée. Elle fonctionne sur moi.

– Tu en es sûre ?

– Ils me l'ont fait prendre à Central. J'en suis certaine.

– Le Soulèvement m'a pourtant assuré que tu étais immunisée contre le comprimé rouge et la Peste, objecte-t-il.

– Soit ils t'ont menti, soit ils se trompent.

– Donc tu n'étais pas protégée contre la première version de la Peste, remarque-t-il. Tu l'as attrapée ? On t'a soignée ?

Je vois ce qui le tracasse.

– Non… Si le comprimé rouge marche sur moi, ça veut dire que je n'ai pas été vaccinée bébé. Alors, j'aurais dû être atteinte par la première vague de la maladie, mais non… j'ai juste la marque dans le dos.

Xander secoue la tête, perplexe.

J'essaie de comprendre également.

– La pilule rouge fonctionne sur moi. Je n'ai jamais pris la verte. Et j'ai survécu à la bleue.

– Quelqu'un d'autre a déjà survécu à la bleue ? demande-t-il.

– Pas que je sache. Indie était avec moi, elle m'a aidée à rester éveillée. C'est peut-être ça qui a fait la différence

– Que t'est-il arrivé d'autre dans les canyons ? me questionne-t-il.

– On n'a pas retrouvé Ky tout de suite. Au début, on était dans un village avec plein d'autres Aberrations. On s'est enfuis à trois : Indie, le garçon qui est mort et moi.

– Indie est amoureuse de Ky, remarque-t-il.

– Oui, je pense. Mais au début, elle était attirée par toi. Elle n'arrêtait pas de me voler des choses. Elle m'a pris ma microcarte, elle s'est procuré un miniport et elle contemplait ta photo dès qu'elle en avait l'occasion.

– Mais finalement, c'est Ky qui lui plaît, affirme-t-il.

Je décèle une pointe d'amertume dans sa voix, ce qui est très rare.

– Ils sont pilotes sur la même base du Soulèvement. Ils se voient tous les jours, dis-je.

– Tu n'as pas l'air de lui en vouloir, remarque-t-il.

Non, en effet. Au début, j'étais sous le choc, blessée, lorsque Ky m'a appris qu'elle l'avait embrassé, mais quand je l'ai vu immobile, toute ma rancœur s'est évaporée.

Je hausse les épaules.

– Elle n'en fait qu'à sa tête. C'est dur de lui en vouloir longtemps.

– Je ne comprends pas, répond Xander.

Ça ne m'étonne pas. Il ne la connaît pas bien, il ne l'a jamais vue mentir, tricher pour obtenir ce qu'elle veut. Il ne peut pas saisir qu'elle a sa propre définition de l'honnêteté.

Il ne l'a pas vue affronter les flots argentés de la rivière pour nous amener à bon port. Il ne sait pas qu'elle rêve de la mer et d'une robe en soie bleue.

Des souvenirs difficiles à partager. Je pourrais lui raconter par le menu ce qui m'est arrivé dans le Labyrinthe, ça n'y changerait rien, il ne l'a pas vécu à mes côtés.

Et c'est pareil pour lui. Il pourrait me parler de la Peste et de la mutation pendant des heures, de tout ce dont il a été témoin, quoi qu'il en soit, je ne l'ai pas vu de mes propres yeux.

Il s'en aperçoit, je le lis sur son visage. Il avale sa salive. Il va me poser une question. Mais ce n'est pas celle que j'attendais.

– Tu as écrit quelque chose pour moi? En dehors du message, j'entends.

– Alors, tu l'as bien reçu?

– Oui, sauf la fin qui était illisible.

Ma gorge se serre. Il n'a donc pas su ce que je voulais lui dire – de ne plus penser à moi en ces termes.

– Je me demandais, reprend-il, si tu m'écrirais un poème un jour.

– Attends...

Je n'ai pas de papier, mais il y a un bâton par terre; après tout, c'est comme ça que j'ai appris à écrire. J'hésite un instant, jetant un regard vers le dispensaire, et Ky. Mais finalement, je me décide: «C'est fini de garder ça pour nous, nos petits secrets. Puisque j'ai voulu le partager avec tout le monde à Central, pourquoi pas avec Xander?»

Il n'empêche, ça me gêne un peu d'écrire devant lui. C'est intimidant.

Je ferme les yeux un instant, pour me concentrer. Et l'inspiration me vient, à partir d'un mot qui me fait penser à Xander. Je commence à écrire.

– Xander…

– Quoi?

Il ne quitte pas mes mains des yeux, fasciné par le miracle qu'elles sont en train d'accomplir.

– J'ai aussi pensé à toi dans le Labyrinthe. Je t'ai vu en rêve.

Il se tourne vers moi, mais je me trouve incapable de soutenir son regard. Je baisse les yeux pour écrire :

Dans l'obscurité, les ténèbres,
La main du docticien est lumière
Il connaît le remède, il sait soigner
Nos ailes pour nous permettre de voler.

Xander lit par-dessus mon épaule. Ses lèvres bougent.

– Docticien, murmure-t-il, l'air déçu. Tu penses que je peux soigner les gens.

– C'est ce que tu fais.

Juste à ce moment-là, des enfants du village arrivent à contresens. Comme un seul homme, Xander et moi, nous nous relevons pour les regarder passer.

Ils jouent à un jeu que je ne connais pas, où ils font semblant d'être quelqu'un d'autre. Chaque enfant est habillé comme un animal. Ils ont pris de l'herbe pour imiter la fourrure, des feuilles pour les plumes, des ailes bricolées avec des branches et des couvertures qui retrouveront leur usage dès ce soir. Cette créativité, cette réinterprétation de la nature me rappelle la Galerie. Je me demande si, à Central, les gens ont trouvé un autre endroit pour se réunir et partager, ou s'ils n'ont désormais plus de temps à perdre avec ça à cause de la mutation qui rôde, sans qu'on ait de traitement.

– Qu'est-ce que ça aurait donné si on avait pu faire ça? s'interroge Xander.

– Comment ça? je m'étonne.

– Être ce qu'on voulait. S'ils nous avaient laissés jouer ainsi quand on était plus jeunes?

J'y ai réfléchi, surtout dans le Labyrinthe. «Qui suis-je? Que suis-je censée devenir?» J'ai de la chance, malgré la Société, d'avoir fait tant de rêves, aussi fous. C'est surtout grâce à grand-père, qui m'a toujours poussée, mise au défi.

– Tu te rappelles d'Oria? me demande Xander.

Oui. Oui. Je me le rappelle. C'est encore frais dans ma mémoire: nous deux, Promis, main dans la main dans l'aéro-train en revenant de notre Banquet de couplage; ma main dans son cou, glissant la boussole de Ky sous sa chemise pour qu'il la cache aux Officiels. Même à l'époque, on s'épaulait tous les trois.

– Tu te souviens du jour où on a planté les néoroses?

– Oui.

Je repense au baiser que nous avons échangé, le seul et l'unique. Mon cœur se serre. L'air des montagnes est vif, même en été. Il nous mord, nous ébouriffe les cheveux, nous fait monter les larmes aux yeux. C'est tellement beau de se retrouver là, avec Xander, mais ce n'est rien comparé à quand j'étais au bord du canyon avec Ky.

Je prends la main de Xander. Elle est noire de terre, ça me rappelle les néoroses avec leur petite motte et leurs racines qui pendaient. Le vent se lève, les enfants dansent autour de la pierre du village et, aussi légère que l'air, une autre graine de souvenir me revient:

Les mains de ma mère sont noires de terre, seules les lignes sillonnant ses paumes ressortent en blanc lorsqu'elle brandit les plants. Nous sommes dans la serre de l'arboretum, sous un plafond de verre, dans une brume tiède qui contraste avec la fraîcheur extérieure de ce matin de printemps.

– *Bram est arrivé à l'heure à l'école, dis-je.*

– *Merci d'être venue me prévenir, répond ma mère en souriant.*

Les rares jours où mes parents commencent tous les deux tôt, je suis chargée d'emmener Bram jusqu'à la station d'aérotrain pour qu'il aille à l'école.

– *Tu vas où, maintenant? Tu as encore un peu de temps libre avant le travail.*

– *Je vais peut-être passer voir grand-père.*

J'ai le droit de dévier de mon emploi du temps habituel parce que son banquet approche. Et le mien aussi. On a tellement de choses à se dire.

– *Bonne idée, dit-elle.*

Elle transfère les jeunes plants de l'éprouvette où ils ont germé, alignés les uns à côté des autres, à leur nouvelle maison, un petit pot de terre. Alors qu'elle en sort un nouveau, je remarque:

– *Il n'a pas beaucoup de racines.*

– *Pas encore, ça va venir.*

Je l'embrasse rapidement avant de repartir. Je ne suis pas censée traîner sur son lieu de travail, et j'ai un aérotrain à prendre. Comme je me suis levée tôt avec Bram, j'ai un peu de temps devant moi, mais pas beaucoup.

La brise printanière me taquine, me pousse d'un côté, de l'autre. Elle fait voler les feuilles mortes de l'automne dernier dans les airs. Et si je sautais de la plate-forme d'aérotrain, est-ce que le vent me ferait tourbillonner de la sorte?

Je ne pense même pas que je tomberais, je pense que je volerais.

Ce serait possible, si je me fabriquais des ailes.

Quelqu'un me rejoint alors que, sur le chemin de la station d'aérotrain, je passe devant le monde broussailleux de la Colline.

– *Cassia Reyes?*

C'est une jeune femme âgée de quelques années de plus que moi. Sa tenue de jour est maculée de terre aux genoux, comme ma mère lorsqu'elle sort du travail. Elle a une sorte d'herbe dans la main, j'aperçois des racines. Va-t-elle la planter ou vient-elle de l'arracher ?

– Oui ?

– Je voudrais vous parler.

Un homme surgit de derrière la Colline. Il a à peu près le même âge qu'elle. Ils feraient un beau couple. Je n'ai jamais eu la permission de grimper sur la Colline. Je contemple l'enchevêtrement indiscipliné de plantes et d'arbres dans leur dos. Je me demande à quoi peut ressembler un endroit aussi sauvage.

– Nous avons un classement à vous confier, annonce le jeune homme.

– Désolée, dis-je en me remettant en marche. Je ne fais ça qu'au travail.

Ce ne sont pas des Officiels, ce ne sont pas mes supérieurs, ni mes formateurs. Ce n'est pas le protocole et je n'ai pas l'habitude d'enfreindre les règles pour des inconnus.

– C'est pour aider votre grand-père, précise la fille.

Je me fige.

– Cassia ? Ça va ? s'inquiète Xander.

– Oui.

J'ai toujours les yeux rivés sur mes mains. J'aimerais agripper le reste du souvenir. Je sais que c'est en rapport avec le jour du jardin rouge. J'en suis certaine, même si je serais bien en peine d'expliquer pourquoi.

Xander ouvre la bouche pour dire quelque chose, mais les enfants repassent près de nous, après avoir fait le tour de la pierre du village. Ils crient, ils rient, comme des enfants. Une petite fille sourit à Xander. Il lui rend son sourire et tend le bras pour effleurer ses ailes, mais elle se retourne au mauvais moment et ses doigts se referment sur le vide.

CHAPITRE 34
XANDER

Oker fait preuve d'une telle détermination que ça le rend presque inhumain. Moi aussi, je suis motivé – il faut qu'on trouve un traitement –, mais j'ai rarement vu quelqu'un d'aussi concentré sur son objectif. Je me suis rapidement habitué aux règles de vie du labo, c'est assez simple : on travaille quand Oker nous le dit, on se repose quand Oker nous le dit. Parfois, j'aperçois Cassia entre deux portes, mais je passe la majeure partie de mon temps à fabriquer des solutions en suivant les instructions d'Oker.

Il mange au labo, sans même s'asseoir. Alors, on fait pareil : on déjeune debout en se regardant dans le blanc des yeux. C'est sans doute le stress et le surmenage, mais ça me donne envie de rire, finalement. Pendant le repas, la conversation tourne autour des résultats des essais cliniques. Oker est vraiment étrange car, quand ça va bien, il ne dit rien. Quand ça se passe mal, ça le pousse davantage à parler.

Ce jour-là, je demande :

– Qu'est-ce qu'il y a de si spécial dans les Pays d'ailleurs pour que vous ayez tous tant envie d'y aller ?

Oker laisse échapper un grognement méprisant.

– Rien… Je suis trop vieux pour recommencer ma vie. Moi, je resterai ici. Et je ne suis pas le seul.

– Alors pourquoi participez-vous aux recherches si vous n'avez que faire de la récompense?

– La faute à mon altruisme légendaire, réplique-t-il.

Je ne peux m'empêcher de rire. Il me lance un regard noir.

– Je veux battre la Société. Je veux trouver le traitement le premier.

– Mais ce n'est plus la Société, je remarque.

– Bien sûr que si, fait-il en buvant une gorgée à sa gourde.

Il s'essuie la bouche d'un revers de main avant de me fixer.

– Il n'y a que les imbéciles pour croire que quelque chose a changé. Le Soulèvement et la Société se sont infiltrés mutuellement à un tel point qu'ils ne savent plus eux-mêmes qui est qui. Comme un serpent qui se mord la queue. La vraie rébellion, elle est ici.

– Mais le Pilote croit au Soulèvement, ce n'est pas un imposteur, je proteste.

Oker me dévisage.

– Peut-être, mais ça ne veut pas dire qu'il faut le suivre.

Son regard se durcit tandis qu'il ajoute:

– Pas plus que moi, d'ailleurs.

Je ne réponds rien car il est évident que je marche dans leurs traces à tous les deux, que je me raccroche aux deux. Je pense que le Pilote nous mènera à la révolution et Oker au traitement.

Les patients d'ici sont en bien meilleure santé que ceux des Provinces. Oker a réussi à soigner les symptômes secondaires de la mutation, comme l'accumulation des plaquettes et les sécrétions pulmonaires. Mais je l'entends ruminer à propos des protéines et du cerveau, ce qui veut dire qu'il n'a pas encore trouvé comment prévenir ou inverser les dommages que la mutation cause au système nerveux. Mais il y arrivera.

Oker jure. Il a renversé de l'eau sur sa chemise.

– La Société avait raison sur un point. Ces maudites mains ont cessé de fonctionner correctement un an ou deux après mon quatre-vingtième anniversaire. Heureusement, mon cerveau est toujours plus efficace que la moyenne.

Cassia est déjà dans sa cellule quand j'arrive, elle n'est pas encore couchée, elle m'attend. Je ne la vois pas bien dans la pénombre, mais je l'entends quand elle me parle. Quelqu'un nous crie de nous taire, cependant tous les autres semblent dormir.

– Rebecca m'a dit que toute l'équipe de chercheurs t'appréciait. Et que tu étais le seul à répondre à Oker.

– Je devrais peut-être arrêter...

Je ne voudrais pas m'attirer la rancœur des autres. Je veux à tout prix continuer à travailler dans ce labo.

– Rebecca trouve ça très bien. Elle pense qu'Oker t'apprécie parce que tu lui ressembles.

Ah oui ? Je ne suis pas aussi fier que lui, ni aussi intelligent, pourtant. Bien sûr, je me suis toujours demandé si, un jour, je pourrais être le Pilote. J'aime les gens. Je veux les aider, leur rendre la vie meilleure.

– On approche du but, reprend Cassia. Il le faut.

Sa voix est un peu plus lointaine.

Elle a dû s'asseoir sur son lit au lieu de rester près de la porte de la cellule.

– Bonne nuit, Xander.

– Bonne nuit.

CHAPITRE 35
CASSIA

Parfois, quand je suis fatiguée, j'ai l'impression que je n'ai jamais vécu ailleurs. Que je n'ai jamais rien fait d'autre que ça. Que Ky a toujours été immobile, que Xander et moi, nous nous sommes toujours consacrés aux recherches sur le traitement. J'ignore où sont mes parents et Bram. Il faut que je les retrouve, mais l'ampleur de la tâche me décourage, elle me semble insurmontable pour une personne seule et même tout un groupe.

– Qu'est-ce que tu fais? me demande une autre fille de l'équipe de classement.

Elle désigne l'infopod ainsi que les petits morceaux de papier et les bâtons noircis avec lesquels je prends des notes. J'ai découvert que, parfois, j'ai besoin d'écrire pour mieux comprendre les données qui s'affichent sur l'écran. Lorsque j'écris, ça m'éclaircit les idées. Et récemment, j'essaie même de dessiner les descriptions que je trouve dans la base de données, car j'ai du mal à me représenter les mots de la liste comme des ingrédients potentiels du traitement. Devant le regard moqueur de ma collègue, je cache le croquis sous mon coude. Je me défends :

— Il n'y a aucune image sur l'infopod, que des textes descriptifs.

— Parce que nous savons tous à quoi ça ressemble, rétorque un autre collègue avec impatience.

— Peut-être, mais pas moi, je réponds doucement. Et ça influence notre analyse, ça fausse nos classements.

— Tu insinues qu'on ne fait pas notre travail correctement ? réplique la première d'un ton glacial. Nous sommes conscients que les données peuvent contenir des erreurs, mais nous les traitons de la manière la plus efficace possible.

Je secoue la tête.

— Non, ce n'est pas ce que je veux dire. Ce n'est pas un problème de données, ni de technique de classement... mais il y a quelque chose qui cloche. Ce doit être au moment où l'on recoupe les listes. Comme s'il y avait un phénomène sous-jacent qu'on avait oublié d'observer, une variable qu'on n'avait pas prise en compte dans les données.

Je suis sûre que nous n'avons pas bien analysé le lien entre ces deux bases de données, aussi sûre que mon souvenir du jour du jardin rouge n'est pas complet.

— Le plus important, c'est de continuer à fournir des listes à Oker, intervient un autre.

Chaque jour, nous lui envoyons des suggestions sur ce qui pourrait contribuer au traitement en fonction des informations que nous avons sur les patients, de ce qui a ou n'a pas fonctionné.

— Je ne suis même pas persuadée qu'il nous écoute. À mon avis, il ne fait confiance qu'en lui même. En revanche, si on lui soumet une liste plus réduite, avec des arguments, il sera plus enclin à en tenir compte.

Lyna me dévisage, tandis qu'un collègue proteste :

– Mais c'est exactement ce qu'on fait !

– Je n'ai pas l'impression qu'on procède correctement.

Agacée, je repousse ma chaise pour me lever, l'infopod à la main.

– Je prends ma pause.

Rebecca acquiesce.

– Je t'accompagne au dispensaire, annonce Lyna à ma grande surprise.

Elle travaille dur, très dur. Je sais que les Pays d'ailleurs, c'est son Ky à elle, son idéal, le plus bel endroit de la terre, plein de promesses.

Nous traversons la place du village, où se dresse l'énorme pierre. Remarquant deux fentes sur le devant, je demande :

– À quoi ça sert ?

– À voter, répond Lyna. C'est ainsi que nous exprimons nos choix. Chaque habitant du village possède un petit caillou gravé à son nom qu'il glisse dans l'urne de son choix. Ensuite, on les compte et c'est celle où il y en a le plus qui l'emporte.

– Il n'y a jamais plus de deux choix ?

– Non, pas en général.

Elle me fait signe de la suivre de l'autre côté de la pierre. Je découvre une liste de noms gravés en colonnes, qui vont jusqu'en bas. Il ne reste plus de place.

– Dans cette colonne, ce sont tous ceux qui sont morts ici, à La Traverse. Et celle-ci, c'est la liste de tous ceux qui sont partis vers les Pays d'ailleurs. C'est la dernière étape du voyage, donc on y a noté le nom de tous ceux qui sont passés par ici en chemin.

Je reste un moment à parcourir la liste, espérant en trouver un que je connais. Au début, je le laisse passer, incrédule, puis je reviens en arrière. Non, c'est bien ça.

Matthew Markham.

Je me tourne vers Lyna, pleine d'espoir, effleurant son nom du bout du doigt.

– Tu l'as connu?

– Pas bien. Il venait d'un autre village.

Elle me dévisage avec intérêt.

– Et toi?

Le cœur battant, je confirme:

– Oui, il vivait dans mon quartier, mais ses parents l'ont envoyé hors de la Société.

J'aurais dû penser à poser la question plus tôt. J'ai tellement hâte d'annoncer à Ky que son cousin est passé par ici, qu'il est peut-être vivant, quelque part, même si c'est dans un endroit dont personne ne revient.

– Beaucoup de ceux qui ont disparu sont partis dans les Pays d'ailleurs, dit-elle. Certains, mais je ne sais plus si c'est le cas de Matthew, se sont dit que, puisque leurs parents ne voulaient pas qu'ils restent dans la Société, ils iraient encore plus loin que ne l'avaient souhaité leurs familles. Comme une sorte de revanche.

Elle pose également le doigt sur son nom.

– Mais tu dis qu'il se faisait appeler comme ça dans le quartier?

– Oui, il s'agit de son vrai nom.

– C'est déjà un bon point, car beaucoup d'entre eux ont changé de nom. Pas lui. Ça signifie qu'il ne voulait pas effacer complètement sa trace si jamais quelqu'un était à sa recherche.

– Mais ils n'avaient pas de dirigeables… Ils devaient donc gagner les Pays d'ailleurs à pied?

Elle acquiesce.

– C'est pour ça qu'ils ne revenaient pas. Le trajet est trop long. Sans dirigeable, ça prend des années.

Elle désigne le bas de la pierre.

– Il reste juste assez de place pour nos noms. C'est un signe, il est temps qu'on parte.

– Je comprends.

L'enjeu est immense, presque insurmontable, pour chacun d'entre nous.

En arrivant au dispensaire, je parle de la pierre à Ky.

– C'est la preuve qu'Anna a raison, il n'est pas mort à Oria. À moins qu'il n'y ait un autre Matthew Markham, mais selon toute probabilité…

J'arrête de calculer pour soupirer :

– Je pense que c'est lui. Je le sens.

J'essaie de me rappeler Matthew. Brun, plus âgé que moi, beau. Il ressemblait assez à Ky pour qu'on devine qu'ils étaient cousins, mais il était différent. Pas aussi renfermé… il avait un rire plus sonore, il se faisait davantage remarquer. Mais il était aussi gentil.

– Ky, quand on aura trouvé le traitement, je t'emmènerai voir la pierre. Ensuite, on pourra rentrer prévenir Patrick et Aida.

La porte s'ouvre. Anna vient enfin me voir avec Eli.

Il a beaucoup grandi, mais il me laisse le serrer dans mes bras, comme j'espère le faire avec Bram quand je le reverrai, tout contre mon cœur.

– Tu as réussi, dis-je.

Il sent la nature, le pin, la terre. Je suis tellement heureuse que les larmes roulent sur mes joues malgré mon sourire.

– Oui, confirme Eli.

– J'ai vécu dans ta ville, dis-je, à Central. Je pensais à toi tout le temps, je me demandais si j'étais passée dans la rue où tu habitais. J'ai vu le lac.

– Ça me manque parfois, avoue-t-il en avalant sa salive. Mais c'est mieux ici.

– Oui, bien mieux.

Lorsqu'il se dégage de mon étreinte, j'aperçois Hunter. Il a toujours les bras couverts de lignes bleues, le regard très las.

– J'aimerais voir Ky, dit Eli.

Je me tourne vers Anna.

– Vous êtes sûre qu'il est immunisé?

Elle acquiesce.

– Il a beau ne pas porter la marque, il est protégé, comme nous tous.

Je m'écarte du lit pour qu'Eli puisse passer de l'autre côté. Il s'accroupit au chevet de Ky et plonge ses yeux dans les siens.

– J'habite dans les montagnes désormais, dit-il.

Je suis obligée de détourner la tête.

Anna désigne mon infopod.

– Les recherches sur le traitement avancent? demande-t-elle.

Je secoue la tête.

– Je ne suis pas très utile. Je ne connais pas assez bien les ingrédients qui figurent sur les listes. J'ai beau lire les descriptions, j'ignore à quoi ressemblent les végétaux et les animaux que vous mangez.

– Et selon toi, c'est important?

– Oui.

– Je pourrais te les dessiner, si tu veux. Dis-moi quels sont ceux que tu n'as jamais vus.

Je prends un bout de papier pour les lui noter. La liste est longue, je suis gênée.

– Je vais m'y mettre tout de suite, décide-t-elle. Par quoi veux-tu que je commence?

– Les fleurs. Merci, Anna.

– Ça me fait plaisir.

– Et merci d'être venu voir Ky, Hunter.

Il secoue la tête comme pour répondre « de rien ». J'aimerais lui demander comment ça va, avoir plus de détails sur leur nouvelle vie, mais avec un petit signe du menton, il s'en va. Je devrais y aller aussi. J'ai encore tant et tant de données à recouper pour trouver ce traitement.

CHAPITRE 36
KY

En partant, Cassia me promet à chaque fois qu'elle reviendra.

J'ai l'impression qu'elle n'est pas venue depuis longtemps, mais c'est difficile à juger. Une fois qu'elle est partie, j'entends d'autres voix, comme j'avais entendu Vick alors qu'il était mort.

Cette fois, c'est Indie qui me parle, pourtant c'est impossible, elle n'est pas là.

– Ky, j'ai emmené Cassia à Camas pour toi.

– Je sais. Je sais, Indie.

Je ne la vois pas. Mais j'entends si distinctement sa voix que j'ai du mal à croire que c'est moi qui invente tout. Parce qu'Indie ne peut pas être là, en train de me parler, n'est-ce pas?

– Je suis malade, dit-elle. Alors j'ai fui. On n'a toujours pas de traitement.

– Où tu vas? je demande.

– Aussi loin que je le pourrai avant de plonger.

– Non, non, Indie. Reviens. Ils vont trouver un traitement. Et puis, si tu as l'ancienne version de la maladie, ils peuvent peut-être te soigner.

C'est fou de devoir lui dire ça, mais je n'ai pas le choix.

Elle ne m'écoutera pas de toute façon.

– Non, réplique-t-elle, j'ai la mutation.

– Tu ne peux pas le savoir.

– Si, j'ai des taches rouges dans le dos. Ça fait mal, Ky. Alors, je suis partie en courant...

Elle rit.

– Enfin, en volant, plutôt. J'ai emprunté un dirigeable au Pilote.

Je répète son nom, inlassablement, pour tenter de l'arrêter. Indie, Indie, Indie.

– Même quand je te haïssais de tout mon cœur, j'aimais encore ta voix, me confie-t-elle.

– Indie..., je commence.

Elle ne me laisse pas poursuivre.

– Je suis vraiment le meilleur pilote que tu aies jamais connu? me demande-t-elle.

Elle l'est.

– Oui, dit-elle.

Et je devine à sa voix qu'elle sourit. Elle est toujours tellement belle quand elle sourit.

– Autrefois, je croyais que le Pilote arriverait par la mer, tu te rappelles? À cause de la chanson que ma mère me chantait.

Elle entonne d'une voix forte et assurée:

– *Sur son bateau, un jour,*

Elle filera jusqu'au rivage, eh oui.

Elle s'interrompt.

– Je pensais qu'elle essayait de me dire que je serais peut-être le Pilote, un jour. Alors, j'ai construit un bateau pour m'enfuir.

Je la supplie:

– Fais demi-tour. Reviens. Qu'ils te mettent sous perfusion pour te garder en vie.

– Je n'ai aucune envie de mourir, réplique-t-elle. Soit ils m'abattront, soit je trouverai un endroit où atterrir, puis je courrai jusqu'à ce que je n'en puisse plus. Tu ne comprends pas ? Je n'abandonne pas. Je veux courir, rester en mouvement jusqu'à la fin. Je ne peux pas faire marche arrière.

Maintenant, je ne sais plus quoi dire.

– Ce n'est pas le vrai Pilote, affirme-t-elle. J'en suis sûre.

Elle soupire, oppressée.

– Tu te rappelles quand je croyais que c'était toi ?

– Oui.

– Tu sais qui est le vrai Pilote ? me questionne-t-elle.

– Bien sûr, et toi aussi.

Elle a du mal à respirer. J'ai l'impression qu'elle pleure. Quand elle reprend la parole, sa voix est chargée de larmes, mais je sens qu'elle sourit à nouveau.

– C'est moi, affirme-t-elle.

– Oui, évidemment, je dis.

Il y a un court silence.

– Tu m'as rendu mon baiser, non ?

– Si.

Je n'ai plus de regrets.

Quand Indie m'a embrassé, j'ai senti sa souffrance, son désir, son envie. Ça m'a brisé de savoir ce qu'elle ressentait, de réaliser à quel point je l'aimais, mais pas d'une manière qui pouvait marcher. Je la comprends tellement, c'est si profond et si intense que ça me détruirait.

Le plus étrange, c'est que ses sentiments pour moi l'ont aidée à tenir.

J'ai sur elle le pouvoir que Cassia a sur moi. Je le savais, c'est pour ça que je lui ai rendu son baiser.

J'ai l'impression de courir avec elle. Je revois des scènes de sa vie. Un bateau qui prend l'eau, coulé par les Officiels sous ses yeux, à Sonoma. La descente de la rivière pour rejoindre le Soulèvement, qui ne l'a pas sauvée. Notre baiser. Un décollage, un atterrissage, la fuite, courir, courir, courir pour ne pas devenir immobile...

Puis soudain plus rien. Rien que du noir.

Ou était-ce du rouge?

CHAPITRE 37
XANDER

– Oker, l'équipe de classement a établi une nouvelle liste, annonce Lyna.

– Encore? Pose-la là.

Il désigne le bout de la table.

En théorie, ces listes peuvent lui fournir des indices précieux. L'équipe tente de déterminer quels facteurs sont les plus susceptibles de contribuer à l'immunité. Ensuite à Oker de comprendre comment cela fonctionne. Si par exemple manger une variété de végétaux semble être un facteur, quelle partie de la plante est importante? Comment l'intégrer à un traitement? À quelle dose? La collaboration entre nos équipes est censée nous faire gagner du temps et augmenter nos chances de trouver un traitement rapidement.

Mais Oker ne semble pas avoir envie d'interrompre ce qu'il est en train de faire pour lire la liste. Je sais que Cassia a travaillé dur dessus. Et qu'elle contient des informations précieuses. Je m'éclaircis la voix, mais Lyna me devance:

– Il faut la regarder, lui dit-elle. L'équipe de classement a de nouveau passé au crible toutes les données avec les dernières informations du dispensaire et vos propres observations. Ils ont calculé la probabilité que chacun de ces ingrédients puisse effectivement soigner la maladie.

– Très bien, mais tout ça, vous me l'avez déjà dit.

Il se dirige vers son bureau, son infopod à la main.

– Oker! En tant que responsable des recherches, je vous ordonne de consulter cette liste ou je vous relève de vos fonctions.

– Ha! réplique-t-il, de toute façon, vous n'avez pas d'autre pharmacien.

– Vos assistants sont tout à fait compétents, rétorque Lyna.

Oker s'approche en marmonnant entre ses dents.

– Ils me donnent des listes sans arrêt. Je ne vois pas ce que celle-ci a de spécial!

– Nous avons un nouveau membre dans l'équipe, lui rappelle-t-elle. Et vous savez bien que, dans les Provinces, ils font également appel à ce genre de procédé pour faire avancer les recherches.

– Évidemment! C'est la Société, enfin, anciennement. Ils sont incapables de la moindre pensée autonome ou originale. Ils s'en remettent toujours aux chiffres et aux calculs.

Lyna insiste:

– Cassia, la nouvelle...

Oker agite la main.

– Je n'ai pas besoin de connaître votre équipe. Je vais la regarder, votre liste.

Et il retourne dans son bureau avec l'infopod et la liste en claquant la porte derrière lui.

Cependant, à peine quelques minutes plus tard, il la rouvre. Je m'attends à ce qu'il fasse remarquer à Lyna qu'il est temps qu'elle parte d'un ton sarcastique, mais il reste planté là, le front plissé, en pleine réflexion.

– Camassia…, murmure-t-il.

– C'est Cassia, je corrige, pensant qu'il essaie de se rappeler son nom.

– Non, camassia, me coupe-t-il. Il s'agit d'une plante. On ne s'y est pas beaucoup intéressés pour l'instant.

Il marmonne pour lui-même comme si nous n'étions pas là.

– Comestible. Et même très nourrissante. Ça a un goût de pomme de terre, en plus sucré. La fleur est violette, c'est de là que la province de Camas tire son nom.

Il sort brusquement de ses pensées pour planter son regard dans le mien.

– Je vais aller en cueillir.

– La camassia n'a pas un taux de probabilité très haut selon les calculs de l'équipe de classement, fait remarquer Lyna.

– On n'est pas dans la Société, gronde Oker. On ne se fie pas uniquement aux chiffres. On fait aussi confiance à l'intuition et à l'intelligence dans ce village, non ? Si on veut trouver un traitement avant ceux des Provinces, il faut qu'on arrête de penser comme eux.

Lyna secoue la tête. Elle doit être en train de chercher comment gérer au mieux le problème. Elle se pose sans doute la question qui doit la tarauder sans répit : Oker est-il une recrue performante au point qu'elle doive le laisser faire ce qu'il veut, même si c'est en contradiction totale avec ce qu'elle estime nécessaire ?

– Bon, voilà ce que je vous propose, reprend-il. Vous n'avez qu'à rassembler les ingrédients de la liste, et je fabriquerai également la formule que vous voulez.

Il se tourne vers Noah et Tess.

– Vous, vous restez là, et vous vous occupez des poches de perfusion.

– On en a d'avance, souligne Noah.

– Il nous en faut beaucoup plus, réplique Oker avec impatience. Ne laissez jamais un patient sans perfusion, surtout pas le dernier arrivé.

Puis il me regarde.

– Allez, viens. Tu vas m'aider pour la cueillette.

– Nous n'avons que sept patients susceptibles de participer à des essais, rappelle Lyna tandis qu'Oker me montre le matériel à mettre dans un sac – des bandes de toile propres, des gourdes et deux petites pelles. Il faut attendre que les autres aient évacué le dernier traitement de leur organisme.

– Alors on ne prendra que sept patients, soupire Oker en dissimulant mal son agacement.

– Le Pilote voudra une preuve plus criante…, commence-t-elle.

– Alors, donnez-leur tous mon nouveau traitement, la coupe-t-il en poussant la porte. On tourne en rond. Je prépare les poches de solution. Vous décidez qui les prend. Assurez-vous juste que le patient le plus récent reçoive mon traitement.

Il lance un regard à Lyna par-dessus son épaule.

– Vous devriez demander à votre équipe de calculer quelles sont nos chances de réussir avant ceux des Provinces. Nous ne sommes pas le seul espoir du Pilote. Il jette tout ce qui lui passe entre les mains dans les airs dans l'espoir que quelque chose décolle. Et nous, nous ne sommes qu'un minuscule oisillon faiblard.

– Vos préparations peuvent faire toute la différence et le Pilote en est conscient, affirme Lyna.

– Je n'ai pas dit qu'on ne serait pas les premiers à trouver, corrige Oker. Mais ça n'arrivera que si vous me laissez faire ce que j'ai à faire.

– Nous avons de la camassia en réserve, dit Lyna dans une dernière tentative d'opposition. Pas besoin de marcher jusqu'aux champs.

– Je la veux toute fraîche cueillie, réplique Oker.

– Alors je vais envoyer quelqu'un. Ce sera plus rapide.

– Non ! proteste Oker. Non !

Il prend une profonde inspiration.

– Rien ne doit compromettre les chances de réussite de ce traitement. Je veux superviser sa fabrication du début à la fin.

Ça, c'est bien ce que dirait un vrai Pilote. Oker sort, je lui emboîte le pas.

Je n'ai pas la vanité de croire qu'Oker m'a choisi parce que c'est en moi qu'il a le plus confiance. Il compte sur Noah et Tess pour préparer les poches de perfusion des patients, tâche qu'il n'oserait pas encore me confier sans supervision. Il a juste besoin de quelqu'un pour l'aider à ramasser ses plantes.

Et puis, il aime bien discuter de la mutation avec moi parce que j'ai travaillé en direct avec les patients atteints. J'ai pu observer de près, et ça l'intrigue. Il est à l'origine du premier traitement. Il a étudié la Peste depuis le début.

– Où va-t-on ? je demande. Loin ?

– À quelques kilomètres. Le champ auquel je pense n'est pas dans le coin, il est plus près de l'un des autres villages-passerelles, en direction de Camas.

Je le suis entre les hautes herbes et les rochers. Je ne distingue même pas de sentier.

– On dirait qu'il n'y a plus beaucoup de passage entre les villages, je remarque.

– Non, pas depuis la dernière arrivée. Nous avons bien envoyé des équipes cueillir des plantes sauvages, mais la montagne reprend vite le dessus.

De temps à autre, nous passons devant une pierre ronde, enfoncée dans le sol. D'après Oker, elles indiquent que nous sommes sur la bonne voie.

– Je suis venu jusqu'ici à pied, me confie-t-il.

Sa voix est calme, presque rêveuse, et pourtant il marche aussi vite qu'il peut.

– À l'époque, les pilotes déposaient les gens au premier village, et on devait continuer tout seul ensuite. J'ai décidé d'aller le plus loin possible, jusqu'à La Traverse. Je craignais de ne pas y arriver puisque, selon la Société, j'avais l'âge d'être mort; pourtant j'ai continué... jusqu'au bout.

Il rit.

– J'ai marché, marché, marché sans m'arrêter le jour de mon Banquet final.

– C'est ce que mon ami a essayé de faire. Marcher pour échapper à la mutation. Il était persuadé que, s'il restait en mouvement, il ne plongerait pas dans l'immobilité.

– Qu'est-ce qui lui a donné cette idée? s'étonne Oker.

– Peut-être parce que Cassia a survécu au comprimé bleu en continuant à marcher.

Je m'attends à ce qu'il réplique que c'est impossible, mais il se contente de dire:

– Ils ont peut-être raison. On a vu encore plus étrange...

Il sourit.

– C'est peu courant comme nom, Cassia. Il s'agit d'une plante dont l'écorce peut être utilisée comme condiment.

– Il y a un rapport avec celle que nous cherchons? Parce que les noms se ressemblent.

– Non, pas à ma connaissance.

– Elle a participé à l'élaboration de la liste. Vous devriez y jeter un coup d'œil une fois qu'on en aura fini avec la camassia, dis-je.

Je n'ose pas – encore – ajouter que ce devrait être elle, et non Oker, qui décide quel traitement devrait être administré à Ky.

Il s'arrête pour sortir son matériel. Je pourrais avancer plus vite, néanmoins il est en excellente forme pour une personne aussi âgée.

– La camassia devrait se trouver par ici. C'est ici que les habitants des villages viennent la récolter. Mais ils n'auront pas tout pris. Ils savent qu'il faut toujours en laisser un peu pour qu'elle repousse l'année suivante.

Il quitte le sentier pour traverser un bosquet.

Je le suis. Il y a des pins et d'autres espèces que je ne connais pas, à l'écorce blanche, aux feuilles minces et vertes. J'adore leur bruissement lorsque nous passons en dessous.

Oker désigne le sol.

– Tu as vu ?

Je mets un moment à les repérer. Les fleurs sont un peu sèches, mais bien violettes comme il l'avait dit.

– Tu n'as qu'à creuser là. Ne les arrache pas toutes. Prends un pied sur deux. On n'a pas besoin des fleurs, juste des racines. Enveloppe-les dans une bande de toile qu'on trempera dans l'eau.

Il tend le doigt vers un ruisseau qui se faufile à travers les herbes, rendant le sol marécageux.

– Fais-moi ça le plus vite possible.

Je m'agenouille pour récolter les racines. Quand j'extrais le bulbe de la terre, il est tout marron, tout sale, avec son petit pinceau de racines emmêlées. Ça me rappelle le jour où, avec Cassia, on avait planté des fleurs et on s'était embrassés à Oria. J'ai vécu des mois porté par le simple souvenir de ce baiser.

Je trempe les bandelettes de toile dans le ruisseau avant d'en envelopper les bulbes un à un. Puis je retourne en récolter d'autres, le soleil me chauffe la nuque, j'aime l'odeur de la terre. Comme j'ai un peu mal au dos, je me relève pour m'étirer. Mon sac est presque plein.

Oker m'attend, impatient. Il s'accroupit à côté de moi pour tenter d'arracher un plant avec des gestes maladroits. La fleur ballotte de-ci de-là. Il tire, tire, tire, les mains crispées sur la racine et me la tend.

– Enveloppe-la, je ne peux pas le faire.

J'emballe sa récolte avant de finir de remplir nos sacs. Quand je passe les deux bandoulières sur mes épaules, il secoue la tête.

– Je peux porter le mien.

Je le lui rends en acquiesçant.

– Tenez. Vous pensez vraiment que cette camassia est le remède?

– Disons qu'il y a de bonnes chances. Allez, rentrons vite.

Oker est obligé de faire une petite pause en chemin.

– J'ai oublié de manger ce matin, se justifie-t-il.

C'est la première fois que je le vois à bout de forces. Il s'appuie contre un rocher, les sourcils froncés, agacé, attendant que son cœur se calme un peu.

– Je me demandais…

Oker grogne, mais ne m'interrompt pas, aussi je poursuis:

– Comment les habitants du village ont-ils compris qu'ils étaient immunisés contre la Peste au départ, avant la mutation?

– Nous savions depuis des années qu'ils étaient protégés contre le virus d'origine. Lorsque la Société l'a envoyé à l'ennemi, l'un des pilotes qui étaient chargés de larguer la Peste au-dessus de leur territoire a déserté sa base militaire pour venir se réfugier dans le premier village-passerelle, le plus proche de Camas.

– Pourquoi?

– C'était l'un des pilotes qui avaient aidé les Disparus, il connaissait des habitants du village. Mais, au bout d'une semaine, il est tombé malade…

Oker s'écarte du rocher en le repoussant des deux mains.

– Il faut repartir.

Les oiseaux gazouillent dans les arbres. L'herbe est si haute qu'elle fouette nos jambes de pantalon en faisant un petit froufrou.

– Évidemment, la Société avait prévu des traitements pour ceux qui se trouveraient en contact avec le virus, mais comme ce pilote n'est pas retourné dans la Société, il n'a pas pu en bénéficier. Et il est mort.

– Parce que les habitants du village n'avaient pas de médicaments ou parce qu'ils l'ont tué?

Oker me lance un regard noir.

– Ils l'ont laissé dans les bois, avec de quoi boire et manger, conscients qu'il allait mourir.

– Ils n'avaient pas le choix, dis-je. Il risquait de contaminer le village entier.

Il acquiesce.

– Quand il est tombé malade, il les a mis au courant de ce qui se passait – la Peste, l'ennemi. Il a supplié les habitants du village de retourner dans la Société lui chercher un traitement. Il les avait déjà exposés au virus, ils savaient bien qu'ils ne pourraient pas trouver un remède à temps, ils pensaient tous qu'ils allaient mourir. Ils ont fait avec les moyens du bord…

Oker rit.

– … car ils ignoraient qu'ils étaient immunisés.

– Ils ont exilé d'autres personnes?

– Non, ils ont mis en quarantaine ceux qui avaient été en contact avec lui, mais personne n'a développé la maladie.

Je soupire de soulagement.

– Pour les habitants du village, c'était une excellente chose. Comme ça, si la Société tentait de contaminer leur eau, ils ne mourraient pas. Ils n'ont pas ébruité la nouvelle. Quelqu'un a prévenu le Pilote, mais il n'a pas creusé la question jusqu'à ce que le virus mute.

Je devine la suite :

– C'est à ce moment-là qu'il s'est demandé s'ils étaient aussi immunisés contre la mutation.

– Tout à fait, confirme Oker. Il est venu ici demander qui serait volontaire pour tester son immunité et participer aux recherches sur le traitement.

– Je sais que des gens se sont portés volontaires pour être exposés à la mutation... mais pourquoi ?

– Pour des barquettes en alu, marmonne Oker, écœuré. Le Pilote en a apporté toute une cargaison, en précisant qu'il pouvait nous en fournir davantage.

– Mais quel est l'intérêt ? je m'étonne. La nourriture est largement meilleure ici !

– Pour le voyage vers les Pays d'ailleurs. Ces plats se conservent des années, c'est parfait à emporter. Le Pilote a promis d'en fournir à tous ceux qui voulaient partir si seulement certains d'entre nous acceptaient d'être exposés au virus. Ils leur ont injecté la mutation et ils les ont installés à l'écart, au cas où. Mais personne n'est tombé malade.

Oker a le sourire jusqu'aux oreilles.

– Tu aurais dû voir la tête du Pilote ! Il n'en revenait pas... tout à coup, il reprenait espoir ! C'est à ce moment-là qu'il nous a proposé de mettre les dirigeables à notre disposition si on l'aidait à trouver un traitement.

Oker enjambe de petites fleurs bleues qui poussent au milieu du chemin.

– Tes amis qui ont essayé de vaincre la maladie en continuant à marcher sont plus près de la vérité que tu ne le crois. Les pilules bleues ne sont pas toxiques. C'est un déclencheur.

– Un déclencheur ?

– Lorsque la Société a créé la Peste pour détruire l'ennemi, au cours de leurs expériences, les scientifiques ont inventé des dizaines d'autres virus. L'un d'eux avait des effets très similaires à celui de la Peste – les malades arrêtent de bouger, deviennent immobiles – sauf qu'il n'était pas contagieux d'humain à humain. Il n'affectait que la personne en contact direct avec le comprimé. La Société a décidé de ne pas utiliser ce virus contre l'ennemi, mais contre son propre peuple.

Oker me jette un regard.

– La Société a donné des noms à ces virus, ils ont baptisé celui-ci le virus céruléen.

– Pourquoi?

– Ça signifie bleu. L'étiquette du labo était bleue... Je me demande si c'est ça qui a donné aux Officiels l'idée de l'incorporer aux pilules bleues. La Société a atténué le virus céruléen et l'a inclus dans les vaccinations administrées aux bébés. Ainsi ils se réservaient la possibilité de déclencher ce virus avec la pilule bleue plus tard si besoin.

– C'est bien la logique de la Société, je soupire. D'un côté, ils protègent les gens et, en même temps, ils leur injectent un virus pour pouvoir les contrôler au cas où. Mais pourquoi n'y a-t-il pas eu davantage de victimes?

– Parce que c'est un virus latent. Il s'immisce dans l'organisme où il reste endormi et ne se déclenche qu'au contact du comprimé bleu. Celui qui en prend un plonge dans l'immobilité jusqu'à ce que la Société vienne à son secours. Sinon, il meurt. Ils ont également le remède contre le virus céruléen. Mais c'est là la limite de leur savoir: contre la mutation, ils n'ont rien.

– Pourquoi me racontez-vous tout ça? je demande.

– Parce que je peux tomber raide mort à tout instant, réplique Oker. Je tiens à ce que quelqu'un sache ce qui se passe.

– Pourquoi m'avoir choisi moi ? Vous ne me connaissez même pas !

– Tu as vu des gens atteints par la mutation. Tu as encore des proches, de la famille à l'intérieur de la Société. Et aussi ton ami, qui est ici. C'est une motivation personnelle pour trouver un traitement. Car tu sais que, si tu ne le soignes pas, tu te demanderas éternellement qui elle aurait choisi entre vous deux.

Il a raison, évidemment. Il a remarqué plus de choses que je ne l'aurais cru. Mais ça ne devrait pas me surprendre. C'est ainsi que devrait être le vrai Pilote.

Nous ne prononçons plus un mot de tout le reste du trajet.

En arrivant au laboratoire, nous étalons les bulbes sur la table.

Oker ordonne à Noah et Tess :

– Lavez-les sans trop les frotter. Nettoyez juste la terre.

Ils acquiescent.

– Je vais sélectionner les meilleurs, m'explique-t-il en fouillant dans le tas. Toi, rassemble le matériel. Il nous faut des couteaux, une planche à découper, un mortier et un pilon. Assure-toi qu'ils soient stérilisés.

Je me dépêche de tout préparer. Le temps que je finisse, Oker a déjà trié les bulbes. Il désigne un petit tas.

– Voici les meilleurs, on va commencer par ceux-là.

Il en pousse un vers moi.

– Ouvre-le. Tu vas devoir te charger de cette étape car j'en suis incapable.

Je coupe le bulbe en deux. En écartant les deux moitiés, je retiens ma respiration. Je découvre de multiples couches, comme dans un oignon, d'un blanc nacré magnifique.

Oker me tend le mortier et le pilon.

– Broie-le. Il va nous en falloir beaucoup.

La porte du laboratoire s'ouvre à la volée.

– Ah, vous êtes là ! s'exclame Lyna, livide. J'ai envoyé quelqu'un vous chercher.

– On vient de rentrer, je réplique. On a dû se croiser.

– Qu'est-ce qui se passe ? demande Oker.

– Les Immobiles…, murmure-t-elle. Ils commencent à mourir.

Un silence de plomb s'abat sur la pièce.

– Est-ce l'un des patients du premier groupe que le Pilote a amené ici ? veut savoir Oker.

– Oui, confirme Lyna.

Je laisse échapper un bref soupir de soulagement. Alors ce n'est pas Ky.

– Ça devait arriver un jour, affirme le vieil homme. Ce groupe survit depuis des semaines. On va aller voir ce qu'on peut faire.

Lyna acquiesce. Mais avant de partir, Oker me demande de remballer les bulbes dans la toile humide avant de les mettre sous clé. Il se tourne vers Noah et Tess.

– Préparez encore des poches de perfusion, ordonne-t-il. Mais personne ne travaille sur le nouveau traitement tant que je ne suis pas là.

Ils hochent la tête. Oker me reprend la clé, puis nous suivons Lyna au dispensaire. La foule qui s'est massée devant le bâtiment s'écarte pour nous laisser passer. Je suis Lyna et Oker, comme si j'étais des leurs. Et comme d'habitude, j'ai de la chance parce que personne ne me demande ce que je fais là. Si on me posait la question, je répondrais la vérité : que j'ai trouvé mon vrai Pilote et que je ne le lâcherai pas d'une semelle tant que nous n'aurons pas mis au point un traitement.

CHAPITRE 38
CASSIA

J'étais là quand le premier patient est mort.

Ce n'était pas une belle fin. Et ce n'était pas paisible.

J'ai entendu du remue-ménage à l'autre bout du dispensaire.

– Pneumonie, a diagnostiqué l'un des cliniciens du village. Ses poumons sont infectés.

Quelqu'un a tiré un rideau et ils se sont tous précipités pour tenter de le sauver. Il respirait difficilement, bruyamment, comme s'il avait bu la mer entière. Puis il a toussé, crachant une gerbe de sang. Je l'ai vu, malgré la distance. Rouge vif sur les draps blancs immaculés.

Tout le monde était bien trop occupé pour me demander de sortir. J'avais envie de fuir, mais je ne voulais pas laisser Ky. Je ne voulais pas qu'il entende tout ce vacarme, ni même sa propre respiration, si laborieuse.

Alors, je me suis accroupie à ses côtés et j'ai plaqué une main tremblante contre l'une de ses oreilles, puis je me suis penchée tout près pour chanter à voix basse dans l'autre. C'était la première fois, je ne savais même pas que j'en étais capable.

Je suis encore en train de chanter lorsque Lyna arrive, accompagnée d'Oker et de Xander. Je suis obligée de continuer parce qu'un autre patient est en train de s'étouffer.

L'un des cliniciens se plante devant Oker pour lui jeter au visage :

– C'est votre faute. Vous avez voulu qu'ils continuent à avoir des sensations et voilà ! Venez voir ce que vous avez fait. Il sait ce qui lui arrive. Ce n'est pas la paix qu'on lit dans ses yeux.

– Il est sorti de l'immobilisme ? s'étonne Oker.

La note d'excitation que je décèle dans sa voix me donne la nausée.

– Juste assez pour comprendre qu'il est en train de mourir, répond le clinicien. Il n'est pas guéri.

Xander se penche vers moi pour demander :

– Ça va ?

Je hoche la tête sans cesser de chanter. Il voit bien dans mon regard que je ne suis pas folle. Il m'effleure le bras, brièvement, puis suit Oker auprès des autres patients.

Je comprends. Il veut voir ce qui se passe. Il a trouvé un nouveau Pilote en Oker. Si je devais choisir mon Pilote, ce serait Anna.

Pourtant, je sais qu'on ne peut compter sur personne. À part soi-même. Un seul Pilote pour tous, c'est impossible. Il faut être assez fort pour continuer de lutter sans se raccrocher à la croyance que quelqu'un va descendre du ciel pour nous sauver. Ça me fait penser à mon grand-père.

– *Tu te souviens de ce que je t'ai dit au sujet de la pilule verte ? me demande-t-il.*

– *Oui, tu m'as dit que j'étais assez forte pour m'en passer.*

– *« Espace vert, pilule verte, dit-il, reprenant le poème improvisé il y a si longtemps. Une fille verte aux yeux verts. »*

– Je n'oublierai jamais ce jour-là, dis-je.
– Pourtant, tu as du mal à te rappeler ce jour-ci, affirme-t-il.
Son regard est tendre, plein de compassion.
– Oui. Pourquoi ?
Grand-père ne me répond pas, en tout cas pas tout de suite.
– Il y a une expression pour désigner un jour mémorable : « un jour à marquer d'une pierre blanche », ça veut dire qu'il faudrait l'entourer en rouge dans ton agenda. Tu t'en souviens ?
– Je ne suis pas sûre.
J'enfouis mon visage entre mes mains. J'ai l'esprit embrumé, pas clair. Grand-père a l'air triste, mais déterminé – ce qui me donne un nouvel élan.
Je regarde à nouveau autour de moi, les boutons rouges, les fleurs.
– Entre nous, dis-je avec une lucidité soudaine, on pourrait appeler ça le jour du jardin rouge.
– Oui, confirme-t-il, le jour du jardin rouge, un jour mémorable.
Il se penche vers moi.
– Ça va être difficile de te le rappeler. Même cet instant ne sera plus clair dans ta mémoire. Mais tu es forte. Je sais que tu retrouveras les moindres détails.

Je viens de me remémorer un autre épisode de ce jour du jardin rouge. Je vais tout retrouver. C'est grand-père qui l'a dit. Je serre la main de Ky plus fort dans la mienne et je continue à chanter.

Vent sur la colline, sous un arbre,
Au-delà de la frontière, personne ne voit.

Je continuerai à lui chanter à l'oreille jusqu'à ce que les gens arrêtent de mourir, et je découvrirai le traitement.

CHAPITRE 39
KY

Au-delà de la frontière, personne ne voit.

Je suis dans la mer.

Je plonge, je ressors. Sous l'eau, hors de l'eau. Puis je m'enfonce, profond, profond. Indie est là aussi.

– Tu n'es pas censé être là, me dit-elle, agacée.

Exactement comme dans mes souvenirs.

– C'est mon endroit à moi. C'est moi qui l'ai découvert.

Je proteste :

– Tu ne possèdes pas toute l'eau du monde !

– Si, et le ciel. Tout ce qui est bleu m'appartient, maintenant.

– Les montagnes sont bleues, je remarque.

– Alors, elles sont à moi.

On monte, on descend, sur les flots, l'un à côté de l'autre. Je me mets à rire. Indie m'imite. Je n'ai plus mal, je me sens tout léger. Je n'ai peut-être plus de corps.

– J'adore l'océan, dis-je.

– Je savais que ça te plairait, répond-elle, mais tu ne peux pas me suivre.

Elle sourit, puis s'enfonce et disparaît sous une vague.

CHAPITRE 40
CASSIA

Anna se présente sur le seuil du dispensaire.

– Cassia, viens avec nous.

– Impossible, dis-je en parcourant mes notes pour regarder les différentes fleurs.

Lys sego. Éphédra. Pinceaus indiens.

Elle devait m'apporter des dessins. A-t-elle oublié ? Je m'apprête à lui poser la question, lorsqu'elle reprend :

– Tu ne veux pas assister au vote ?

Les habitants du village et les Fermiers se sont réunis sur la place pour décider ce qu'ils vont faire du traitement qu'ont préparé Oker, Xander et les autres assistants. Ils doivent se mettre d'accord sur la procédure à suivre : qui le recevra en premier et comment.

Je secoue la tête.

– Non, je veux continuer. J'ai raté un détail… Et je ne veux pas quitter Ky. Quelqu'un lui a ôté sa perfusion. Je ne le laisse pas seul une seconde.

Anna se tourne vers l'un des cliniciens.

– C'est vrai ?

Il hausse les épaules d'un air morose.

– Possible. Mais je ne vois pas comment. Il y a toujours quelqu'un de garde. Et puis, qui pourrait bien vouloir du mal aux patients ? Nous voulons tous trouver le traitement.

Ni Anna ni moi ne répliquons, mais il n'est pas sûr que tous les habitants du village soient de cet avis.

– Je t'ai fabriqué un caillou, m'annonce Anna.

Elle me tend une petite pierre gravée à mon nom. *Cassia Reyes*. Je lève enfin les yeux vers elle. Elle a peint des lignes bleues sur son visage et ses bras. Remarquant mon regard, elle explique :

– Quand on vote, je revêts les marques rituelles. C'est une tradition du Labyrinthe.

Je prends la pierre.

– J'ai le droit de voter ?

– Oui, le conseil du village a décidé que Xander et toi aviez droit à une voix, comme tout le monde.

Je suis touchée. Ils nous font confiance, alors.

– Je n'ai pas envie de laisser Ky. Quelqu'un pourrait peut-être voter pour moi ?

– Oui, mais je trouve que tu devrais assister à la cérémonie. C'est un événement auquel tout futur chef devrait assister au moins une fois.

Qu'est-ce qu'elle entend par là ? Je n'ai pas l'intention de devenir chef.

– Veux-tu que Hunter le surveille à ta place ? propose-t-elle. Juste le temps que tu votes ?

Je regarde Hunter qui se tient derrière elle. Je me rappelle la première fois que je l'ai vu. Il était en train d'enterrer sa fille. Il avait gravé un vers magnifique sur sa tombe.

– D'accord, dis-je.

Ça ne prendra pas longtemps. Et j'en profiterai pour la questionner au sujet des fleurs.

Hunter tend sa pierre à sa mère.

– Je vote pour Lyna, dit-il.

Elle acquiesce.

– Je déposerai ta pierre.

Anna avait raison.

La scène qui se déroule sous mes yeux est tellement extraordinaire que j'en ai le souffle coupé.

Tout le monde est venu, son caillou à la main. Certains, comme Anna, en ont deux, car quelqu'un leur a demandé de voter pour eux, par procuration. Il faut atteindre un sacré niveau de confiance pour que cela fonctionne.

Oker et Lyna se tiennent devant les deux urnes, tandis que d'autres, dont Colin, surveillent que personne ne déplace les cailloux qui ont déjà été déposés. Il faut choisir entre deux propositions : celle d'Oker ou celle de Lyna. Il y a quelques indécis, mais la plupart se dirigent d'un pas décidé vers Oker pour déposer leur pierre. Ils sont d'avis de donner le traitement à la camassia à tous les patients qui peuvent le prendre. Les plus prudents, cependant, choisissent Lyna, qui veut essayer différents remèdes en même temps.

L'urne d'Oker est presque pleine.

Le vote se fait à l'ombre de l'immense pierre du village et, à voir chaque habitant avec son caillou au creux de la main, je pense à Sisyphe et à l'histoire du Pilote, celle que j'ai échangée contre la boussole de Ky, voici des mois. Les croyances et les mythes sont si étroitement tissés qu'il est difficile de savoir où s'arrête la réalité et où commence la fiction.

Mais ça n'a peut-être pas d'importance, finalement. C'est ce que m'a dit Ky, après m'avoir raconté l'histoire de Sisyphe, sur la Colline. « Même s'il n'a pas existé, nous sommes nombreux à avoir vécu une expérience analogue. Donc, en définitive, son histoire est vraie. »

Xander se fraie un chemin dans la foule pour me rejoindre. Il a l'air à la fois épuisé et exalté. Quand je tends la main vers lui, il la serre fort.

– Tu as voté ? je demande.

– Pas encore. Je voulais te demander si tu étais sûre de la dernière liste que tu nous avais fournie.

Oker est tout près, il entend tout ce qu'on dit, mais je réponds tout de même franchement :

– Pas du tout. Il y a un détail qui m'échappe.

Je vois une lueur de soulagement éclairer le visage de Xander ; ce que je viens de lui confier facilite sa décision. Maintenant, ce n'est plus comme s'il avait à choisir entre Oker et moi.

– Et c'est quoi, ce détail, à ton avis ?

– Je l'ignore, mais je crois que c'est en rapport avec les fleurs.

Xander dépose sa pierre dans l'urne près d'Oker.

– Qu'est-ce que tu vas faire, alors ?

Je ne suis pas encore prête à voter. Je n'en sais pas assez sur les deux propositions pour me décider. Je serai peut-être prête pour le prochain vote, si je suis encore là. Du coup, je sors le papier que ma mère m'a envoyé et j'y glisse mon caillou, à côté de la microcarte. Je prends garde à bien le replier le long des lignes.

En relevant la tête, je croise le regard d'Oker. Il a l'air plongé dans ses pensées, très concentré, c'est un peu perturbant. Je me retourne vers Xander.

– À ton avis, pour qui aurait voté Ky ? me questionne-t-il.

– Aucune idée.

– On veut lui administrer le traitement qui a les meilleures chances de réussite, m'explique-t-il. Parce que c'est lui qui est devenu immobile le dernier.

Il faut que je les en empêche! Je réplique aussitôt:

– Non, il faut l'essayer sur d'autres patients d'abord!

– Mais... je pense que ça va marcher, affirme Xander. Oker en est pratiquement sûr. Je crois que...

– Xander, nous coupe Oker, on y va.

– Vous ne restez pas pour la mise à l'eau? s'étonne Lyna, surprise.

– Non.

– Les Fermiers vont l'interpréter comme un affront. C'est le moment où ils interviennent dans la cérémonie.

Oker s'éloigne déjà, balayant ses objections d'un revers de main.

– On n'a pas le temps. Ils comprendront.

– Tu retournes au dispensaire? me questionne Xander.

– Oui.

Je dois rester auprès de Ky pour le protéger jusqu'à ce qu'on ait un traitement efficace. Mais je n'ai pas envie de partir tout de suite, j'aimerais voir comment ça se passe ensuite.

Colin s'avance, levant la main pour faire taire la foule.

– La dernière pierre a été jetée, déclare-t-il.

Oker a gagné, c'est évident. Il y a bien plus de cailloux dans son urne que dans celle de Lyna. Mais Colin n'annonce pas le résultat tout de suite. Il recule pour laisser passer des Fermiers chargés de seaux d'eau. Leurs bras sont ornés de lignes bleues; Anna leur emboîte le pas.

– Les Fermiers utilisent le même système de cailloux pour voter, m'explique Eli à voix basse, mais ensuite ils font intervenir l'eau. Les habitants du village ont repris leurs rites pour leur cérémonie.

Anna fait face à la foule pour prendre la parole:

– Nous affirmons le pouvoir de notre choix et nous suivons la décision de l'eau, comme celle qui coulait dans notre canyon.

Les Fermiers vident leurs seaux dans les deux fentes en même temps.

L'eau jaillit de l'autre côté. L'urne d'Oker en laisse passer un peu, mais c'est la plus pleine, les cailloux retiennent le flot.

– Le peuple a parlé. Nous essaierons d'abord le traitement d'Oker, déclare Colin.

Je me faufile dans la foule aussi vite que l'eau entre les cailloux, courant au dispensaire pour protéger Ky de ce nouveau traitement.

Mais quand je pousse la porte du bâtiment, je ne comprends pas ce qui se passe. On dirait qu'il pleut à l'intérieur. J'entends comme un ruissellement sur le plancher.

Toutes les poches ont été décrochées, elles se vident par terre.

Toutes, pas uniquement celle de Ky. Je fonce droit vers lui. Il a du mal à respirer, ses poumons sont pleins d'eau.

On lui a ôté sa perfusion, elle pend à la potence au-dessus de son lit. Le liquide tombe goutte à goutte sur le sol. *Plic ploc, plic ploc.*

Et c'est pareil pour tous les autres. L'espace d'un instant, je ne sais pas quoi faire. Où sont tous les cliniciens ? Sont-ils partis voter ? Je ne sais pas remettre une perfusion !

Un bruit à l'autre bout de la pièce me fait tourner la tête. C'est Hunter. Il est près des patients que le Pilote a amenés en premier. Il se tient planté là, dans l'ombre, sans bouger.

Je le rejoins lentement.

– Hunter… Qu'est-ce qui s'est passé ?

J'entends quelqu'un pousser la porte dans mon dos.

Anna.

Livide, elle se fige à quelques pas de moi, fixant son fils. Il ne détourne pas les yeux – des yeux où on lit toute sa souffrance.

Je remarque alors les cliniciens qui gisent par terre, non loin de lui. Morts ?

– Tu as essayé de tuer tout le monde !

Mais je sais que ce n'est pas vrai. S'il avait voulu les tuer, il aurait attendu qu'il n'y ait plus personne.

– Non, proteste-t-il, je voulais juste faire justice.

Je ne comprends pas ce qu'il veut dire. Je pensais pouvoir lui faire confiance et je me suis trompée. Hunter s'assied par terre, la tête entre les mains. J'entends Anna pleurer. Et toujours les perfusions qui gouttent sur le sol.

– Ne le laisse pas s'approcher de Ky, dis-je d'une voix tranchante.

Anna hoche la tête.

Hunter a beau être bien plus fort qu'elle, il paraît brisé. Mais je ne sais pas combien de temps il va demeurer dans cet état. Il faut que je trouve quelqu'un pour porter secours aux Immobiles. Xander.

Avec Ky, c'est la seule personne à qui je peux me fier ici. Comment ai-je pu l'oublier ?

CHAPITRE 41
XANDER

Oker referme la porte du laboratoire derrière nous.

– Je voudrais que tu fasses quelque chose pour moi, dit-il en passant sur son épaule le sac que nous avons utilisé pour récolter les bulbes de camassia.

– Où allez-vous ? je demande.

Oker jette un regard par la fenêtre.

– Je vais m'éclipser maintenant, j'en profite pendant qu'ils sont occupés.

– Attendez, vous n'avez pas besoin de mon aide ?

Il ne peut pourtant pas creuser tout seul si c'est ce qu'il a en tête.

– J'aimerais que tu restes ici, annonce-t-il.

Il sort de sa poche l'anneau métallique où sont accrochées les clés du placard.

– Détruis tous les traitements à la camassia. Je vais rapporter un autre ingrédient pour en faire de nouveaux.

Je proteste :

– Mais… vous avez remporté le vote !

– Ce remède ne sera pas efficace, affirme-t-il. En revanche, je sais ce qui peut marcher.

– On n'est pas obligés de tout détruire.

– Si, insiste-t-il, les gens ont voté pour ce traitement, ils ne comprendraient pas qu'on en change. Alors, vas-y. Vide-les dans l'évier. Et débarrasse-toi également des poches qu'a préparées Lyna. Tout ça ne sert à rien.

Je ne bouge pas, je n'arrive pas à y croire.

– Vous étiez pourtant sûr, pour la camassia. On pourrait quand même essayer sur certains patients...

– Ça ne fonctionnera pas, me coupe-t-il. On va perdre du temps, c'est tout. Et des patients. Fais ce que je te dis.

J'ignore si j'en suis capable. Nous avons travaillé si dur pour préparer ce traitement. Il était si sûr de lui...

– Tu penses que je suis le Pilote, n'est-ce pas ? dit Oker en me dévisageant. Tu veux savoir qui est le vrai Pilote ?

Je ne suis pas persuadé d'en avoir envie, finalement.

– Autrefois, quand je travaillais dans la Société, toutes ces histoires au sujet du Pilote me faisaient bien rire. Comment les gens pouvaient-ils s'imaginer qu'un type allait descendre du ciel pour les sauver ? Ou arriver par la mer ? Un ramassis d'idioties. Seuls les faibles, les imbéciles avaient besoin de croire en une sottise pareille.

Il dépose les clés du placard au creux de ma main.

– Je t'ai dit que la Société avait donné des noms aux virus.

J'acquiesce.

– Quand on a découvert qu'on allait les larguer du ciel pour contaminer l'eau, on a trouvé amusant de faire référence à toutes ces histoires... alors, on a baptisé le virus le Pilote.

Le Pilote, c'est la Peste.

Oker n'a pas seulement aidé à fabriquer le traitement.

D'abord, il a participé à la création de la Peste. La Peste qui maintenant a muté et plonge le monde dans l'immobilité.

– Tu vois, murmure Oker, il faut que je trouve un traitement.

Je vois, en effet. C'est son seul moyen de se racheter.

– Je vais détruire la potion à la camassia mais, avant de partir, dites-moi quelle plante vous allez chercher.

Oker ne répond pas. Il se dirige vers la porte en me jetant un dernier regard. Je comprends alors qu'il tient à être le seul et unique Pilote en charge du traitement.

– Je reviens, promet-il. Ferme bien la porte derrière moi.

Et il s'en va.

Il est persuadé que je vais faire ce qu'il m'a demandé. Il a confiance en moi. Et moi, ai-je confiance en lui ? Ce traitement est-il vraiment inefficace ? Serait-ce véritablement une perte de temps de l'essayer ?

Il a raison, le temps nous est compté.

J'ouvre le placard. Au sein du Soulèvement, étaient-ils au courant qu'ils avaient surnommé le virus le Pilote ? Comment pouvions-nous réussir dans ces conditions ?

Notre rébellion était sans espoir.

Je ne sais pas si je suis capable de faire tout ça.

Qu'est-ce que tu ne te sens pas capable de faire, Xander ? je m'interroge.

Je ne peux plus continuer.

Tu n'es pas immobile. Tu dois continuer.

Je fais toujours ce que je dois faire. Je n'abandonne jamais. Et je le fais avec le sourire. J'ai toujours eu la conviction d'être quelqu'un de bien.

Et si ce n'était pas le cas ?

Pas le temps de penser à ça pour l'instant. Je me suis fié à Oker, maintenant je me fie à moi pour faire ce qu'il faut.

En débouchant le premier flacon pour le vider dans l'évier, je me mords si fort les lèvres que j'ai un goût de sang dans la bouche.

CHAPITRE 42
KY

Il pleut. Je devrais me souvenir…
De quelque chose.
De quelqu'un.
L'eau monte en moi.
Je me souviens… de qui ?
Je ne sais plus.
Je me noie.
Je me souviens que je dois respirer.
Je me souviens que je dois respirer.
Je me souviens.
Je…

CHAPITRE 43
CASSIA

La place est encore pleine de gens qui discutent du vote. Je passe donc par l'arrière des bâtiments pour filer à l'autre bout du village rejoindre Xander. Il fait froid, humide et sombre, à l'ombre des arbres et des montagnes. Arrivée au laboratoire de recherche, je trébuche sur quelque chose, à demi enfoui dans la boue. Non, pas quelque chose, quelqu'un.

Oker.

Il gît sur le sol, le visage figé entre sourire et grimace, difficile à dire tant sa peau est tendue sur ses os saillants.

– Non, non…

Je me penche sur lui. Il ne respire plus. Et quand je colle mon oreille contre sa poitrine, je n'entends pas son cœur battre. Pourtant, sa peau est encore tiède.

– Oker…

Il a les yeux ouverts. L'une de ses mains est maculée de boue.

Pourquoi ? Bizarrement, je veux savoir pourquoi. C'est alors que je remarque une forme familière dans la boue.

On dirait qu'il a fait trois marques dans la terre, avec ses articulations, pour dessiner une sorte d'étoile.

Je m'accroupis sur les talons, les genoux sales et les mains tremblantes. Moi, je ne peux rien faire pour lui. Mais si quelqu'un peut l'aider, c'est Xander.

Je me relève et titube jusqu'au labo. Pourvu qu'il soit là. Pourvu qu'il soit là.

Je tambourine contre la porte close en criant son nom. Lorsque je m'arrête pour reprendre mon souffle, j'entends les habitants du village arriver sur le sentier, de l'autre côté du bâtiment, sans doute alertés par le vacarme.

– Xander! je hurle une dernière fois.

Et il m'ouvre la porte.

– J'ai besoin de toi. Oker est mort. Et Hunter a débranché les perfusions de tous les Immobiles.

Je m'interromps en voyant Lyna et les autres contourner le bâtiment pour nous rejoindre. Ils se figent.

– Que s'est-il passé? s'inquiète-t-elle.

Elle contemple Oker, impassible. Je crois comprendre pourquoi: elle ne réalise pas. Dans son esprit, Oker ne peut pas être mort.

– Il a dû avoir une crise cardiaque, diagnostique l'un des cliniciens, livide.

Il s'agenouille dans la boue à côté de lui. Ils essaient de le ranimer en lui soufflant de l'air dans la bouche, puis en appuyant sur son torse pour faire repartir son cœur.

Rien n'y fait. Lyna s'assied par terre. Elle s'essuie le visage d'un revers de main, s'étale de la boue partout au passage. Elle ôte le sac de l'épaule d'Oker pour fouiller dedans. Il est vide, à part une pelle et un peu de terre.

– Qu'est-ce qu'il était en train de faire?

– Il était parti chercher quelque chose, explique Xander. Il ne m'a pas dit quoi. Il a refusé que je l'accompagne.

Le silence est pesant. Tous les regards sont fixés sur Oker.

Soudain, j'interviens pour annoncer:

– On a décroché les perfusions de tous les Immobiles du dispensaire.

Un clinicien lève les yeux.

– Il y a des morts?

– Non, seulement je ne savais pas comment les remettre… Mais n'y retournez pas seul, l'équipe a été agressée.

Colin fait signe à quelques hommes de l'escorter au dispensaire. Lyna reste en retrait. Elle dévisage Xander avec le regard fixe qu'elle a depuis qu'elle a vu Oker.

J'aimerais m'enfuir avec Ky. Mais j'ai le pressentiment que c'est Xander qui court le plus grand danger, maintenant. Je ne peux pas l'abandonner.

– Tout n'est pas perdu, affirme Lyna. Oker nous a laissé un traitement à essayer.

Je trouve ça drôle, malgré la situation. Il y a quelques minutes, nous étions encore en train de voter entre sa proposition et celle d'Oker, et voilà qu'elle est convaincue qu'on devrait suivre la suggestion du vieil homme. Comme si sa mort l'avait fait changer d'avis.

Je dois découvrir tant de choses: ce qui est arrivé à Xander, ce qui peut soigner Ky, pourquoi Hunter a débranché les patients et ce qu'Oker a voulu nous dire en imprimant dans la terre une étoile, que je suis la seule à avoir vue avant que les pas des autres ne l'effacent.

– Allons chercher le traitement, décide Lyna en se tournant vers Xander.

Je lui prends la main et je la serre fort tandis qu'il rentre dans le labo. Il me laisse faire, mais je sens qu'il y a quelque chose qui cloche. Il ne répond pas à mon geste comme d'habitude, tous ses muscles sont tendus.

– Qu'est-ce que tu as fait ? s'écrie Lyna.

Pour la première fois depuis que je la connais, sa voix paraît éprouvée. Et même choquée.

– Oker m'a demandé de m'en débarrasser, déclare Xander.

Effectivement, l'évier est plein d'éprouvettes vides.

– Il m'a dit qu'il s'était trompé pour la camassia. Il avait l'intention de préparer une nouvelle solution et il ne voulait pas perdre de temps avec celle-ci.

– Et qu'est-ce qu'il voulait mettre à l'intérieur ? demande Colin.

Il veut savoir. Au moins, lui, il a l'air d'écouter au lieu de supposer que Xander a détruit le traitement pour des motifs personnels. Anna l'écouterait également si elle était là. Que fait-elle en ce moment ? Qu'est-ce qui va arriver à Hunter ? Comment va Ky ?

– J'ai eu beau le questionner, Oker a refusé de me le dire.

En disant cela, Xander perd le soutien de Colin, qui gronde :

– Alors Oker te faisait assez confiance pour te demander de jeter tous les traitements, mais pas assez pour te dire ce qu'il allait chercher et comment il comptait fabriquer ce nouveau remède ?

– Oui, c'est ça, confirme Xander.

Lyna et Colin le dévisagent durant un long moment. Dans l'évier, l'une des éprouvettes vides roule avec fracas.

– Vous ne me croyez pas, reprend Xander. Vous pensez que j'ai tué Oker et saboté le traitement. Mais pourquoi aurais-je fait cela ?

– Tes motivations m'importent peu, réplique Colin. Tout ce que je sais, c'est que tu nous as fait perdre du temps, un temps précieux.

Lyna se tourne vers les deux autres assistants.

– Vous pouvez refaire le traitement à la camassia ?

– Oui, répond Noah, mais ça va prendre quelques jours.

– Alors, il faut s'y mettre dès maintenant, ordonne-t-elle.

Xander et Hunter sont conduits en prison. Les employés du dispensaire étaient simplement inconscients. Aucun des Immobiles n'est mort, mais Hunter est tenu pour responsable des deux précédents décès. De plus, il a nui à la santé des autres patients en leur ôtant leur perfusion.

Quant à Xander, il a détruit le traitement à la camassia, seul espoir des habitants du village de pouvoir partir dans les Pays d'ailleurs. Certains s'imaginent que Xander a attaqué Oker, mais en l'absence de preuve, seule l'accusation de sabotage est retenue. Pourtant, les gens le regardent comme s'il avait tué quelqu'un et j'imagine que, dans leur esprit, c'est le cas – même si ce n'est que le traitement et non son créateur. Il faut reconnaître que, sans Oker, les chances de soigner les Immobiles s'amenuisent fortement.

J'interroge Lyna :

– Que comptez-vous faire de Xander et de Hunter ?

– Nous allons voter à nouveau, une fois que nous aurons réuni assez de preuves. Ce sont les habitants du village qui décideront.

Dehors, sur la place, je vois les gens reprendre leurs cailloux. Et l'eau qui coule...

CHAPITRE 44
KY

CHAPITRE 45
CASSIA

La suspicion contamine le village entier. Froide comme une pluie d'hiver, elle s'insinue partout. Les Fermiers, les habitants chuchotent entre eux : quelqu'un a-t-il aidé Hunter à décrocher les perfusions ? Cassia était-elle au courant que Xander allait détruire le traitement ?

Les responsables du village ont décidé d'emprisonner Hunter et Xander pendant qu'ils réunissent les preuves. Leur sort sera scellé par le prochain vote.

Je suis coupée en trois, comme l'étoile d'Oker. Je devrais être au chevet de Ky au dispensaire. Je devrais être aux côtés de Xander en prison. Je devrais être avec l'équipe de classement en train de chercher un traitement. J'essaie de mener les trois de front, en espérant réussir à réunir ces trois parties de moi.

Au gardien de prison, j'annonce :
– Je viens rendre visite à Xander.

Hunter lève les yeux vers moi en me voyant passer. Je m'arrête. Impossible de poursuivre mon chemin en l'ignorant. Et puis, j'ai envie de lui parler. Je me poste face à lui, derrière les barreaux. Il a les épaules larges et les mains, comme toujours, sillonnées de lignes bleues. Je me rappelle la facilité avec laquelle il a cassé les éprouvettes dans la Caverne. J'ai presque l'impression qu'il serait assez fort pour briser les barreaux de sa cellule. Mais je me rends vite compte qu'il n'en est plus capable, c'est lui qui paraît brisé. Plus même qu'après la mort de Sarah, dans le Labyrinthe.

– Hunter, dis-je tout doucement, j'aimerais juste savoir... C'est vous qui avez débranché la perfusion de Ky, à chaque fois?

Il acquiesce.

– C'est le seul à qui vous vous en êtes pris?

– Non, je défaisais les autres aussi. Mais Ky était le seul à recevoir des visiteurs qui puissent le remarquer.

– Comment avez-vous fait pour déjouer l'attention de l'équipe?

– C'était facile le soir.

Pour un homme qui a survécu dans les canyons, caché, traqué, sans avoir peur de tuer pour se défendre, ça a dû être un jeu d'enfant, en effet. Et tout à coup, lorsqu'il s'est retrouvé tout seul, exposé, quelque chose a craqué.

– Pourquoi Ky? je m'étonne. Vous êtes sortis du canyon ensemble. Je pensais que vous vous compreniez, tous les deux.

– Sinon, ça n'aurait pas été juste, se défend-il. Je ne pouvais pas les débrancher tous et pas lui.

La porte s'ouvre dans mon dos, laissant entrer la lumière. Je me retourne légèrement. C'est Anna, mais elle reste hors du champ de vision de son fils. Elle veut écouter.

Je reprends:

– Hunter, il y a eu des morts...

J'aimerais qu'il m'explique, qu'il me dise pourquoi.

398

Il écarte les bras. Je me demande s'il refait ses marques tous les jours pour qu'elles soient d'un bleu si vif.

– Les gens meurent quand on n'a pas les bons médicaments pour les soigner, voilà ce qui arrive, dit-il.

Je comprends maintenant.

– Sarah… vous n'aviez pas de remède à lui donner…

Hunter serre les poings.

– Tout le monde… la Société, le Soulèvement, même les habitants du village… Nous faisons tout notre possible pour sauver les patients de la Société alors que personne n'a rien fait pour Sarah.

Il a raison. Personne n'est intervenu, à part Hunter lui-même et ça n'a pas suffi à la sauver.

– Et si nous trouvons le traitement, qu'est-ce qui se passera ? me questionne-t-il. Tout le monde filera dans les Pays d'ailleurs. Ça suffit, il y a eu assez de gens qui sont partis.

Anna s'approche pour qu'il puisse la voir.

– C'est vrai, reconnaît-elle.

Soudain, les larmes lui montent aux yeux et il baisse la tête pour pleurer.

– Je suis désolé.

– Je sais, dit-elle.

Je ne peux rien faire. Je les laisse pour aller voir Xander.

– Tu as laissé Ky seul au dispensaire, s'inquiète-t-il. Tu es sûre qu'il est en sécurité ?

– Les cliniciens veillent sur lui, d'autres hommes montent la garde. Et Eli ne le quitte pas.

– Tu lui fais confiance ? s'étonne Xander. Comme à Hunter ?

Je décèle une note d'amertume que je n'avais jamais entendue dans sa voix.

– Je vais y retourner bientôt. Mais il fallait que je te voie. Je vais essayer de trouver quel traitement Oker voulait fabriquer. Tu as une idée de ce qu'il était parti chercher ?

– Non, il n'a pas voulu me le dire. Je pense qu'il s'agissait d'une plante. Il a pris le même équipement que pour aller récolter les bulbes.

– Quand a-t-il changé d'avis ? Qu'est-ce qui lui a fait penser que la camassia ne fonctionnerait pas ?

– Pendant le vote, affirme Xander. Quand nous étions tous dehors, il s'est passé quelque chose qui l'a fait changer d'avis.

– Et tu ne sais pas quoi ?

– C'est ce que tu as dit. Tu as expliqué que tu avais l'impression de passer à côté de quelque chose, que c'était en rapport avec les fleurs.

Je secoue la tête. Je ne vois pas en quoi ça a pu aiguiller Oker… Je glisse la main dans ma poche afin de vérifier que j'ai toujours le papier de ma mère. Il est là, avec la microcarte et le petit caillou. Je me demande si les habitants du village me laisseront voter désormais.

– On est si seuls…

– Comment ça ?

Veut-il dire qu'il se sent seul au labo maintenant qu'Oker est parti ?

– Dans la mort. Même s'il y a quelqu'un auprès de toi, tu meurs tout seul.

– C'est vrai, je conviens.

– On est toujours seul, renchérit-il. Même avec toi, je me sens seul, parfois. Je n'aurais jamais cru ça possible.

Je ne sais pas quoi répondre. Nous restons plantés là, à nous dévisager l'un l'autre, tristes et désemparés.

– Je suis désolée, dis-je finalement.

Mais il secoue la tête. Je n'ai pas compris ce qu'il voulait dire. Je ne l'ai pas écouté comme il l'espérait.

La lumière qui filtre par la fenêtre du dispensaire est brumeuse, grisâtre. Le visage de Ky est parfaitement fixe, immobile. Il est parti, loin. La perfusion s'écoule régulièrement dans ses veines. Ils sont prisonniers tous les deux, Xander et lui. Il faut que je trouve le moyen de les libérer.

Mais j'ignore comment.

J'ai étudié les listes, encore et encore. Je les ai lues et relues tant de fois. Tout le monde s'est mobilisé pour refaire du traitement à la camassia, mais je pense qu'Oker avait raison, nous nous sommes tous trompés. L'équipe de classement des données, les pharmaciens… un détail nous a échappé.

Je suis tellement fatiguée.

Avant, je rêvais de voir l'eau envahir un canyon : assister au spectacle, du bord de la falaise, en sécurité ; entendre les troncs céder, voir l'eau monter, mais être perchée à un endroit où elle ne pourrait m'atteindre.

Maintenant, je préférerais être au fond du canyon, voir l'eau déferler sur moi et, soulagée, avoir à peine le temps de penser *Ça y est, c'est la fin* avant d'être engloutie tout entière.

Au coucher du soleil, Anna vient me rejoindre au dispensaire.

– Je suis désolée, dit-elle en contemplant Ky. Je n'aurais jamais imaginé que Hunter..

– Je sais. Moi non plus.

– Le vote aura lieu demain, m'annonce-t-elle.

Pour la première fois, elle paraît âgée.

– Qu'est-ce qu'ils vont proposer ? je demande.

– Xander sera probablement exilé, à moins qu'il ne soit déclaré innocent, mais c'est peu probable. Les gens sont en colère. Ils ne veulent pas croire qu'Oker lui a demandé de détruire le traitement.

– Xander a passé sa vie dans les Provinces, comment pourrait-il survivre en exil ?

Il est intelligent, mais il n'a jamais vécu dans la nature et il n'aura rien quand ils le banniront. Moi, j'avais Indie.

– Je ne pense pas qu'il soit censé survivre, déclare Anna.

Si Xander est exilé, que vais-je faire ? J'aimerais partir avec lui, mais je ne peux pas abandonner Ky. En plus, nous avons besoin de Xander. Même si j'arrive à trouver la bonne plante, je ne saurai pas en faire un traitement, ni comment l'administrer à Ky. Pour que ça marche, il faut qu'on travaille main dans la main tous les trois. Ky, Xander et moi.

Tout doucement, je demande à Anna :

– Et Hunter ?

– Le meilleur sort qu'on puisse espérer pour lui, c'est l'exil.

Je sais qu'elle a d'autres enfants qui sont venus avec elle du Labyrinthe, pourtant elle paraît aussi triste que si Hunter était son fils unique, le dernier représentant de son sang.

C'est alors qu'elle me tend quelque chose. Un morceau de papier. Du vrai papier qui doit venir de la grotte des Fermiers. Il apporte l'odeur des canyons ici, au milieu des montagnes. Mon cœur se serre. Comment Anna a-t-elle pu quitter sa terre d'origine ?

– Voici les dessins de fleurs que tu voulais, dit-elle. Désolée, j'ai dû trouver de quoi les colorier, ça m'a pris un peu de temps. Je viens juste de les finir, attention, ce n'est pas sec.

Je suis stupéfaite qu'elle les ait faits, malgré tous les soucis qui devaient l'accabler ce soir. Je suis touchée qu'elle m'estime toujours capable de mener des recherches sur le traitement.

– Merci.

Sous les dessins, elle a écrit le nom des fleurs.

Éphédra, pinceaux indiens, lys sego.

Et d'autres encore. Des plantes et des fleurs.

Je pleure, et ça m'ennuie. J'ai composé cette berceuse pour tant de gens. Et je risque de tous les perdre. Hunter. Sarah. Ky. Ma mère. Xander. Bram. Mon père.

Éphédra. En dessous, Anna a dessiné un buisson épineux, parsemé de petites fleurs coniques, qu'elle a peint en vert et jaune.

Pinceaux indiens. Rouge. Cette plante-là, je l'ai vue dans les canyons.

Lys sego. Une belle fleur blanche avec du rouge et du jaune au cœur de ses trois pétales.

Mes mains réagissent à ce que j'ai sous les yeux avant même que je ne leur en donne l'ordre. Je sors de ma poche le papier plié que ma mère m'a envoyé. Cette forme m'est familière. J'écarte les coins du papier, il prend du volume... et soudain je sais!

Je tiens entre mes mains une fleur que ma mère a fabriquée. Elle a découpé, déchiré, plié le papier pour que trois morceaux se déploient au centre comme des pétales.

C'est la même que sur l'illustration : blanche, à trois pétales pointus comme les branches d'une étoile.

Je l'ai aussi vue imprimée dans la terre.

C'est donc ça qu'Oker était parti chercher.

Il m'a vue sortir la fleur en papier lorsque j'y ai glissé le caillou de vote.

Le dessin d'Anna m'apprend son nom : le lys sego. Mais je ne l'ai jamais entendu dans la bouche de ma mère. Ce n'est pas une néorose, ni une rose vieille, ni une fleur de carotte sauvage. De quelles autres espèces m'a-t-elle parlé?

Je me revois chez nous, à Oria, quand elle m'a montré l'échantillon de soie bleue de son Banquet de couplage. Elle venait de rentrer de déplacement professionnel – elle était partie enquêter sur des plantations non autorisées pour le compte de la Société. «Dans l'autre Province, il s'agissait d'une plante que je ne connaissais pas, avec des fleurs blanches encore plus belles que la première, m'avait-elle confié. Un lys papillon d'après l'un des autres spécialistes. Leur bulbe est comestible. »

Le cœur battant, je demande :

– Anna, le lys sego a-t-il un autre nom ?

Si c'est le cas, ça expliquerait le problème dans le classement, on aurait compté deux entrées séparées alors qu'il s'agit d'une seule et même variable.

– Oui, confirme-t-elle. On l'appelle aussi lys papillon.

Je prends mon infopod pour faire une recherche. Et voilà. Les propriétés sont exactement les mêmes. Une seule fleur, sous deux noms différents. Et si on réunit les deux, elle arrive en tête de liste des ingrédients potentiels. Une erreur basique dans le recueil des données, qu'on aurait dû dépister avant. Comment ai-je pu passer à côté ? J'aurais dû m'arrêter sur ce nom, puisque ma mère m'en avait parlé. Il faut dire que je ne l'avais entendu qu'une seule fois et il y a longtemps.

– Où pousse-t-il ?

– On devrait en trouver non loin d'ici, m'informe Anna. C'est encore un peu tôt, mais il doit être en fleur.

Admirant le lys en papier, elle demande :

– C'est toi qui l'as fabriqué ?

– Non, c'est ma mère.

Il fait presque complètement nuit lorsque nous en trouvons dans un pré, à l'écart du village et du sentier.

Je m'agenouille pour les examiner de plus près. Je n'ai jamais vu une aussi belle fleur. Blanche, avec trois pétales incurvés qui sortent d'une tige verte ornée de quelques feuilles. Un petit drapeau blanc, qui n'est pas signe de reddition, mais de survie, comme mes écrits. Je sors la fleur en papier froissée de ma poche d'une main tremblante.

C'est bien la même. Cette fleur qui pousse en pleine nature est bien celle que ma mère a créée d'un bout de papier avant de devenir immobile.

Elle est beaucoup plus belle en vrai. Mais peu importe. Je repense à la mère de Ky qui peignait sur la pierre avec de l'eau : l'important, c'est de créer, pas de capturer la réalité.

Même si le lys de papier n'est pas la copie conforme de la véritable fleur, ma mère a néanmoins essayé de rendre hommage à sa beauté.

J'ignore si, pour elle, il s'agissait d'une œuvre d'art ou d'un message. Pour moi, c'est les deux.

– Je pense que voilà l'ingrédient principal du traitement.

CHAPITRE 46
XANDER

Je ne vois pas Cassia, mais les lampes à énergie solaire projettent son ombre sur le mur de la prison. De l'entrée, sa voix porte jusqu'à ma cellule.

– On a trouvé un traitement, annonce-t-elle au gardien. Nous avons besoin de Xander pour le fabriquer.

L'homme s'esclaffe.

– Ça ne va pas être possible.

– Je ne vous demande pas de le relâcher, insiste-t-elle. Il faut juste lui fournir le matériel pour qu'il prépare la solution.

– Et qu'est-ce que vous en ferez ensuite ? demande un autre gardien.

– On l'administrera à un patient. Notre patient. Ky.

– On ne peut pas enfreindre les ordres de Colin. C'est notre chef. On risque de perdre toute chance d'aller dans les Pays d'ailleurs.

– Le voilà, votre ticket pour les Pays d'ailleurs, affirme-t-elle.

Sa voix est ferme, posée, pleine de conviction. Elle sort quelque chose de son sac.

– Voilà ce qu'Oker était parti chercher. Des lys papillons.

Je devine à son ombre qu'elle brandit une fleur.

– Vous consommez le bulbe, n'est-ce pas? Vous le mangez quand il est en fleur en été, puis vous en conservez pour l'hiver.

– Ils sont déjà en fleur? s'étonne l'un des gardiens. Vous en avez arraché beaucoup?

– Non, juste quelques-uns, répond Cassia.

Une autre ombre s'interpose. Je reconnais la voix d'Anna.

– On trouvait également ces fleurs dans le Labyrinthe, dit-elle, et elles faisaient partie de notre alimentation. Je sais comment les récolter afin qu'elles repoussent l'année suivante.

Le surveillant interpelle son collègue.

– Qu'est-ce que ça peut bien faire de les prendre toutes? De toute façon, si on est dans les Pays d'ailleurs, on n'en aura plus besoin.

– Non, intervient Anna, même si tout le monde part, il faut que la fleur repousse. On ne peut pas fuir en ne laissant plus rien derrière nous.

– De toute façon, je ne vois pas comment des bulbes aussi minuscules pourraient donner un traitement.

Cassia entre alors dans mon champ de vision. Je constate qu'elle tient une vraie fleur dans une main et dans l'autre celle en papier plié que sa mère lui a envoyée. Elles sont parfaitement identiques.

– Oker m'a vue tirer cette fleur en papier de ma poche pendant le vote. Ça lui a donné une idée, c'est ce qu'il était parti chercher.

Elle paraît sûre d'avoir résolu l'énigme. Et c'est bien possible: Oker a en effet changé d'avis juste après l'avoir vue sortir ce papier.

– S'il vous plaît, laissez-nous essayer, au moins.

Sa voix se fait douce, persuasive.

– Vous vous rendez bien compte que les Pays d'ailleurs s'éloignent de jour en jour, ajoute-t-elle.

Le silence se fait. Elle a raison. J'ai l'impression que les Pays d'ailleurs sont de plus en plus loin de moi, tout comme la réalité, en fait. C'est sans doute ce qu'ont ressenti Ky et Lea lorsqu'ils ont plongé dans l'immobilité. Tout m'échappe. J'ai suivi le Pilote, Oker et Cassia, mais les choses n'ont pas tourné comme je l'espérais. Je croyais assister à une rébellion, trouver un traitement, vivre un amour partagé.

Et s'ils partent tous? Et si tout le monde s'en va ou devient immobile, que je reste seul ici? Est-ce que je continuerai à vivre? Oui. Car cette vie, c'est tout ce que j'ai.

– D'accord, soupire l'un des gardiens. Mais dépêchez-vous.

Anna a pensé à tout. Elle a apporté le matériel de laboratoire: une seringue, un mortier et un pilon, de l'eau stérilisée, et les solutions de base d'Oker avec la liste de leurs ingrédients.

– Comment avez-vous pu deviner ce dont j'aurais besoin?

– Ce n'est pas moi: Noah et Tess ont tout préparé. D'après eux, il est tout à fait possible qu'Oker ait changé d'avis. Ils ne sont pas sûrs de te croire, mais ils ne peuvent pas jurer le contraire non plus.

– Ils vous ont donné tout ça?

Elle acquiesce.

– Mais si on te pose la question, on a tout volé. Je ne voudrais pas leur attirer d'ennuis.

Cassia me tient la lampe pendant que je me frotte les mains avec la solution désinfectante. Avec le bout du pilon, je coupe le bulbe en deux.

L'intérieur est blanc, irisé, comme celui des bulbes de camassia. Je l'écrase, le pulvérise pour en faire une pâte. Puis Anna me tend une éprouvette. Sous le regard de Cassia, soudain je me surprends à hésiter. Peut-être est-ce le souvenir de cette terrible nuit à Oria qui me perturbe. J'ai prélevé du sang pour obtenir les pilules bleues. Je n'aurais pas dû, car ça sous-entendait des promesses que nul n'est en mesure de tenir. Je me suis comporté exactement comme la Société et le Soulè-vement : j'ai exploité la peur de ces gens pour avoir ce que je voulais.

Est-ce à nouveau ce que je suis en train de faire en fabri-quant ce traitement ? Je dévisage Cassia. Elle me fait confiance. Elle ne devrait pas. J'ai tué le garçon du Labyrinthe avec mes comprimés. Je n'ai pas fait exprès mais, sans moi, il ne les aurait jamais pris.

Je n'ai jamais voulu y réfléchir, pourtant je le sais depuis que nous sommes arrivés par dirigeable. La panique, un goût de bile me montent à la gorge. J'ai envie de fuir. Je suis incapable de fabriquer ce traitement. J'ai commis bien trop d'erreurs.

– Je ne peux pas te garantir que ça va fonctionner, tu en es consciente, dis-je en regardant Cassia. Je ne suis pas phar-macien. Je risque de ne pas bien calculer les dosages ou de mélanger avec un excipient qui fait une réaction…

– Je sais. De nombreux facteurs peuvent compromettre notre réussite. Si ça se trouve, je n'ai même pas trouvé le bon ingrédient. Mais je crois que si. Et je sais que tu es capable de fabriquer ce traitement.

– Pourquoi ?

– Parce que tu es toujours là quand les gens ont besoin de toi, dit-elle d'une voix triste.

Comme si elle savait combien ça me coûte, comme si ça lui brisait le cœur de me demander de le faire, mais qu'elle n'avait pas d'autre choix.

– S'il te plaît. Une dernière fois.

CHAPITRE 47
CASSIA

Une fois au dispensaire, Anna détourne l'attention des cliniciens pendant que j'injecte le traitement dans la perfusion de Ky. Ça ne prend pas longtemps, Xander m'a expliqué comment procéder. Avant, ce genre d'acte m'aurait sans doute terrifiée, mais avoir vu Xander fabriquer un médicament dans une cellule de prison et Ky peiner à respirer, complètement immobile, m'aide à relativiser mes angoisses.

Je couvre l'aiguille que je glisse avec la fiole vide dans ma manche, avec les poèmes qui ne me quittent jamais. Puis je m'assois au chevet de Ky, infopod en main, pour faire semblant de classer des données alors que je le surveille, attentive au moindre détail. C'est lui qui court le plus grand risque, c'est dans ses veines que coule le traitement. Mais nous avons tous beaucoup à perdre.

Autrefois, je nous considérais comme trois individus distincts. Évidemment, c'est le cas. Mais Ky, Xander et moi, nous sommes obligés d'avoir confiance les uns en les autres pour nous protéger mutuellement. J'ai dû m'en remettre à Xander pour qu'il prépare le traitement de Ky; lui compte sur nous pour le ranimer, tandis que Xander a dû se fier à mes calculs pour la sélection des ingrédients. Nos destins sont liés les uns aux autres, indissociables, tenus par nos promesses, encore et toujours. Jour après jour.

CHAPITRE 48
KY

Plus dans l'eau
Pourquoi pas
Où est Indie
Petites lueurs qui vont et viennent dans l'obscurité.
J'entends la voix de Cassia.
Elle m'attend dans les étoiles.

CHAPITRE 49
CASSIA

– Ky...

J'ai vu une lueur passer dans ses yeux. Ce n'est pas la première fois, mais ce coup-ci, ça dure. Son visage s'éclaire de plus en plus, il revient parmi nous.

Je ne T'ai pas atteint
Mais mes pieds glissent plus près chaque jour
Trois Rivières et une Colline à traverser
Un Désert et une Mer
Le voyage ne comptera pour rien
Quand je Te raconterai *

Avec Ky, nous avons fait le voyage suivant notre propre ordre. Nous avons commencé par la Colline, main dans la main. Nous avons traversé un désert pour atteindre le Labyrinthe, traversé des ruisseaux et des rivières dans les canyons, puis nous sommes ressortis. Nous n'avons pas connu la mer

---

* NdT: Emily Dickinson, traduction Françoise Delphy, in *Poésie complètes*, Flammarion, 2009.

ni l'océan, mais il nous a fallu naviguer longtemps l'un sans l'autre, je pense que c'est équivalent.

En le contemplant, je me dis que le poème se trompe. Ce voyage va compter, et pour lui, et pour moi.

Anna repasse un peu plus tard m'apporter de nouvelles fioles de traitement.

– D'après Xander, il va lui falloir plus d'une dose, chuchote-t-elle. C'est tout ce qu'il a pu préparer pour l'instant. Il recommande de lui en administrer une autre dès que possible.

J'acquiesce.

– Merci, dis-je tandis qu'elle s'éclipse en adressant un signe de tête à l'équipe.

Ils sont en train de faire leur ronde du matin. L'une des cliniciennes fait pivoter Ky sur le côté pour changer les zones de pression sur son corps.

– Il a l'air mieux, commente-t-elle, surprise.

– Oui, je trouve aussi...

Un bruit venu de l'extérieur m'interrompt. Je me tourne vers la fenêtre pour apercevoir les gardiens qui escortent Xander et Hunter sur la place du village.

Hunter.

Xander.

Ils marchent seuls pour se poster devant chacune des urnes de vote, mais ils ont les mains liées et sont flanqués de deux gardes. J'aimerais pouvoir croiser le regard de Xander, mais je vois juste à sa façon de marcher qu'il est épuisé. Il a passé la nuit entière à fabriquer ce traitement.

– C'est l'heure du vote, annonce un clinicien.

– Ouvre la fenêtre, qu'on entende, répond l'autre.

Je profite qu'ils s'affairent dans mon dos pour vider la seringue dans la perfusion de Ky. Après avoir glissé le tout dans ma manche, je relève les yeux et croise le regard de l'un d'eux. J'ignore ce qu'il a vu, mais je ne me laisse pas démonter. Xander serait fier de moi. D'un ton surpris, je demande :

– Pourquoi le procès se tient-il déjà ?

– Colin et Lyna doivent estimer avoir réuni assez de preuves.

Son regard s'attarde sur moi quelques secondes. Mais lorsqu'une bouffée d'air frais entre par la fenêtre, Ky inspire profondément. Ses poumons fonctionnent mieux. Il n'est pas complètement revenu, mais ça progresse. Je le sens. Il est là, plus près qu'avant. Je sais qu'il m'écoute, même s'il ne peut pas parler.

Les gens se pressent sur la place du village. Je ne vois pas s'ils ont leurs cailloux à la main, mais j'entends Colin annoncer :

– Y a-t-il un volontaire pour épauler Hunter ?

– Moi, répond Anna.

– Selon la règle, elle ne peut soutenir qu'une seule personne, m'informe le clinicien.

Je comprends : si elle est avec Hunter, elle ne peut pas défendre Xander.

Anna avance et fait face à la foule. Au fur et à mesure de son discours, je remarque qu'ils se rapprochent d'elle.

– Ce que Hunter a fait, c'était mal, mais il n'avait pas l'intention de tuer qui que ce soit. Si ç'avait été le cas, il aurait facilement pu passer à l'acte avant de prendre la fuite. Mais il voulait simplement rendre justice. Comme la Société a refusé que les Anomalies accèdent aux soins médicaux pendant des années, il estimait que nous devions faire de même pour leurs patients.

Anna ne cherche pas à séduire la foule. Elle énonce les faits et laisse son auditoire se forger une opinion. Bien sûr, nous sommes tous conscients que rien n'est juste dans ce monde. Mais nous comprenons également qu'on puisse souhaiter rétablir plus de justice. La plupart de ces gens ont été exclus ou, pire, exilés et promis à une mort certaine par la Société. Anna ne rappelle pas les épreuves que Hunter a traversées et qui pourraient expliquer qu'il en soit arrivé là. Pas la peine. Elles sont inscrites sur ses bras, dans son regard.

– Je sais que vous êtes en droit de réclamer davantage, mais je demande l'exil pour Hunter.

La sentence la moins lourde. Est-ce que les habitants seront d'accord ?

Oui.

Ils déposent leurs cailloux dans l'urne proche d'Anna et non dans celle de Colin. Les Fermiers arrivent avec leurs seaux et versent l'eau. Le vote a parlé.

– Hunter, tu dois partir immédiatement, déclare Colin.

Il acquiesce. Son visage demeure impassible ; difficile de savoir ce qu'il éprouve. Quelqu'un lui tend un paquetage. Il y a un léger mouvement de foule. Eli arrive en courant et se jette contre lui pour le serrer dans ses bras, lui dire au revoir. Anna les enlace tous les deux et, l'espace d'un instant, ils forment une famille, trois générations, unies non par le sang, mais par les voyages et les adieux.

Puis Eli s'écarte. Il va demeurer auprès d'Anna qui doit rester avec son peuple. Hunter marche droit devant, vers la forêt, sans emprunter le sentier, sans un regard en arrière. Où part-il ? Vers le Labyrinthe ?

Puis un murmure parcourt la foule tandis que Xander s'avance.

Je réalise soudain que les habitants du village ont épuisé toute leur compassion pour Hunter. Ils le côtoyaient depuis des mois. Ils connaissaient son histoire.

Alors qu'ils ne connaissent pas Xander.

Il se tient devant la pierre du village, tout seul.

Xander ferait n'importe quoi pour ceux qu'il aime, quoi qu'il lui en coûte. Mais en le contemplant aujourd'hui, je m'aperçois qu'il a trop donné. On dirait Hunter. Quelqu'un qu'on a poussé trop loin, qui en a trop vu. Hunter a réussi à tenir le temps de conduire Eli jusqu'ici, en sécurité. Long-temps, il a fait ce qu'il fallait pour aider les autres, puis il a craqué.

Je ne veux pas que ça arrive à Xander.

CHAPITRE 50
XANDER

– Qui va défendre Xander ? demande Colin.

Personne ne répond.

Anna me regarde. Je vois bien qu'elle est désolée, mais je comprends. Elle n'avait pas le choix : il fallait qu'elle défende Hunter. Il est comme un fils pour elle et c'était normal pour elle d'avoir tout misé sur lui.

Le problème, c'est qu'il n'y a personne pour moi. Cassia doit rester au chevet de Ky afin de lui donner son traitement et de s'assurer qu'il revient. Quant à Ky, il m'aurait défendu, s'il n'était pas immobile.

Les gens s'agitent, jettent des coups d'œil en direction de Colin. Ils s'impatientent, ça dure trop longtemps. Moi aussi, j'aimerais que ce soit terminé. Je ferme les yeux, concentré sur les battements de mon cœur, mon souffle, le vent dans les arbres.

Soudain, une voix retentit. Une voix que je connais.

– Moi !

J'ouvre les paupières. Cassia se fraie un chemin dans la foule. Elle est venue quand même. Elle paraît radieuse. Le traitement doit fonctionner.

En revanche, moi, ça ne va pas. Je devrais me réjouir que Cassia soit là, que le traitement soit efficace. Mais je ne pense qu'aux patients des Provinces qui se meurent, à Lea qui est immobile, j'ai peur qu'il ne soit trop tard. Arriverons-nous à les ramener ? Le traitement marchera-t-il sur eux ? Où trouverons-nous assez de bulbes pour en fabriquer davantage ? Comment décider à qui administrer le traitement en premier ? Tellement de questions, et je ne me sens pas capable d'y répondre assez vite.

Je ne me suis jamais senti aussi épuisé.

CHAPITRE 51
CASSIA

Les gens reprennent leurs cailloux. Encore mouillés, ils gouttent sur leurs vêtements, formant de petites taches sombres et rondes. Certains les font rouler au creux de leur paume.

– Cette urne, annonce Colin en désignant la plus proche de lui, est pour la peine maximale. L'autre, ajoute-t-il en montrant celle qui est près de Xander, est pour la moins sévère.

Il ne spécifie même pas la nature des sentences. Tout le monde doit déjà savoir. Anna a supposé que la peine maximale à laquelle Xander pourrait être condamné serait l'exil, puisque son crime était moins grave que celui de Hunter. Il n'a tué personne.

Mais condamner Xander à l'exil, c'est le condamner à mort. Il ne peut pas survivre tout seul par ici et Camas est bien trop loin. À moins qu'il ne retrouve Hunter.

Et ensuite ?

Je lève les yeux vers lui.

Un rayon de soleil se glisse entre les arbres, donnant à sa chevelure des reflets d'or. Je ne me suis jamais demandé de quelle couleur étaient ses yeux, comme pour Ky. Je l'ai toujours su : ils sont bleus et ils fixent le monde d'un regard clair et bienveillant. Pourtant, bien qu'ils n'aient pas changé de teinte, Xander, lui, a changé.

« Même avec toi, je me sens seul, parfois. Je n'aurais jamais cru ça possible », m'a-t-il confié l'autre jour.

Te sens-tu seul, là, maintenant, Xander ?

Question idiote.

Il y a des oiseaux dans les arbres, du mouvement dans la foule, du vent dans les hautes herbes, des allées et venues sur le sentier… pourtant, je n'entends que son silence – et sa force.

Il se tourne face à la foule et se redresse de toute sa taille, en se raclant la gorge. Il va y arriver. Il va leur faire son grand sourire, sa voix va résonner, la voix du Pilote qu'il sera sûrement un jour. Ils vont comprendre que c'est un homme bon, auquel on ne peut pas vouloir de mal, ils se rassembleront pour lui rendre son sourire. Xander a toujours eu cet effet-là sur les gens. Dans le quartier, toutes les filles l'adoraient. Tous les Officiels voulaient l'embaucher dans leur département. Tous les gens qui tombaient malades voulaient être soignés par lui.

– Je vous assure, commence-t-il, que j'ai simplement suivi les instructions d'Oker. Il voulait qu'on détruise le précédent traitement parce qu'il pensait s'être trompé.

Je supplie intérieurement : *Je vous en prie, il faut le croire. Il dit la vérité.*

Mais je me rends bien compte que sa voix paraît creuse et, quand il me regarde, je vois qu'il n'a plus le même sourire. Pas parce qu'il ment. Mais parce qu'il est vidé, il n'a plus rien en réserve. Il s'est occupé des Immobiles pendant des mois, sans relâche. Il a vu plonger son amie Lea. Il a mis sa foi en le Pilote, puis en Oker et ils lui ont demandé des choses impossibles. « Trouve un traitement », lui a ordonné le Pilote. « Détruis le traitement », lui a imposé Oker.

Et je ne suis pas moins coupable. «Fabrique un autre traitement», ai-je exigé. Comme les autres, je voulais un traitement à tout prix. Nous avons tous réclamé, Xander a donné.

Dans les canyons, j'ai vu Ky se reconstruire.

Dans les montagnes, j'ai vu Xander se briser.

Un caillou tombe avec fracas dans l'urne aux pieds de Colin.

– Attendez! proteste-t-il en se penchant pour le ramasser. Il n'a même pas fini de parler.

– Peu importe. Oker est mort.

Ils aimaient Oker et il a disparu. Il leur faut un coupable. Finalement, Xander ne va pas être condamné à l'exil, mais à pire. Je jette un coup d'œil aux gardiens qui l'ont conduit jusqu'ici et qui l'ont laissé fabriquer le traitement. Ils évitent de croiser mon regard.

Brusquement, je vois la contrepartie de cette liberté. De donner le choix à tous.

Parfois, on fait le mauvais choix.

– Non! dis-je.

Je glisse la main dans ma manche pour en tirer l'un des nouveaux traitements. Si je le leur montre, avec la fleur en papier de ma mère, celle qu'Oker a vue, ils vont sûrement comprendre... J'aurais dû le faire plus tôt, avant le procès.

– Je vous en prie, écoutez-moi!

Un autre caillou tombe dans l'urne et, au même moment, une ombre gigantesque passe devant le soleil.

Un dirigeable.

– Le Pilote! s'écrie quelqu'un.

Mais au lieu de se diriger vers la clairière réservée aux atterrissages, le vaisseau reste en vol stationnaire, juste au-dessus de nous. Eli fait quelques pas en arrière, paniqué. Les gens baissent instinctivement la tête. Cela doit leur rappeler les bombardements des Provinces lointaines. J'entends des gémissements, des cris dans la foule.

Le dirigeable descend lentement, avant de reprendre de l'altitude. Le message est clair, même pour moi : il veut qu'on s'écarte pour se poser sur la place du village.

– Il avait dit qu'il n'atterrirait jamais ici, s'emporte Colin, livide. Il avait promis.

– Il y a assez de place ? je demande.

– Aucune idée, soupire-t-il.

Alors, tout le monde se pousse. Xander et moi, nous nous regardons. Il me prend la main. Nous courons ensemble à travers les hautes herbes, ébranlés par le vrombissement de l'engin. Le Pilote va atterrir, il risque de ne pas y survivre et nous non plus.

Mais qu'est-ce qui le pousse à faire ça ? La piste d'atterrissage n'est qu'à deux pas du village. Pourquoi est-il si pressé ? Que se passe-t-il dans les Provinces ?

Le vaisseau descend en tanguant, le courant d'air s'intensifie. Les pales tournent sans fin, le vent nous fouette, nous n'entendons plus qu'un hurlement assourdissant. Le Pilote descend, descend, descend, le dirigeable se prend dans les arbres, casse les branches, il verse sur le côté.

Il ne va pas réussir à atterrir. Je me tourne vers Xander. Nous nous sommes plaqués contre la façade d'une maison. Xander a fermé les yeux. Il ne veut pas voir ce qui va arriver.

– Xander...

Il ne m'entend pas.

Le dirigeable oscille, vacille, de plus en plus près de nous, beaucoup trop près. On ne peut plus fuir. On n'a pas le temps, pas moyen de contourner la maison. Les pensées se succèdent par flashes dans mon esprit.

Je ferme également les paupières. Je me blottis contre

Xander, comme si l'on pouvait se protéger mutuellement. Il me prend dans ses bras. Il est chaud, fort, refuge idéal pour vivre mes derniers instants. J'attends le crash final. Le bruit du métal et de la pierre brisés, du bois qui craque, le feu, les flammes. Une fin aussi brutale qu'une crue subite.

CHAPITRE 52
KY

– Cassia n'est plus là, dis-je.

Ma voix n'est qu'un murmure. Faible et sèche.

Ce n'est pas du tout comme si je me réveillais un matin. Je suis conscient du temps qui s'est écoulé. Je me rends compte que je suis resté ici longtemps et, qu'à un moment, j'étais complètement parti. J'essaie de bouger la main. Sans savoir si j'y parviens.

– Cassia? Vous pouvez aller chercher Cassia?

Pas de réponse.

Indie va me la trouver, c'est ce que je me dis avant de me rappeler.

Indie est partie.

Mais moi, je suis revenu.

CHAPITRE 53
XANDER

Quand je rouvre les yeux, le dirigeable s'est posé sur la place du village. Cassia est blottie au creux de mes bras, elle se cramponne à moi. Nous ne bougeons pas tandis que le Pilote sort du vaisseau et se poste là où je me tenais quelques instants plus tôt, près des urnes.

Colin s'avance.

— Qu'est-ce qui vous a pris ? hurle-t-il, furieux. Vous avez failli détruire le village ! Pourquoi vous n'avez pas atterri dans la clairière ?

— Pas le temps, réplique le Pilote. C'est le chaos dans les Provinces. Chaque minute compte. Vous avez trouvé un traitement ?

Colin ne répond pas. Le Pilote s'adresse à l'équipe de recherche du laboratoire.

— Allez me chercher Oker. Je veux lui parler.

— Impossible. Il est mort, explique Lyna.

Le Pilote laisse échapper un juron.

— C'est arrivé comment ?

– Sans doute une crise cardiaque, reprend Colin.

Tous les regards se tournent vers moi. Ils me tiennent pour responsable de sa mort.

– Donc nous n'avons pas de traitement, conclut le Pilote d'une voix morne. Et plus aucune chance d'en trouver un.

Il s'apprête à remonter dans son vaisseau.

– Oker nous a laissé un traitement, intervient Lyna. Nous allions l'essayer sur les patients...

– Il faut qu'il soit efficace immédiatement, rétorque le Pilote en lui faisant face. Je ne sais même pas si je reviendrai ici un jour. C'est la fin. Vous comprenez?

– Vous voulez dire...

– Une faction du Soulèvement souhaite me retirer le commandement du mouvement. Ils s'occupent déjà de rationner la nourriture et de débrancher les patients. S'ils parviennent à m'évincer, ce qui est plus que probable, je n'aurai plus accès aux dirigeables et aucun moyen de vous conduire dans les Pays d'ailleurs. Il nous faut donc un traitement MAINTENANT.

Il marque une pause avant de reprendre:

– Le Soulèvement a décidé de débrancher un certain nombre d'Immobiles.

– Quel pourcentage? demande Cassia.

Elle traverse la place d'un pas décidé, comme si elle avait tous les droits d'être là. Lyna a beau froncer les sourcils, elle la laisse parler.

– Nous avons calculé qu'ils laisseraient mourir environ deux pour cent des Immobiles pour préserver un maximum de vies tout en libérant des citoyens en bonne santé pour d'autres tâches. Ils ont commencé comme ça, mais ils ont augmenté. Dorénavant, ils préconisent un taux de vingt pour cent, et ce n'est qu'un début.

Un patient sur cinq. Mais comment choisir ceux qu'on débranche d'abord ? Ceux qui ont plongé les premiers ? Ou plus tard ? Qu'en est-il de Lea ?

– C'est trop, décrète Cassia. Ce n'est pas nécessaire.

– Ils ont proposé aux gens de leur fournir leur échantillon de tissus contre leur accord pour débrancher leurs proches.

– Et ils n'ont pas accepté ça, quand même ? s'étonne Cassia.

– Si, certains oui, affirme le Pilote.

– Mais ils ne peuvent pas ressusciter les morts. Personne n'a découvert ce procédé. Ni la Société, ni le Soulèvement.

– Ces prélèvements n'ont jamais été faits dans l'idée de ressusciter les morts, mais simplement pour manipuler les vivants. Alors, je vous repose la question : avez-vous un traitement ?

– Il nous faut encore un peu de temps, plaide Lyna.

– On n'a plus le temps. Les réserves de nourriture sont au plus bas. Les gens fuient les villes pour les quartiers où ils attaquent ceux qui restent, ou bien ils partent à la campagne où ils meurent parce qu'on ne peut pas les brancher à temps. De toute façon, nous n'avons plus les ingrédients qu'Oker nous a conseillé d'inclure dans les poches de perfusion. Et les scientifiques des Provinces n'ont pas trouvé de traitement non plus.

– On a un traitement, affirme Cassia. Xander peut montrer à vos pharmaciens comment le préparer.

Elle tend une éprouvette au Pilote. Elle joue sa dernière carte.

Sur le coup, j'ai peur que Colin et Lyna ne s'interposent, mais ils ne disent rien. Tous les regards sont suspendus au geste de Cassia.

– Sur combien de patients l'avez-vous testé ? demande le Pilote en s'emparant du remède.

– Un seulement : Ky. Mais nous pouvons en faire davantage.

Le Pilote s'esclaffe.

– Un seul patient! Et comment puis-je être sûr que ça a vraiment guéri Ky? La dernière fois que je l'ai vu, il n'était même pas immobile.

– Il était malade, affirme Cassia. Vous avez pu le constater de vos yeux. Et tout le monde ici peut vous le confirmer.

– Bien entendu. Ils diront tout ce que vous voudrez pour obtenir leur aller simple pour les Pays d'ailleurs.

– Si c'est votre dernière occasion de venir ici, prenez au moins le temps de voir ce que nous pouvons vous proposer, insiste-t-elle. Ce ne sera pas long.

Lyna se rapproche, le sourire aux lèvres, comme si elle était au courant de tout ça depuis le début. Mais, en passant près de Cassia, elle lui siffle à l'oreille, de sorte que le Pilote ne puisse l'entendre:

– Qui? Qui t'a aidée à faire ça?

Cassia ne répond pas. Elle protège ceux qui ont participé à la fabrication du traitement: les gardiens, Anna, Noah, Tess et moi.

À voix haute, elle reprend, fixant le Pilote, mais en s'adressant à tout le village pour obtenir son soutien:

– C'est la formule de base d'Oker, avec l'ingrédient qu'il était parti chercher. C'est son traitement, et il fonctionne.

Elle se dirige alors vers le dispensaire en lançant:

– Ce serait dommage d'être venu jusqu'ici pour rien.

Le Pilote la suit, et nous l'imitons. Cassia pousse la porte, comme si elle était parfaitement sûre qu'à l'intérieur tout va bien.

Mais je vois ses lèvres trembler lorsqu'elle croise le regard de Ky, vif et clair. Elle ne savait pas que ça avait fonctionné, tout au moins pas aussi bien. Soudain, l'espace d'un instant, c'est comme si nous n'étions plus là. Ils sont tous les deux seuls au monde.

– Ky…

– On peut filer ? lui demande-t-il dans un murmure.

Tout le monde, y compris Lyna et Colin, se penche pour entendre ce qu'il dit, même s'il ne s'adresse clairement pas à nous.

– Non, pas tout de suite, répond-elle.

– Je sais, fait-il avec un demi-sourire.

Elle se penche pour l'embrasser. Il tend une main tremblante vers la sienne, mais il est encore trop faible. Alors, je lui prends la main et je la pose sur la sienne. J'aide Ky à atteindre Cassia. Durant quelques secondes, je suis entre eux, avec eux, nous formons un trio. Ensuite, je suis encore plus seul.

Le Pilote contemple Ky, puis lève les yeux vers moi. Est-ce qu'il nous croit ? Son visage reste impassible.

– Oker vous a dit ce qu'il fallait utiliser ?

C'est moi qu'il questionne. À mon tour d'essayer de le convaincre. Cassia et Ky ont fait ce qu'ils pouvaient.

– Oker m'a parlé de ses recherches au sein de la Société, dis-je. Je sais qu'il faisait partie de l'équipe qui a créé les virus. Il voulait à tout prix trouver un traitement. Et il me semble qu'il a réussi.

– Si c'est le cas, il faut pratiquer des tests cliniques complets ailleurs.

– Le Centre médical de Camas, où Indie est venue me chercher, c'est un endroit sûr ? je demande.

– Il est encore sous notre contrôle, affirme le Pilote.

Étrange sensation de se retrouver devant quelqu'un en qui j'ai cru et de le voir hésiter à me croire. Nous sommes face à face, je soutiens son regard.

Il devine que je ne lui dis pas tout, mais il doit estimer que c'est assez.

– Je peux vous emmener tous les trois dans mon vaisseau,

annonce-t-il. Ky devrait nous permettre de convaincre les équipes médicales de lancer un protocole d'essai. Où peut-on se procurer la plante que vous avez utilisée ? Vous en avez en réserve ?

– Oui, confirme Anna. J'ai passé la nuit entière à récolter des bulbes.

– Et je crois savoir où on peut en trouver, intervient Cassia. Ma mère en a vu un champ il y a quelques mois. La Société l'a fait détruire et a reclassé le cultivateur, mais il doit en rester. Si on peut faire venir ma mère, elle nous indiquera où c'était.

– Allons-y, alors, décrète le Pilote. Montez Ky à bord du dirigeable.

Il tourne les talons et quitte la pièce sans même nous jeter un regard.

– Merci, me glisse Ky alors que j'aide à le transporter dans le vaisseau, Cassia à mes côtés.

– Tu aurais fait pareil pour moi, dis-je.

Cassia balaie le cockpit du regard, comme si elle s'attendait à voir quelqu'un d'autre, mais le Pilote est venu seul.

– Où est Indie ? le questionne-t-elle alors que nous nous installons à nos places. Elle va bien ?

– Non, elle a attrapé la mutation… et elle a fui, fui, jusqu'à la fin, nous apprend le Pilote. Son vaisseau s'est écrasé en territoire ennemi. Nous n'avions personne à envoyer pour récupérer son corps.

Indie est morte. Je me tourne vers Ky pour voir comment il prend la nouvelle. Il paraît peiné, mais pas surpris. Comme s'il le savait déjà. En revanche, Cassia est sous le choc. Elle a du mal à y croire. Pourtant, c'est vrai. Je sais qu'un virus est incapable de pensée ou de sentiment, mais on dirait que celui-ci préfère s'attaquer à ceux qui débordent de vie.

CHAPITRE 54
CASSIA

L'impossible vient de se produire. Deux fois coup sur coup.
Ky, guéri.

Et Indie, morte?

Dans ma tête défilent les souvenirs. Indie escaladant les falaises dans le Labyrinthe; descendant la rivière à bord du canot; tenant son nid de guêpes avec précaution. Et elle serait partie? Non, ce n'est pas possible.

Mais Ky y croit, visiblement.

Ky est revenu.

Pas le temps de s'attarder sur ce miracle – de le contempler, de s'asseoir, de lui prendre la main, de discuter.

Non, il faut partir précipitamment, monter à bord et redécoller, quelques minutes seulement après l'atterrissage mouvementé du Pilote sur la place du village. Je ne peux même pas remercier Anna pour les bulbes, dire au revoir à Eli, regarder Lyna, Colin et les autres habitants qui nous fixent, espérant que nous reviendrons un jour, cette fois pour les emmener dans les Pays d'ailleurs.

Xander s'installe à la place du copilote. Nous avons arrimé le brancard de Ky dans la soute pour plus de sécurité. Avant de partir, Xander a confié à Noah et à Tess ce qu'il avait ajouté au traitement et ils lui ont donné la formule de base qu'Oker utilisait. Ainsi, nous pourrons fournir la liste des ingrédients aux pharmaciens des Provinces et les habitants du village pourront continuer à soigner les Immobiles qui restent. Une collaboration réussie : ensemble nous avons accompli ce qui nous aurait pris beaucoup plus de temps chacun de notre côté.

– Nous allons mener des essais parallèles ici, a précisé Lyna au Pilote. Quand vous reviendrez nous chercher, nous aurons guéri tous nos patients et vous pourrez les rendre à leur famille.

Elle fait comme si elle n'avait jamais douté de Xander. Alors que, quand même, ils s'apprêtaient à le condamner à l'exil ou à pire, parce qu'il avait détruit le traitement à la camassia. Mais c'est vrai, les habitants du village ont autant de droits que nous sur le traitement – Anna et Oker, Colin et Lyna, Tess et Noah et les gardiens ont aussi été les pilotes du traitement.

Je m'assieds à la place du coursier pour le décollage, mais dès que nous sommes en altitude, je me détache afin de m'agenouiller auprès de Ky et de serrer sa main dans la mienne. Comme il fixe la paroi du vaisseau, je suis son regard. Il y a un dessin, un vrai, pas juste des marques ou des bâtons. Des gens debout contemplant le ciel qui leur tombe sur la tête. Certains en ont ramassé des morceaux qu'ils versent dans leur bouche.

– D'après Indie, ils boivent le ciel, commente Ky. On avait le même genre de gravure dans un de nos dirigeables.

Il inspire profondément pour reprendre d'une voix plus forte, en s'adressant au Pilote :

– Ça vous représente en train d'apporter de l'eau à l'ennemi, pour l'aider à survivre à la Peste, n'est-ce pas ?

Le Pilote ne répond pas immédiatement. Puis j'entends une

voix sortir des haut-parleurs. Morne et triste. Pour la première fois, je crois que nous entendons sa vraie voix.

– La Société nous avait raconté que la Peste affaiblirait nos ennemis pour nous permettre de les battre plus facilement, et qu'ainsi nous les ferions prisonniers. Mais quand le virus s'est répandu, on nous a ordonné de laisser les malades où ils étaient.

– Et vous les avez vus mourir, complète Xander.

– Oui, confirme le Pilote. Quand certains d'entre nous ont pris le risque de leur apporter de l'eau, ils ne voulaient même pas la boire, malgré la sécheresse. Ils ne nous faisaient pas confiance. Et je les comprends. On s'entre-tuait depuis des années.

Je pense à ces gens qui mouraient de soif, condamnés à boire l'eau d'une pluie qui refusait de tomber.

– Donc, il existait bien un ennemi, intervient Ky. Mais une fois qu'il a disparu, le Soulèvement l'a remplacé, a joué son rôle. Vous avez tué les Fermiers sur le plateau pour conserver votre couverture…

– Non, c'est la Société ! se défend le Pilote. Pendant des années, ils ont utilisé les habitants des Provinces lointaines comme un tampon entre les Provinces centrales et l'ennemi.

Il se racle la gorge.

– En voyant que nous laissions mourir les Fermiers, et tant d'Anomalies et d'Aberrations, j'aurais dû comprendre que nous n'étions plus une véritable rébellion. On se justifiait en disant que le moment était mal choisi pour sortir de l'ombre, mais nous aurions quand même dû essayer.

La main de Ky, si chaude dans la pénombre, serre la mienne. Si le Soulèvement était intervenu, tant de vies auraient été épargnées. Les parents de Ky, Vick, le garçon qui a pris les pilules bleues.

– Pourtant, le Soulèvement a bel et bien existé. Les scientifiques qui ont découvert le moyen d'immuniser les gens contre les effets du comprimé rouge étaient de vrais rebelles. Tout comme l'arrière-grand-mère de Cassia. Et beaucoup d'autres, surtout dans l'armée. Mais la Société s'est aperçue qu'elle perdait le contrôle, qu'il y avait des insurgés dans ses rangs. Au début, ils ont voulu reprendre les rênes en se débarrassant des Aberrations et des Anomalies. Puis la Société nous a infiltrés comme nous l'avions infiltrée. Et maintenant, je ne sais même plus qui est qui, qui est quoi.

– Mais alors, qui a contaminé les réserves d'eau des villes ? je demande. Qui a essayé de saboter le Soulèvement si ce ne sont pas des gens qui travaillaient pour la Société ?

– Il paraîtrait que l'eau a été empoisonnée par des partisans bien intentionnés du Soulèvement, qui voulaient accélérer la révolution, nous révèle le Pilote.

Plus personne ne parle pendant un long moment. Parfois, ce genre de choses se produit – en croyant arranger la situation, on ne fait que l'aggraver, en voulant soulager, on suscite une douleur plus vive. Parfois, une décision qui semblait bonne se révèle mauvaise.

Soudain, Xander rompt le silence en demandant :

– Mais pourquoi la Société n'a-t-elle pas éliminé le Soulèvement dès qu'elle a appris son existence ? Ils auraient pu soigner tout le monde, Oker m'a dit qu'ils avaient toujours eu le traitement en leur possession. Pourquoi n'en ont-ils pas fabriqué en nombre pour laisser s'installer la Peste et guérir les gens eux-mêmes ?

– La Société a estimé qu'il serait plus simple de devenir le Soulèvement, n'est-ce pas ? suppose Ky.

Je comprends aussitôt qu'il a raison. C'est pour ça que la transition s'est faite en douceur, avec aussi peu de résistance.

– Car, en devenant le Soulèvement, ils pouvaient prévoir l'issue probable des événements.

L'issue probable des événements. C'est ce que voulait vérifier mon Officielle à Oria. Ça a toujours été la référence de la Société.

– La Société avait découvert que nous immunisions les gens contre les pilules rouges, intervient le Pilote.

Saisissant où il veut en venir, je complète :

– Si bien qu'ils étaient de plus en plus nombreux à ne pas oublier. À vouloir du changement, une révolution. Grâce à ce plan, ils obtenaient ce qu'ils voulaient, et la Société gardait le pouvoir, sans que les gens – y compris tous ceux qui avaient participé au Soulèvement – soient au courant de ce qui s'était réellement passé. Ils ont fait quelques petits ajustements, mais en majeure partie, tout a continué comme avant.

La Société devait savoir que, un jour ou l'autre, les gens en ont assez. Ils l'avaient même sans doute prévu. Alors pourquoi pas une révolution, s'ils pouvaient anticiper le dénouement et conserver le pouvoir sous un autre nom ? Pourquoi ne pas utiliser le masque du Soulèvement, un véritable mouvement de rébellion, pour que cela paraisse plus authentique ? La Société avait compris que les gens faisaient confiance au Pilote et ils s'en sont servis.

Mais ça n'a pas tourné comme ils l'avaient prévu. La Peste a muté. Et les gens en savent plus et en veulent plus que la Société ne l'avait supposé, même ceux qui n'avaient pas été choisis pour être immunisés contre la pilule rouge. Des gens comme moi.

La Société est morte, même s'ils ne le savent pas encore.

Je crois en un nouveau départ. Comme beaucoup d'autres – ceux qui écrivaient sur des bouts de papier qu'ils accrochaient à la Galerie, ceux qui continuent à se consacrer corps et âme aux soins des malades, ceux qui osent croire que, un jour, nous serons tous les pilotes d'un monde neuf et meilleur.

Nos pas – de Peluche
Notre immobilité – de neige
Les ruisseaux se remettent à murmurer
On a passé trois rivières et la Colline
Deux déserts et la Mer !

En regardant Ky, je récris la fin du poème dans ma tête.

Le voyage ne comptera pas pour rien
Car il T'a amené à moi.

La trappe de la soute s'ouvre, Xander descend, dans un flot de lumière venu du cockpit.

– Je voudrais vérifier les constantes de Ky, dit-il.

Je lui souris, il me rend mon sourire et, l'espace d'un instant, c'est comme avant, tout pareil. Xander me dévisage, les yeux pleins d'un douloureux désir, nous filons à travers un monde qui pourrait appartenir à n'importe qui et, soudain, je comprends pourquoi Ky a rendu son baiser à Indie.

Puis la parenthèse se rompt, je réalise qu'il est trop tard pour nous, pour Xander et moi, pour cette relation particulière en tout cas. Pas parce que je ne parviens plus à l'aimer, mais parce que je ne peux plus l'atteindre.

– Merci, dis-je.

Et je suis aussi sincère que si je lui disais «Je t'aime», aussi sincère que dans tout ce que je lui ai dit. Ma voix est lourde de regrets. Car au final, le problème, ce n'est pas que je ne l'aime pas – oh que si, je l'aime. Le problème, c'est que je n'ai pas sur lui l'effet qu'a Ky sur moi. Je ne peux pas aider Xander à chanter.

Lorsque nous atterrissons à Camas, j'apprends que je vais aussitôt repartir. Nous nous arrêtons juste assez pour permettre à Xander de préparer des traitements que j'emporterai à Keya. Et même s'il s'agit d'un voyage que j'ai hâte de faire, c'est dur de laisser Ky et Xander.

– Je reviens vite, leur promets-je.

Et je sais que je reviendrai, dans quelques heures seulement – ça ne se comptera pas en jours ni en semaines. Mais je vois les yeux de Ky refléter l'inquiétude qui est la mienne. Nous sommes hantés par les précédents adieux, si nombreux.

Et pareil pour Xander. Hunter avait raison : il y a eu trop de départs.

Nous atterrissons dans un grand champ, pas même une piste, près de la petite ville où vivent mes parents, à Keya. Alors que le Pilote, le clinicien et moi, nous sortons du dirigeable, je vois plusieurs silhouettes venir à notre rencontre. L'une d'elles, plus petite que les autres, s'élance vers moi en courant. Je me mets à courir également.

Il me saute au cou. Il a grandi, mais je suis toujours la plus grande, l'aînée. Et je n'ai pas été là pour le protéger.

– Bram…

J'ai la gorge si serrée que je ne peux plus parler.

Un officier du Soulèvement s'approche.

– Nous l'avons trouvé juste avant votre arrivée.

Je réussis seulement à articuler un merci, avant de reculer d'un pas pour contempler mon frère. Il me dévisage, lui aussi. Il est tout sale, tout maigre. Son regard a changé, il s'est assombri. Mais je le reconnais encore. Je le fais pivoter sur lui-même et laisse échapper un soupir de soulagement en apercevant la marque rouge sur sa nuque.

– Ils sont tombés malades tous les deux, murmure-t-il, pourtant ils étaient vaccinés.

– Nous pensons avoir le traitement, dis-je avant de prendre une profonde inspiration pour demander : Il n'est pas trop tard, hein ? Tu sais où ils sont ?

– Oui.

Puis il secoue la tête. Ses yeux s'emplissent de larmes. Je vois bien qu'il me supplie de me taire, de ne pas demander à quelle question il répond.

– Suis-moi, dit-il.

Puis il se remet à courir, comme il en a toujours brûlé d'envie, en public, librement, à travers la ville.

Il n'y a pas d'Officiel pour l'arrêter. Nous le suivons dans les rues écrasées par un soleil impitoyable.

À ma grande surprise, Bram me conduit au petit musée de la ville et non au Centre médical. À l'intérieur, les vitrines ont toutes été brisées, les éclats de verre balayés. Toutes les reliques qui étaient exposées ont disparu ; on a dessiné sur la carte de la Société pour la modifier. J'aimerais la regarder de plus près pour voir ce qu'il en est, mais nous n'avons pas le temps.

Des Immobiles sont allongés par terre, recouvrant tout le sol de la pièce. Quelques personnes lèvent les yeux à notre arrivée et leur visage se détend lorsqu'ils aperçoivent Bram. Il est connu ici.

– Il n'y avait plus de place au Centre médical, m'explique-t-il, alors j'ai dû l'amener ici. J'ai eu de la chance, parce que j'avais des choses à troquer. Les autres doivent se débrouiller comme ils peuvent chez eux avec leurs malades. Au moins, ici, elle a des poches de nutrition de temps en temps.

Elle ? Notre mère. Et lui ? Et notre père ?

Bram s'agenouille.

Elle a l'air partie très loin. Je m'efforce de ne pas paniquer. Son teint livide fait ressortir ses taches de rousseur; elle a plus de cheveux blancs que dans mon souvenir, mais elle paraît jeune avec ses yeux grands ouverts, jeune et complètement ailleurs.

– Je la retourne toutes les deux heures, comme on me l'a conseillé. Ses plaies ont cicatrisé, mais elles étaient vraiment profondes, m'informe Bram.

Il parle vite.

– Tiens, regarde, ils l'ont mise sous perfusion aujourd'hui. C'est bien, non? Ça coûte cher.

– Oui, c'est très bien, je confirme.

Je l'attire contre moi.

– Comment as-tu réussi à obtenir tout ça?

– J'ai fait du troc avec les Archivistes.

– Je croyais qu'ils étaient partis.

– Certains sont revenus. Ceux qui ont la marque rouge ont repris les transactions.

Ça ne devrait pas me surprendre.

Évidemment, les Archivistes n'ont pas pu résister, ce chaos est une telle opportunité pour leurs affaires.

Penchée vers mon frère, je murmure:

– On va la ramener avec nous.

– Ce n'est pas dangereux?

– Non, le rassure le clinicien. Elle est transportable. Son état est stable, elle ne montre aucun signe d'infection.

– Bram, dis-je doucement, nous n'avons pas encore beau-coup de traitements, mais comme le Soulèvement pense que maman est en mesure de les aider, ils ont accepté qu'elle soit l'une des premières à le recevoir.

Je jette un coup d'œil à notre mère, avec ses grands yeux fixes.

– J'ai également négocié pour qu'on puisse emmener papa. Mais où est-il?

Bram ne répond pas. Il détourne la tête.

J'insiste:

– Bram, où est papa? Tu le sais? Il peut venir avec nous pour être soigné, ils me l'ont promis, mais le temps presse. Il faut aller le chercher tout de suite.

Mon frère se met alors à sangloter, et d'une voix entrecoupée, il reprend:

– Ils jettent les morts dans les champs. Et seuls ceux qui sont immunisés ont le droit d'aller les voir.

Il me fixe de ses yeux pleins de larmes.

– C'est le travail que je fais pour les Archivistes. Je vais identifier les morts.

Je laisse échapper un cri horrifié:

– Non!

– C'est mieux que de vendre des éprouvettes, affirme-t-il. Ce sont les deux boulots les mieux payés.

Son regard a changé. Il est plus adulte, il a vu tellement de choses... et pourtant ils brillent toujours du même éclat obstiné.

– Je refuse de faire ça, de vendre des éprouvettes. C'est un mensonge. En revanche, quand je dis aux gens si leurs proches sont morts ou non, ça, c'est la vérité.

Il frissonne.

– Les Archivistes m'ont donné le choix. Les gens viennent leur demander soit des éprouvettes, soit des informations. Ils veulent savoir où sont les gens qu'ils aiment. Alors je les aide. Ils me fournissent une photo et j'essaie de les retrouver. En échange, je reçois ce dont j'ai besoin pour moi, et pour elle.

Il a fait tout ce qu'il pouvait pour prendre bien soin de notre mère. Je suis heureuse qu'il ait pu la maintenir en vie, mais à quel prix? Qu'a-t-il vu, exactement?

– Pour lui, c'était trop tard.

Je me retiens de lui demander s'il est sûr, j'ai envie de lui dire qu'il se trompe peut-être, mais non, il sait. Il a vu.

Notre père est parti. Le traitement ne pourra pas le ramener.

– Il faut y aller, me rappelle le clinicien en aidant un officier du Soulèvement à mettre ma mère sur un brancard. Immédiatement.

– Où l'emmenez-vous ? demande quelqu'un de l'autre bout de la pièce.

Nous ne répondons pas.

– Elle est morte ? s'inquiète un autre.

Le désespoir perce dans leur voix.

Nous nous faufilons entre les Immobiles et ceux qui les soignent. J'ai la gorge serrée de les laisser là. « La prochaine fois, ai-je envie de leur promettre, nous reviendrons avec des traitements pour tout le monde. »

– Qu'est-ce qui se passe ? demande un homme en se frayant un passage jusqu'à nous.

Un Archiviste.

– Vous avez un autre type de médicament ? Vous l'échangeriez contre quoi ?

L'officier du Soulèvement se charge de lui tandis que nous nous dépêchons de quitter le musée.

À bord du dirigeable, Bram descend dans la soute avec moi et le clinicien, qui installe une perfusion à ma mère. Je serre mon frère contre moi et il pleure, pleure, pleure, ça me brise le cœur, on dirait qu'il ne s'arrêtera jamais. Et quand il cesse, c'est pire, il frissonne, hoquette, tremble de tout son corps. J'ai l'impression que je ne pourrai pas supporter autant de douleur, que je ne pourrai pas y survivre et, pourtant, je sais qu'il faut que je vive. Il faut que, au plus profond de son désespoir, Bram sente qu'on est tous les deux, qu'on est là l'un pour l'autre et qu'il faut qu'on survive.

Lorsqu'il finit par s'endormir, je prends la main de ma mère. Au lieu de lui chanter les noms des fleurs comme je l'avais prévu, je dis son nom à elle, parce que c'est ce qu'aurait fait mon père.

– Molly, on est là.

Quand je lui glisse la fleur en papier au creux de la main, ses doigts tressaillent légèrement. Savait-elle que ce lys nous guérirait? Avait-elle deviné son importance? Ou voulait-elle simplement m'envoyer quelque chose de beau?

De toute façon, ça a fonctionné.

Mais trop tard pour mon père.

CHAPITRE 55
XANDER

« C'est réellement naturel chez toi, n'est-ce pas ? » avait remarqué Lea à mon sujet. Je me demande si les cliniciens qui me regardent injecter le traitement dans la perfusion pensent la même chose. Le patient est resté immobile à peu près le même temps que Ky – c'est une condition pour faire partie du protocole d'essai.

– Voilà votre mission : injecter le produit et attendre qu'il fasse effet.

Ils acquiescent. Ils ont déjà fait ça. J'ai déjà fait ça, au début, quand j'administrais le traitement contre le virus d'origine et que j'accueillais les soignants au Centre médical. Nous ne sommes plus beaucoup de l'équipe de l'époque.

– Ces cent patients sont les seuls à participer à l'essai clinique, dis-je. Nous sommes en train de récolter davantage de lys, mais ils ne vont pas être en fleur longtemps. Nos chercheurs travaillent vingt-quatre heures sur vingt-quatre pour tenter de synthétiser la molécule. Mais vous, tout ce que vous avez à faire, c'est prendre soin des patients. Il faut leur administrer une dose toutes les deux heures.

Je désigne le placard verrouillé où est stocké le traitement, gardé par plusieurs officiers armés. Je ne sais pas comment ils ont été choisis, si ce n'est pour leur loyauté envers le Pilote.

– Vous devriez constater une amélioration dès la seconde dose. S'ils récupèrent aussi vite que notre premier patient, ils recommenceront à parler au bout de quelques heures et seront capables de marcher dans les deux jours. Mais je ne peux pas me prononcer sur la vitesse de guérison ici. Évitez en tout cas de gaspiller la moindre goutte de traitement.

Comme si c'était la peine de le leur préciser. Il nous faut davantage de lys... et que la mère de Cassia revienne à elle. Elle est restée immobile durant des semaines, bien plus longtemps que Ky, c'est donc beaucoup plus lent. Le Soulèvement n'a pas réussi à retrouver son rapport sur les plantations illégales dans les dossiers de la Société, nous avons donc désespérément besoin d'elle.

Le Pilote a envoyé des équipes écumer les champs et clairières des environs de Camas, avec pour instructions de ne pas arracher toutes les plantes, pour qu'elles puissent repousser si nous en avons à nouveau besoin un jour.

Je me demande s'ils seront capables de résister à la tentation. Pas facile de s'obliger à préserver des choses pour l'avenir alors que le présent est si incertain.

– Vous semblez convaincu que ça va fonctionner, remarque l'un des cliniciens.

Leurs tenues de travail sont sales, ils ont tous l'air épuisé. Je me souviens de certains d'entre eux. J'ai l'impression que ça fait des années, alors que quelques semaines seulement ont passé.

– Je ne sais pas combien de temps j'aurais pu encore tenir comme ça, avoue un autre. Maintenant, on a une raison de continuer.

J'aimerais pouvoir rester les aider, mais on m'attend au labo pour superviser le travail des pharmaciens du Soulèvement qui préparent le traitement. En partant, je promets :

– Je repasserai prendre des nouvelles des patients plus tard.

Les cliniciens se répartissent dans les allées, munis des doses de traitement. J'ai fini ce que j'avais à faire ici, j'ai juste le temps d'aller faire un tour dans mon ancien service.

Lea a les yeux vitreux, et à son odeur, je devine que l'infection s'est installée. Mais on l'a retournée récemment et ses longs cheveux bruns ont été tressés pour lui dégager le visage. Il y a toujours un tableau accroché au-dessus de chaque patient. L'équipe fait de son mieux.

Non, ce n'est pas toujours naturel pour moi, ai-je envie de lui dire en injectant le traitement dans sa perfusion. *Pas en ce moment. Je t'en prie, reviens. Si tu étais là, ça m'aiderait.*

C'est l'une des doses que j'avais préparées au village. Je ne les ai pas toutes données à l'équipe de recherche. J'en ai gardé pour elle. Elle a plongé peu de temps avant Ky, il y a donc un espoir. Sauf que, bien sûr, elle n'a pas bénéficié des perfusions spéciales d'Oker.

Je me retourne en entendant des pas dans mon dos. C'est l'un des cliniciens qui travaillaient avec moi à l'époque.

– Je n'étais pas au courant qu'on allait recevoir le nouveau médicament dans ce service, remarque-t-il.

– Parce que ce n'est pas le cas. Le groupe d'essai remplit des critères spécifiques. Lea n'en fait pas partie.

Je finis de vider ma seringue avant de lever les yeux vers lui.

– Mais j'avais quelques doses en plus.

Je lui tends les éprouvettes.

– Je ne pourrai peut-être pas repasser avant un moment, je suis censé en préparer davantage.

Le clinicien les glisse dans la poche de sa blouse.

– Je les lui donnerai, promet-il.

– Toutes les deux heures, je précise.

J'ai du mal à la laisser. Maintenant, je sais ce que ressentait Cassia quand elle devait quitter le dispensaire. Puis-je avoir confiance en cet homme? Je suis sûr qu'il y a un autre patient qu'il préférerait soigner, s'il avait le choix.

– Je ne vais pas le donner en douce à quelqu'un d'autre, me rassure-t-il comme s'il lisait dans mes pensées. Je veux d'abord voir si ça fonctionne.

– Merci.

– Alors... ça fonctionne?

– Oui, ça a guéri cent pour cent du premier groupe d'essai. J'omets de spécifier qu'il ne comptait qu'un seul patient.

– Excusez-moi, mais... vous êtes le Pilote?

– Non.

Je marque un temps d'arrêt sur le seuil pour jeter un regard à Lea.

En principe, on ne doit pas procéder ainsi, on ne devrait pas accorder tant d'importance aux résultats qu'on a obtenus sur un seul patient. Une seule personne, ce n'est rien. Mais une seule personne peut tout changer.

Nous recevons les premières infos: «Ils vont mieux, ils reviennent.»

Selon les données, cinquante-sept patients sur cent peuvent suivre des yeux un mouvement. Trois d'entre eux ont parlé. Quatre-vingt-trois montrent des signes d'amélioration, si ce n'est la vue ou la parole, un meilleur teint, un pouls plus rapide et une respiration proche de la normale. Même si ça a pris deux fois plus de temps qu'avec Ky, au moins, le médicament agit.

– En revanche, dix-sept patients ne répondent pas du tout au traitement, m'informe le clinicien-chef. Sans doute ont-ils été immobiles plus longtemps que nous ne le pensions. Il y a pu y avoir des erreurs dans les dossiers.

– On continue d'essayer de les ramener, dis-je. Ils doivent recevoir le traitement pendant deux jours complets.

Il hoche la tête. Je prends mon miniport afin de transmettre ces informations au Pilote.

– Qu'en pensez-vous ? me demande-t-il.

– À mon avis, on ne devrait pas attendre. J'ai formé les pharmaciens d'ici à préparer le traitement, ils peuvent aller diriger des labos dans d'autres villes. En revanche, nous n'avons pas encore trouvé comment synthétiser la molécule. On a encore assez de bulbes.

– Pour commencer, ça ira, mais il va falloir en trouver davantage.

– Vous avez vu les chiffres, chaque minute compte.

– D'après vous, par quoi devrait-on commencer ? Envoyer le traitement dans d'autres villes ou concentrer nos efforts ici, puis élargir notre rayon d'action au fur et à mesure ?

– Je ne sais pas. Demandez à Cassia. Elle pourra vous calculer ça mieux que moi. Je retourne voir les patients.

– Très bien, conclut le Pilote.

En fait, je veux surveiller l'état d'un patient qui n'a pas été inclus dans le protocole d'essai. Ils n'ont pas relevé ses constantes pour les inclure dans les chiffres car ils ne sont pas au courant. En me voyant entrer, les cliniciens m'adressent un signe de tête, mais ils me laissent tranquille, et c'est mieux ainsi.

Le tableau accroché au-dessus d'elle est toujours le même, la fille qui pêche. Lea fixe l'eau qui coule. Je souris en murmurant :

– Lea…

Je n'ai pas le temps d'en dire plus, car son regard dévie pour venir se poser sur moi.

Elle est là.

Elle me voit.

CHAPITRE 56
CASSIA

– N'interroge pas ta mère tout de suite au sujet de ton père ou des fleurs, me recommande Xander. Laisse-lui un peu de temps. Tout le monde répète qu'on n'a pas le temps, je sais, mais elle est partie plus longtemps que Ky. Il faut rester prudent...

Je suis son conseil. Je ne lui pose aucune question, je me contente de rester auprès d'elle, avec Bram, à lui tenir la main et à lui dire qu'on l'aime. Et le traitement fonctionne. Elle a l'air heureuse que je sois là, et Bram aussi. Elle se réveille, puis repart, ce n'est pas comme Ky. Elle revient sans doute de plus loin que lui.

Mais elle est forte. Au bout de quelques jours, elle parle. Sa voix n'est qu'un murmure, une graine légère volant au vent.

– Vous êtes tous les deux sains et saufs.

Bram pose sa tête contre elle sur le lit et ferme les yeux.

– Oui, je confirme.

– Nous t'avons envoyé quelque chose, reprend-elle. Tu l'as reçu ?

Elle regarde le clinicien qui change sa perfusion. Je devine qu'elle ne veut pas dire certaines choses devant lui. Elle ne mentionne pas mon père. Est-ce par peur de la réponse qu'elle ne pose pas la question ?

Je la rassure :

– Ne t'inquiète pas. On peut parler librement ici. Et oui, j'ai tout reçu. Merci de m'avoir envoyé la microcarte. Et la fleur...

Je m'interromps un instant. Je ne voudrais pas la bousculer, mais il me semble que c'est le moment. C'est elle qui a abordé le sujet la première.

– C'est un lys papillon, n'est-ce pas ?

Elle sourit.

– Oui, tu t'en es souvenue.

– Je les ai vus pousser en pleine nature. C'est aussi beau que tu me l'avais raconté.

Elle se raccroche à cette conversation, comme moi avant, quand j'avais peur, quand j'étais seule. Se concentrer sur les boutons et les bourgeons qui reviennent après un long hiver de sommeil permet d'éviter de penser à ce qui ne reviendra plus jamais.

– Tu es allée à Sonoma ? s'étonne-t-elle. Quand ça ?

– Non, j'étais ailleurs. C'est à Sonoma que tu avais vu les champs ?

– Oui, confirme-t-elle sans la moindre hésitation, sans la moindre note d'incertitude dans la voix.

– Dans les campagnes de Sonoma, près de la petite ville de Vale.

Je me tourne vers le clinicien qui hoche la tête avant de quitter la pièce pour transmettre l'information. Les plantations illégales étaient à Sonoma. Ma mère s'en est souvenue.

J'aurais tant de questions à lui poser, mais ça suffit pour le moment.

– Je suis contente que tu sois revenue, dis-je en posant ma tête sur son épaule.

Nous sommes enfin tous les trois réunis... sans lui.

– Tu as conservé la microcarte? me demande ma mère un peu plus tard. Je pourrais la visionner à nouveau?

– Oui, bien sûr.

J'approche ma chaise du lit en levant l'infopod de sorte qu'elle voie l'écran.

Les images défilent: grand-père avec ses parents, avec ma grand-mère, mon père.

– Avant de partir, selon la coutume, Samuel Reyes a listé ses meilleurs souvenirs de chaque membre de la famille, annonce l'historienne. Celui qu'il a choisi de sa belle-fille, Molly, était leur première rencontre.

Sa voix est fière et assurée comme si cela prouvait la validité du couplage – ce qui est vrai dans un sens. Mais c'est aussi une preuve d'amour. De la part de mon grand-père, qui a laissé mon père vivre sa vie comme il l'entendait.

Les larmes roulent sur les joues de ma mère. Ils sont tous partis, ceux qui l'entouraient ce jour-là. Ma grand-mère, qui a dit que son visage était encore baigné de soleil. Mon grand-père. Mon père.

– Le meilleur souvenir qu'il avait de son fils, Abran, était le jour de leur première véritable dispute.

Cette fois, j'appuie sur le bouton « pause ». Pourquoi grand-père a-t-il fait ce choix? J'ai tellement de souvenirs de mon père – son rire, ses yeux qui brillaient lorsqu'il parlait de son travail, son amour pour ma mère, les jeux qu'il nous apprenait. Mon père était, avant toute autre chose, un homme bon et doux. Et malgré les exhortations du poème, j'espère qu'il est entré sans violence dans cette bonne nuit.

Perplexe, je murmure :

– Pourquoi ? Pourquoi grand-père a-t-il dit cela au sujet de papa ?

– C'est étrange, n'est-ce pas ? répond ma mère.

En me tournant vers elle, j'aperçois son visage baigné de larmes. Elle sait qu'il est parti, même si elle ne m'a pas encore posé la question, même si je ne lui ai pas répondu.

– Oui, dis-je.

– C'était avant que je rencontre ton père, reprend-elle, mais il m'a raconté.

Elle s'interrompt, pose une main à plat sur sa poitrine. Elle a du mal à respirer sans lui. C'est comme si une partie d'elle-même avait plongé, comme si une partie d'elle se noyait.

– Il m'a dit que ton grand-père t'avait donné les poèmes, Cassia. Il avait essayé de les lui donner, avant.

Maintenant, c'est moi qui ai du mal à respirer.

– C'est vrai ? Et papa les a lus ?

– Une seule fois, puis il les lui a rendus. Il n'en voulait pas.

– Mais... pourquoi ?

Ma mère secoue la tête.

– Il m'a toujours dit que c'était parce qu'il était heureux dans la Société. Il voulait la sécurité avant tout. Il voulait ce que la Société avait à offrir. C'était son choix.

– Et comment a réagi grand-père ? je demande.

Je n'imagine même pas... faire un tel cadeau et se voir opposer un refus. Mais en fait, les parents donnent toujours des choses dont leurs enfants ne veulent pas. Grand-père a essayé de donner les poèmes à mon père, de lui parler de la rébellion. Mon père et ma mère ont essayé de me donner la sécurité.

– C'est à ce moment-là qu'ils se sont disputés, explique ma mère. Ton arrière-grand-mère avait conservé ces poèmes, c'était une sorte d'héritage de révolte… Mais Abran a estimé que c'était trop dangereux, que son père prenait trop de risques. Et grand-père a fini par accepter sa décision.

Elle ôte sa main de sa poitrine et inspire plus profondément. Je demande:

— Vous saviez que grand-père allait me donner les poèmes?

— Oui, c'était une éventualité.

— Et vous ne l'en avez pas empêché?

— Nous voulions te laisser le choix.

— Pourtant, grand-père ne m'a jamais parlé du Soulèvement.

— Je pense qu'il préférait que tu traces ton propre chemin, m'explique ma mère en souriant. Et en cela, il était un véritable rebelle. À mon avis, c'est pour ça qu'il a choisi cette dispute avec ton père comme souvenir préféré. Sur le moment, ça l'a contrarié, bien sûr, mais ensuite il a fini par réaliser que ton père avait eu raison de choisir sa voie, et il l'a admiré.

Je comprends pourquoi mon père tenait tant à honorer la dernière volonté de grand-père en détruisant son prélèvement de tissus, même s'il n'approuvait pas sa décision. C'était à son tour de lui rendre la pareille, de respecter son choix. Je me souviens du dernier mot qu'il m'a écrit: «Cassia, je veux que tu saches que je suis fier de toi. Tu es allée au bout des choses, tu as été plus courageuse que moi.»

— C'est pour ça que le Soulèvement ne nous a pas immunisés contre les effets de la pilule rouge, m'explique Bram, parce qu'ils considéraient notre père comme un faible. Ils le prenaient pour un traître.

— Bram! je proteste.

— Je n'ai pas dit que j'étais d'accord, se défend-il. Le Soulèvement se trompait.

Je me tourne vers ma mère. Elle a fermé les yeux.

— Reprends la lecture, s'il te plaît, me demande-t-elle.

J'appuie sur le bouton de l'infopod, la voix de l'historienne retentit à nouveau:

– Son souvenir préféré de son petit-fils, Bram, est celui de son premier mot: «Encore!»

Bram esquisse un sourire.

– Son meilleur souvenir avec sa petite-fille, Cassia, est le jour du jardin rouge, énonce l'historienne.

Et c'est tout, l'écran devient noir.

Ma mère ouvre les paupières.

– Ton père est parti, articule-t-elle, les lèvres tremblantes.

– Oui.

– Il est mort pendant que tu étais immobile, lui explique Bram.

Son sourire s'est évanoui, sa voix est chargée de tristesse, accablée d'annoncer une si terrible nouvelle.

– Je sais, il est venu me dire au revoir, répond ma mère en souriant à travers ses larmes.

– Comment ça? s'étonne mon frère.

– Je l'ignore, mais quand j'étais immobile, je l'ai vu. Il est passé, puis il a disparu.

– Je l'ai vu mort, mais pas de la même manière que toi, annonce Bram. J'ai trouvé son cadavre.

Ma mère pousse un cri étranglé:

– Oh, Bram, non!

Elle l'attire tout contre elle.

– Non, non, non. Je suis désolée, vraiment désolée.

Elle le serre fort. Ma respiration est entrecoupée, mais je souffre trop pour laisser couler mes larmes. Je ne peux pas pleurer parce que je ne suis que douleur. Si je la laisse sortir, elle va me détruire tout entière. Je voudrais pouvoir arranger les choses, mais je ne peux rien y changer: mon père est mort et enterré.

Ma mère me lance un regard suppliant.

– Pourrais-tu m'apporter une plante, n'importe quoi, un brin de verdure qui pousse ?

– Bien sûr.

Je ne connais pas les plantes aussi bien qu'elle, je ne sais même pas ce que je déterre dans la petite cour du Centre médical. Est-ce seulement une fleur ? Ce pourrait tout aussi bien être une mauvaise herbe… Mais je pense que ça lui fera plaisir quoi qu'il en soit. Elle veut, elle a besoin de quelque chose pour égayer cette chambre stérile, pour remplir le vide que laisse en elle la mort de mon père.

Avec la barquette en alu que j'ai apportée je façonne une sorte de petit pot où je mets un peu de terre avant de tirer la plante. Ses racines pendent dans le vide, certaines sont épaisses, d'autres si fines que la brise les fait onduler aussi facilement que les feuilles.

Je me relève, les genoux sales et les mains noires de terre. Je rapporte une plante à ma mère parce que je suis incapable de lui ramener mon père. Je comprends finalement pourquoi les gens tenaient tant à ces éprouvettes ; j'aimerais pouvoir me raccrocher à quelque chose.

Et alors que je me tiens là, ma plante à la main, avec la terre des racines qui me tombe sur les pieds, soudain, un autre souvenir me revient du jour du jardin rouge. Ma mère, mon père, grand-père, son prélèvement de tissus, les graines de peuplier, les fleurs des champs, les fleurs en papier, les boutons rouges bien serrés, la pilule verte, les yeux bleus de Ky… et brusquement, j'arrive à déchiffrer l'indice que m'a laissé grand-père, je suis le fil de sa pensée, du bout des feuilles, en passant par la tige et jusqu'à la racine.

Je retiens mon souffle car je me souviens…

De tout.

Les mains de ma mère sont noires de terre, seules les lignes sillonnant ses paumes ressortent en blanc lorsqu'elle brandit les plants. Nous sommes dans la serre de l'arboretum, sous un plafond de verre, dans une brume tiède qui contraste avec la fraîcheur extérieure de ce matin de printemps.

— Bram est arrivé à l'heure à l'école, dis-je.

— Merci d'être venue me prévenir, répond ma mère en souriant.

Les rares jours où mes parents commencent tous les deux tôt, je suis chargée d'emmener Bram jusqu'à la station d'aérotrain pour qu'il aille à l'école.

— Tu vas où, maintenant? Tu as encore un peu de temps libre avant le travail.

— Je vais peut-être passer voir grand-père.

J'ai le droit de dévier de mon emploi du temps habituel parce que son banquet approche. Et le mien aussi. On a tellement de choses à se dire.

— Bonne idée, dit-elle.

Elle transfère les jeunes plants de l'éprouvette où ils ont germé, alignés les uns à côté des autres, à leur nouvelle maison, un petit pot de terre. Alors qu'elle en sort un nouveau, je remarque:

— Il n'a pas beaucoup de racines.

— Pas encore, ça va venir.

Je l'embrasse rapidement avant de repartir. Je ne suis pas censée traîner sur son lieu de travail, et j'ai un aérotrain à prendre. Comme je me suis levée tôt avec Bram, j'ai un peu de temps devant moi, mais pas beaucoup.

La brise printanière me taquine, me pousse d'un côté, de l'autre. Elle fait voler les feuilles mortes de l'automne dernier dans les airs. Et si je sautais de la plate-forme d'aérotrain, est-ce que le vent me ferait tourbillonner de la sorte?

Je ne pense même pas que je tomberais, je pense que je volerais.

Ce serait possible, si je me fabriquais des ailes.

Quelqu'un me rejoint alors que, sur le chemin de la station d'aérotrain, je passe devant le monde broussailleux de la Colline.

– Cassia Reyes ?

C'est une jeune femme âgée de quelques années de plus que moi. Sa tenue de jour est maculée de terre aux genoux, comme ma mère lorsqu'elle sort du travail. Elle a une sorte d'herbe dans la main, j'aperçois des racines. Va-t-elle la planter ou vient-elle de l'arracher ?

– Oui ?

– Je voudrais vous parler.

Un homme surgit de derrière la Colline. Il a à peu près le même âge qu'elle. Ils feraient un beau couple. Je n'ai jamais eu la permission de grimper sur la Colline. Je contemple l'enchevêtrement indiscipliné de plantes et d'arbres dans leur dos. Je me demande à quoi peut ressembler un endroit aussi sauvage.

– Nous avons un classement à vous confier, annonce le jeune homme.

– Désolée, dis-je en me remettant en marche, je ne fais ça qu'au travail.

Ce ne sont pas des Officiels, ce ne sont pas mes supérieurs, ni mes formateurs. Ce n'est pas le protocole et je n'ai pas l'habitude d'enfreindre les règles pour des inconnus.

– C'est pour aider votre grand-père, précise la fille.

Je me fige.

– Il y a un petit problème, explique-t-elle. Finalement, il ne va peut-être pas bénéficier du programme de préservation des tissus.

– Comment ça ? je balbutie. Ce n'est pas possible.

– J'ai bien peur que si, renchérit l'homme. Nous avons la preuve qu'il a volé la Société.

Je m'esclaffe :

– Et qu'est-ce qu'il a bien pu voler ?

L'appartement de grand-père était pratiquement vide.

– *Les faits remontent à bien longtemps, lorsqu'il travaillait sur les chantiers de restauration.*

Il sort un infopod. Le modèle a beau être ancien, sur l'écran, les images sont nettes. Je vois mon grand-père, jeune homme, avancer, les bras chargés de reliques. Puis les enterrer dans la forêt.

– *Où ont été prises ces photos ? je demande.*

– *Ici, sur la Colline.*

Il y en a beaucoup. Tandis qu'elles défilent sous mes yeux, je vois grand-père vieillir. Il a fait ça pendant très, très longtemps.

– *Et c'est seulement maintenant que la Société découvre ces images ? je demande.*

– *La Société n'est pas au courant, intervient la jeune femme. Et nous préférerions que cela demeure ainsi, afin qu'il puisse profiter de son Banquet final et bénéficier du prélèvement des tissus. Mais nous avons besoin de votre aide en échange. Si vous refusez, nous le dénoncerons.*

Je secoue la tête.

– *Je ne vous crois pas. Qui me dit que ces photos ne sont pas truquées ? Si ça se trouve, vous avez tout inventé.*

Cependant, mon cœur s'emballe. Je ne veux pas que grand-père ait des ennuis. Et seule la perspective que l'on conserve ses tissus me permet de supporter l'idée que son Banquet approche.

– *Posez-lui la question, m'encourage l'homme. Il vous dira la vérité. Mais vous n'avez pas beaucoup de temps. Nous avons besoin de vous pour un classement aujourd'hui même.*

– *Vous faites erreur, je suis toujours en formation. Je n'ai pas encore reçu mon assignation à mon poste de travail définitif.*

Je devrais les ignorer ou même les dénoncer à la Société. Mais ils m'ont perturbée. Et si leur histoire, vraie ou non, arrive aux oreilles de la Société ? Soudain, je suis prise d'un fol espoir : serait-il possible que, dans ce cas, ils reportent le Banquet final de grand-père pour enquêter ? Qu'on ait encore un peu de temps ensemble ?

Mais non, la Société va organiser le Banquet et le prélèvement de tissus à la date prévue, et si les preuves sont concluantes, ils le détruiront ensuite.

– Il faudrait que vous entriez des données supplémentaires dans la base de classement, m'explique l'homme.

– Impossible, je travaille toujours sur une base de données close, je ne peux pas en ajouter.

– Vous n'aurez rien à ajouter. Vous aurez simplement à vous connecter à une autre base de données et à les transférer.

– Ce n'est pas possible non plus. Je n'ai pas les codes d'accès nécessaires. Je n'ai que les informations qu'on me donne.

– Nous vous fournirons un code qui vous permettra de vous connecter à l'ordinateur central de la Société durant votre classement.

Quand ils ont fini leurs explications, je reste plantée là, tout étourdie. Comme s'ils m'avaient fait tourner comme une toupie. J'ai du mal à croire que tout cela est réel. Vais-je vraiment faire ce qu'ils m'ont demandé?

– Pourquoi m'avoir choisie, moi? je demande.

– Vous remplissez tous les critères et vous avez été affectée à ce classement particulier aujourd'hui, dit-il.

– Vous êtes aussi l'une des plus rapides, renchérit la femme. La meilleure.

Puis elle ajoute quelques mots indistincts, quelque chose comme:

– Et vous oublierez.

Après cette rencontre, il me reste très peu de temps. Je descends tout de même à la station proche de l'appartement de grand-père. Je veux lui parler avant de prendre ma décision. En plus, ils ont raison: il me dira la vérité.

Il est dehors, dans l'espace vert au pied de son immeuble.

Lorsqu'il m'aperçoit, son visage s'éclaire, étonné et ravi. Je lui souris, mais je n'ai pas de temps à perdre.

– Il faut que je retourne travailler. Seulement, j'ai une question à te poser.

– Oui, quoi donc? me demande-t-il en me fixant de son regard vif et pénétrant.

– T'est-il arrivé de prendre quelque chose qui ne t'appartenait pas?

Il ne me répond pas immédiatement. Je distingue une lueur de surprise dans ses yeux. J'ignore si c'est la question en elle-même qui le surprend ou le fait que j'ai osé la poser. Puis il hoche la tête.

– Quelque chose qui appartenait à la Société? je murmure, si bas que je distingue à peine le son de ma voix.

Mais il comprend, il lit sur mes lèvres.

– Oui, confirme-t-il.

Je vois bien qu'il aimerait m'en dire plus, mais je ne veux pas. J'en ai assez entendu. Il l'a admis, ils ont donc sûrement raison. Son prélèvement de tissus pourrait être remis en question.

Avant de tourner les talons et de filer entre les arbres chargés de bourgeons rouges, je promets:

– Je reviendrai plus tard.

Aujourd'hui, rien ne se passe comme d'habitude au Centre de classement. Ma responsable, Norah, n'est pas là et je ne croise pas beaucoup de visages familiers.

Une fois que nous sommes tous installés, un Officiel annonce:

– Le travail que nous vous demandons aujourd'hui est un peu particulier. Il s'agit d'un classement exponentiel par paires, utilisant une base de données personnelles d'une sous-catégorie de Citoyens de la Société.

Les gens de l'arboretum avaient raison. Ils m'avaient prévenue que j'aurais ce type de classement à effectuer. Ils m'en ont dit plus que la Société n'a l'air de savoir. La jeune femme m'a précisé que les données concernaient le prochain Banquet de couplage. Mon banquet. La Société ne devrait pas faire les couplages aussi près de la date du banquet. Les gens de l'arboretum m'ont dit que la Société avait exclu certaines personnes du panel volontairement alors qu'elles auraient dû y être. Leurs dossiers sont sur l'ordinateur central mais ne seront pas dans ma base de données de classement. L'homme et la femme de l'arboretum m'ont demandé d'y remédier.

Ils ont affirmé que ces gens avaient le droit de figurer dans le panel, que c'était injuste de les en exclure. Comme il est injuste d'exclure grand-père du programme de préservation des tissus.

Je vais le faire pour grand-père, mais également pour moi. Je veux être couplée avec mon vrai Promis, sans qu'aucune possibilité soit écartée.

Lorsque je me connecte à l'ordinateur central, rien ne se produit, ça ne déclenche aucune alarme. J'étouffe un petit soupir de soulagement. Tant mieux. Je ne me suis pas fait prendre, je vais pouvoir remettre ces gens dans le panel.

Les données sont chiffrées, il n'y a aucun nom, j'ignore à quoi correspondent ces nombres. Je sais juste qui va avec qui pour former des paires idéales, parce que l'Officiel nous a précisé ce que nous devions prendre en compte. Je ne modifie pas la procédure de couplage, j'ai simplement ajouté des données dans la base.

En principe, ce travail est effectué par une équipe spéciale, à Central. Alors pourquoi font-ils appel à nous? Les gens de l'arboretum m'ont dit que j'étais parfaite pour cette mission, que je remplissais tous les critères. La Société avait-elle les mêmes critères? Je suis rapide, douée et… j'oublierai. Qu'est-ce que ça signifie?

– Mais ils ne risquent pas de remonter jusqu'à moi? ai-je demandé ce matin.

– Non, m'a rassurée la femme. Nous avons piraté les fichiers de la Société de sorte qu'un autre numéro d'identification apparaisse à la place du vôtre. Si quelqu'un décide de mener l'enquête plus tard, il n'y aura aucune trace de votre participation à ce classement.

– Mais ma responsable va me reconnaître, ai-je protesté.

– Elle ne sera pas présente, m'a informée l'homme.

– Et les Officiels…

La femme m'a coupée.

– Les Officiels ne se rappelleront aucun nom, aucun visage. Vous n'êtes que des machines à leurs yeux. Si nous remplaçons votre numéro et votre photo par d'autres, personne ne le saura.

Voilà pourquoi, ai-je réalisé, la Société ne se fie aucunement à la technologie. Car il est facile de la manipuler et de la dévoyer. Comme les gens, auxquels la Société n'accorde aucune confiance non plus.

– Mais les autres employés…

– Croyez-nous, ils ne s'en souviendront pas, a affirmé l'homme.

Ça y est, on a terminé.

Je lève enfin les yeux de l'écran. Pour la première fois, je croise le regard de ceux qui occupaient les autres postes. Ça me met mal à l'aise. L'homme et la femme de l'arboretum avaient tort. Ce qu'on nous a demandé de faire aujourd'hui sortait de l'ordinaire, tous les gens présents dans cette pièce ont pu le constater. Quoi qu'il arrive, je me rappellerai mes voisins – les taches de rousseur de cette fille, le regard fatigué de cet homme. Et ils se souviendront de moi.

Je vais me faire prendre.

– Veuillez sortir la pilule rouge de votre étui, s'il vous plaît, ordonne l'un des Officiels à l'entrée de la salle. Attendez que nous soyons face à vous pour la prendre.

Des cris étouffés fusent de toutes parts, mais nous obéissons. Je fais tomber le comprimé au creux de ma main. Il me regarde l'avaler.

J'ai comme un goût de larmes dans la bouche. Je me retrouve assise dans l'aérotrain sans savoir comment je suis arrivée là ni ce qui s'est passé aujourd'hui.

Il y a quelque chose qui cloche. Je sais seulement que je dois aller voir grand-père. Il le faut. Je ne pense qu'à lui. J'espère qu'il va bien.

– Où étais-tu? me demande-t-il en me voyant arriver.

– Au travail, dis-je.

Je sais que je sors du Centre de classement. Mais j'ai l'esprit embrumé. J'ignore ce que j'ai fait là-bas. Cependant, je suis heureuse d'être avec grand-père. Il fait si beau dehors.

C'est une de ces rares journées de printemps, où les bourgeons sur les branches et les fleurs des massifs sont rouges au même moment. Il fait à la fois frais et doux. Grand-père me regarde, les yeux brillants, déterminé.

– Tu te souviens de ce que je t'ai dit au sujet de la pilule verte? me demande-t-il.

– Oui, tu m'as dit que j'étais assez forte pour m'en passer.

– « Espace vert, pilule verte, dit-il, reprenant le poème improvisé il y a si longtemps. Une fille verte aux yeux verts. »

– Je n'oublierai jamais ce jour-là, dis-je.

– Pourtant, tu as du mal à te rappeler ce jour-ci, affirme-t-il.

Son regard est tendre, plein de compassion.

– Oui. Pourquoi?

Grand-père ne me répond pas, en tout cas pas tout de suite.

– Il y a une expression pour désigner un jour mémorable: « un jour à marquer d'une pierre blanche », ça veut dire qu'il faudrait l'entourer en rouge dans ton agenda. Tu t'en souviens?

– Je ne suis pas sûre.

J'enfouis mon visage entre mes mains. J'ai l'esprit embrumé, pas clair. Grand-père a l'air triste, mais déterminé – ce qui me donne un nouvel élan.

Je regarde à nouveau autour de moi, les boutons rouges, les fleurs.

— Entre nous, dis-je avec une lucidité soudaine, on pourrait appeler ça le jour du jardin rouge.

— Oui, confirme-t-il, le jour du jardin rouge, un jour mémorable. Il se penche vers moi.

— Ça va être difficile de te le rappeler. Même cet instant ne sera plus clair dans ta mémoire. Mais tu es forte. Je sais que tu retrouveras les moindres détails.

Effectivement. Grâce à grand-père. Il a fixé ce jour dans ma mémoire, à la manière dont, avec Ky, nous attachions des chiffons rouges aux branches des arbres de la Colline.

Grand-père n'a pas pu me rendre le souvenir entier, puisque je ne lui ai jamais raconté ce que j'avais fait ce jour-là. Mais il m'en a restitué une partie, il m'a fourni un indice. «Le jour du jardin rouge». Je peux reconstruire le reste petit à petit. Je saute d'une bribe de souvenir à l'autre, de pierre en pierre, pour quitter le rivage de l'oubli, traverser le fleuve et retrouver la mémoire de l'autre côté.

Grand-père croyait en moi. Il m'estimait capable de me révolter. Et je l'ai fait, sans cesse, par de petits actes de rébellion, même si je croyais également en la Société. Quand j'ai conçu des jeux pour Bram sur son scripteur. Quand j'ai ressenti une terrible colère en avalant ma dernière bouchée de gâteau au Banquet de couplage. Quand, avec Xander, nous avons omis de prévenir les Officiels qu'il avait perdu son étui à pilules à la piscine. Quand nous avons tous enfreint les règles pour donner le comprimé vert à Em.

Avec le recul, je suppose maintenant que c'est le Soulèvement qui est entré en contact avec moi à l'arboretum. Je leur ai obéi parce qu'ils menaçaient mon grand-père. J'ai ajouté des gens au panel de couplage. À l'époque, j'ignorais de qui il s'agissait. Je ne savais pas qu'ils étaient classés Aberrations.

Et le Soulèvement et la Société se sont servis de moi, parce qu'ils savaient que j'oublierais. La Société savait que j'oublierais le classement en urgence à une date si proche du banquet, le Soulèvement savait que je ne pourrais pas les trahir puisque je ne me rappellerais pas ce que j'avais fait. Le Pilote y a même fait référence lorsqu'il nous a emmenés à La Traverse : « Vous nous avez déjà aidés par le passé, même si vous ne vous le rappelez plus. »

Maintenant, je me le rappelle.

Pourquoi le Soulèvement m'a-t-il fait inclure les Aberrations au panel de couplage ? Espéraient-ils qu'ils seraient en quelque sorte reclassés de cette façon ? Ou voulaient-ils seulement perturber la Société ?

Et pourquoi la Société a-t-elle fait appel à moi et aux autres employés de classement ce jour-là ? Est-ce parce que ceux qui s'occupaient d'habitude de préparer le banquet étaient déjà atteints par la Peste ?

Un autre souvenir me revient en mémoire, c'est comme un fil qui se déroule.

Ce n'est pas la seule fois où j'ai participé au couplage avant le banquet, à Central.

C'est ce qui s'est passé le jour où j'avais trouvé les mots « souviens-toi » sur un papier glissé dans ma manche. La Société se trouvait en difficulté à cause de la Peste : il y avait de plus en plus de malades, ils n'arrivaient plus à suivre. Pendant combien de temps ont-ils eu recours à des gens comme moi pour faire les couplages à la dernière minute, avant de nous faire prendre la pilule rouge afin qu'on oublie la précipitation, la panique ?

Mon Officielle ignorait qui avait introduit Ky dans le panel de couplage.

Moi, je le sais maintenant. Tout au moins, je le devine.
C'est moi.

Je l'ai inclus dans la base de données sans être consciente de ce que j'étais en train de faire. Puis quelqu'un – moi ou un autre employé présent ce jour-là – m'a couplée avec lui, et avec Xander.

Mon Officielle a-t-elle su le fin mot de l'histoire? Aurait-elle pu prévoir son «issue probable» pour reprendre son expression? A-t-elle seulement survécu à la Peste et à la mutation?

De tous les habitants de la Société, Ky et Xander étaient-ils vraiment ceux qui me convenaient le mieux? La Société l'aurait sûrement remarqué, si j'avais deux Promis possibles... Ou bien existait-il un processus de contrôle pour éviter ce genre de problèmes... Ou peut-être n'avaient-ils pas prévu ce cas. Ils étaient sans doute incapables de l'imaginer, tant ils avaient confiance en leurs données, leurs calculs, persuadés qu'il n'y a qu'un seul et unique Promis parfait pour chacun d'entre nous.

Tant de questions auxquelles je n'obtiendrai sans doute jamais de réponse.

Je n'ai pas envie d'en demander trop à ma mère, alors qu'elle vient juste de revenir à elle, mais elle est solide. Comme l'était mon père. Je me rends compte maintenant du courage qu'il faut pour assumer de vivre la vie qu'on veut, quelle qu'elle soit.

– Grand-père faisait partie du Soulèvement, dis-je. Il a volé la Société.

Ma mère me prend la plante des mains en acquiesçant:

– Oui, il récupérait des reliques sur les chantiers de restauration où il travaillait. Mais il n'agissait pas pour le compte du Soulèvement. C'était une mission qu'il s'était fixée tout seul.

– C'était un Archiviste? je demande, le cœur serré.

472

– Non, mais il commerçait avec eux.

– Pourquoi ? Que cherchait-il ?

– Rien pour lui. Il négociait le passage des Anomalies et des Aberrations hors des frontières de la Société.

Pas étonnant qu'il ait paru si surpris quand je lui ai appris que j'avais été couplée avec un individu classé Aberration. Il espérait sans doute qu'ils avaient tous été sauvés.

Quelle ironie ! Grand-père voulait les aider en leur permettant de sortir de la Société, tandis que moi je leur ai permis d'entrer dans le panel de couplage. Et nous pensions tous les deux bien agir.

La Société et le Soulèvement se sont servis de moi quand ils en avaient besoin, pour me laisser tomber lorsque je ne leur étais plus utile. Mais grand-père a toujours été convaincu que j'étais forte. Il a toujours cru en moi. Il m'estimait capable de me débrouiller sans prendre la pilule verte, de préserver mes souvenirs des effets de la rouge. Je me demande ce qu'il penserait s'il apprenait que j'ai survécu à la bleue.

CHAPITRE 57
KY

– On a une piste, m'annonce le Pilote.

Je n'ai pas besoin de demander à quel propos. C'est toujours la même chose : ils ont peut-être repéré un champ de lys pour le traitement.

– Où ça ?

– Je vous transmets les coordonnées.

L'imprimante du tableau de bord se met à cracher les informations.

– C'est une petite ville de Sonoma.

La Province dont Indie était originaire.

– Au bord de la mer ?

– Non, dans le désert. Mais notre source est certaine de la localisation. Elle se souvient du nom de la ville.

Bien que je pense déjà connaître la réponse, je demande :

– Et cette source est… ?

– La mère de Cassia. Elle est revenue.

En arrivant par l'est, je vois une vaste étendue de champs dont la terre a été retournée, à l'écart de la ville. C'est le matin.

Le sol couvert de rosée scintille un peu comme la mer sous les rayons du soleil.

« Ne nous emballons pas, me dis-je. Ce n'est pas la première fois qu'on croit avoir trouvé un champ de lys, malheureusement, il ne reste jamais plus de quelques fleurs. »

Les vers du poème de Dylan Thomas me reviennent à l'esprit :

Les hommes bons, passé la dernière vague, criant combien clairs
Leurs actes frêles auraient pu danser dans une verte baie
Ragent, s'enragent contre la mort de la lumière*.

C'est peut-être notre dernière vague, notre dernière chance de soigner un nombre conséquent d'Immobiles avant qu'il ne soit trop tard. L'avenir nous dira si nos « actes » – piloter pour moi, classer les informations pour Cassia, soigner les malades pour Xander – étaient soit frêles, soit clairs.

Deux dirigeables sont posés près du champ.

De l'extérieur, je n'ai aucune hésitation ; j'amorce la descente. Mais en mon for intérieur, j'ai toujours une appréhension en voyant d'autres vaisseaux qui attendent. À qui appartiennent-ils ? En ce moment, la Société semble en sommeil. Le Pilote et ses propres rebelles ont l'air de détenir fermement le pouvoir, grâce au traitement qu'il a rapporté des montagnes. Ses partisans assurent le maintien de l'ordre ; ils supervisent la distribution des derniers stocks de nourriture. Ceux qui ne sont pas touchés par la maladie restent chez eux, les immunisés aident les Immobiles, et l'on vit une paix ténue et provi-

---

* NdT : Dylan Thomas, *N'entre pas sans violence dans cette bonne nuit*, trad. Alain Suied, Poésies Gallimard, Paris.

soire. Pour l'instant, le Pilote est assez respecté par les officiers pour rester aux commandes, et la Société a battu en retraite, ce qui lui permet de continuer à chercher des fleurs pour le traitement. Mais un jour, elle reviendra. Et un jour, les gens devront décider ce qu'ils veulent vraiment.

Il faut juste qu'on en guérisse un nombre suffisant.

Je me pose sur la longue route déserte où les autres ont atterri.

Le Pilote vient à ma rencontre, et je distingue au loin une aérovoiture qui arrive de la ville.

— Les officiers pensent avoir trouvé quelqu'un qui peut nous aider, m'explique le Pilote. Un homme de la ville qui connaissait celui qui a ensemencé ces champs, et qui est disposé à nous en parler.

Nous franchissons le fossé qui sépare le champ de la route poussiéreuse. La zone est clôturée de fil barbelé, mais j'aperçois déjà les lys.

Ils jaillissent des collines et des vallées miniatures formées par les mottes retournées, agitant leurs petits pétales blancs comme des drapeaux. Glissant ma main entre les fils barbelés, j'en saisis un et je le tourne vers moi. Il est parfait : trois pétales en forme de coupe avec une trace de rouge à l'intérieur.

— La Société les a déterrés l'an dernier, dit l'homme de la ville en nous rejoignant. Mais au printemps, ils ont repoussé.

Il secoue la tête.

— Cela dit, avec la Peste, je ne sais pas combien d'entre nous s'en sont rendu compte ou ont même pensé à venir chercher ici.

— Le bulbe est comestible, lui confie le Pilote. Vous le saviez ?

— Non.

— Qui a ensemencé les champs avant que la Société ne les retourne au bulldozer ?

– Un certain Jacob Childs. Je ne devrais pas me souvenir que les champs ont été retournés ni qu'ils ont emmené Jacob, et pourtant, je n'ai pas oublié.

– On doit organiser une récolte systématique de ces bulbes, décrète le Pilote. Vous pouvez nous aider ? Vous connaissez des gens qui seraient prêts à travailler ?

– Oui, dit l'homme. Quelques-uns, les autres sont malades ou ils se cachent.

– On fera venir nos équipes, conclut le Pilote. Mais il faut s'y mettre tout de suite.

Une brise légère agite les fleurs, qui dessinent des vaguelettes dans leur baie d'herbe verte.

Quelques jours plus tard, je suis sur le trajet de retour d'une tournée de livraison à Central quand la voix du Pilote sort de nouveau de mon haut-parleur. Elle me fait sursauter, en particulier à ce moment précis. Aurait-il compris ce que je mijote ? Il n'y a pas de raison pour que mon trajet ait éveillé ses soupçons. Le plan de vol qu'il m'a fourni est idéal, il passe tout près de là où je dois me rendre pour faire ce que j'ai à faire.

– On n'a trouvé aucune trace d'un dénommé Jacob Childs, m'informe-t-il. Il s'est volatilisé.

– Ça ne m'étonne pas. La Société n'a pas dû traîner pour le reclasser et l'envoyer à la mort.

– J'ai aussi lancé une recherche sur Patrick et Aida Markham, me dit-il, mais ils ne figurent ni dans la banque de données de la Société, ni dans celle du Soulèvement.

– Merci d'avoir pris la peine de vous renseigner.

Je suis loin d'être le seul à chercher des membres de ma famille ; mais malgré tous les dossiers conservés par la Société, ce n'est pas évident.

– Je ne peux pas me permettre de vous laisser vous occuper

de ça maintenant, reprend le Pilote. On a encore besoin de vous et de votre vaisseau pour le traitement.

– Je comprends. Je le ferai sur mon temps libre.

– Vous ne disposez pas de temps libre pour le moment, réplique-t-il. Comme leur nom l'indique, vos heures de repos doivent vous servir à récupérer. Vous ne nous serez pas d'une grande utilité si vous êtes épuisé.

– Il faut que je les retrouve, dis-je.

Je leur dois tout. J'ai appris par Anna ce que Patrick et Aida ont sacrifié pour moi – plus encore que ce que j'avais imaginé. Je pose au Pilote une question que je n'aurais jamais pu lui poser avant :

– Et vous, il ne vous reste personne à retrouver ?

J'ai dépassé les bornes. Il ne me répond pas.

Je regarde la terre plongée dans le noir sous mon appareil et les lumières vives qui apparaissent, bien à leur place.

Au cours de mes missions de livraison du traitement ces dernières semaines, je me suis arrêté plusieurs fois dans chaque Province de la Société.

Sauf Oria.

Le Pilote refuse qu'on se pose dans nos Provinces d'origine, parce qu'on y connaît trop de gens et qu'on serait tentés de modifier le programme de distribution en leur faveur.

– J'avais des personnes à retrouver, finit-il par me répondre, mais je savais où chercher. Vous, vous cherchez un caillou dans la rivière Sisyphe. Vous ne savez même pas où commencer. Ça prendrait trop de temps, du moins pour l'instant. Plus tard, vous pourrez le faire.

Je ne réponds pas. On sait tous les deux que « plus tard » signifie souvent « trop tard ».

Le traitement fonctionne, ainsi que les calculs de Cassia qui nous dit où nous rendre ensuite. On sauve autant de malades que possible. Elle nous indique ce qu'elle pense qu'on devrait faire, puis les ordinateurs et les autres employés de classement nous donnent confirmation – elle a l'esprit le plus clair et le plus affûté que je connaisse.

Mais on ne sauve pas tout le monde. Parmi ceux qui plongent, environ onze pour cent ne reviennent pas. Et d'autres succombent aux infections.

Je diminue mon altitude.

– Je croyais vous avoir clairement précisé que vous ne pouviez pas partir à leur recherche maintenant, me rappelle le Pilote.

– En effet, je ne vais pas laisser mourir des gens en pourchassant quelque chose que je risque de ne jamais trouver.

– Dans ce cas, qu'êtes-vous en train de faire ?

– Je dois me poser ici.

– Ils ne sont pas à Oria, m'assure-t-il. D'après Cassia, il est extrêmement improbable qu'ils se trouvent dans cette Province.

– Selon elle, le plus probable est qu'ils soient morts dans les Provinces lointaines, n'est-ce pas ?

Il marque un temps avant de répondre :

– C'est vrai.

Je vole en cercle jusqu'à repérer un endroit propice à l'atterrissage. Je survole la Colline en me demandant ce qu'est devenue la soie verte de la robe de Cassia – petit drapeau en lambeaux flottant dans le ciel, désormais enfoui sous la terre. Ou blanchi par le soleil. Détrempé par la pluie. Ballotté par le vent.

– Oria est encore instable et vous faites partie de nos meilleures recrues, reprend le Pilote. Vous devez rentrer.

– Ce ne sera pas long.

Je fais demi-tour pour descendre en piqué. Mon vaisseau

est différent de celui du Pilote. Il ne peut pas passer en mode hélice pour effectuer un atterrissage sur une surface restreinte.

La rue a à peine la longueur requise, mais je la connais par cœur. Je l'ai arpentée pendant des années. Avec Patrick et Aida, qui marchaient presque toujours main dans la main.

Les roues du vaisseau percutent le sol; les clapets métalliques qui se soulèvent servent d'aérofrein. Les maisons défilent à toute allure… je m'arrête au dernier moment. Je pourrais voir par mon hublot les fenêtres de la maison qui se trouve devant moi, si ses occupants n'avaient pas fermé tous les volets.

Je sors du vaisseau et je marche le plus vite possible. Je n'ai que quelques maisons à longer. Les jardins ne sont plus entretenus. Les fleurs y poussent en touffes sauvages et désordonnées. Je m'arrête à la porte de la maison où habitait Em. Les carreaux sont cassés. Je regarde à l'intérieur, mais les pièces sont vides; sans doute depuis longtemps, car le sol est jonché de feuilles mortes. Le vent a dû les apporter d'un autre quartier, parce qu'il n'y a plus d'arbres ici.

Je reprends ma route.

Pendant que j'étais immobile, j'ai entendu ce qu'Anna racontait au sujet de mes parents et de Patrick, Aida et Matthew. Mon père et ma mère ne pouvaient pas me faire sortir de la Société. Alors, avant de mourir, ils m'ont envoyé en son cœur en espérant que ça marcherait. Et Patrick et Aida m'ont recueilli et aimé comme leur fils.

Jamais je n'oublierai les cris d'Aida et l'expression de Patrick quand les Officiers m'ont emmené, ni leurs gestes pour me retenir et la façon dont ils s'agrippaient l'un à l'autre.

La Société savait ce qu'elle faisait en couplant Patrick et Aida.

Si c'était moi qui avais été couplé avec Cassia, si j'avais pensé pouvoir vivre quatre-vingts ans d'une vie heureuse, dont la plus grande partie avec elle, je ne sais pas si j'aurais eu la force de me battre contre la Société.

Xander l'a eue.

Je remonte l'allée du jardin et je frappe à la porte de la maison où il vivait.

CHAPITRE 58
XANDER

Ces dernières semaines, nous avons progressé sur plusieurs fronts dans l'administration du traitement. D'abord, nous avons localisé les champs dont la mère de Cassia nous avait parlé, ce qui a permis de fabriquer davantage de produit pour l'acheminer rapidement vers les malades. Puis, nous avons découvert comment synthétiser les protéines du lys papillon en laboratoire. Les plus grands scientifiques que comptaient encore la Société et le Soulèvement se sont associés pour faire avancer les recherches.

Jusqu'ici, cela a fonctionné. Les gens reviennent, reprennent leur existence. Et si la maladie réapparaît, cette fois, on a un traitement. Sauf, bien sûr, si le virus mute de nouveau. Mais pour l'instant, les données indiquent que le pire est passé. Je ne m'y fierais pas si ces probabilités n'avaient été calculées par Cassia.

On se dirige maintenant vers une nouvelle ère ; une fois guéris, les gens devront choisir dans quel monde ils veulent vivre. Je ne sais pas si nous surmonterons cela aussi bien que nous avons surmonté la Peste.

– Tu as sauvé le monde, se plaît à me répéter mon père.

– C'était un coup de chance. On a toujours eu de la chance.

Et c'est vrai. Regardez ma famille. Mon frère est retourné à Oria vivre dans le quartier dès l'apparition de la Peste, et ils ont tous réussi à y échapper presque jusqu'à la fin. Même quand ils sont tombés malades, Ky est arrivé à temps pour les ramener ici où on pouvait les soigner.

– On a essayé de faire tenir le quartier, dit mon père.

À son crédit, ils ont réussi. Ils ont rationné et partagé la nourriture, ils ont pris soin les uns des autres jusqu'au bout.

Les membres de ma famille n'ont rien fait de mal. Ils ont toujours pensé qu'en travaillant dur et en faisant son devoir, on avait plus de chances de s'en sortir. Mais ils ne sont pas idiots. Ils savent que ça ne marche pas *toujours*. Ils ont assisté à des événements terribles et cela les a bouleversés. C'est leur seule expérience de la souffrance.

Je suis un hypocrite, parce qu'il ne m'est rien arrivé de grave à moi non plus. Toute la famille de Ky a disparu. Cassia a perdu son père. Pas nous, pas les Carrow. On va tous bien. Même mon frère, qui n'a jamais rejoint le Soulèvement. Je m'étais trompé sur lui. Je m'étais trompé sur beaucoup de choses.

Mais le traitement qu'on a élaboré fonctionne.

Quand arrive l'heure de ma pause, je sors du Centre médical et je vais marcher le long du fleuve qui traverse le centre-ville de Camas. Maintenant que le mur d'enceinte a été démantelé et que la mutation est sous contrôle, les gens ont recommencé à se promener sur les berges. On peut y descendre par un petit escalier en ciment ménagé dans le remblai non loin du Centre médical.

Ky et Cassia y vont parfois, quand il revient de mission. Un jour, je l'ai même croisé tout seul, les yeux rivés sur l'eau.

Je me suis assis à côté de lui.

– Merci, lui ai-je dit.

Je ne l'avais pas revu depuis qu'il avait amené ma famille pour la faire soigner.

Ky a hoché la tête.

– Je n'ai rien pu faire pour la mienne, m'a-t-il dit. J'espérais au moins trouver la tienne.

– Et tu as réussi, ai-je répondu en essayant de chasser l'amertume de ma voix. Pile là où la Société les avait laissés.

Il a haussé les sourcils.

– Je suis heureux qu'ils soient revenus, ai-je repris. Je te serai éternellement reconnaissant de les avoir amenés. Qui sait combien de temps ils auraient dû attendre le traitement, là-bas.

– C'était le moins que je puisse faire. Cassia et toi, vous m'avez guéri.

– Comment as-tu su que tu l'aimais? Quand tu es tombé amoureux d'elle, elle ne te connaissait pas vraiment. Elle ne savait pas d'où tu venais.

Ky ne m'a pas répondu tout de suite. Il s'est tourné vers le fleuve.

– Un jour, j'ai dû jeter un corps dans une rivière, a-t-il enfin déclaré. Avant toute cette histoire. Une Aberration était morte dans le camp, plus tôt que la Société ne l'avait prévu, et les Officiers nous ont obligés à nous débarrasser des preuves. C'est là que j'ai rencontré mon ami Vick.

J'ai acquiescé. J'avais déjà entendu parler de Vick.

– Il était tombé amoureux de la mauvaise personne, a repris Ky. Ça a fini par lui coûter la vie.

Il m'a regardé.

– Après la mort de mes parents, je voulais survivre. Mais je ne me suis pas senti vivant jusqu'à ce que je rencontre Cassia.

– Tu n'avais pourtant pas le sentiment qu'elle te connaissait vraiment. Si ? ai-je insisté.

– Non, juste qu'elle pourrait un jour me connaître.

Je descends les marches vers le fleuve. Cette fois, Ky n'est pas là, mais je tombe sur une autre connaissance. C'est Lea, avec ses longs cheveux noirs.

Cela fait des jours que je ne l'ai pas vue, même de loin. Après sa guérison, elle a repris son travail et nos chemins se sont rarement croisés. Ces quelques fois-là, on a hoché la tête, on s'est souri et on s'est dit bonjour. Elle sait sans doute que je travaille sur le traitement, mais je n'ai pas eu l'occasion de lui parler.

Tandis que j'hésite, elle lève les yeux vers moi et me fait signe d'approcher. Je me sens bête en m'asseyant à côté d'elle ; je ne sais pas comment entamer la conversation.

C'est elle qui prend la parole :

– Où étais-tu parti ?

– Dans les montagnes. Le Pilote nous y avait emmenés. C'est là-bas qu'on a trouvé le traitement.

– Et c'est toi qui l'as fabriqué.

– Non, c'est Cassia qui a mis au point la formule.

– Ta Promise.

– Oui. Elle est en vie, et elle va bien. Elle est ici.

– Il me semble vous avoir vus discuter, dit Lea.

Ses yeux sondent les miens, essayant d'apprendre ce que je n'ai pas dit.

Je murmure :

– Elle est amoureuse d'un autre.

Lea pose sa main tout doucement sur la mienne et la laisse là un instant.

– Je suis désolée.

– Et ton Promis à toi ? Tu as réussi à le retrouver ?

Elle détourne le visage, et quand ses cheveux balayent son dos et son cou, je repense au moment où on s'est examinés l'un l'autre à la recherche de la marque rouge, au Centre médical.

– Il est mort. Avant l'arrivée de la Peste.

– Je suis désolé.

– Je crois que je l'ai su avant qu'on me l'annonce, reprend Lea. Je crois que j'ai senti qu'il n'était plus là.

Une fois de plus, je suis frappé par le son de sa voix. Elle est magnifique. J'aimerais bien l'entendre chanter.

– Ça doit te paraître idiot, dit-elle.

– Non.

Quelque chose saute dans la rivière et me fait tressaillir.

– Un poisson, commente Lea en reportant son regard sur moi.

– Un de ceux dont tu m'as parlé ?

– Non. Celui-ci était argenté, pas rouge.

– Et toi, où étais-tu ?

Elle sait ce que je veux dire : « Où étais-tu quand tu étais immobile ? »

– Je nageais, la plupart du temps, me répond-elle. Comme les saumons rouges. Et mon corps était différent. Je savais que je n'étais pas vraiment un poisson, mais c'était plus facile que de penser à ce qui se passait.

– Je me demande pourquoi tout le monde pense à l'eau, remarqué-je.

C'était pareil pour Ky. Il nous a raconté qu'il était en mer avec la fille qui est morte. Indie.

– Sans doute parce que le ciel paraît trop loin, répond Lea. Il ne donne pas l'impression de pouvoir nous porter comme l'eau.

Ou bien parce que nos poumons s'emplissent de liquide.

Mais ni elle ni moi ne mentionnons l'explication médicale, que nous connaissons tous les deux.

Je ne sais pas quoi dire. En la regardant, je songe qu'elle possède ce don qu'elle prête à l'eau : celui de porter quelqu'un. Je m'imagine l'attirer à moi pour l'embrasser. Il me semble qu'avec elle, j'arriverais à lâcher prise, à me laisser plonger.

Elle change d'expression. Ce qui se passe dans ma tête doit se lire sur mon visage.

Je me dégoûte. Je ne suis pas en état d'aimer quelqu'un. Elle vient à peine de perdre son Promis et de revenir de la mutation. Nous sommes seuls l'un et l'autre. Je me lève en murmurant :

– Il faut que j'y aille.

CHAPITRE 59
CASSIA

Hésitante, je reste un moment en haut des marches, cachée derrière les arbres de la berge, à attendre que Xander soit passé. Il ne me voit pas.

Puis, sans me laisser le temps de changer d'avis, je descends, vers l'eau et la fille. Je m'assois à côté d'elle, elle se tourne vers moi.

– Je suis Cassia. Je crois qu'on connaît toutes les deux Xander.

– Oui. Je suis Lea. Ny Lea.

J'étudie discrètement son visage. Elle n'est pas beaucoup plus âgée que nous, mais elle dégage une impression de sagesse. Elle parle d'une voix claire, en articulant bien, sans pour autant être sèche. Elle est très jolie, avec un physique original, des cheveux très bruns et des yeux très profonds.

– On connaît toutes les deux Xander, mais tu en aimes un autre, ajoute-t-elle.

– Oui.

– Il m'a un peu parlé de toi. Quand on travaillait ensemble. Il parlait toujours de sa Promise, et je lui parlais de mon Promis.

– Est-ce qu'il… ?

Je n'ose pas finir ma phrase.

– Il est mort.

Elle essuie d'un revers de main les larmes qui coulent sur ses joues.

– Excuse-moi, reprend-elle. Je m'en doutais depuis des mois. Mais maintenant que j'en suis sûre, je me mets à pleurer dès que je parle de lui. Surtout ici. Il adorait l'eau.

– Je peux t'aider à retrouver quelqu'un ? Un membre de ta famille…

– Non. Je n'ai pas de famille. Ils ont disparu. Je suis une Anomalie…

Je me fige, stupéfaite.

– C'est vrai ? Comment as-tu réussi à échapper à la Société ?

– En restant sous son nez, répond-elle. Les données, ça se falsifie, à condition de connaître la bonne personne, et c'était le cas de mes parents. Ils faisaient confiance au Pilote ; mais quand ils ont vu combien d'Anomalies il laissait mourir, ils ont décidé que, finalement, je serais plus en sécurité au sein de la Société. Ils ont donné tout ce qu'ils avaient pour m'acheter un dossier falsifié. Je suis entrée dans la Société et je suis vite devenue Officielle.

Elle a un léger sourire.

– La Société serait sûrement étonnée d'apprendre qu'elle a nommé une Anomalie à ces responsabilités en si peu de temps.

Elle se lève.

– Si tu vois Xander, tu peux lui dire au revoir de ma part ?

– Tu devrais le faire toi-même, dis-je.

Mais elle continue à s'éloigner. Un détail me tracasse.

– Attends !

Elle s'arrête.

– Si tu n'avais pas la citoyenneté jusqu'à récemment, tu n'aurais pas dû avoir droit à un Banquet de couplage. Dans ce cas, comment as-tu… ?

– Je n'ai pas eu besoin de la Société pour me coupler.

Tandis qu'elle fixe le fleuve, je comprends soudain qui elle est.

– Tu portais le même nom ? Ou bien l'as-tu changé en entrant dans la Société ?

– Je ne l'ai pas complètement changé. J'ai juste inversé les lettres.

Je cours au Centre médical retrouver Xander. Je cogne à la vitre du laboratoire pour attirer son attention.

Son père, qui travaille là aussi, me voit en premier. Il me sourit, mais je lis une certaine méfiance sur son visage. Il ne veut pas que je fasse de mal à son fils.

Et il sait que son fils *a* mal.

Ce n'est pas entièrement de ma faute, ai-je envie de me justifier. *Xander a été changé par tout ce qu'il a traversé : la déception du Soulèvement, les drames auxquels il a assisté au Centre médical, les épreuves qu'on a endurées dans les montagnes.*

Dès que Xander m'ouvre la porte, je m'écrie :

– Ton amie, Lea. Elle s'en va. Elle m'a demandé de te dire au revoir.

Et tu dois aller la retrouver. Parce que vous avez déjà perdu trop de choses, tous les deux.

J'ai tout compris au bord du fleuve, quand elle m'a dit qu'elle n'avait pas eu besoin de la Société pour se coupler. Qu'elle avait juste inversé les lettres de son nom. Ny Lea. Lea Ny. Si on arrange les lettres dans un autre ordre, ça donne Laney.

Xander s'approche de moi.

– Elle a précisé où elle allait ?

Son expression me révèle tout ce que j'ai besoin de savoir.

Et soudain, ce que je m'apprêtais à lui expliquer n'a plus autant d'importance. Parce que ce n'est pas à moi, mais à Lea de lui raconter son histoire avec Vick. Et il ne m'appartient pas de décider si cela va ou non s'insérer dans son histoire avec Xander.

– Non, dis-je. Xander, tu peux la rattraper. Tu peux aller le lui demander.

L'espace d'une seconde, je crois qu'il va le faire. Mais il se rassoit à son poste de travail, le dos bien droit, un masque d'assurance et de détermination sur le visage.

Lui qui est si fort lorsqu'il s'agit de prendre soin des autres, pourquoi a-t-il tant de mal à s'occuper de lui-même ?

Parce qu'il ne veut plus être blessé.

En me penchant vers lui pour ne pas être entendue, j'ajoute :

– Il y a autre chose. Le Pilote a décidé qu'il était temps d'emmener les villageois dans les Pays d'ailleurs.

– Pourquoi maintenant ?

– Les élections approchent. Il aura besoin de tous les dirigeables pour maintenir l'ordre. On murmure que des gens de la Société vont tenter de prendre le pouvoir.

– Les vaisseaux ne sont pas davantage disponibles en ce moment, objecte Xander. Ils servent à acheminer le traitement.

– Quelques-uns suffiraient. Et seulement des vaisseaux de transport, pas de combat. Ils vont partir pour La Traverse et emmener les habitants le plus loin possible. J'y vais avec Ky, pour parler à Anna et essayer de la ramener avec nous à Camas. Je voulais que tu le saches.

– Pourquoi ?

– Je ne voulais pas que tu t'inquiètes.

Je ne voulais pas que tu penses qu'on t'avait encore abandonné.

– Tu crois que le Pilote accepterait que d'autres gens partent dans les Pays d'ailleurs avec les habitants de La Traverse ?

– S'il y a de la place, je pense que oui.

Un grand sourire illumine son visage et je retrouve une étincelle du Xander d'avant, qui me manque tellement.

– Ils me laisseraient peut-être partir avec eux, alors. Ils peuvent me faire confiance, maintenant qu'ils savent que j'avais raison à propos du traitement.

Consternée, je proteste :

– Non ! Xander, tu ne peux pas partir pour les Pays d'ailleurs. On a besoin de toi !

– Je regrette, mais ce n'est plus une raison suffisante pour me retenir.

CHAPITRE 60
KY

Cassia et moi, nous attendons l'ordre du Pilote.

Nous sommes seuls à bord du dirigeable. Cette fois, nous apportons du ravitaillement au village et, avec un peu de chance, nous repartirons avec certains habitants. Cassia pense qu'on a besoin d'Anna pour les élections.

« C'est une meneuse, m'a-t-elle dit. Elle l'a prouvé pendant des années. »

– Combien de vaisseaux doivent décoller avant nous ? me demande-t-elle maintenant.

– Dix. On fait partie des derniers.

– Ça nous laisse un peu de temps.

Du temps. C'est ce qui nous a toujours manqué, on court toujours après.

Assise à la place du copilote, elle tourne son siège vers moi pour me regarder. Ses yeux verts brillent de malice. Je retiens mon souffle quand elle passe une main dans mon cou.

Je ferme les yeux et je la revois, belle comme la neige, quand elle est sortie du Labyrinthe. Je me revois tenant la soie verte contre sa joue sur la Colline. Je me rappelle sa peau couverte de sable dans les canyons, son visage penché sur le mien quand elle m'a ramené à la vie, au dispensaire.

– Je t'aime, murmure-t-elle.

– Moi aussi, je t'aime.

Je la choisis de nouveau, et encore, et encore, jusqu'à ce que le Pilote nous interrompe pour nous annoncer qu'il faut décoller.

On s'élance dans le ciel. Tous les deux. En voyant défiler les lambeaux de nuages, je me raconte que ce sont les peintures de ma mère, qui sont arrivées là après s'être évaporées sur la pierre ; qui s'élèvent toujours plus haut vers un monde nouveau.

CHAPITRE 61
CASSIA

Ky nous fait prendre de l'altitude, le vaisseau vibre et gémit. Les battements de mon cœur s'accélèrent; je n'ai pas peur.

Les montagnes se dressent devant nous, énorme masse bleu et vert se détachant sur le ciel, puis elles rapetissent, s'éloignent tout en bas, et partout, autour de nous, il n'y a plus que du bleu.

Un bleu moucheté de blanc et d'or par les nuages qui s'effilochent, comme le petit plumeau des graines de peuplier que j'ai données un jour à grand-père.

Plongée dans mes souvenirs, je murmure:

– « Ses filaments de gloire. »

Et je me demande où il a trouvé ces mots et s'il a accompli ce voyage-ci après sa mort, s'il est monté se réchauffer plus près du soleil, en attrapant du bout des doigts ces lambeaux de ciel, lâchant enfin prise.

Et ensuite? je me demande. *Peut-il exister un autre endroit aussi magnifique que celui-ci?*

Sans doute est-ce ici que sont venus les anges après s'être envolés. Ici que se trouve mon père, flottant dans la lumière du soleil. Peut-être que ce serait cruel de vouloir les ramener, de les lester. Mais peut-être aussi qu'ils se sentent seuls, perdus dans toute cette légèreté.

Je regarde Ky. Je l'ai rarement vu avec un visage aussi serein.

– Ky, dis-je. C'est toi, le Pilote.

Il sourit.

– Si, regarde comment tu voles. On dirait Indie.

Son sourire se voile de tristesse. Je reprends :

– Tu dois penser à elle quand tu voles…

Et ça me vrille le cœur, même si je comprends. Il y a des lieux, des contextes qui me font toujours penser à Xander. Une piscine bleue, une néorose rouge, les racines d'une plante arrachée au sol.

– Oui, me dit Ky. Mais je pense *tout le temps* à toi.

Je me penche pour poser ma main sur sa joue, craignant de le distraire de sa tâche.

Ce vol avec l'homme que j'aime est grandiose, merveilleux. Mais il reste tant de gens prisonniers au sol, en dessous de nous.

Lorsque nous repassons sous les nuages, les montagnes nous accueillent. La lumière du soir qui baigne leurs flancs teinte la neige de rose et la roche grise d'or. Des arbres noirs et l'eau des cascades, d'abord sombre, puis scintillante, prennent forme à mesure qu'on approche, cramponnés aux parois de la montagne. Des ravins de roches éboulées se détachent dans la verdure des contreforts.

Main dans la main, nous prenons le chemin qui relie la clairière d'atterrissage au village pour aller parler à Anna et à Eli. Pourvu qu'ils repartent avec nous. On a besoin d'eux dans les Provinces. Mais ils préféreront peut-être se rendre dans les Pays d'ailleurs ou rester ici, ou encore se lancer à la recherche de Hunter, ou retourner dans le Labyrinthe. Il y a l'embarras du choix, désormais.

Ky s'arrête.

– Écoute. De la musique.

Je n'entends d'abord que le murmure du vent dans les pins. Puis je perçois un chant en provenance du village.

Nous pressons le pas. En entrant dans le village, Ky me désigne quelqu'un :

– Xander.

Il a raison. Xander est là, devant nous. Je distingue ses cheveux blonds, son profil. Il a dû voyager à bord d'un des autres vaisseaux.

Il va essayer de partir pour les Pays d'ailleurs.

Il doit savoir que nous sommes là, quelque part. Mais il ne cherche pas à nous repérer. À cet instant, il ne fait rien d'autre qu'écouter.

Les habitants du village ne se contentent pas de chanter, ils dansent autour de la pierre en guise d'adieu. Et ils jouent de la musique avec des instruments de fortune, taillés dans le bois et munis de cordes avec les moyens du bord.

L'un des officiers fait mine de s'avancer pour les interrompre, mais Ky l'arrête d'un geste.

– Ils nous ont sauvés, lui rappelle-t-il. Laissez-leur un peu de temps.

L'officier acquiesce d'un signe de tête.

Ky se tourne vers moi, et j'effleure sa bouche du bout des doigts. Il est tellement *vivant*!

– Danse avec moi. J'ai promis que je t'apprendrais.

– J'ai déjà appris, dis-je en repensant à la Galerie.

– Ça ne m'étonne pas, me murmure Ky.

Sa main glisse vers ma hanche. Quelque chose se met à chanter en moi et nous bougeons ensemble. Je n'ai pas besoin de demander si je m'y prends comme il faut. Je le sais.

– Cassia...

Il a dit ça comme une chanson. Il y a toujours eu de la musique dans sa voix.

Il répète mon nom encore et encore. Nous ondulons tous les deux jusqu'à ce que je me retrouve dans un état étrange, entre force et faiblesse, entre vertige et lucidité, besoin et satiété, entre prendre et donner et...

– Ky...

Nous avons vécu si longtemps en nous inquiétant des autres. De ceux qui pourraient nous épier, de ceux à qui il pourrait arriver malheur. Là, tous les deux, nous nous abandonnons à la danse.

Je retrouve mes esprits à la fin de la chanson, quand les cordes émettent un son semblable à celui d'un cœur qui se brise. Là, je ne peux pas me retenir de chercher Xander des yeux. Quand je le repère enfin, je m'aperçois qu'il nous observe, mais il n'y a pas de jalousie dans son regard. Rien que du désir, mais ce désir n'est plus pour moi.

Tu trouveras l'amour, Xander, ai-je envie de lui promettre.

La lueur des flammes jette des ombres sur le visage de Lyna. Elle est très belle et très forte. Xander pourrait-il tomber amoureux d'elle? Un jour? S'ils partent ensemble pour les Pays d'ailleurs?

– On pourrait rester ici, me murmure Ky à l'oreille. Rien ne nous oblige à repartir.

Nous avons déjà eu cette conversation. Nous connaissons la réponse. On s'aime, mais on doit aussi penser aux autres. Ky doit essayer de retrouver Patrick et Aida, au cas où ils seraient toujours en vie. Moi, je dois vivre auprès de ma famille.

– Quand je pilotais avant, je m'imaginais que je me posais, que je rassemblais tout le monde et qu'on repartait tous ensemble.

– Un jour, on pourra le faire, dis-je.

– Et ce ne sera peut-être pas la peine d'aller si loin pour trouver un nouveau monde. Il se peut que les élections soient *vraiment* le début d'autre chose.

Je ne l'ai jamais entendu dire quelque chose d'aussi optimiste.

Anna s'approche de Xander pour lui parler et ils viennent vers nous. Les flammes vacillantes dessinent des ombres et des taches de lumière. Un éclair me montre la craie bleue qu'Anna tient à la main.

– Vous avez réussi, déclare-t-elle en s'adressant à nous trois. Chacun de vous a joué son rôle dans la découverte du traitement.

Anna prend la main de Ky pour tracer un trait bleu le long d'une veine.

– Le Pilote, dit-elle.

Puis elle prend ma main pour continuer la ligne.

– La poétesse.

Enfin, elle poursuit sur la main de Xander.

– Le médecin.

Lorsqu'elle recule, l'air du soir nous enveloppe tous les trois dans ses odeurs de pin et de feu de bois, ses lumières et sa musique. Je prends Ky et Xander par la main pour former un petit cercle en lisière du monde connu. Alors même que je vis cet instant, je me rends compte que je pleure déjà sa perte.

La petite fille que Xander et moi avons déjà vue au village arrive en dansant, toujours avec les ailes qu'elle portait la première fois. Elle nous regarde. Il est clair qu'elle veut danser avec l'un des garçons. Ky se laisse entraîner, me laissant seule avec Xander pour lui faire mes adieux.

La musique, un air enjoué cette fois, tourbillonne autour de nous, au-dessus de nous, en nous, et Xander est là avec moi.

– Tu sais danser, remarque-t-il. Et chanter.

– Oui.

– Pas moi.

En lui prenant les mains, je le rassure :

– Tu sauras.

Il bouge avec aisance. Contrairement à ce qu'il croit, il a le sens du rythme. Il n'a jamais appris à danser, et pourtant, c'est lui qui me guide.

S'il ne s'en aperçoit pas, c'est parce qu'il concentre toute son attention sur ce qu'il n'a pas – sur ce dont il pense être incapable.

Je chuchote :

– Je peux te poser une question ?

– Bien sûr.

– Je me souviens d'une chose que je ne devrais pas me rappeler. Un souvenir d'un jour où j'avais pris la pilule rouge.

Et je lui raconte la manière dont j'ai retrouvé le souvenir du jour du jardin rouge.

– Comment ai-je pu récupérer une partie de ma mémoire ?

– Ça peut avoir un rapport avec la pilule verte, me répond-il, d'une voix en même temps très douce et très lasse. Le fait que tu ne l'aies jamais prise explique peut-être que tu aies réussi à retrouver tes souvenirs. Et puis, tu as survécu à la bleue. Oker m'a dit qu'il y avait un lien entre la pilule bleue et la Peste. Tu as peut-être fait ce qu'il fallait pour t'immuniser.

Il secoue la tête avant de reprendre :

– La Société a conçu ces pilules comme un puzzle. Chaque élément en constitue une pièce. Je suis seulement en train de découvrir auprès des pharmaciens et des scientifiques à quel point c'était complexe. Les interactions entre les médicaments, la variété des réactions d'un individu à l'autre... on peut passer sa vie entière à essayer de comprendre tout ça.

– Donc, tu es en train de me dire que je ne le saurai peut-être jamais.

– Oui, me confirme-t-il. Tu resteras peut-être toujours avec ta question.

– « C'est bien de se poser des questions. »

J'ai cité la phrase écrite sur la microcarte, mais aussi les dernières paroles que grand-père m'a dites avant de mourir. Il m'a donné les poèmes. Et il m'a dit que ce n'était pas un mal de se poser des questions. Alors, peu importe si j'ignore quel poème il voulait que je suive. Peut-être a-t-il même voulu qu'il en soit ainsi. Ce n'est pas un mal si je ne peux pas tout comprendre ici, tout de suite.

– Il est aussi possible que ce soit juste lié à toi, reprend Xander avec ce qui me semble être un sourire. Tu es l'une des personnes les plus fortes que je connaisse.

Eli s'est joint à Ky et à la petite fille dans leur danse. Ils rient en se tenant par la main et les reflets des flammes font luire les ailes de la petite fille. Elle me rappelle Indie – par un certain abandon dans ses gestes, l'éclat rouge que le feu jette sur ses cheveux. Si seulement Indie était ici avec nous, et mon père, et tous ceux qu'on a perdus…

Xander et moi, nous arrêtons de danser. Nous restons là, tout près l'un de l'autre, immobiles au milieu des gens qui bougent.

– Quand on était dans le quartier, me confie-t-il, je t'ai demandé si c'est moi que tu aurais choisi, si on avait eu le choix.

– Je m'en souviens. Je t'ai répondu oui.

– C'est vrai. Mais on ne peut pas revenir en arrière.

– Non.

Les voyages de Xander ont eu lieu dans des salles remplies de malades, quand il travaillait avec Lea. Lorsque je l'ai revu dans la vaisseau du Pilote, il avait déjà visité des endroits où je n'irai jamais et cela avait fait de lui un autre. Mais je ne l'ai pas compris. Je croyais qu'il ne changerait jamais, je le voyais comme un roc dans le bon sens du terme, solide, fiable, quelqu'un sur qui on pouvait construire. Or, il est comme nous tous : léger comme l'air, mouvant comme les lambeaux de nuages qui passent devant le soleil, beau et fugace, et si j'ai jamais vraiment eu une prise sur lui, ce n'est plus le cas aujourd'hui.

– Xander...

Et il me serre contre lui, une dernière fois.

Le dirigeable s'élève dans le ciel, masse sombre se détachant sur les étoiles. Le feu de joie se consume ; quelques villageois, principalement ceux du Labyrinthe, ont décidé de rester dans les montagnes.

Xander va partir ailleurs, si loin que je ne suis même pas sûre qu'il puisse y avoir un retour.

CHAPITRE 62
XANDER

Le bruit évoque un million d'oiseaux battant des ailes dans le ciel, mais ce ne sont que les vaisseaux qui s'élèvent au-dessus de moi. Au dernier moment, j'ai compris que je ne pouvais pas partir avec eux dans les Pays d'ailleurs. Mais je n'ai pas pu me résoudre à retourner à Camas. Je suis coincé ici entre les deux, comme toujours.

Le soleil se lève. Je contourne le village pour ne pas avoir à parler à quelqu'un, jusqu'au champ où Oker et moi avions ramassé les bulbes de camassia. Plus tard, je reviendrai leur demander si je peux faire quelque chose, par exemple travailler dans le vieux laboratoire d'Oker.

Au bord du ruisseau, les racines des arbres pendent jusque dans l'eau. Elles sont minuscules, et rouges. Je n'aurais jamais pensé que des racines pouvaient être de cette couleur.

Puis je distingue une tache rouge plus grosse. Et une autre. Et encore une autre. Les têtes sont presque monstrueuses, avec leurs drôles de mâchoires et leurs yeux ronds, mais leur couleur est étincelante.

Ce sont les saumons rouges dont m'a parlé Lea. Je les vois enfin.

Ma gorge se serre. Les yeux me brûlent. Je descends vers la berge.

J'entends un bruit derrière moi. Je me retourne en plaquant un sourire sur mon visage, prêt à saluer celui, quel qu'il soit, qui est venu jusqu'ici.

– Xander.

C'est Lea.

– Ils sont de retour ? me demande-t-elle. Les saumons rouges ?

– Oui.

– Je ne savais pas que tu étais là, reprend-elle. Je ne t'ai pas vu à bord du dirigeable.

– On ne devait pas être dans le même. Je voulais partir pour les Pays d'ailleurs.

– Moi aussi. Mais je n'ai pas pu.

– Pourquoi ?

Je ne sais pas ce que j'espère entendre, mais mon cœur bat à tout rompre dans ma poitrine et j'entends dans mes oreilles comme le bruissement d'un torrent, ou celui des vaisseaux qui montaient tout à l'heure dans le ciel.

Sans répondre, elle se tourne vers le ruisseau. Bien sûr. Les poissons.

– Pourquoi parcourent-ils tout ce chemin pour revenir ici ? je demande.

– Pour se retrouver.

Nos regards se croisent.

– Autrefois, on venait ici ensemble, poursuit-elle. Il te ressemblait un peu. Il avait les yeux très bleus.

Le silence se fait brusquement. Mes oreilles ne bourdonnent plus. Elle est revenue parce qu'elle ne pouvait pas quitter l'endroit où elle l'avait connu. Cela n'a rien à voir avec moi.

Je m'éclaircis la voix.

– Tu disais que ces poissons étaient bleus dans l'océan. Comme s'il ne s'agissait pas de la même espèce.

– Oui et non, répond Lea. Ils ont changé. On a le droit de changer.

Elle est très douce avec moi. Sa voix aussi.

Et c'est elle qui franchit l'espace qui nous sépare pour se poster juste devant moi.

J'ai envie de dire quelque chose que je n'ai jamais dit, et ce ne sera pas à Cassia comme je l'ai toujours cru.

– Je t'aime. Je sais que tu aimes toujours quelqu'un d'autre, mais…

– Je t'aime aussi, dit-elle.

Tout n'a pas disparu. L'un comme l'autre, on a déjà aimé. La Société, le Soulèvement, le monde sont toujours là, pesant de tout leur poids. Mais Lea les tient à distance. Elle a libéré assez de place pour que deux personnes puissent se tenir debout ensemble, que cela convienne ou pas à la Société ou au Soulèvement. Elle l'a déjà fait. Quand on tombe amoureux pour la première fois, on ne sait rien. Mais quand on choisit d'aimer de nouveau, on risque bien plus gros.

Il y a quelque chose d'extraordinaire dans cette première fois.

Mais c'est encore meilleur de me trouver sur la terre ferme, avec une personne qui m'agrippe, qui me retient, et de savoir que je fais de même pour elle.

– Tu te souviens de l'histoire que je t'ai racontée ? me demande Lea. Celle de la femme qui était Pilote et de celui qu'elle aimait ?

– Oui.

– D'après toi, lequel a dû faire preuve de plus de courage ? La femme qui l'a laissé s'en aller, ou l'homme qui a dû repartir de rien dans un monde nouveau ?

– Les deux, dis-je.

Nos yeux sont au même niveau. Et je vois l'instant où elle ferme les paupières et où elle lâche prise : celui où mes lèvres rencontrent les siennes.

CHAPITRE 63
CASSIA

Ky et moi, nous nous tenons sur le perron du Dôme municipal, main dans la main, clignant des yeux dans la lumière d'une journée de fin d'été à Camas. Personne ne fait attention à nous. Les gens qui montent les marches ont d'autres préoccupations. Certains ont l'air indécis, d'autres, excités.

Une femme d'âge mûr s'arrête en haut de l'escalier et me jette un coup d'œil.

– Quand est-ce qu'on doit inscrire son nom ? me demande-t-elle.

– Une fois à l'intérieur, au moment de voter.

Elle hoche la tête et disparaît dans le bâtiment.

Je souris à Ky. On vient juste d'inscrire nos noms sur le papier, et de choisir qui nous voulions voir à notre tête.

– Quand les gens ont choisi la Société, ça a bien failli être la fin, dis-je. Ça pourrait aussi être le cas aujourd'hui, mais pour de bon, cette fois.

– Ça pourrait, admet Ky. Mais on pourrait aussi faire un choix différent.

Trois candidats proposent de diriger le peuple. Le Pilote représente le Soulèvement. Une Officielle représente la Société.

Et Anna représente tous les autres. Avec Eli, ils ont accepté de nous suivre à Camas.

Lorsque Ky a demandé des nouvelles de Hunter à Anna, elle a répondu avec un sourire où se mêlaient tristesse et espoir (un sentiment que je ne connais que trop bien) : «Je sais où il est parti. »

Cette élection est une épreuve colossale, une expérience merveilleuse et terrible, semée d'embûches. Je pense à tous ces petits papiers blancs à l'intérieur du bâtiment, à tous ces gens qui ont appris à écrire, au moins leur nom. Que choisiront-ils ? Que deviendrons-nous, que deviendront nos terres de ciel bleu, de roche rouge et d'herbe verte ?

Tout ça, la Société ne peut le reprendre que si nous la laissons faire. Nous pouvons retrouver nos souvenirs, mais nous allons devoir nous parler et nous faire confiance. Si on avait procédé ainsi avant, peut-être aurait-on découvert le remède plus tôt. Qui sait pourquoi cet homme a ensemencé ces champs ? Peut-être savait-il qu'on aurait besoin des fleurs pour fabriquer le traitement ? À moins qu'il ne les ait simplement trouvées belles, comme ma mère. Mais la beauté aussi nous apporte des réponses, bien souvent.

Tout va être difficile. Mais nous avons survécu à la Peste et à ses mutations tous ensemble. Ceux qui croyaient au Soulèvement et ceux qui croyaient à la Société, et aussi ceux qui croyaient à tout autre chose, ont travaillé main dans la main pour aider les Immobiles. Pas tous. Certains ont fui, certains ont tué. Mais la plupart ont essayé de sauver leur prochain.

Alors que nous descendons les marches, je demande à Ky :
– Pour qui as-tu voté ?
– Anna.

Il me sourit.

– Et toi?

– Anna.

Pourvu qu'elle gagne.

Il est temps que les Anomalies et les Aberrations aient leur chance.

Mais la leur accordera-t-on?

Dans les débats diffusés *via* les ports, le discours de l'Officielle était clair, concis, chiffré.

– Vous croyez que c'est nouveau? a-t-elle demandé. Tout ce que vous faites a déjà été fait. Vous devriez accepter l'aide de la Société. Cette fois, bien sûr, nous laisserons davantage de place à l'expression du désir de chacun. Nous vous donnerons plus de choix. Mais que se passerait-il si on vous laissait tout faire?

«On écrirait, avais-je envie de répondre. On chanterait...»

– Oui, a repris l'Officielle comme si elle lisait dans mes pensées, vous récririez les livres qui ont déjà été écrits. Vous récririez les mêmes poèmes, qui parleraient d'amour.

Elle a raison. On composerait des poèmes d'amour et on raconterait des histoires qui ont déjà été entendues sous une forme ou une autre. Mais ce serait la première fois que *nous* ressentirions, que *nous* écririons.

Je me souviens comment Anna nous a appelés tous les trois.

Le Pilote. Le poète. Le docticien.

Ces trois-là existent en *chacun* de nous. J'en suis persuadée. Que chacun peut trouver en lui un moyen de voler dans le ciel, un vers à écrire, une main pour guérir.

Xander a envoyé un message pour nous dire où il était. Il l'a écrit à la main. C'était la première fois que je voyais son écriture, et les rangées de lettres soignées m'ont fait monter les larmes aux yeux.

« Je suis dans les montagnes. Lea est avec moi. S'il vous plaît, dites à ma famille que je vais bien. Je suis heureux. Et un jour, je reviendrai. »

Je l'espère.

Ma mère et Bram nous attendent sur les marches qui descendent au fleuve.

– Vous avez fini de voter, commente Bram. Comment c'était ?

– Calme, dis-je en repensant à la grande salle remplie de monde, au crissement des crayons sur le papier, aux noms tracés avec lenteur et application.

– Moi aussi, je devrais avoir le droit de voter, se plaint Bram.

Je hoche la tête.

– C'est vrai, mais ils ont fixé l'âge minimum à dix-sept ans.

– L'âge du Banquet de couplage, précise-t-il. Tu crois que je vais être couplé ?

– C'est possible. J'espère que non.

– J'ai quelque chose pour toi, me dit Ky.

Il tend la main et je découvre l'éprouvette de grand-père, celle qu'on a trouvée dans la Caverne, celle que Ky avait cachée pour moi dans un arbre.

– Quand l'as-tu récupérée ?

– Hier. On survolait les Provinces lointaines à la recherche de survivants.

Une fois la mutation maîtrisée, le Pilote a envoyé Ky et quelques autres à la recherche des Disparus, comme Patrick et Aida. On espérait qu'ils auraient réussi à trouver leur chemin jusqu'au vieux campement du Soulèvement, celui qui figurait près du lac sur la carte. On les cherche toujours.

– J'ai aussi rapporté ça, ajoute-t-il. C'est celle qu'Eli a réussi à récupérer.

Il tend la main de nouveau et je vois l'étiquette sur l'éprouvette: «Roberts Vick».

– Je pensais que tu étais contre les éprouvettes, observe Bram.

– C'est exact, confirme Ky. Mais celle-ci devrait revenir à une personne qui l'a aimé pour qu'elle décide ce qu'elle veut en faire.

– Tu crois qu'elle va la prendre? je demande.

Il veut parler de Lea, bien sûr.

– Oui. Je crois qu'elle va la prendre, et ensuite s'en défaire.

Parce que désormais, elle aime Xander. Elle a choisi d'aimer de nouveau. Il m'est arrivé d'en vouloir à grand-père de ne pas m'avoir précisé quel poème il voulait que je trouve. Mais je comprends maintenant ce qu'il m'a donné: la liberté de choisir. Dès le départ.

– Ce n'est pas si facile, dis-je en prenant l'éprouvette de grand-père. Si au moins j'avais gardé les poèmes, ce serait moins pénible. Il me resterait quelque chose de lui.

– Quelquefois, le papier n'est que du papier, me dit ma mère. Les mots ne sont que des mots. Des moyens de capturer la réalité. N'aie pas peur de t'en souvenir.

Je sais ce qu'elle veut dire. Écrire, peindre, chanter – ça ne peut pas tout éviter. Ça ne peut pas arrêter la mort sur son chemin. Mais à chaque pause entre les pas de la mort, ça peut embellir les sons, les images et les sensations, faire du temps d'attente un lieu où l'on peut s'attarder en ayant moins peur. Car nous nous accompagnons tous les uns les autres sur le chemin de notre mort, et nos vies ne sont que des instants entre chaque pas.

– Au revoir, dis-je à grand-père, à mon père.

Je plonge l'éprouvette dans le fleuve et je reste un moment immobile. Nous tenons entre nos mains les choix de nos pères et de nos mères et, quand nous nous y accrochons, ou que nous les laissons glisser entre nos doigts, leurs choix deviennent les nôtres.

J'ôte le bouchon de l'éprouvette en la maintenant dans l'eau et je laisse le courant emporter tout ce qui restait de grand-père, comme il le souhaitait, comme il a demandé à mon père de le faire.

J'aurais aimé qu'ils puissent voir cela, tous les deux : le vert des champs où poussent les futurs traitements ; le bleu du ciel ; un drapeau rouge sur le Dôme municipal, signalant que l'heure est venue de choisir.

Ky a surpris mon regard et me dit en montrant le drapeau :
– C'est comme en haut de la Colline.
– Oui.

Je repense à la sensation de sa main dans la mienne tandis qu'on nouait les bouts de chiffon aux arbres pour marquer notre passage.

Derrière la ville de Camas, les montagnes se dressent, bleu, mauve et blanc, dans le lointain.

Ky et moi sommes montés en haut de la Colline et Xander est dans les montagnes.

Même s'il est parti, même si tout ne peut pas être comme chacun l'aurait rêvé, il y a une satisfaction à savoir que quelque chose de bon, de bien, de vrai a fait partie de nous. Qu'on a eu le privilège, la chance absolue de connaître une telle personne, avec qui on a traversé le feu, l'eau, la roche et le ciel et d'en ressortir, tous ensemble, avec la force de s'accrocher, la force de lâcher prise.

Je sens déjà que certaines choses me glissent entre les doigts comme du sable ou de l'eau, comme des objets ou des poèmes, toutes ces choses qu'on doit laisser partir malgré notre désir de les retenir.

On a réussi. Quoi qu'il arrive maintenant, on a pris part à l'élaboration du traitement et à l'organisation des élections.

La rivière est tantôt bleue, tantôt verte, selon qu'elle reflète le ciel ou l'herbe, et je surprends un éclair rouge qui nage dans le courant.

Ky se penche pour m'embrasser et je ferme les yeux pour mieux savourer l'attente et le désir, juste avant que nos lèvres se touchent.

Il y a le flux et le reflux. Les départs et les retours. Le vol et la chute.

Le chant et le silence.

Conquérante et conquise.

NOTE DE L'AUTEUR

Au cours de la trilogie *Promise*, j'ai mentionné et/ou cité différentes œuvres d'art. Même si les références sont généralement données dans le texte, je tiens à en fournir la liste complète pour ceux qui souhaiteraient découvrir d'autres textes ou créations de ces artistes.

Tableaux :
Le Grand Canyon du Colorado – Chasm of the Colorado, de Thomas Moran (tableau numéro 19 de la liste des Cent)
Fille pêchant à San Vigilio – Girl fishing at San Vigilio, de John Singer Sargent (tableau numéro 97 de la liste des Cent)

Poèmes :
N'entre pas sans violence dans cette bonne nuit – Do Not Go Gentle into That Good Night, Dylan Thomas
Poème en octobre – Poem in October, Dylan Thomas
Le Passage de la Barre – Crossing the Bar, Alfred Lord Tennyson
Ils tombaient comme des flocons – They Dropped Like Flakes, Emily Dickinson

Je ne T'ai pas atteint – I Did Not Reach Thee, Emily Dickinson
Au temps de la Peste, 1593 – In Time of Pestilence, 1593,
Thomas Nashe

Dans *Insoumise*, j'ai également fait référence à Ray Bradbury et Rita Dove, dont les œuvres, avec celles de Wallace Stegner et de Leslie Norris, m'ont inspirée au cours de la rédaction de cette trilogie.

REMERCIEMENTS

J'aimerais remercier :

Mon mari, sensible à la beauté de la poésie comme à celle des équations, toujours là pour soutenir, croire et encourager ;

Nos quatre enfants, qui sont le comment et le pourquoi de tout ce que j'écris ;

Mes parents ainsi que mon frère et mes sœurs ;

Le Dr Gregory F. Burton (qui a eu la générosité de me laisser utiliser la métaphore de Boucle d'Or/Xanthe dans mon texte et m'a aidée sur toutes les questions d'immunologie) et le Dr Matthew O. Leavitt (qui a apporté son expertise d'anatomopa-thologiste). Les données scientifiques sur la Peste, la mutation et les comprimés sont l'œuvre des Dr Burton et Leavitt – je plaide coupable pour le côté fiction ;

Ashlee Child, infirmière diplômée, qui a répondu à mes nombreuses questions concernant les soins aux patients ;

Dale Hepworth, biologiste des pêches, qui m'a fourni informations et photos sur le saumon sockeye (le poisson dont Lea parle à Xander dans *Conquise*) ;

Mon cousin Peter Crandall, pilote de ligne, qui m'a conseil-lée pour toutes les scènes de vol du roman et m'a fait connaître l'Osprey, dont je me suis inspirée pour décrire le vaisseau du Pilote ;

Mon ancêtre, Polly Rawson Dinsdale, et les autres pionniers, qui se sont nourris de lys sego/papillon pour survivre en période de disette et m'ont donné l'idée de faire intervenir cette fleur dans mon histoire ;

Josie Lauritsen Lee, Lisa Mangum et Robison Wells, qui ont lu mes premiers jets et m'ont fait bénéficier de leurs précieux commentaires ;

Lizzie Jolley, Mikayla Kirkby et Mylee Sanders, qui se sont montrées d'une rare patience et d'une incroyable gentillesse avec mes enfants et moi ;

Mon agent, Jodi Reamer, qui a piloté cette trilogie du début à la fin, me guidant avec entrain et enthousiasme sur le chemin à prendre, jusque dans des endroits insoupçonnés ;

Mon éditrice, Julie Strauss-Gabel, à la fois médecin et poète, qui a nourri et amélioré le manuscrit avec une sensibilité et une finesse sans égales ;

La fabuleuse équipe de l'agence littéraire Writers House, et en particulier Alec Shane et Cecilia de la Campa ;

Tous les gens merveilleux de chez Penguin : Scottie Bowditch, Erin Dempsey, Theresa Evangelista, Felicia Frazier, Erin Gallagher, Anna Jarzab, Liza Kaplan, Lisa Kelly, Eileen Kreit, Rosanne Lauer, Jen Loja, Shanta Newlin, Emily Romero, Irene Vandervoort et Don Weisberg ;

Et vous, lecteurs, pour avoir fait le voyage avec Cassia, Ky, Xander et moi.

ALLY CONDIE
L'auteur de la trilogie *Promise* est née
et a grandi dans le sud de l'Utah.
Avant de devenir auteur à plein temps,
elle a enseigné l'anglais dans différents lycées
de l'Utah et de l'État de New York.
Elle vit avec son mari et leurs quatre enfants
non loin de Salt Lake City, dans l'Utah.

Retrouvez-la sur son site Internet : www.allycondie.com

• DU MÊME AUTEUR •

PROMISE
Tome I

Dans la Société, les Officiels décident.
Qui vous aimez.
Où vous travaillez.
Quand vous mourez.

« Les fans de Twilight deviendront des fans
de Promise. » LE FIGARO LITTÉRAIRE

« Cassia se révolte et nous aussi : on veut la suite
immédiatement ! » SCIENCE ET VIE JUNIOR

INSOUMISE
Tome II

Hors de la Société,
les règles sont différentes.
Chercher la vérité.
Reconnaître l'amour.
Découvrir la liberté.
Une rébellion est en marche...

«*La série Jeunes Adultes la plus attendue en librairie depuis* Hunger Games.» ENTERTAINMENT WEEKLY